Ministermord

Mörderische Unterhaltung
wünscht
[illegible]

edition oberkassel

Kriminalinski: Andreas Kaminski mit bürgerlichem Namen. 1969 im Ruhrgebiet geboren und aufgewachsen, lebt und arbeitet mittlerweile in Cloppenburg. Der freiberufliche Unternehmensberater ist Krimi-Fan und spät berufener Krimi-Autor. Der Besuch eines Schreibseminars im Mai 2011 hat ihn zum Schreibtischtäter gemacht. Seitdem schreibt er unter dem Pseudonym „Kriminalinski“. Seine Kurz-Krimis veröffentlicht er regelmäßig in Anthologien. „Ministermord“ ist sein erster Kriminalroman.

MINISTERMORD

Kriminalinski

edition oberkassel

Verlag: edition oberkassel Verlag Detlef Knut, Lütticher Str. 15, 40547 Düsseldorf
Umschlaggestaltung: im Verlag unter Verwendung eines Fotos von © Matthew Henry/Unsplash.com
Lektorat: Klaus Söhnel
gesetzt mit Adobe InDesign

www.edition-oberkassel.de
info@edition-oberkassel.de

1. Auflage 2017
Printed in Europe

ISBN(Print): 978-3-95813-1132
ISBN(Ebook): 978-3-95813-1149

Will das Schicksal mich als König,
nun, mag mich das Schicksal krönen.

(Shakespeare: Macbeth, Akt 1 / Szene 3, Zeile 143)

Kapitel 1

Wäre dem niedersächsischen Landwirtschaftsminister die CO2-Emission seines Dienstfahrzeuges tatsächlich egal gewesen, wie es ihm die Opposition ohnehin vorgehalten hatte, dann hätte er sich womöglich für eine gepanzerte Limousine entschieden. So wie viele seiner Kabinettskollegen. Er hätte den Vorwurf, einen Klimakiller zu fahren und die persönliche Energiewende noch nicht geschafft zu haben, einfach an sich abprallen lassen können. Ein paar Wochen lang hätte es Gerede gegeben, dann wäre Gras über die Sache gewachsen. Aber Minister Freselage scheute in der gegenwärtigen Situation jede Art der Konfrontation mit dem politischen Gegner. Denn zur Klimadebatte kam gerade noch eine andere, weitaus schlimmere Sache auf ihn zu. Sich keine Blöße mehr geben, dazu hatte ihm sein persönlicher Stab daher eindringlich geraten. Der Minister war dem Rat seiner engsten Mitarbeiter gefolgt und hatte auf die Panzerung seines Dienstwagens verzichtet.

Durch den Rückspiegel beobachtete der Chauffeur seinen Fahrgast. Die Dame kramte in ihrer Handtasche.

»Ist es okay, wenn ich rauche?«, fragte sie, ohne aufzuschauen.

»Selbstverständlich«, antwortete der Chauffeur.

Es dauerte eine Weile, bis sie in den Tiefen ihrer Tasche fand, wonach sie suchte. Sie entnahm der Pappschachtel eine Zigarette, klemmte sie zwischen Zeige- und Mittelfinger der rechten Hand und hielt mit derselben die Tasche, um mit der anderen Hand nach dem Feuerzeug darin zu suchen. Dabei atmete sie hörbar aus.

»Darf ich Ihnen meines anbieten?«

Der Chauffeur reichte ein goldenes Feuerzeug nach hinten. Die Dame nahm es und berührte mit Absicht einen winzigen Moment zu lang die Hand des Mannes. Berufsreflex. Ihre Blicke trafen sich im Rückspiegel. Obwohl er gerade nur eine Hand am Lenkrad hatte, hielt er den Wagen sicher in der Spur. Der A8 lag breit auf der Straße, wuchtig und schwer.

Er war ihr Typ. Nicht dieser Freselage, der sich auf seinen Minister ständig selbst einen runterholte. Die Besuche in seiner Dienstwohnung in Hannover waren ihr längst zuwider. Aber sie war professionell genug, ihm genau das Gefühl zu geben, mit welchem er jedes Mal gerne eine mittlere, vierstellige Summe für ihre Gesellschaft ausgab.

Anna öffnete das Fenster einen Spalt. Sie zündete sich die Zigarette an, zog den Rauch tief in ihre Lunge und pustete ihn gegen die hereinströmende Luft. Wegen einer Vollsperrung auf der Autobahn mussten sie einen Umweg nehmen. Dieser führte sogar durch den Wohnort ihres Klienten. Was für ein verrückter Zufall, dachte Anna. Und sie dachte an die Mappe, die sie dem Minister letzte Woche stibitzt hatte. Das war ihm noch gar nicht aufgefallen, denn er hatte sich nichts anmerken lassen bei ihrem letzten Besuch. Die Informationen, die diese Mappe enthielt, waren hochbrisant, so viel hatte sie kapiert. Welchen Betrag er wohl für die Rückgabe der Mappe auf den Tisch legen würde? Hunderttausend? Eine Million? Sie versuchte, sich eine so hohe Summe vorzustellen, und zog wieder an ihrer Zigarette.

Dann explodierte der Wagen.

Kapitel 2

Die Innenstadt von Hannover zählte zu den beliebtesten Einkaufsmeilen in Deutschland. Vom Hauptbahnhof aus gelangte man über die Bahnhofstraße direkt ins Herz der City. Angelegt als Fußgängerzone auf zwei Ebenen bot sich hier auf nur wenigen hundert Metern eine große Dichte an Einkaufsmöglichkeiten. Fußläufig waren zudem Ernst-August-Galerie, Galerie Luise sowie das Kröpcke-Center mit ihrer jeweiligen Shoppingvielfalt zu erreichen.

Er stand mittendrin in der Welt des Lifestyles und des Luxus. Die Kröpcke Passage präsentierte im mediterranen Flair ein exklusives Einkaufserlebnis. Längs- und querseits flanierten die Menschen mit Einkaufstaschen, die edle Markenlogos zierten. Sie hatten gefunden, was sie suchten. Er nicht.

»Was schenkt man seiner Frau zum fünfundzwanzigsten Hochzeitstag?«, dachte er. Geschenke besorgen war ihm schon immer ein Graus gewesen. Eine Strafe für jemanden, der Vater und Mutter erschlagen hatte. Mit Blumen oder einem schönen Duft macht man an sich nichts verkehrt, überlegte er. Zum Geburtstag oder zu Weihnachten. Aber zur Silberhochzeit musste es schon etwas Besonderes sein, das wusste selbst er.

Die Sekretärin zu beauftragen, ein Geschenk zu besorgen, kam nicht infrage. Ella war Anfang dreißig und seit knapp einem Jahr verheiratet. Woher sollte sie wissen, was man sich zur Silberhochzeit schenkt?

Ella - sie hatte ihm für den Rest des Tages Luft verschafft. Das war nicht einfach gewesen, seit Wochen war sein Terminkalender total dicht. Sie hatte einen wichtigen Termin mit dem Präsidenten des Landesamts für Verbraucherschutz und Lebensmittelsicherheit einfach verschoben. Dessen Zähneknirschen hatte er bis in sein Büro hören können. Der Dioxinskandal, den der LAVES-Chef nicht aufhalten konnte und der bald mit voller Wucht das Ministerium erreichte, musste warten. Die politische Verantwortung wird schon der Richtige tragen, dafür werde ich sorgen, sagte er sich und steuerte ein Restaurant in der Luisenstraße an. Er musste noch einmal in Ruhe über das Geschenk nachdenken.

Im *Rotonda* wurde gerade ein Tisch auf der Außenterrasse frei. Er setzte sich und ließ seine Blicke über das Geschehen auf der Einkaufsstraße schweifen. Es war hektisch und laut, aber er wollte bei diesem sommerlichen Wetter draußen sitzen.

»Darf ich Ihnen schon etwas bringen?«

Er hatte die Kellnerin nicht kommen sehen. Als sie ihn ansprach, drehte er den Kopf zu ihr, und während sie seine Bestellung aufnahm – Espresso und ein Wasser –, musterte er sie ausführlich. Sie war hübsch, Anfang zwanzig, hatte langes, brünettes Haar und eine Top-Figur. Eine Figur genau nach seinem Geschmack. Aber würde er etwas mit ihr anfangen? Wohl kaum. Da müsste man sich woanders begegnen, auf einem Empfang oder dergleichen, überlegte er.

Ein Hupen riss ihn aus seinen Gedanken. Er sah auf die Straße und suchte nach dem Grund für das Hupen. Nichts zu sehen. Er schaute auf seine Armbanduhr. Nicht mehr viel Zeit, dachte er.

Die Kellnerin kam mit der Bestellung. Er wendete sich ihr zu und lachte sie freundlich an. Sie erwiderte sein Lächeln und beugte sich etwas vor, um den Espresso und das Wasser vor ihm auf den Tisch zu stellen. Die leicht geöffnete Bluse empfand er als Einladung und warf einen tiefen Blick in ihr Dekolleté. In dem Moment wurde die Kellnerin von einem vorbeigehenden Gast angerempelt. Sie hatte ihre Hand noch an der Espressotasse, diese kippte und der heiße Kaffee ergoss sich über die Tischplatte und über seine Hose. Für jeden hörbar sog er die Luft durch seine Zähne ein.

»Oh nein, das tut mir leid!« Die Kellnerin blickte ihn erschrocken an.

»Kein Problem«, erwiderte er.

Sie glaubte es ihm nicht und versuchte, die Situation zu retten. »Ich hole Ihnen rasch eine Serviette, ganz kleinen Augenblick!«

»Nicht nötig«, sagte er und zog ein Stofftaschentuch aus der Innentasche seines Jacketts.

»Sorry!«, rief der Gast, der das Malheur ausgelöst hatte, und verschwand in dem Menschengedränge auf der Straße.

»Das ist mir so unangenehm.« Der Kellnerin stand die Schamesröte im Gesicht. Sie war wirklich hilflos, er nahm es ihr ab.

»Machen Sie sich keine unnötigen Sorgen. Der Schreck war größer als der Schmerz!« Er lachte und begann zu tupfen.

»Ich bringe Ihnen sofort eine neue Tasse. Ihre Bestellung geht selbstverständlich aufs Haus!«

»Das ist sehr freundlich von Ihnen!« Er tupfte sich weiter die Hose ab und hoffte, dass kein Fleck entstehen würde. Kurze Zeit später kam auch schon der zweite Espresso.

»Hier, bitte schön!« Die Kellnerin servierte ihm vorsichtig sein Getränk.

»Nichts passiert diesmal!«, witzelte er, als sie die Tasse vor ihm abstellte.

Die junge Frau grinste verlegen. »Ich bitte nochmals um Entschuldigung, das ist mir sehr peinlich!«

Mit einer jovialen Handbewegung deutete er an, dass der Vorfall für ihn passé war, und fragte: »Was bin ich Ihnen schuldig?« Er zückte sein Portemonnaie.

Jetzt war es die Kellnerin, die abwinkte. »Wie ich schon sagte, Ihre Bestellung geht aufs Haus!«

Kommentarlos deutete er ein Nicken an, worauf die Kellnerin entgegnete: »Bei der nächsten Wahl bekommen Sie meine Stimme! Weil Sie so freundlich zu Servicekräften sind.« Mit einem Augenzwinkern wandte sie sich dem nächsten Gast zu.

Die hat mich erkannt und hält mich offenbar für charmant, dachte er; ob sie meinen Namen weiß oder mich einfach nur der Landespolitik zuordnet?

Endlich genoss er den Kaffee und erinnerte sich wieder an seine Aufgabe: Geschenk zur Silberhochzeit. Die Zeit rannte, eine Lösung musste her. Hier auf der Luisenstraße gibt es einen exklusiven Juwelier, überlegte er. Klunker gehen immer. Kurz darauf brummte und vibrierte sein Smartphone.

Er strich zum Entsperren über den Bildschirm. Sofort bemerkte er das WhatsApp-Nachrichtensymbol und konnte sich schon denken, von wem die Nachricht stammte. Er klickte auf das Icon und sah danach eine ungelesene Nachricht, natürlich kam sie von Ella.

Er wollte die Nachricht gerade öffnen, als hinter ihm Reifen quietschten. Instinktiv wirbelte er herum. Das Geräusch eines dumpfen Aufpralls folgte. Dann sah er ein Kind, das über Motorhaube und Autodach hinweg auf die Straße geschleudert wurde. Passanten schrien, sofort kam Hektik auf. Er beobachtete, wie sich auf der anderen Straßenseite eine Frau aus der Menschentraube löste und einen Schritt auf die Fahrbahn machte. Die guckt, ob das ihr Kind war, mutmaßte er. Dann stieß die Frau einen Schrei aus und rannte los. Sie musste zwischen den Autos, die mittlerweile zum Stehen gekommen waren, einen Zickzackkurs zurücklegen. Jetzt kamen auch andere Passanten auf die Fahrbahn und bildeten einen weiten Kreis um die Unfallstelle herum. Das Kind konnte er nicht mehr sehen, zu viele Gaffer versperrten ihm die Sicht. Die Frau boxte sich den Weg frei.

Er blickte sich um. Auf der Terrasse des Restaurants saß niemand mehr auf seinem Platz. Einige tuschelten miteinander, andere schauten stumm zur Straße.

»Ist schon der Notarzt verständigt worden?«, hörte er eine Dame ein paar Tische weiter fragen. Als diese keine Antwort bekam, nahm sie ihren Chihuahua auf den Arm und setzte sich wieder. Dann kam ihm die Kellnerin in den Blick. So im Profil kamen ihre Rundungen gut zur Geltung, sie war schon ein Hingucker. Er beobachtete, wie sie sich umsah. Zögerlich kramte sie ihr Handy hervor und tippte dreimal drauf. Als von ferne ein Martinshorn ertönte, beendete sie die Verbindung und steckte es schnell wieder weg.

»Faszinierend«, murmelte er. Dann trank er aus, steckte sein Smartphone weg und klemmte für die Kellnerin einen 20-Euro-Schein unter die Espressotasse. Vorbei an gaffenden Restaurantbesuchern schlängelte er sich in Richtung des Geschehens.

Wie viele zuschauen, aber nichts unternehmen, dachte er, als er sich durch die Reihen bis ganz nach vorn schob. Der Rettungswagen war bereits da, kam aber nicht bis zur Unfallstelle durch. Zu viele Schaulustige versperrten den Weg. Ein Sanitäter sprang aus dem Wagen und schubste die Menschen rechts und links zur Seite. Ihm folgte der Notarzt. Nur zögerlich bildete sich eine Rettungsgasse, die beiden Helfer hatten Mühe, zur Unfallstelle zu gelangen. Dann endlich konnte auch der Rettungswagen weiterfahren.

Er stand in der ersten Reihe der Gaffer und hatte freies Blickfeld. Das Kind lag regungslos und mit unnatürlich verwinkelten

Gliedmaßen auf dem Boden. Die Mutter kniete vor ihm. Sie schrie und fuchtelte mit den Armen, offenbar traute sie sich nicht, ihr Kind anzufassen. Er umkreiste die Unfallstelle, ließ die Mutter nicht aus den Augen und postierte sich so, dass er ihr ins Gesicht sehen konnte. Dabei bemerkte er nicht, dass sich eine Frau an ihm vorbeischob. Als diese ihm die Sicht nahm, drückte er sie etwas unsanft zur Seite.

»Na, hören Sie mal!«, beschwerte sich die Frau, die fast einen anderen Passanten umgestoßen hatte.

Er würdigte sie keines Blickes, sein Interesse galt der schreienden Mutter.

»Sind Sie nicht …?«, die Frau ließ keinen Namen folgen.

»Bin ich«, antwortete er und zog sein Smartphone aus der Tasche. Er wischte sich durch bis zur Fotofunktion und visierte die Mutter an.

»Was sagt man dazu?«, fragte die Frau den anderen Passanten und schüttelte den Kopf.

»Unglaublich!«, antwortete dieser.

»Faszinierend!« Im Display seines Smartphones erschien die Mutter. Erst jetzt bemerkte er, dass ihr ein Schuh fehlte. Er fokussierte das Gesicht der Mutter und betätigte den Auslöser. Ein Geräusch wie das eines herkömmlichen Fotoapparats verriet, dass das Bild im Kasten war. Die Frau neben ihm kommentierte dies durch eindeutige Handzeichen und ergänzte: »Der hat sie wohl nicht alle!« Er nahm es nicht zur Kenntnis. Sein Blick war wie der eines Greifvogels aufmerksam auf das Gesicht der Mutter gerichtet. Ihre Augen flehten um Hilfe, mit jedem Blick, den sie um sich warf. Dann sah sie wieder hinab zu ihrem am Boden liegenden Kind, schüttelte leicht den Kopf und rief immerzu: »Nein, nein, nein, nein!«

Erneut machte es klick, mehrfach hintereinander.

Der Sanitäter fasste die Mutter mit beiden Händen an den Schultern und zog sie von ihrem Kind weg. Sie sprachen auch miteinander. Er konnte aber nur Gesprächsfetzen aufschnappen, denn er stand zu weit weg und um ihn herum unterhielten sich die Leute ebenfalls. Ein weiterer Sanitäter kümmerte sich zusammen mit dem Notarzt um das Kind. Die Mutter ließ sich zunächst auf Abstand bringen, doch als der Sanitäter, der bei ihr war, von ihr abrückte, robbte sie auf allen vieren zurück zu ihrem Kind. Dabei schrie die Mutter nicht mehr, sie weinte jetzt. Auch ihr Gesichtsausdruck hatte sich verändert. Er brachte seine Handykamera wieder in Position und machte weitere Bilder. Dann ging alles ziemlich schnell. Der Junge wurde auf eine Trage gelegt und, eskortiert durch den Notarzt sowie die Mutter, zum Rettungswagen geschoben. Dabei richtete er seinen Blick auf die Mutter, die hinkend neben der Trage herlief. Er wühlte sich durch die Reihen der übrigen Gaffer und hatte Mühe, auf gleicher Höhe mit der Mutter zu bleiben. Es gelang ihm zwar noch ein letztes Bild, auf dem die Mutter im Vorwärtslaufen nach hinten blickte. Die Haare hatten sich aus ihrem Zopf gelöst und waren ihr ins Gesicht gefallen. Zudem war das Foto aufgrund der Bewegung unscharf geworden.

»Mist!«, dachte er und verschob die Bilder schnell in einen speziellen Ordner auf seinem Smartphone.

Die Sanitäter hievten die Trage mit dem Jungen darauf in den Rettungswagen. Arzt und Mutter sprangen ebenfalls auf. Beinah zeitgleich schlossen die Sanitäter die hinteren Flügeltüren und eilten nach vorne.

Er erschrak und schaute auf. Das Martinshorn machte einen ohrenbetäubenden Lärm. Und obwohl sich nun von selbst eine

Rettungsgasse in Fahrtrichtung bildete, fuhr der Einsatzwagen noch nicht los. Weder aber stieg jemand aus, noch ein.

»Der arme Junge, hoffentlich kommt er durch!«, sagte jemand neben ihm. »Das Auto hat den voll erwischt«, sagte ein anderer.

Mit Blaulicht und Martinshorn setzte sich der Rettungswagen langsam in Bewegung und schlagartig löste sich die Menschenmenge auf. Auch er machte sich sofort auf den Heimweg.

Zu Hause angekommen ließ er die Wohnungstür ins Schloss fallen, warf die Schlüssel in das dafür vorgesehene Körbchen auf dem Sideboard im Flur und zückte sein Smartphone. Auf dem Weg zum Ankleidezimmer klickte er sich durch bis in die Bildergalerie. Er rief die Datei mit den gespeicherten Bildern von heute auf und positionierte sich vor dem großen Spiegel an seinem Kleiderschrank. Er hob seine Hand, in der er das Smartphone hielt, und blickte abwechselnd auf das Display und in den Spiegel. Näher heran, er musste sein Gesicht ganz genau sehen. Display, Spiegel – so war gut. Er betrachtete auf den Fotos die unterschiedlichen Gesichtsausdrücke der Mutter und versuchte, diese im Spiegel zu imitieren. Das ist also *Besorgnis*.

Eine ganze Weile übte er Mimik und Gestik, bis ihn das Klingeln seines Smartphones unterbrach. Ella. Stimmt, da war ja noch die ungelesene WhatsApp-Nachricht von vorhin. Wenn sie anruft, dann muss es etwas Dringendes sein, dachte er, und nahm das Gespräch an.

Kapitel 3

Polizeioberkommissar Hendrik Willen saß eine geschlagene Viertelstunde an seinem Küchentisch und starrte stumm vor sich hin. In Uniform und mit aschfahlem Gesicht. Exakt ebenso lang stand eine Tasse Kaffee vor ihm, herrlich duftend. An ihr haftete seine DNA noch nicht, nur die von …

»Geht's dir nicht gut, Hendrik?«

… Mutter!

Er schnaufte. Ob wegen ihr oder wegen des gestrigen Abends, wusste er nicht so genau. War aber auch egal, beides war schlimm. Gestern war Skatabend bei Lui Stammermann. So was ging für Willen nie gut aus. Nicht, dass er etwa Pech im Spiel hatte. Keineswegs, er hatte nur kein Glück mit den vielen *Grünen*. Der fruchtiggrüne Waldmeisterlikör ging ja noch. Nachdem der aus war, kam der *Escorial* auf den Tisch. Dieser fiese Kräuterlikör mit seinen sechsundfünfzig Umdrehungen war auch grün, aber nicht lecker. »Der brennt im Hals, wa?«, hatte Lui jedes Mal festgestellt, sobald die Pinnekes leer waren. Ja, tat der. Sogar zwei Mal, gestern Abend und heute Morgen.

»Magst du ein Toastbrot, Hendrik?«, fragte Mutter im Vorbeiflug. An ihrem Putz- und Waschtag auf zwei Ebenen musste es schnell gehen. Nach dem Tod der Großmutter waren seine Eltern hoch in die Dachgeschosswohnung und er in die untere, etwas größere Wohnung gezogen. Als Großmutter noch lebte, schmiss seine Mutter beide Haushalte. Das hatte sie sich bis heute nicht abgewöhnt.

»Toastbrot?«, wiederholte Mutter ihre Frage.

»Nein, danke«, antwortete Willen und griff zur Tasse.

»Mit Marmelade oder lieber mit Wurst?«

Reflexartig zog er seine Hand zurück und verschränkte die Arme aufgestützt auf der Tischplatte. Wenigstens funktionierte sein Gehirn noch – ihm kam der Extrabreit-Song »Hart wie Marmelade« in den Sinn. Arme und Beine befanden sich noch im Ruhemodus. Oder wieder.

Der Toaster schoss zwei verbrannte Weißbrotscheiben in die Luft.

»Was jetzt? Oder beides?«, fragte Mutter und stapelte Willens Geschirr von dieser Woche zusammen. Das passte nämlich noch gut in ihre Spülmaschine.

»Dass du für eine Woche immer nur einen Satz Geschirr und Besteck benötigst. Oder isst du nur ein Mal pro Woche?«

»Was?« Willen kam durcheinander. Ehe er sich versah, war er drei Fragen im Rückstand.

»Du musst mehr essen, Junge!«, ermahnte ihn seine Mutter und blickte in den Kühlschrank: »Marmelade hast du noch, aber die Mortadella ist aus. Ich hol' rasch was von oben«.

»Nein, danke. Kaffee reicht.«

»Jetzt sei mal nicht so genervt, Hendrik. Wer saufen kann, der kann auch arbeiten!« Den letzten Satz trällerte Mutter bereits aus Willens Diele. »Du hast einen Kaaater!«, ergänzte sie aus dem Hausflur.

»Ach?!«, dachte er und fragte sich, ob diese typischen Mittersprüche jemals aufhören würden.

»Musst du nicht langsam los, Junge?«

Hä? Die war doch gerade erst ... Egal. Willen nahm seinen Kaffee und wackelte Richtung Büro. »Bin dann mal drüben!«

»Soll ich rasch durchs Büro wischen?«

Woher nahm die siebenundsiebzigjährige Frau diese Energie, so früh am Morgen?

»Nicht nötig, danke, Mutter!«

Willen fragte sich, ob es nicht doch ein Fehler gewesen war, wieder nach Hause gezogen zu sein. Aber das war die einzige Möglichkeit gewesen, den lang ersehnten Posten in seinem Heimatdorf zu bekommen. Er sollte möglichst hier wohnen, wenn er in Cappeln, einer ländlich geprägten Gemeinde im Einzugsbereich der Kreisstadt Cloppenburg, seinen Dienst als Dorfpolizist versehen wollte. Und dafür bot sich sein Elternhaus an, denn Willens offizielles Dienstbüro lag in einem kleinen Anbau. Sein Vater, der einige Jahre vor ihm bereits Dorfpolizist in Cappeln war, hatte seinerzeit die Garage ausgebaut und zur Polizeistation umfunktioniert. Das war damals schon Bestandteil der Stellenbeschreibung gewesen.

Mit Putzeimer und Schrubber bewaffnet, überholte ihn seine Mutter auf dem Weg ins Büro. »Aber Kosminski kommt doch ...«

Kosminski – war das heute? Willen wurde es schwindelig. Er musste sich setzen. Omas altes Telefonbänkchen im Flur bot sich an. Zwischen Wohnungstür und der Tür zu seinem Büro hatte das gute Stück aus alten Zeiten einen schönen Platz gefunden. Und hätte er sich noch einmal übergeben müssen, dann wäre der kürzeste Weg der aus der Wohnung hinaus, durch das Treppenhaus, in den Vorgarten gewesen. Willen schlürfte seinen Kaffee und kam zu der Erkenntnis, dass die Befragung von Kosminski tatsächlich heute war. Was wusste Mutter noch alles? Er stand auf und ging ins Büro.

Den Kaffeebecher stellte er auf dem Schreibtisch ab und sank in den Chefsessel. Der war noch von Vater. Er kratzte sich am Hinterkopf. »Wie lange war ich ohnmächtig, Mutter?«

»Wie meinst du das, Schatz?«

Sie hatte seinen Zwischenstopp beim Telefonbänkchen vermutlich nicht mitbekommen. Er wunderte sich jedenfalls, wie schnell seine Mutter in der Zwischenzeit das Büro gewischt hatte. Sie war praktisch fertig. So lange hatte er doch gar nicht im Flur gesessen.

»Alles gut, Hendrik?« Mutter klang besorgt.

»Ja, ja, alles gut. Und danke, dass du mich an meinen Termin erinnert hast.« Willen rollte mit dem Chefsessel näher an den Schreibtisch heran und startete den Rechner. »Wäre sonst gleich zur Schulwegsüberwachung aufgebrochen«, lachte er.

»Sind doch noch Ferien, mein Junge!«

Willen gefror das Lachen im Gesicht. Und jetzt verlangte der Rechner nach einem Passwort. War irgendwie zu viel, heute Morgen.

»Vergiss nicht, die Jalousien hochzuziehen!« Mutters Stimme klang weit weg. Willen drehte sich mit dem Bürostuhl. Tatsächlich, sie war schon wieder irgendwo im Haus unterwegs.

Okay. Punkt halb acht, Dienstbeginn! Befragung »Kosminski« in exakt dreißig Minuten. Wahrscheinlich kommt der eher. Kosminski kommt immer eher, egal wohin, wusste Willen. Das war das Schöne an dem Job als Dorfsheriff: Man kennt seine Pappenheimer genau. Genau so war die Stellenbeschreibung konzipiert. Denn wichtiger noch als die üblichen Voraussetzungen war die Ortsverbundenheit. Am besten war es, man war in dem Dorf geboren und aufgewachsen, in dem man als Dorfpolizist eingesetzt wurde.

Als die Planstelle für die Polizeistation in Cappeln neu zu besetzen gewesen war, hatte Willen sich daher sofort beworben und ein Versetzungsgesuch eingereicht. Und den Zuschlag erhalten. Er kannte den Job noch von seinem Vater her, der gerne als sogenannter Kontaktbeamter gearbeitet hatte. Und genau wie seinem Vater machte es auch ihm großen Spaß, Ansprechpartner für die Bürger zu sein, Schul- und Kindergartenwege zu überwachen sowie für Eltern, Kinder, Schulen, Kindergärten, Vereine, aber auch für Senioren und Pflegeheime Präventionsarbeit zu leisten. *Bürgernahe Präsenz* hieß das in der Amtssprache, *Polizist zum Anfassen* übersetzte Willen es für sich. Ganz zu schweigen von den geregelten Arbeitszeiten ohne Schicht- und Wochenenddienste. So kam auch die Freizeit nie zu kurz, die er meist mit Sport verbrachte.

Mit dem letzten Schluck Kaffee warf Willen eine Tablette ein. Seine Kopfschmerzen waren heftiger geworden. Er nahm die Akte »Kosminski« zur Hand und las sich noch einmal kurz in das Geschehen ein. Willen schmunzelte. Bei der Sache ging es irgendwie um Sex, das wusste er noch grob. Und um Hunde. Ja, genau, Kosminski hatte einen Hund. Kam nicht auch noch etwas mit Jogging darin vor? Er blätterte durch die Akte. Verzwickte Sache. Ein gelber Klebezettel erinnerte ihn: Duden – Fachbegriff nachlesen. Was war das noch mal für ein Fachbegriff? Kosminski hatte ihm diesen Begriff letzte Woche auf dem Gemeindefest noch genannt, er hatte ihn aber wieder vergessen. Nicht so schlimm, zur Not würde er einfach Mutter fragen, die wusste ja alles. Was hatte sie ihm zuletzt noch gesagt? Willen schob die Akte beiseite und schaute hoch. Über den Monitor hinweg blickte er gedankenversunken zum ... Fenster. »Oh, die Jalousien!« Er sprang auf. Es wäre ja nicht so schön, wenn Kosminski wieder etwas eher käme und die Jalousien wären noch geschlossen, dachte er. Willen ging zum Fenster und schaute im Vorbeigehen auf die Wanduhr. War ja noch nicht einmal viertel vor. Er zog die Jalousien mit einem kräftigen Zug hoch ... und zuckte zusammen. - Kosminski!

Kosminskis Nasenspitze berührte fast die Fensterscheibe. Er bewegte sich nicht; der Kerl stand einfach nur da und glotzte. Kosminski glotzte durch Willen hindurch ins Büro, so, als wäre er im Zustand eines Wachkomas; nur im Stehen. Ihm zu Füßen saß sein Hund und machte mit geschlossenem Maul und treu-doofem Blick genau dasselbe wie Kosminski: glotzen. Mit der Nasenspitze am Fenster. Dichter ging es nicht. Mutter hatte sie erst vorige Woche geputzt. Nicht, dass das Ärger gab, aber schön war es auch nicht.

Von den dreien reagierte der Hund als Erstes. Minimal. Weiter mit geschlossenem Maul an der Fensterscheibe klebend, wedelte dessen Schwanz über den Boden. Der Hund schien zu merken, dass Willen ihn ansah, denn er öffnete daraufhin das Maul und begann mit heraushängender Zunge zu hecheln. Dann hatte auch Kosminski seinen komatösen Zustand überwunden. Er bewegte die Lippen, schien zu reden. Willen streckte den Kopf vor, um etwas zu verstehen. »Ich kann dich nicht hören, Artur!«

Kosminski sprach von Hause aus nicht sonderlich laut und durch die Fensterscheibe konnte er nur Wortfetzen aufschnappen. Er konnte sich keinen Reim darauf machen, lediglich bei dem Wort »Vermählung« war sich Willen sicher.

»Moment, ich mache auf!«, rief Willen Kosminski zu, um diese Provinzposse zu beenden. Beide gingen zur Tür, der Hund tappte seinem Herrn hinterher. Willen drehte den Schlüssel zwei Mal herum und öffnete. Er machte einen Schritt nach hinten und begrüßte Kosminski auf Platt: »Wat hest du secht?«

Kosminski nahm Haltung an, sein Hund tat es ihm gleich. Dann antwortete er: »Kosminski, Artur, meldet sich jehorsamst zur Vernehmung, Herr Kommissär!«

»Ach Vernehmung, nicht Vermählung!« Willen lachte. »Nein,

nein, Artur, das ist hier keine Vernehmung. Nur eine Befragung. Wir wollen uns nur unterhalten. Aber komm doch erst mal rein!«

Kosminski trat ein und Willen wies ihm den Besucherstuhl zu, ehe er sich auf seine Seite des Tisches setzte. Der Hund legte sich neben seinen Herrn auf den Boden und streckte Willen den Kopf entgegen. Willen bemerkte die Schweißperlen auf Kosminskis Stirn. Dieser saß kerzengerade auf dem Stuhl, den Blick frei geradeaus gerichtet. Als seine Hände zu zittern begannen, legte er sie flach auf die Oberschenkel. So wird das nichts, dachte Willen, der muss sich erst mal entspannen.

»Kaffee?«

Kosminski schüttelte den Kopf. Willen versuchte etwas anderes: »Steht aber gut im Futter, dein Hund.« Er zwinkerte Kosminski zu.

»Frisst halt jern, der Labrador.«

»Hat er denn schon sein Frühstück gehabt?«

»*Sie*, Herr Kommissär, *sie!* Ist doch ne Hündin! Ja, ja, die Milka hat's Fressen schon jekriegt.«

»Braver Hund!«, lobte Willen. Es kam ihm aber blöd vor. Er wusste nicht, was er anderes hätte sagen sollen. Mit Hunden hatte er es nicht so.

»Se hört aufs Wort, Herr Kommissär!«

Willen nickte zustimmend.

»Man weiß nur nicht, auf welches.«

Endlich lachte Kosminski. Milka legte ihren Kopf zwischen die Pfoten. Beide machten jetzt einen entspannten Eindruck auf Willen. Konnte losgehen, zuvor musste er allerdings noch etwas klären: »Nenn mich bitte nicht ‚Herr Kommissär', Artur. Du kennst meinen Namen!«

Damit überließ Willen es seinem Gegenüber, wie er ihn ansprach. Er rechnete aber nicht damit, dass Kosminski ihn duzen würde. Ebenso würde Kosminski sich wahrscheinlich nicht trauen, in der Amtsstube den Polizeibeamten bei seinem Spitznamen zu nennen. Natürlich kannte jeder in Cappeln Willens Spitznamen, wobei nicht allen klar war, wie er ausgerechnet zu »Pommes« gekommen war. Mutter! Wer sonst konnte dafür verantwortlich gewesen sein?

Als Jungendlicher war der groß gewachsene, blonde Hendrik Willen ein Schmächtling, eine halbe Portion, wie Mutter gerne sagte. Er spielte Handball in Cloppenburg und war seinen gleichaltrigen Sportskameraden körperlich unterlegen. »Du bist viel zu dürr für Handball, kannst dich gar nicht durchsetzen gegen die anderen Jungs. Die sind viel stärker als du. Du musst tüchtig essen!«, forderte seine Mutter ihn ständig auf. Das tat Hendrik dann auch. Nach jedem Training aß er ... Pommes. Natürlich bei *Buby,* einer Imbiss-Institution in Cloppenburg. Pommes mit Ketchup, keine Currywurst oder Ähnliches dazu, nur *Pommes-rot* – drei, vier Mal die Woche. Das bekamen seine Kameraden irgendwann mit und verpassten dem hageren Blondschopf einen Spitznamen. Von da an hieß er nur noch Pommes. Zugenommen hatte er nie. Bis zum heutigen Tag nicht. Es musste am gesunden Stoffwechsel liegen, dass Pommes bei seiner eher schlechten Ernährung kein Gramm Fett ansetzte. Und ins Blonde mischten sich ganz allmählich einzelne graue Haare, was für Anfang vierzig nichts Ungewöhnliches war.

»Artur?«, fragte Willen mahnend und kam noch einmal auf den »Kommissär« zurück.

»Wie es Ihnen jenehmt, Herr ... Willen!«

Willen mochte Kosminskis lustige Art und dessen schlesischen Akzent, der ihn unweigerlich an den *braven Soldaten Schwejk* erinnerte. Er selbst hatte auch oft genug den Schalk im Nacken sitzen.

»Gut, das wäre dann geklärt. Kommen wir nun zur eigentlichen Angelegenheit.«

»Ja, ja, die Anjelejenheit ...«, Kosminskis Miene verfinsterte sich und er sah nach unten.

Willen nahm die Akte zur Hand.

»Artur, schildere den Vorfall doch mal aus deiner Sicht!«

»Wo soll ich da anfangen, Herr Kommissär?«

»Artur!«

»Verzeihung, Herr Willen!« Kosminski deutete ein Kopfnicken an.

»Fang am besten vorne an.«

»Jawohl, fange jehorsamst vorne an. Also, meine verstorbene Magda meinte immer zu mir ...«

»So weit vorne nicht!«, unterbrach ihn Willen sofort. Seine Magda war schon zwei Jahre tot, er war auf ihrer Beerdigung gewesen. Die konnte damals nichts gesagt haben, was für die aktuelle Angelegenheit von Belang sein konnte, da war sich der Dorfpolizist sicher. Kosminski nickte und atmete laut ein. Dabei richtete sich sein Oberkörper kurz auf und senkte sich bei der Ausatmung wieder.

»Herr Willen, das Janze ist eijentlich ein Missverständnis!«

Willen faltete seine Hände vor sich auf dem Bürotisch und schaute Kosminski in die Augen. Daraufhin fuhr Kosminski fort: »Im *Cappelner Bruch* jeh ich jerne mit Milka spazieren, se kennt da um die Kläranlage herum jeden Strauch und jeden Baum. Das ist unser Revier, Herr Willen, wenn Se verstehn wolln.«

Willen nickte zustimmend.

»So, und an jenem Tag, zur jenannten Uhrzeit«, Kosminski deutete mit seiner Hand auf die Akte, die Willen vor sich auf dem Tisch liegen hatte, »da waren wir auch da.«

»Mittwoch, der zwölfte Juli«, las Willen ab.

Kosminski nickte.

»Gegen einundzwanzig Uhr.«

»Jawohl«, bestätigte Kosminski und ergänzte: »Es war noch recht hell draußen.«

»Da warst du mit deinem Hund auf dem Wendeplatz am Klärteich.«

»Jenau, Herr Willen, janz jenau. Da komm ich immer entlang. Da setz ich mir jerne aufs kleine Bänkchen und schaue zu, wie de Milka im Teich baden tut. War ja noch warm jewesen. Und da stand dieses Auto, in welchem sich zwei Personen aufhielten.«

Willen musste schmunzeln, jetzt wurde es spannend! Er hakte nach: »Was meinst du mit *aufhielten*? Normal *sitzt* man doch im Auto.«

»Jewiss, Herr Kommissär, jewiss. Sie vielleicht und auch meine Person. Wir sitzen im Auto. Aber die beiden hielten sich darin auf.«

Willen zog die Augenbrauen hoch. Den erneuten »Kommissär« überhörte er.

»Es waren ein Mann und eine Frau, Herr Kommissär!«

»Und?« Willen hatte seinen Spaß an der Befragung. Kosminski machte aber auch toll mit.

»Ich möchte nur unjern indiskret werden«, versuchte Kosminski sich aus der Affäre zu ziehen.

»Was taten die beiden?«, wurde Willen deutlich.

»Ja jut, se fummelten. Und nicht etwa am Lenkrad, wenn Se verstehn, was ich meine.«

Willen verstand sehr gut. »Was passierte dann?«

Kosminski zuckte wie aus heiterem Himmel zusammen. Er drehte sich um zum Fenster. »Ham' Se das auch jehört, Herr Kommissär?«

»Was gehört?« Willen schaute auf und horchte.

»Den Knall! Da hat doch was janz tüchtig jescheppert!«

Willen hörte nichts. »Wahrscheinlich wieder die Russen.« »Oh mein Jott, de Russen!«

»Keine Sorge, Artur, die vertreiben dich nicht. Die böllern einfach nur ganzjährig, nicht nur an Silvester«, witzelte Willen politisch unkorrekt.

»Janzjährich ...«, wiederholte Kosminski mit zweifelndem Blick.

Der wird das mit *Die Russen kommen* doch wohl als Spaß verstehen, hoffte Willen und sagte sich schnell: Weiter im Text!

»Also, Artur, du hast das Pärchen beim Fummeln erwischt«, hakte Willen ein und wiederholte seine letzte Frage: »Was passierte dann?«

»Was dann passierte?« Kosminski musste sich kurz sammeln. Der Knall, die Russen – das alles verursachte ihm Unbehagen. »Na, ich musste mich doch davon überzeujen, dass da keine Notlage vorlag. Deshalb war ich mit meiner Milka etwas näher heranjetreten.«

»Hier steht, du hättest mit der Nasenspitze das Seitenfenster fast durchstoßen«, etwas übertrieben ausgedrückt, wie Willen fand, aber aufgrund seiner Erfahrung von vorhin durchaus plausibel.

»Ja, um janz sicher zu jehen!« Kosminski ahnte, dass Willen mit seiner Antwort noch nicht zufrieden war, daher ergänzte er: »Hatte meine Brille nicht dabei, bin doch kurzsichtig!«

»Soso. Die fühlten sich aber ertappt, steht hier weiter.«

»Ja, ich bin dann sofort von dem Auto zurückjetreten!«

»Das steht so nicht hier. Du sollst um das Auto herumgeschlichen sein!«

»Ich setzte meinen Spaziergang fort!«, insistierte Kosminski.

»Drei Mal!« Willen zeigte seinem Gegenüber zur Verdeutlichung drei Finger seiner rechten Hand.

Kosminski verstand und erklärte kleinlaut: »Vielleicht war ich verwirrt jewesen. Ich war doch auch erschrocken, Herr Kommissär!«

»Es kam zu einem Streitgespräch, lese ich hier.«

So ein Mist, dachte Kosminski, die beiden hatten aber auch alles haarklein zu Protokoll gegeben. »Das jing aber nicht von mir aus!«, verteidigte er sich.

»Dann erzähl mal deine Version, Artur!«

»Na schön, also, se haben mich anjeflaumt, was ich denn da suchen würde bei ihrem Auto. Ich wäre ein Spanner, ein ‚Perversling'. Können Sie sich das vorstellen, Herr, äh, Willen?«

Stille. Kosminski schaute Willen an, als erwartete er eine für ihn günstige Antwort vom Polizisten.

»Erzähl weiter!«

Das war es nicht, aber gut. Kosminski fuhr fort: »Wenn, hab ich denen jesagt, also wenn, dann bin ich jenauso pervers wie Sie! Hör'n Se mal, Herr Kommissär, da ist der Typ fast ausjerastet. Was mir denn einfiele? Moment, hab ich jesagt, Freundchen, Se machen mir hier ein eindeutijes Anjebot. Anjebot, fragte der zurück. Was ich denn damit meinen täte. Und dann hab ich den Herrschaften das mit dem Dogging erklärt.«

Dogging! Das war der Fachbegriff, der Willen vorhin nicht einfallen wollte.

»Was ist denn Dogging?«, fragte Willen.

»Das kann ich Ihnen erklären!« Kosminski nahm im Stuhl sitzend wieder Haltung an und Willen hoffte inständig, dass er sich für die Kurzversion entscheiden würde.

»Dogging, Herr Kommissär«, und dabei hob Kosminski den rechten Zeigefinger, »ist öffentlicher Sex.«

Das war die sehr kurze Version, dachte Willen. »Versteh' ich nicht.«

»Steht sojar im Duden!«

Willen erinnerte sich an seinen Vermerk in der Akte und rief über den PC die Onlineausgabe des Dudens auf.

»Numero zwo, bitte!«, sagte Kosminski.

»Wie?« Willen verstand nur Bahnhof.

»Der Duden hat zwei Definitionen für Dogging«, erklärte Kosminski.

Jetzt war Willen auf der Duden-Seite und sagte: »Der Duden definiert Dogging erstens als *Jogging oder ähnliches Fitnesstraining mit Hund* ...«

Willen sah schmunzelnd zu Milka.

»Das nimmt mir keiner ab, Herr Kommissär!«, witzelte Kosminski und ergänzte: »Obwohl ich's wohl nötig hätte.«

Beide lachten, dann las Willen weiter: »Zweitens *Teilnahme an oder Beobachtung von verabredeten sexuellen Begegnungen an öffentlichen beziehungsweise freien Plätzen.*«

»Bingo!«, dabei grinste Kosminski bis über beide Ohren.

»Was soll das heißen?«, fragte Willen.

»Jenau das hat der Typ mich auch jefragt! Die Dame neben ihm wurde janz rot, Herr Kommissär, die hatte verstanden!«

Willen las das Ganze noch einmal lautlos für sich.

»Verstehn Se doch, ich jeb ja zu, dass ich ein bisschen jeguckt habe, aber die Herrschaften im Auto wollten, dass se beguckt werden bei ihren ... Intimitäten.«

»Ich hab' noch etwas anderes zum Thema Dogging gefunden«, sagte Willen und las wieder vor: »Dogging ist öffentlicher Sex, der sich meist auf Parkplätzen in, an und um Autos herum oder im Wald abspielt und an dem sich hinzukommende Voyeure beteiligen können. Über einschlägige Internetforen informiert und spricht man sich vorher ab, damit spannen oder mitmachen kann, wer möchte. In seinen Anfängen war diese Sexualpraktik mehr vom Exhibitionismus denn vom Voyeurismus geprägt, wodurch sich auch der Terminus Technicus ‚Dogging' erklärt. Die damals noch ungebetenen und ertappten Spanner redeten sich damit heraus, dass sie nur ihren Hund ausführen wollten.«

Kosminski nickte zustimmend.

»Wie passend, Artur, du hast ja einen Hund!«

Kosminski nickte schneller.

»... Über einschlägige Internetforen informiert und spricht man sich vorher ab ...«, wiederholte Willen das zuvor Gelesene und fragte: »Habt ihr euch denn abgesprochen?«

»Ja, das möchte wohl das Problemchen sein, Herr Kommissär.«

Willen ließ Kosminskis Satz einen Moment lang sacken, dann prustete er wild drauflos. Milka sprang bellend auf und Kosminski feixte mit.

»Problemchen«, wiederholte Willen. Sein herzhaftes Lachen ging in ein fast unkontrollierbares Husten über.

Kosminski kicherte sich auf seinem Stuhl halb tot.

»74/01 für ADAM, bitte kommen!«

»Moment«, hüstelte Willen, »die Leitstelle funkt mich gerade an.«

Er rollte mit seinem Chefsessel zum Funkgerät hinüber, setzte sich ein Headset auf und positionierte das Mikrofon vor seinen Mund.

»74/01 hört!«

»Hamm' wohl auch kleines Problemchen«, gluckste Kosminski in der Hoffnung, dass er Willens Heiterkeit als Zeichen für dessen Unterstützung in dieser delikaten Angelegenheit werten durfte. Willen hatte Mühe, einen weiteren Lachanfall zu unterdrücken. Er durfte Kosminski nicht ansehen, denn der japste fröhlich vor sich hin.

Willen drehte Kosminski den Rücken zu und nickte ein paar Mal, während er der Leitstelle zuhörte.

»Verstehe«, sprach der Dorfpolizist in sein Mikro. Er schaute kurz zu Kosminski herüber. Dieser sah Willens verfinsterte Miene.

»Klar, ist direkt bei mir um die Ecke.«

Willen stand auf und hielt seinen Stift an eine bestimmte Stelle auf der Landkarte, die an der Wand vor ihm hing. Kosminski beobachtete den Polizisten und sah, wie dieser mit dem Stift einen Weg nachzeichnete.

»Verstanden, Ende!«

Der Spaß war im Nu verflogen. Selbst Milka schaute auf und spitzte die Ohren, nachdem Willen das Headset abgelegt und sich Kosminski wieder zugewandt hatte. Der Polizist guckte ernst.

»Wir sprechen später weiter, Artur!«, sagte er und griff zu seiner Polizeimütze.

»Verkehrsunfall?«, fragte Kosminski, als sie das Büro verließen. Die Stelle, die Willen auf der Karte angetippt hatte, kannte er gut.

»Ich melde mich bei dir!«, sagte Willen. Seine Kopfschmerzen wurden wieder stärker.

Kapitel 4

Die Pressestelle des Niedersächsischen Ministeriums für Ernährung, Landwirtschaft und Verbraucherschutz war wegen dringender Umbaumaßnahmen vorübergehend im *Leibnizflügel* untergebracht. Im gegenüberliegenden *Calenbergerflügel* befand sich das Ministerbüro. Verbunden waren die beiden Seitentrakte, deren interne Bezeichnung von den jeweils vorbeiführenden Straßen abgeleitet worden war, durch einen lichtdurchfluteten Zwischentrakt mit riesigen Glasfronten. Nach einem schnellen Fußmarsch von der Bushaltestelle am Leibnizufer kam Carsten Höger mit rotem Kopf und erhöhtem Pulsschlag dort an.

Er war mit Ella Heldt, der Sekretärin in der Stabsstelle des Ministers, verabredet. Sie wollte ihn direkt am Eingang des Ministeriums in Empfang nehmen und ihn sicher durch das Chaos führen, welches der Umbau verursachte. Da sie noch nicht da war, prüfte Höger den Sitz der Krawatte anhand seines Spiegelbilds in der Glasfront.

Durch den Zwischentrakt wechselten Handwerker mit eiligen Schritten von dem einen in den anderen Gebäudeflügel. Das Hämmern und Bohren kam von allen Seiten. Weiter entfernt kreischte eine Kreissäge in regelmäßigen Abständen. Die Gespräche der vorbeilaufenden Mitarbeiter des Ministeriums waren entsprechend laut, trotzdem bekam Carsten Höger nichts von deren Inhalten mit. Er hielt Ausschau nach einer einzelnen jungen Dame, doch in dem Gewusel konnte er keine bestimmte Person ausmachen.

»Herr Höger?«, schrie ihn jemand von hinten an.

Er drehte sich um. Eine elegant gekleidete junge Frau streckte ihm die rechte Hand entgegen. Unter ihrem linken Arm klemmte ein dicker Ordner mit Unterlagen. »Ich bin Ella Heldt, wir hatten telefoniert.«

»Carsten Höger! Ich freue mich, Sie nun auch persönlich kennenzulernen! Danke, dass Sie mich abholen. Sie hatten recht, ganz schön chaotisch hier. Und laut. Wann, denken Sie, wird der Umbau abgeschlossen sein?«

»Kommen Sie, wir gehen hier erst mal weg.« Ella Heldt wies ihm mit ihrer freien Hand die Richtung. Ich rede wieder zu viel, dachte Höger und ermahnte sich, etwas zurückhaltender zu sein. Die Sekretärin legte in ihren hochhackigen Schuhen eine ordentliche Geschwindigkeit vor. Obwohl er sich für sportlich hielt, hatte er Mühe, mit ihr Schritt zu halten.

»Sorry, der Fahrstuhl ist momentan außer Betrieb!«

»Kein Problem!«

Sie folgten einem langen, düsteren Gang, an dessen Ende es nach links und nach rechts abzweigte. Hier war es besonders laut. »Ground Zero!«, schrie Ella Heldt Höger an. Er lachte zustimmend und tippte darauf, dass es gleich nach links ging. »Achtung!«, rief die Sekretärin und deutete nach unten. Ab hier lag eine durchsichtige Plane aus, die nur unzureichend mit Tape am Boden befestigt war. Über den dicken, wurstförmigen Wulst stolperten nicht wenige. Höger machte einen langen, vorsichtigen Schritt darüber hinweg und verlor etwas den Anschluss. Die Sekretärin, die mit diesem Teilstück bereits vertraut war, schoss um die Ecke herum nach rechts. War klar, dachte Höger und machte zwei schnelle Zwischenschritte, um an ihr dran zu bleiben. Ella Heldt gefiel ihm gut. Sie hatte ihr blondes Haar zu einem Zopf gebunden und machte in dem Kostüm eine gute Figur.

Sie erreichten einen Treppenaufgang, dem sie über eine 180-Grad-Wendung bis in die nächste Etage folgten. Dann wurde es allmählich ruhiger. Obwohl die Sekretärin die Treppenstufen für Högers Begriffe wie im Fluge genommen hatte, war sie, oben angekommen, nicht außer Atem. Er war immer höflich eine Stufe hinter ihr geblieben und hätte jetzt gern ein wenig verschnauft.

»In drei Wochen machen Ihnen die langen Wege nichts mehr aus!«, sprach Ella ihm mit einem Lächeln auf den Lippen Mut zu. Die Baustelle wird also mindestens noch so lange bleiben, schloss Höger daraus, eher länger.

Wieder eilten sie einen lang gezogenen Flur entlang, von dem nach beiden Seiten Büros abgingen. Die Arbeiten im unteren Geschoss waren jetzt nur noch als dumpfes Klopfen zu hören.

»Macht es Ihnen etwas aus, wenn wir unseren Weg bereits zur Einweisung nutzen?«

»Durchaus nicht.« Gelogen, dachte Höger, der sich gern Notizen gemacht hätte, was im Gehen nicht möglich war.

»Okay. Das ging ja alles ziemlich schnell für Sie, deshalb zunächst nur das Wichtigste.« Mit einem raschen Blick zur Seite vergewisserte Ella Heldt sich Högers Aufmerksamkeit.

»Den Minister nennen wir im Team ‚Chef-Chef', den Staatssekretär nur ‚Chef'. Das wissen die auch. Für Sie sollte klar sein, wir arbeiten im Stab sehr eng mit ihnen zusammen. Wenn wir mit den Herren zu tun haben, nennen wir sie natürlich beim Namen.« Dass Höger die Namen von beiden kannte, setzte Ella voraus und fuhr fort: »Nun ist es so, dass uns nicht nur die Umbauarbeiten hier im Haus Kopfschmerzen bereiten.« Ella blickte Höger in die Augen.

»Sie spielen auf die Dioxingeschichte an.« Höger vermied den Begriff »Skandal«.

»Exakt. Hier entlang, bitte!« Die Sekretärin bog nach links ab und schaute auf ihre Armbanduhr. Höger folgte ihr.

»Setzen wir uns doch in die kleine Meeting-Ecke da drüben am Fenster. Wir sind etwas früh dran, sehe ich gerade. Die Herren befinden sich noch in einer kurzfristig anberaumten Telefonkonferenz.«

Ella nahm in einem hochwertigen Ledersessel Platz. Höger setzte sich ihr gegenüber.

»Chef und Chef-Chef, meinen Sie.«

»Exakt! Wo war ich stehen geblieben?«

»Dioxin«, gab Höger das Stichwort und überlegte, ob er seine Kladde herausnehmen sollte, um sich Notizen zu machen. Er verwarf den Gedanken aber sofort wieder – das kam ihm plötzlich so unprofessionell vor. Er wollte nicht als der Anfänger rüberkommen, der sich nichts merken konnte.

»Und in dem Moment, wo die Lawine ins Rollen gerät, verlässt uns die Pressesprecherin!«, erklärte Ella vorgebeugt und in gedämpftem Ton weiter.

Was sollte Höger dazu sagen? Wegen dieser Vakanz war er hier.

»Wo waren Sie eigentlich vorher, Herr Höger?«

»Ich? Äh ...«, stotterte Höger; mit dieser Frage hatte er nicht gerechnet. »Ich war bei einer Berliner PR-Agentur«, erklärte er knapp und räusperte sich.

»Ach so. Bitte verstehen Sie mich nicht falsch, aber es ist besonders tragisch, wenn Leistungsträger abwandern. Noch dazu, wenn sie so dringend gebraucht werden. Bis der Nachfolger sich zurechtfindet, das dauert ja so seine Zeit.«

Höger hörte daraus zweierlei: Erstens, Dr. Lamberts, seine Vorgängerin, hatte offenbar selbst gekündigt, denn die Sekretärin sprach von *abwandern*. Wenn sie entlassen worden wäre, hätte Ella es unmissverständlich formuliert. Und zweitens traute sie ihm nicht zu, die Lamberts ersetzen zu können. Denn sie nannte seine Vorgängerin einen *Leistungsträger*. Vermutlich hatte sie damit auch recht; mit fünfunddreißig hatte er längst noch nicht die Erfahrung von Dr. Lamberts, die seines Wissens Anfang fünfzig war.

»Ich war Seniorberater und davor Pressesprecher bei einem kommunalen Energieversorger!«

Die Sekretärin zückte ihr iPhone. »Hm ...«, kommentierte sie, während sie parallel eine soeben eingegangene WhatsApp-Nachricht beantwortete.

Wieso erkläre ich einer Sekretärin eigentlich, warum ich den Job bekommen habe, fragte sich Höger. Irgendjemand hier im Ministerium wird mich wohl für kompetent gehalten haben.

»Sollen kommen, geht gleich los!«, sagte Ella und steckte ihr iPhone wieder weg.

Beide erhoben sich von ihren Sesseln, die Sekretärin ging wieder vor. Meine Güte, gab es in diesem Flügel denn nur *lange* Flure, fragte sich Carsten Höger.

»Ich sag' Ihnen mal eben, auf wen Sie gleich treffen werden: Neben den beiden Chefs wird Corinna Bach da sein. Das ist die Leiterin des Ministerbüros, bei ihr laufen alle Fäden zusammen.«

»Ich dachte, das wären Sie«, sagte Höger mit einem Augenzwinkern.

Ella blickte Höger an und fragte ohne den Ansatz eines Lächelns: »Wo waren Sie vorher? Energieversorger?«

Der saß! Höger hätte sich für seinen dämlichen Versuch, nett zu sein, am liebsten selbst in den Hintern getreten.

»Oliver Sorg arbeitet auch im Ministerbüro, ist bei der Besprechung aber nicht dabei. Dafür wird Ihre Mitarbeiterin, Janette Büttekoven, teilnehmen.«

»Ihre« hatte sie besonders betont und ergänzte: »Sie wird vielleicht schon eine Pressemitteilung im Entwurf vorbereitet haben und Sie nachher selbstverständlich genauestens ins Bild setzen.«

»Prima!«, kommentierte Höger.

Ella sah ihn an und lächelte verhalten.

»Dann werden noch Dr. Klingenberg und Heribert Bischof aus der Abteilung ‚Verbraucherschutz' da sein. Dr. Klingenberg ist der Abteilungsleiter, Bischof der zuständige Referent. By the way, sind Sie mit unserer Organisation vertraut, Herr Höger?«

»Im Internet habe ich etwas dazu gefunden.« Verdammt, dachte Höger, das hört sich ja an wie eine Standardantwort bei einem Vorstellungsgespräch um einen Ausbildungsplatz. Er räusperte sich.

»Alles gut!«, beruhigte ihn Ella. »Wird Ihnen Frau Büttekoven sicherlich zu gegebener Zeit und in Ruhe erklären. Jetzt geht's erst einmal darum, dass Sie Ihr erstes Meeting heil überstehen!« Sie zwinkerte ihm zu. »Das Ministerium besteht neben dem Minister, dem Staatssekretär und dem Stab aus vier Abteilungen. In der Abteilung zwei, die Dr. Klingenberg leitet, ist unter anderem der Verbraucherschutz thematisch untergebracht. Wundern Sie sich also bitte nicht, wenn nachher auf Dr. Klingenberg und Bischof aus vollen Rohren geschossen wird! Das LAVES steht nämlich unter seiner Kontrolle!«

»Landesamt für Verbraucherschutz und Lebensmittelsicherheit«, erklärte Höger die von Ella verwendete Abkürzung.

»Gut!«, lobte sie.

»Wird Herr Dr. Eberlein auch da sein?«

Mit dem Namen des Präsidenten des LAVES konnte Höger glänzen. Ella ließ seine Frage allerdings unbeantwortet. Sie tippte im Gehen und mit nur einer Hand wieder eine Nachricht in ihr iPhone.

Bei seinen Internetrecherchen war Höger natürlich auch auf Aussagen von Dr. Eberlein gestoßen. Er hatte gelesen, dass man der Landesoberbehörde im Geschäftsbereich des Niedersächsischen Landwirtschaftsministeriums gewisse Versäumnisse vorhielt. Einige Zeitungen sprachen bereits von einem Dioxinskandal ungeahnten Ausmaßes. Vor einigen Wochen war in einem Betrieb in Schleswig-Holstein Dioxin in Futtermitteln festgestellt worden. Wenig später waren belastete Eier in Umlauf gekommen. Eberleins Haltung in dieser Sache kam Höger, nach dem, was er gelesen hatte, höchst ambivalent vor. Er vermutete, dass es bei der bevorstehenden Besprechung um Schadensbegrenzung gehen würde.

»Um auf Dr. Eberlein zurückzukommen«, nahm Ella den Faden wieder auf, »der ist heute nicht dabei.«

Abrupt machte sie vor einer geöffneten Tür eine halbe Drehung um die eigene Achse und blieb stehen. »Wir sind da!«, sagte sie zu Carsten Höger und bat ihn mit einer Handbewegung, einzutreten. Als er an ihr vorbeiging und den Besprechungsraum betrat, flüsterte Ella ihm zu: »Auf Eberlein wird später geschossen!«

HÖGERS HERZ SCHLUG schneller. Die Augen der Anwesenden waren sofort auf ihn, den Neuen, gerichtet. Ella Heldt drückte sich an der Wand entlang an ihm vorbei, legte Minister Freselage den Ordner, den sie mitgeführt hatte, auf den Tisch und stellte mit knappen Worten den Neuen formlos vor: »Das ist Carsten Höger, der neue Pressesprecher!«

Höger spürte am pulssynchronen Ohrgeräusch seine Aufregung überdeutlich. Nichts anmerken lassen, professionell bleiben, nur ein Versuch für den ersten Eindruck, gab er sich selbst in Gedanken wichtige Regieanweisungen und entschied sich für eine altmodische, aber sichere Kurzvorstellung: »Guten Tag zusammen! Ich freue mich auf die Zusammenarbeit mit Ihnen!« Er nickte mehrfach in die Runde, was freundlich erwidert wurde.

»Herr Höger, schön, dass Sie da sind! Wir freuen uns auch!«, begrüßte ihn Minister Freselage, ohne sich von seinem Stuhl zu erheben. Er wies Höger sogleich einen Sitzplatz zu: »Setzen Sie sich doch bitte neben Frau Büttekoven. Ihre Mitarbeiterin hat Ihnen freundlicherweise einen Stuhl freigehalten!«

Eine junge Frau mit langen brünetten Haaren, die Höger auf Anfang dreißig schätzte, nahm etwas verschüchtert Blickkontakt zu ihm auf. Bevor er Platz nehmen konnte, wurde er von Staatssekretär Tschauner, den er vom Einstellungsgespräch bereits persönlich kannte, mit Handschlag begrüßt.

»Schön, dass es so kurzfristig geklappt hat, Herr Höger. Willkommen an Bord!«

Carsten Höger musste unweigerlich auf das etwas schiefe Kinn des Staatssekretärs schauen, das ihm von ihrem letzten Gespräch noch präsent war. Auch jetzt deuteten die tiefen Falten um den Mund des Mittfünfzigers ein Lächeln bestenfalls nur an. Ein Lächeln, das ihm nicht geheuer war.

»Danke!«, antwortete Höger knapp und setzte sich auf den zugewiesenen Platz zwischen Janette Büttekoven und Tschauner.

»Vielen Dank, Frau Heldt, das wär's zunächst!«, verabschiedete der Minister die Sekretärin. Ella Heldt verließ ohne Kommentar den Raum.

»Ich denke, wir machen für Herrn Höger eine schnelle Vorstellungsrunde, damit er weiß, mit wem er es ab heute zu tun hat. Ich fange direkt an, dann hab' ich's hinter mir.«

Die gesamte Runde lachte anstandshalber über den kleinen Scherz des Ministers.

»Hans-Georg Freselage, Minister für Ernährung, Landwirtschaft und Verbraucherschutz des Landes Niedersachsen.«

Erneutes Lachen.

Nach und nach stellte sich jeder am Tisch in ähnlicher Weise vor, sodass Höger die Namen, die er bereits von der Sekretärin erfahren hatte, Gesichtern zuordnen konnte. Da er von Staatssekretär Tschauner bereits im Einstellungsgespräch einen persönlichen Eindruck gewinnen konnte, nutzte er jetzt die Gelegenheit, sich vor allem von Minister Freselage ein erstes eigenes Bild zu machen.

Von dessen Lebenslauf, der auf der Homepage des Ministeriums nachgelesen werden konnte, wusste Höger, dass der Minister Mitte fünfzig war, also in etwa so alt wie sein Staatssekretär. Nur, dass Letzterer wesentlich sportlicher und agiler wirkte. Freselage verkörperte, wie Höger fand, den typischen Berufspolitiker: aufgrund hoher zeitlicher Belastung ein wenig untersetzt, mit grau meliertem, etwas lichtem Haar, stets einen perfekt sitzenden Maßanzug tragend. Dabei schauten ihn aus einem freundlichen Gesicht heraus hellwache Augen an. Ganz im Gegensatz zu Tschauner, dessen kalte Augen nie mitlachten, wie Höger fand. Obwohl Freselage, anders als Tschauner, keine militärische Karriere durchlaufen hatte, kam bei Höger das Gefühl auf, einen Vier-Sterne-General vor sich zu haben. Das lag einerseits an Freselages Habitus, zum anderen erkannte Höger eine gewisse äußerliche Ähnlichkeit mit Erwin Rommel. Dem Wehrmachtsoffizier hatte der Einsatz während des Afrikafeldzugs im Zweiten Weltkrieg den Beinamen »Wüstenfuchs« beschert.

Zu guter Letzt stellte sich Heribert Bischof, der Referent in der Abteilung Verbraucherschutz, vor. Nachdem Bischof geendet hatte, herrschte für einen Augenblick Schweigen im Raum. Carsten

Höger bemerkte einen Tick zu spät, dass alle Augenpaare erneut auf ihn gerichtet waren.

»Sie noch mal!«, forderte Tschauner Höger auf.

»Ach so, ja sicher. Carsten Höger …«, er stockte kurz, »… Pressesprecher.«

Applaus brach aus.

»*So* wollen wir das hier hören!«, bejubelte der Staatssekretär den neuen Mitarbeiter in der Runde.

Minister Freselage ergänzte lachend: »Verzeihen Sie uns bitte diesen kleinen Scherz, Herr Höger! Frau Heldt hatte Sie uns zwar schon vorgestellt, aber wir begrüßen neue Mitarbeiterinnen und Mitarbeiter gerne mit einem warmen Applaus. Dafür mussten Sie uns einfach ein zweites Mal die Gelegenheit geben.«

Höger fiel ein zentnerschwerer Stein vom Herzen. »Sehr freundlich von Ihnen, mich so nett zu begrüßen!« Dabei nickte er allen am Tisch noch einmal dankend zu.

»Er verzeiht uns, glaube ich«, lachte der Minister und zog eine Tageszeitung aus dem Ordner, den er von der Sekretärin bekommen hatte.

Staatssekretär Tschauner ergriff die vor ihm stehende Kaffeekanne und wandte sich leise an Höger: »Kaffee?«

Höger nickte. Tschauner schenkte erst ihm und danach sich selbst ein. Dann reichte er die Kanne weiter.

Mit einem lang gezogenen »Tja« wechselte Minister Freselage nun zum offiziellen Teil der Besprechung. Betretene Gesichter allenthalben. Höger konnte sich den Grund für dieses Schweigen denken. Der Minister wedelte mit der Zeitung und blickte in die Runde. »Da kommt was auf uns zu, Leute!«

Zustimmendes Nicken.

Höger hörte wieder seinen Puls in den Ohren rauschen. Zeitung, schlechte Presse – das war eigentlich sein Thema. Doch er war neu im Amt des Pressesprechers und zudem noch nicht genügend gebrieft. Das untätige Ausharren war schwer zu ertragen für ihn.

Corinna Bach, die Leiterin des Ministerbüros – *bei ihr laufen alle Fäden zusammen*, erinnerte sich Höger an Ella Heldts Einführung – durchbrach das Schweigen: »Wir stehen in dieser Sache noch ganz am Anfang. Das kann schlecht sein, es kann aber auch etwas Gutes haben.«

Vereinzeltes Nicken am Tisch.

»Ja, etwa nicht?«, fuhr die Büroleiterin fort und sah sich in der Runde um. »Die Frage ist: Wollen wir *agieren* oder – wie es häufig die anderen machen – nur *reagieren*?«

»Was genau meinen Sie damit?«, fragte Staatssekretär Tschauner.

»Das wissen Sie doch, Herr Staatssekretär: *Salamitaktik*. Nur das zugeben, was eh schon bekannt ist. Oder ...«

»Oder?«

»Oder frühzeitig *auspacken*«, die Büroleiterin deutete mit beiden Händen Anführungszeichen in der Luft an, »um so die Deutungshoheit in jeder Phase der Krise zu haben.«

»Tze«, stieß Tschauner aus.

Carsten Höger beobachtete die Runde sehr genau. Er versuchte, Positionen und Fraktionen auszumachen und Schwingungen wahrzunehmen. Ungefähr so waren im Vorfeld seine Erwartungen an diese Besprechungsrunde gewesen, und jetzt ergab sich ein dazu passendes Bild in seinem Kopf: Der Minister eröffnet, mehr oder weniger nur durch Handzeichen, die Versammlung der Ritter der Tafelrunde. Dessen Prinzregent, der Staatssekretär, hält sich zunächst ebenfalls vornehm zurück und wartet, bis der ihnen beiden folgende, ranghöchste Ritter, in diesem Fall eine Frau – die Leiterin des Ministerbüros -, das Wort ergreift. Daraufhin steigt der Prinzregent in die Diskussion ein. Erst einmal hören, was die anderen sagen, um hernach eine eigene Position aufzubauen. Gar nicht so verkehrt! Höger wusste aber, dass sein Bild von König Artus' Tafelrunde an einer bestimmten Stelle eine Unschärfe besaß. Artus bezeichnete sich selbst als *primus inter pares* – Erster unter Gleichen. Er wollte damit seine Unterordnung mit den an seiner Tafel versammelten Rittern unterstreichen und hob damit eine Rangfolge unter ihnen praktisch auf. Dem neuen Pressesprecher war schon bewusst, dass die Ministeriumsrunde nach etwas anderen Gesetzmäßigkeiten funktionierte, in der Minister und Staatssekretär eine erhöhte Ehrenstellung genossen, was durch das praktizierte Rederecht deutlich wurde. Das Primus-inter-Pares-Prinzip kommt jedoch als gängiges Managementsystem in einigen Wirtschaftsunternehmen zum Einsatz, wusste Höger aus seiner Tätigkeit als PR-Berater.

»Vielleicht machen wir doch erst einmal einen Faktencheck.«

Tschauner blickte Janette Büttekoven überrascht an, die mit leiser Stimme gesprochen hatte und sofort errötete.

Höger beobachtete das Mienenspiel von Tschauner und der Mitarbeiterin der Pressestelle sehr genau.

»Das ist doch mal ein guter Vorschlag!«, befand Minister Freselage. »So weiß dann auch Herr Höger, worum es hier eigentlich geht. Dr. Klingenberg, Herr Bischof, setzen Sie beide uns doch bitte mal ins Bild!«

Während sich der Leiter der Abteilung Verbraucherschutz hüstelnd auf seinem Stuhl aufrichtete, lehnte sich dessen Referent zurück. Für Carsten Höger, der den beiden gegenübersaß, wirkte es, als würde Bischof hinter seinem Chef verschwinden und sich damit dem Blick des Ministers entziehen.

»Nun«, begann Dr. Klingenberg etwas verhalten, »wir gehen zum jetzigen Zeitpunkt von einem einmaligen Versehen aus.«

»Das ist doch mal eine gute Nachricht!«, erwiderte der Minister.

»Und was ist die schlechte?«, fragte Tschauner in Richtung Dr. Klingenberg.

»Na ja, wir haben immerhin die Selbstanzeige eines Futtermittelherstellers aus Schleswig-Holstein. Der Betrieb hatte bei Eigenkontrollen in Legehennen-Futtermitteln deutlich erhöhte Dioxinwerte festgestellt.«

Dr. Klingenberg musste husten und griff zu seinem Wasserglas. Die Redeunterbrechung nutzte der Minister, um seinem Staatssekretär etwas zu entgegnen: »Ich höre da noch keine schlechte Nachricht, Til!«

Staatssekretär Tschauner schwieg.

»Hat das LAVES den Betrieb in Schleswig-Holstein überprüft?«, fragte der Minister.

»Ja«, antwortete Dr. Klingenberg. Und ehe er mit seinen Ausführungen fortfahren konnte, lehnte Minister Freselage sich in seinem Stuhl weit zurück und hob beide Hände. »Was sag' ich?«, dabei sah er zu Tschauner herüber.

Tschauner tippte wortlos mit seinem Kaffeelöffel auf der Tischplatte herum.

»Aber erst auf Nachfrage«, kam es aus Dr. Klingenbergs Rücken.

»Was?«, hakte Freselage nach.

Jetzt hielt Tschauner die Hand still, in der er den Löffel hatte. Für einen kurzen Moment herrschte absolute Ruhe.

»Was meinen Sie mit ‚auf Nachfrage', Bischof?«

Dr. Klingenberg lehnte sich mit hochrotem Kopf zurück. Sein

Referent setzte sich im Gegenzug aufrecht hin und antwortete: »Der Holsteiner Betrieb hatte sich nach der Selbstanzeige wohl mehrfach beim LAVES gemeldet, doch erst nach zwei Wochen sind die rausgefahren und haben den Betrieb kontrolliert. Der Sachbearbeiter war plötzlich krank geworden, da blieb die Selbstanzeige ein paar Tage unbearbeitet liegen. In der Zwischenzeit hatte der Futtermittelhersteller aber seine Legehennen-Futtermittel an Mastbetriebe in ganz Deutschland ausgeliefert, und die ersten belasteten Eier sind in Umlauf gekommen. Nachweislich von einem Landwirt aus Cloppenburg.«

Der Minister beugte sich vornüber und knallte seine Hände mit voller Wucht auf den Tisch, sodass das Geschirr rappelte und alle, bis auf Tschauner, aufschreckten.

»Da haben wir doch den Schuldigen!«, schrie Freselage und rief dessen Namen lang gezogen aus: »Eberlein!«

Tschauner zog lediglich die Augenbrauen hoch, der Minister lehnte sich wieder zurück. Im ruhigen Ton fragte er in die Runde: »Ich höre hier immer ‚Schleswig-Holstein' und ‚Futtermittelhersteller'. Kann mir mal bitte einer sagen, wie dieser Scheißbetrieb heißt?«

Der Abteilungsleiter wurde immer kleiner in seinem Stuhl, sein Referent schaute ihn an, als ob er um Erlaubnis zur Beantwortung der Frage bat.

»Wie heißt der Betrieb denn nun?«, wiederholte Freselage.

»Holsta-Mast«, antwortete Bischof.

Das Wort war noch nicht ganz ausgesprochen, da knallte jetzt Tschauner seine Hand auf den Tisch – um ein Vielfaches kräftiger, als es der Minister zuvor getan hatte. Der Löffel, den er noch in der Hand hatte, flog über die Köpfe der ihm gegenüber Sitzenden hinweg.

»DAS, mein lieber Hans, DAS IST DIE SCHLECHTE NACHRICHT!«

Minister Freselage saß wie versteinert da. Alle, bis auf Carsten Höger, wussten, was der Staatssekretär meinte.

»Der SCHEISS-CHEF von der SCHEISS-Firma ist der SCHEISS-SCHWAGER von Herrn Minister Freselage! Verstehen Sie, was das bedeutet, Herr Höger?« Wutschnaubend lehnte Tschauner sich zurück.

Carsten Höger stellte sich die Kettenreaktion im Geiste vor: Futtermittelbetrieb baut Scheiße, Kontrollbehörde des Ministeriums versagt, Chef des Futtermittelherstellers ist Schwager des Ministers – so schließt sich ein Teufelskreis und wird zu einem PR-Desaster für den Minister!

»Puh …«, kommentierte Höger die brenzlige Lage.

»Wie meinen?«, fragte Tschauner nach.

»Delikate Angelegenheit. Erfordert größtes Fingerspitzengefühl!«, antwortete Carsten Höger knapp.

»Salamitaktik oder Vorwärtsverteidigung?«, stellte Corinna Bach, die Büroleiterin, ihre Eingangsfrage erneut zur Diskussion.

Die Frage waberte noch unbeantwortet im Raum, als Ella Heldt ohne anzuklopfen hereinstürzte. »Herr Minister, Ihre Frau hat angerufen. Ihr Dienstwagen sei in Cappeln in Brand geraten. Zwei verkohlte Leichen …«, Ella konnte den Satz nicht zu Ende bringen. Tränen standen ihr in den Augen, ihre Lippen zitterten. Sie wedelte mit der Hand vor ihrem Gesicht und versuchte sich zu beruhigen.

»Ihre Frau fragt, ob es Ihnen gut geht«, schluchzte Ella Heldt. »Sie bittet dringend um Ihren Rückruf.«

Kapitel 5

»Ach du Scheisse!«, sprach der Dorfpolizist zu sich selbst, als er die Unfallstelle erreichte.

Er war nach der Alarmierung durch die Leitstelle sofort losgeeilt, hatte sich in seinen Dienstwagen geschmissen und war praktisch nur zwei Mal links und dann scharf nach rechts abgebogen auf die Cloppenburger Straße. Mit eingeschaltetem Blaulicht und Martinshorn hatte er noch weit vor dem Ortsausgangsschild beschleunigt und war der Landstraße, die von Cappeln nach Cloppenburg führte und beim *Calhorner Mühlenbach* eine lang gezogene Rechtskurve machte, knapp drei Kilometer gefolgt, ehe er von Weitem schon das brennende Fahrzeug sehen konnte. Auf dem Feld standen ungefähr ein Dutzend Leute. Die Leitstelle hatte durchgegeben, dass Feuerwehr und Notarzt verständigt worden waren und die Kollegen die Landstraße von Richtung Cloppenburg aus dichtmachen würden. Kosminski hatte also doch richtig gelegen mit dem Knall, hatte Willen unterwegs noch gedacht.

Er fuhr mit dem Dienstwagen in ausreichender Entfernung quer zur Fahrbahn und kam mittig zum Stehen. Damit war die Straße aus Richtung Cappeln ebenfalls abgesperrt. Er machte das Martinshorn aus, das Blaulicht ließ er an und den Motor bei gestecktem Schlüssel laufen. Dann nahm er seine Mütze vom Beifahrersitz, stieg aus und verriegelte das Fahrzeug mit dem Zweitschlüssel.

Meterhohe Flammen und dunkler Qualm schlugen aus dem Auto, ein beißender Gestank von verbranntem Gummi lag in der Luft. Die Leute auf dem Feld waren Erntehelfer. Sie betrachteten das Spektakel aus einiger Entfernung, einige hielten sich Mund und Nase zu. »Die müssen alle schnell da weg!«, befahl Willen sich selbst. Auf dem Feldweg stand einer dieser ausrangierten Omnibusse, wie sie gerne von den Landwirten zum Transport der Saisonarbeiter genutzt wurden. Erfahrungsgemäß arbeiteten überwiegend Bulgaren, Polen und Rumänen als Erntehelfer in der hiesigen Landwirtschaft. Mit Armbewegungen machte Willen den Frauen und Männern bereits aus großer Entfernung deutlich, dass sie sich sprichwörtlich vom Acker machen sollten.

Als er näherkam, hielt er sich den linken Arm vor sein Gesicht – der Gestank der brennenden Reifen war entsetzlich. Der Wagen stand lichterloh in Flammen. Feuer- und Rauchentwicklung waren so stark, dass er keinen Blick in das Wageninnere werfen konnte. *Zu retten gibt's da nichts mehr.* Willen ging weiter auf das Feld. Kunststoffteile lagen in einem großen Radius über Landstraße und Acker verteilt. *Das sieht aber nicht nach einem gewöhnlichen Autobrand aus.* Er hatte noch den Funkspruch der Leitstelle im Ohr, die lediglich von einem brennenden Auto sprach.

Der wild gestikulierende Ordnungshüter flößte den Arbeitern offenkundig Respekt ein, denn sie taten, was er verlangte; sie gingen alle ein paar Schritte zurück, manche von ihnen waren schon beim Bus und stiegen ein.

»Deutsch? Alemania?«, rief Willen den Leuten zu, nachdem er sie erreicht hatte.

Jemand hob die Hand.

Willen schaute der Person direkt in die Augen. »*Du* dafür sorgen: Hier alle weggehen!« Dabei guckte er grimmig unter seiner Schirmmütze hervor.

»Das hatte ich denen vorhin bereits gesagt, aber sie haben mich entweder nicht verstanden oder wollten mich nicht verstehen!«

Willen war überrascht, wie gut der junge Mann Deutsch konnte.

»Äh, du bist doch Pommes, oder?«

Jetzt schaute Willen sich den Kerl genauer an ... und erkannte: »Koopmanns Jens?« Mann, war der groß geworden, dachte er noch.

»Jou!«

»Wat wullt du denn hier?«

»Nebenjob. Student, brauch' immer Geld.«

Willen nickte. »Hör mal zu, Jens, du musst mir hier helfen!«

»Okay ...«

»Sorge bitte dafür, dass sich alle Arbeiter in den Bus begeben. Sobald der Brand gelöscht ist, kann der von hier wegfahren. Ich geb' euch dann ein Zeichen.«

»Alles klar.«

In der Ferne waren Martinshörner zu hören. Willen drehte den Kopf, und es dauerte nicht lang, bis er das erste Einsatzfahrzeug sehen konnte. Weitere folgten in geringem Abstand. Der Löschzug passierte gerade einen silberfarbenen Pkw, der in größerer Entfernung zur Unfallstelle parkte. Der Fahrer lehnte an seinem Wagen. Der wird uns wohl verständigt haben, dachte Willen und wandte sich wieder Jens Koopmann zu.

»Ich muss hier erst einmal die Lage unter Kontrolle kriegen.«

Der junge Mann nickte und wollte schon los, da hielt Willen ihn kurz am Arm zurück: »Gab's Verletzte in eurer Truppe?«

»Nö, wir hatten großes Glück. Wir waren weit genug weg, aber die Erschütterung konnte man auf dem Feld spüren. Das war echt heftig!«

»Gut!«, antwortete Willen und schickte den jungen Mann mit einer Handbewegung fort.

Während er vom Feld zurück auf die Fahrbahn stapfte, hielt er nach den Insassen des verunglückten Autos Ausschau. Er machte einen Bogen um das brennende Fahrzeug und suchte auf der anderen Straßenseite nach möglichen Verletzten. Aber auf die Schnelle konnte er auch dort niemanden sehen.

Im nächsten Moment jagte die Feuerwehr mit Blaulicht und Horn heran. Die Feuerwehrmänner sprangen aus den Einsatzfahrzeugen und ergriffen sofort ihre Maßnahmen. Da saß jeder Griff. Der Einsatzleiter, den Hendrik Willen gut kannte, verschaffte sich rasch einen ersten Überblick. Nachdem er seinen Männern Anweisungen gegeben hatte, informierte er den Polizisten: »Moin Pommes! Wir lassen das Feuer kontrolliert abbrennen!«

»Okay«, sagte Willen, der sich das schon gedacht hatte.

»Mal sehen, was uns dann erwartet«, ergänzte der Einsatzleiter, ehe er zu seinen Männern eilte.

Willen nickte und ging in gleicher Richtung dem Notarzt entgegen. Dabei erkannte er auch den silberfarbenen Wagen, eine C-Klasse, und dessen Besitzer, der mit verschränkten Armen an seinem Auto lehnte. Willen hob für einen kurzen Gruß die Hand, den der Fahrer im selben Moment erwiderte.

»Haben Sie Verletzte?«, fragte der Notarzt.

»Ich habe bislang noch keine entdeckt!«, antwortete Willen wahrheitsgemäß.

»Der Fahrer beziehungsweise die Insassen, wo sind die?«, hakte der Arzt nach.

»Keine Ahnung.«

Willen deutete Richtung Bus auf dem Feldweg: »Da hinten sind Erntehelfer, von denen aber niemand verletzt zu sein scheint.«

Der Notarzt sah sich zu seinen Rettungssanitätern um und winkte sie weiter zu dem Bus. Wieder dem Polizisten zugewandt, sagte er: »Dann gibt es eigentlich nur zwei Möglichkeiten.«

Die beiden Männer blickten sich stumm an, dann nickten sie sich zu und gingen wortlos in unterschiedliche Richtungen weiter. Weggelaufen werden die Insassen nicht sein, dachte Willen, als er zu dem Mercedes-Fahrer ging.

»Moin, Pommes!«, wurde er von Aloys Bögemann, einem Einwohner von Cappeln, begrüßt.

»Moin, Alo! Du hast uns bestimmt benachrichtigt.«

»Hab' ich!«

»Hast du auch gesehen, wie es zu dem Brand kam?«

»Mensch, Pommes, ich hab' mich vielleicht erschrocken! Würdest du auch, wenn vor dir plötzlich ein Auto explodiert!«

Immer schön der Reihe nach, dachte Willen.

»Ihr seid beide aus Cloppenburg kommend Richtung Cappeln gefahren?«

»Ja, ich kann allerdings nicht sagen, wie weit wir voneinander entfernt waren.«

»Weit genug«, scherzte Willen und fragte weiter: »Konntest du den Wagentyp erkennen?«

»Ich meine, es wäre ein schwarzer Audi gewesen. Beim Modell bin ich mir jetzt nicht sicher, A6 oder A8. Ein A4 war es nicht und auch kein Kombi.«

»Aber eine Limousine?«, hakte Willen nach und zückte seinen Notizblock.

»Das auf jeden Fall!«

»Konntest du sehen, wie viele Personen in dem Wagen saßen?«

»Leider nein, Pommes, dazu war der Wagen zu weit weg.«

Willen machte sich Notizen.

»Okay, Alo, jetzt noch einmal kurz zu dem Brand: Du sagtest, vorausgegangen sei eine Explosion. Was genau hast du beobachtet?«

Aloys Bögemann schüttelte den Kopf. »Da war nichts zu beobachten, Pommes! Der Wagen ist während der Fahrt explodiert.

Es hat einfach *Bum!* gemacht, ich habe sogar die Detonation gespürt!«

»Heftig. Und dann?«

»Dann bin ich voll in die Eisen gegangen. Der Wagen vor mir machte einen Satz nach vorne und drehte sich dann um die eigene Achse, ehe er zum Stehen kam. Und schon schossen Flammen aus dem Wagen. Bestimmt drei Meter hoch!«

»Verstehe. Konntest du sehen, ob Insassen den Wagen verlassen haben oder herausgeschleudert wurden?«

»Ich hab' keinen Menschen gesehen!«

Willen kritzelte hastig in seinen Block.

»Aber pass auf, Pommes, das Beste kommt noch!«

Willen schaute gespannt auf, während Bögemann eine dramaturgisch geschickte Pause machte. Mit beiden Händen gestikulierend sprach er weiter.

»Wie bei *Alarm für Cobra 11* schoss ein dunkler Geländewagen durch die Flammen und den Qualm!«

»Wie jetzt?«, fragte Willen, der sich gerade ausmalte, wie ein Geländewagen über ein brennendes Auto hinwegfliegt. Er zeichnete seinem Gegenüber die Flugkurve mit der Hand nach.

»Nein, nein, so spektakulär nicht. Der Geländewagen raste seitlich dran vorbei.«

»Von wo kam der denn? Ich meine, hast du den vorher schon gesehen?«

»Nein. Ich vermute mal, dass der aus Richtung Cappeln kam. Jedenfalls hatte der großes Glück, dass er nicht mit dem brennenden Wagen kollidierte. Der fuhr vielleicht gerade durch die lang gezogene Kurve. Wahrscheinlich hat der die Detonation nur gehört, aber noch nichts gesehen. Ja, und als der dann aus der Kurve herauskommt, Pommes, du weißt ja selbst, da kannst du nicht groß ausweichen. Augen zu und durch! Oder du landest auf dem Feld und überschlägst dich womöglich.«

Während Willen sich Stichpunkte notierte, ergänzte Bögemann: »Beide Optionen sind scheiße. Ich sag' ja, der hatte großes Glück!«

»Hab' verstanden. Wie viele Leute saßen in dem Geländewagen?«

»Vorne saß einer, ob hinten noch wer saß, konnte ich nicht sehen. Der Wagen hatte getönte Seitenscheiben, da konntest du nichts erkennen.«

»Letzte Frage, Alo: Hast du dir das Kennzeichen merken können?«

Bögemann lachte. »Ne, Pommes, ich war so erschrocken, da hab' ich nicht auf das Nummernschild geachtet!«

»Schade!«, sagte Willen und steckte Notizblock und Stift wieder weg.

»Sieh mal, Pommes!« Aloys Bögemann zeigte zur Unfallstelle. Das Feuer war erloschen. Dann ist der Wagen jetzt ausgebrannt und wir stoßen vielleicht auf die Insassen, dachte Willen. Er schluckte.

»Ich fahre am besten wieder zurück Richtung Cloppenburg und nehme einen anderen Weg«, sagte Bögemann. »Ihr seid doch bestimmt noch nicht fertig.«

»Ne, Alo, wir fangen jetzt erst richtig an!«, erwiderte Willen und zuppelte sich die Schirmmütze zurecht.

Aloys Bögemann stieg wieder in seinen Wagen. Als er saß, ließ er das Seitenfenster herunter und schnallte sich an. Willen beugte sich etwas hinab.

»Danke, Alo! Ich melde mich in den nächsten Tagen noch einmal, damit wir deine Aussage zu Protokoll nehmen können.«

»Alles klar!«, antwortete Bögemann und gab dem Polizisten noch einen Gruß an die Eltern mit auf den Weg. Willen klopfte zum Abschied zwei Mal locker auf das Dach des Mercedes, was Bögemann mit einem freundlichen »Munter!« quittierte.

Zurück an der Unfallstelle betrachtete Willen das vollständig ausgebrannte Auto, während die Feuerwehrleute ihre Ausrüstung zusammenpackten. Die Detonation hatte die Scheiben bersten lassen und die Karosserie völlig deformiert. Das Dach war massiv eingedrückt und die Türen standen auf. Sie waren ebenfalls stark demoliert.

Willen trat an den Einsatzleiter und den Notarzt heran, die beide vorgebeugt in das Innere des Fahrzeugs schauten und miteinander sprachen. Sie versperrten ihm die Sicht.

Doch er brauchte nicht zu fragen, worüber sie sich unterhielten, der Geruch verriet es.

Als die beiden Rettungskräfte sich zu ihm umdrehten, sah Willen, was sie in Augenschein genommen hatten. Im Wageninneren befanden sich zwei bis zur Unkenntlichkeit verkohlte Leichen – eine auf dem Fahrersitz, die andere auf der Rücksitzbank.

»Was denkst du?«, fragte Willen den Einsatzleiter der Feuerwehr.

»Ich bin natürlich kein Hellseher«, setzte dieser zu einer Antwort an »aber nach einem einfachen Autobrand sieht mir das hier nicht aus! Die Karosserie ist extrem deformiert – der Wagen muss explodiert sein, würde ich sagen!«

Das war natürlich nur eine erste Einschätzung, aber sie passte zu den Beobachtungen von Aloys Bögemann, dachte Willen.

»Die endgültige Ursache für den Autobrand muss ein Brandsachverständiger herausfinden, aber das ist dann sowieso eine Sache für die Kripo-Kollegen«, erwiderte der Dorfpolizist.

»Ich lasse ein paar Leute zur Feuerwache da.« Mit einem trockenen »Munter!« verabschiedete sich der Einsatzleiter.

»Munter!«, antwortete Willen.

»Ich kann auch nichts mehr tun«, sprach der Notarzt den Polizisten an und resümierte: »Zwei Leichen. Unnatürliche Todesursache. Das ist etwas für euch!«

Während der Notarzt zu seinem Fahrzeug ging, überlegte Willen, was er nun zu tun hatte. Die unnatürliche Todesursache war hier das Stichwort und machte aus dem Unfallort einen Tatort. Daher als Erstes Lagemeldung abgeben, dachte Willen und griff zu seinem Funkgerät. *Ruhig bleiben, auch wenn das hier keine Alltagsroutine ist, du kennst den Ablauf.*

»ADAM für 74/01, bitte kommen!«

»ADAM hört.«

»Ich habe hier eine Leichensache und benötige die Tatortgruppe!«

»71/01 hört mit!«, schaltete sich die Polizeiinspektion in Cloppenburg in den Funkverkehr ein.

»TOG ist gerade im Einsatz. Sobald sie wieder verfügbar ist, schicken wir sie raus. Ein weiterer Streifenwagen ist aber schon unterwegs!«

Willen drehte sich um und schaute in Richtung seines Streifenwagens. »Gerade angekommen!«, gab er durch und ging den Kollegen entgegen. Erst jetzt bemerkte Willen, dass sich hinter seinem Streifenwagen eine kleine Autoschlange gebildet hatte. Vereinzelt standen Leute neben ihren Fahrzeugen und gafften zur Unfallstelle herüber. Einer der Kollegen sorgte dafür, dass die Autos auf der Landstraße wendeten und wieder Richtung Cappeln zurückfuhren.

»Moin, Pommes!«, wurde Willen vom Kollegen Zawicka begrüßt, der gleich hinterhersetzte: »Sieht ja schlimm aus, das Trümmerfeld!«

»Moin, Manni!«

Die Polizisten begrüßten sich mit Handschlag.

»Jou, ist 'ne Leichensache«, bestätigte Willen, »von daher: Schön, dass du da bist. Kannst du in Cappeln an der Ecke Cloppenburger-Sevelter so lange dichtmachen, bis die Gemeinde die Straße sperrt?«

»Alles klar!«, antwortete Manfred Zawicka und hob zur Verabschiedung die Hand.

Willen griff zu seinem Diensthandy, um mit der Gemeinde zu telefonieren. Er wählte die Nummer vom Ordnungsamt, das im Rathaus in Cappeln untergebracht war. In einem kurzen Telefonat erklärte der Dorfpolizist die Sachlage. Ihm wurde zugesichert, dass umgehend ein Bauhoftrupp rausgeschickt würde, der die Landstraße sperrt.

Willen hatte das Gespräch gerade beendet, als er von dem Landwirt angesprochen wurde, für den die Erntehelfer im Einsatz waren. Dieser wollte nach dem Rechten sehen, weil er von seinem nahegelegenen Hof aus das Feuer auf der Landstraße gesehen hatte.

»Moin, Pommes! Wat is' nu? Kann ich die Arbeiter wieder aufs Feld schicken?«

»Meinst du, die arbeiten, wenn hier gleich die Leute in den weißen Overalls herumlaufen?«

»Jau, stimmt auch wieder.«

»Ich will hier keine Gaffer herumstehen haben. Kannst du die nicht woanders hinbringen?«

»So moak wi dat!« Der Landwirt nickte und stakste, ohne sich von Willen zu verabschieden, zu seinem Bus.

Derweil ging der Dorfpolizist zu seinem Dienstwagen, um Stangen und Absperrband zu holen. Das Trümmerfeld, wie sein Kollege es ausgedrückt hatte, musste gesichert werden. Bloß keine Trugspuren setzen, ermahnte Willen sich selbst. Als er wieder am ausgebrannten Autowrack stand, um den Radius abzuschätzen, den es abzustecken galt, vermied er einen weiteren Blick in das Innere des Wagens. Den Anblick der verkohlten Leichen hatte er noch vor Augen.

Willen entschied sich, das weiß-rote Flatterband möglichst großflächig um die Unfallstelle herum zu ziehen. Der hinter ihm liegende Acker war Brachland, auf dem sich, soweit er erkennen konnte, keine Trümmerteile befanden. Hier rammte er die erste Stange in den Boden und zog das Absperrband über zwei weitere Stangen parallel zur Fahrbahn, ehe er eine Eckstange positionierte, um von da aus über die Landstraße zum gegenüberliegenden Feld zu wechseln.

Als er dort angekommen war, bot sich ihm ein anderes Bild. Etliche Fahrzeugteile lagen weit verstreut auf dem Acker, auf dem in ein paar Metern Entfernung ein Erdbeerfeld angelegt war. Willen vermutete, dass Trümmerteile bis in die Erdbeeren geflogen sein könnten.

Er wollte zunächst nachsehen und legte daher die restlichen Trassierstangen sowie das Absperrband ab. Dann ging er ausschauhaltend ein paar Schritte ins Feld hinein, stets bedacht, die Beine hoch genug anzuheben, um keine Pflanzen zu schädigen oder auf Autoteile zu treten. Willen durchstreifte das Erdbeerfeld in kleinen Bögen, konnte aber keine Fahrzeugtrümmer ausmachen.

Gleiches Prozedere wie drüben, dachte Willen, und spannte das Flatterband über mehrere Stangen erneut parallel zur Fahrbahn, um dann die Straßenseite ein zweites Mal zu überqueren und das entstandene Rechteck zu schließen.

Geschafft! Willen überblickte das abgespannte Areal: *Heftig!*

Er wollte schon zu seinem Dienstwagen zurückgehen, um das restliche Absperrmaterial zu verstauen, da sah er in einiger Entfernung einen stark verbeulten, länglichen Gegenstand auf der Fahrbahn liegen. Das gibt's doch nicht, dachte Willen, als er darauf zuging. »Das Nummernschild!«, rief er und drehte sich um, als wäre schon jemand da, den das interessieren könnte. Doch als er das Kennzeichen genauer betrachtete, stockte ihm der Atem. »NL 3-4«, las er leise vor. *Satan! NL, ein Kennzeichen der Landesregierung.* Willen schluckte. *Klar, in Cappeln wohnt doch der niedersächsische Landwirtschaftsminister.* Mit Hans-Georg Freselage und seiner Familie war Willen auch privat bekannt. Über die Leitstelle ließ er das Kennzeichen überprüfen und bekam die erwartete Antwort: Das Kennzeichen gehörte zum Dienstwagen des niedersächsischen Landwirtschaftsministers. *Ach du Scheiße!* Der Dorfpolizist nahm sofort das Schlimmste an: Die deformierte Karosserie des komplett ausgebrannten Fahrzeugs, in dem zwei verkohlte Leichen sitzen – der Minister und sein Fahrer –, die weit verstreuten Trümmerteile sowie Bögemanns Aussage, dass das vor ihm fahrende Auto während der Fahrt plötzlich explodiert war. Es musste sich um einen Terroranschlag handeln. *Heilige Scheiße!*

* * *

Die Kripo-Kollegen der Polizeiinspektion Cloppenburg/Vechta hatten ihre ersten Ermittlungen zur Feststellung der Brandursache so gut wie beendet. Als einige Beamte sich bereits ihre weißen Overalls auszogen, nahm der Dorfpolizist aus Cappeln gerade Bestatter und Abschleppdienst am Flatterband in Empfang.

»Ist ja ganz schön was los!«, stellte der Bestatter fest.

»Da habt ihr aber das ganz große Besteck herausgeholt!«, fügte der Mann vom Abschleppdienst hinzu.

»Jou«, antwortete Willen und dachte, dass bei so einem Ding in einer ländlichen Polizeiinspektion ganz schön die Wände wackeln.

Zunächst war die Tatortgruppe, die aus zwei Kriminalbeamten bestand, zur Unfallstelle geschickt worden. Die Beamten hatten die Brisanz der Lage schnell erkannt und den Apparat, der auch gerne als ‚großes Besteck' bezeichnet wurde, anlaufen lassen. Ministerauto, Explosion und zwei verkohlte Leichen – da wurden ohnehin die Fachkommissariate eins und fünf, die Mordermittler sowie die Kriminaltechniker, zur Unterstützung angefordert. Zusätzlich war das vierte Fachkommissariat, der Staatsschutz, informiert worden und zusammen mit dem Leiter des Zentralen Kriminaldienstes am Ort des Geschehens eingetroffen.

Willen hatte sich das ganze Spektakel aus sicherer Entfernung angesehen. Nur ein Mal hatte er kurz mit seinem Kumpel Stöcki, wie Kriminalhauptkommissar Hans-Joachim Stöckmann vom Fachkommissariat eins im Kollegenkreis genannt wurde, über die Kollegen vom Staatsschutz gesprochen.

»Pass auf, Pommes, die nehmen dich auch noch in die Mangel!« Kollege Stöckmann deutete damit an, dass Willen von denen noch befragt werden würde.

Danach war der Dorfpolizist im Hintergrund geblieben und hatte in der Zeit, in der die Kripo-Kollegen mit der Spurensicherung beschäftigt gewesen waren, über den Unfallhergang nachgedacht. Mochten die Verdachtsmomente für einen Terroranschlag noch so deutlich sein – er konnte es sich einfach nicht vorstellen, dass so etwas in Cappeln passieren würde. Freselage war nicht der Ministerpräsident von Niedersachsen, er war lediglich der Landwirtschaftsminister. Damit wollte Willen nicht behaupten, ein Landwirtschaftsminister wäre keiner Gefährdungslage ausgesetzt. Als Mitglied der Landesregierung war auch er ein *Häuptling*, und auf die schoss man bekanntlich zuerst. Aber nur im sprichwörtlichen Sinne.

Zurück in seinem Dienstfahrzeug erinnerte der Dorfpolizist sich, in der letzten Zeit mehr als sonst über den Landwirtschaftsminister gelesen zu haben. Zuerst hatte er sich eine wochenlange Klimadiskussion mit seinen politischen Gegnern geliefert. Die war schon fast abgeebbt, da musste er zu einem Dioxinvorfall Stellung nehmen. Willen wusste grob, dass in dem Zusammenhang auch ein Betrieb aus Cloppenburg immer wieder in den Schlagzeilen stand.

Seine Gedanken schweiften ein wenig ab, als er darüber nachdachte, ob er sich zum Politiker eignen würde. Nach dem, was er so las, war das ein ziemlich stressiges Amt. Und nach Mutters Meinung war Politik ein Geschäft für kaltschnäuzige, unsentimentale, knochenharte und listige Menschen. Da scheiterte es bei ihm zum Glück bereits an den persönlichen Voraussetzungen für diesen Job. Denn fachlich, also da machte er sich weniger Sorgen. Schlau schnacken, dass die Rettungsgassen auf Autobahnen Leben retten, wie es der niedersächsische Innenminister gerade tat, das konnte er auch! Im Gegensatz zu seinem obersten Dienstherrn konnte er sogar erklären, wie man eine Rettungsgasse zu bilden hatte.

Es klopfte an seiner Scheibe. Willen erschrak und wirbelte herum. *Herrje, Pfarrer Blümel.*

Als Kontaktbeamter in Cappeln war es Willens Aufgabe, zur Ehefrau des Ministers zu gehen und ihr von dem schweren Unfall, in den der Dienstwagen ihres Mannes verwickelt war, zu berichten. Die Leitstelle hatte ihm dazu das sogenannte KIT zur Unterstützung geschickt. Falls die Nachricht, die Willen Frau Freselage zu überbringen hatte, ein zu belastendes Ereignis für sie darstellen sollte, konnten die speziell geschulten Fachkräfte des Kriseninterventionsteams vor Ort ‚Erste Hilfe für die Seele' leisten. In diesem Fall bestand das KIT aus Pfarrer Blümel sowie aus Renate Richter, einer Sozialpädagogin. Die beiden standen in ihren blauvioletten Einsatzjacken vor dem Dienstwagen des Polizisten.

Willen stieg aus.

»Gut, dass ihr da seid, das wird gleich nicht einfach sein!«

Die beiden ehrenamtlichen Helfer und der Beamte kannten sich. Ohne Umschweife kam Willen zur Sache und erklärte ihnen die Situation.

»Wir hatten vorhin einen tragischen Vorfall. Der Dienstwagen von Minister Freselage ist aus noch nicht geklärter Ursache in Brand geraten und völlig ausgebrannt. In dem Fahrzeug haben wir zwei Leichen entdeckt, die bis zur Unkenntlichkeit verbrannt sind. Die eine Person saß auf dem Fahrersitz, die andere auf der Rücksitzbank. Wir wissen zum jetzigen Zeitpunkt noch nichts über die Identität der Leichen.«

Willen machte eine kleine Pause, die Pfarrer Blümel für eine Rückfrage nutzte: »Das heißt, wir wissen also nicht, ob sich Minister Freselage in seinem Dienstwagen befand, als das passierte, richtig?«

»Richtig!«, bestätigte Willen. »Ob Freselage tot ist, können wir nicht sagen.«

»Wie willst du gleich vorgehen, Pommes?«, fragte Renate Richter.

»Ich werde Frau Freselage zunächst nur das Nötigste berichten und sie bitten, ihren Mann auf seinem privaten Handy anzurufen. Ich weiß, dass sie das ab und zu macht. Wenn er nicht selbst rangeht, dann nimmt seine Sekretärin das Gespräch für ihn entgegen. Im besten Fall können wir so vielleicht ausschließen, dass einer der beiden Toten der Minister ist.«

»Des einen Freud' wird dann eines anderen Leid sein.«

»Gewiss, Herr Pfarrer! Bitte missverstehen Sie mich nicht, ich nehme hier keine Abwägung vor. Ich will nur versuchen, Personen auszuschließen, auch wenn die Chance hier minimal erscheint.«

»Ich weiß, ich weiß!«, beschwichtigte der Geistliche sofort und ergänzte: »Tun wir also unser Werk!«

Das Einfamilienhaus der Familie Freselage lag im Zentrum von Cappeln, nahe der Kirche. Das alte Backsteinhaus mit seinen roten Ziegeln entsprach der typischen Bauweise des Ortskerns der kleinen Gemeinde. Während ihr Mann überwiegend in seiner Dienstwohnung in Hannover lebte und nur an jedem zweiten oder dritten Wochenende nach Hause kam, versorgte Jutta Freselage das gemeinsame Anwesen und kümmerte sich um die Erziehung ihrer gemeinsamen Tochter, die noch im Vorschulalter war. Besonders im Sommer verbrachte Jutta viel Zeit in ihrem Garten.

Als sie den Polizeiwagen vor dem Haus halten sah, öffnete Jutta Freselage sofort die Haustür. Ihr blieb beinah die Luft weg, als der Dorfpolizist und seine zwei uniformierten Begleiter ausstiegen. Dass etwas Schlimmes passiert sein musste, wusste sie sofort. Entgeistert sah sie Willen an, als der mit betretener Miene das Gartentor öffnete. Der Beamte blieb vor dem Hauseingang stehen.

»Dürfen wir reinkommen, Jutta?«

Bei der Frage spürte Willen einen Kloß im Hals sitzen.

Jutta Freselage trat wortlos einen Schritt zurück und hielt sich dabei mit beiden Händen an der Haustür fest. Auf ihr Kopfnicken hin traten Willen und die beiden Notfallseelsorger ein. Sie schloss die Tür und ging vor in die Küche, in deren Mitte sich ein Küchentisch mit vier Stühlen befand. Sie steuerte einen der Stühle an und hielt sich dann an der Lehne fest.

»Ich muss mich setzen.«

Sie atmete einmal tief durch. »Und ich möchte, dass ihr euch auch setzt!« Dann ließ sie sich auf den Stuhl fallen.

Willen und seine Begleiter sahen sich kurz an und nahmen ebenfalls Platz.

»Was ist passiert, Pommes?«

»Jutta, ruf bitte Hans-Georg auf seinem Privathandy an!«, antwortete Willen.

»Warum?«

Willen hielt seinen Gesprächseinstieg für gar nicht so verkehrt. So hatte es zunächst nicht den Anschein, dass ihrem Mann etwas zugestoßen sein könnte. Im besten Falle würde sie ihn anrufen, kurz mit ihm sprechen, und der Drops wäre hier an dieser Stelle gelutscht, dachte er.

Das Telefon lag auf dem Küchenschrank hinter ihr, Willen konnte es sehen. Doch sie machte keine Anstalten, sich umzudrehen und danach zu greifen.

»Sag mir, was passiert ist!«

Genau das wollte Willen nicht. Nicht jetzt. Wenn er anfangen müsste zu berichten, müsste er ihr alles berichten, auch das mit den verkohlten Leichen. Aber genau den Teil der Geschichte wollte er ihr gerne ersparen.

»Bitte!«, flehte sie ihn an.

Willen sah zu Pfarrer Blümel, der ihm mit geschlossenen Augen und einem kaum wahrnehmbaren Nicken Mut zusprach.

»Wir …«, begann Willen zögerlich und suchte nach den richtigen Worten. »Wir möchten da gerne etwas abklären, Jutta!«

Willen merkte selbst, dass er herumeierte.

»Red nicht um den heißen Brei, Pommes. Was ist mit meinem Mann passiert? Wenn du nur etwas abklären wolltest, wärest du nicht mit einem Notfallteam hier!«

Jutta ist tough. Jedoch ließ sie ihm jetzt keine andere Wahl. »Der Dienstwagen deines Mannes ist heute Morgen zwischen Cloppenburg und Cappeln in Brand geraten und vollständig ausgebrannt. Die beiden Insassen haben nicht überlebt.«

Mit einem Aufschrei riss Jutta Freselage sich die Hände vors Gesicht. »Und wieso … was willst du abklären …?« Sie stockte nur kurz, dann drehte sie sich blitzschnell zum Küchenschrank, griff zum Telefon und drückte die Kurzwahltaste, die mit der Handynummer ihres Mannes belegt war. Dann schaltete sie die Freisprechfunktion ein und legte das Gerät auf den Küchentisch, sodass alle mithören konnten.

»The person you have called is temporarily not available.«

»Oh mein Gott!«, schrie Jutta Freselage.

»Hast du noch eine andere Nummer von deinem Mann?«, fragte Willen sofort.

»Oh mein Gott, oh mein Gott, oh mein Gott …« Die Tonlage würde immer höher.

»Das sagt noch gar nichts, Frau Freselage!« Pfarrer Blümel schaltete sich ein.

»Hast du die Nummer von seinem Büro? Wir müssen seine Sekretärin erreichen, vielleicht ist er in einer Besprechung«, mutmaßte Willen.

»Ja, ja, ja, die hab' ich. Ich hab' die Nummer von seinem Büro!«

Mit zitternden Fingern versuchte Jutta Freselage, das Telefon zu bedienen, doch es fiel ihr aus der Hand. Renate Richter griff mit der einen Hand das Telefon, die andere Hand legte sie Jutta Freselage auf den Arm.

»Ganz ruhig! Sagen Sie mir bitte, mit welchem Begriff Sie das Büro Ihres Mannes abgespeichert haben!«

»Büro, einfach Büro!«

»Büro, okay«, wiederholte die Notfallseelsorgerin. »Ich klicke jetzt auf die Taste für das Telefonbuch, scrolle runter und finde ... Büro!«

Sie vergewisserte sich, dass die Freisprechfunktion noch aktiv war, und legte das Telefon wieder in die Mitte des Tisches. Alle starrten auf das Gerät.

Tuut-tuut.

»Geh ran!«, befahl Jutta Freselage nach dem dritten Freizeichenton und fing an, an ihren Nägeln zu kauen.

Tuut-tuut ... Tuut-tuut ... Tuut-tuut

»Ministerbüro, Sie sprechen mit Ella Heldt. Was kann ich für Sie tun?«

Einem Aufschrei aus Anspannung von Jutta Freselage folgte ein »Psssst!« von Willen.

»Hallo, mit wem spreche ich, bitte?«

»Frau Heldt, hier spricht Jutta Freselage!«

»Ach, Frau Freselage, wie schön! Tut mir leid, dass ich Sie nicht mit Namen angesprochen habe, aber Sie rufen mit unterdrückter Nummer an.«

Jutta Freselage nahm ihr Telefon aufrecht sitzend mit beiden Händen auf und hielt es sich nah an ihren Mund, obschon sie wusste, dass die Freisprechfunktion eingeschaltet war. Sie verdrückte eine Träne und winselte in das Gerät. »Ich möchte bitte meinen Mann sprechen!«

»Oh, ich habe Sie gerade ganz schlecht verstanden, Frau Freselage. Haben Sie gesagt, Sie möchten Ihren Mann sprechen?«

»Ja!«, flehte sie leise.

Kleine Pause am anderen Ende.

»Das tut mir furchtbar leid, der ist in einer wichtigen Besprechung. Da kann ich jetzt nicht stören!«

Jutta Freselage stützte die Ellenbogen auf die Tischplatte und senkte das Haupt, sodass sie mit ihrer Stirn das Telefon berührte.

»Du willst *unbedingt* mit ihm sprechen!«, flüsterte Willen ihr zu.

Sie richtete sich wieder auf. »Frau Heldt, hören Sie mich?«

»Jaha?«

»Frau Heldt, die Polizei ist bei mir. Der Beamte sagt, der Dienstwagen meines Mannes ist hier in Cappeln in Brand geraten. Man hat zwei verkohlte Leichen darin gefunden. Ich würde gerne ausschließen wollen, dass eine davon mein Mann ist! Also holen Sie mir gefälligst den Herrn Minister ans Telefon!«

Daumen hoch von Willen, »Oh mein Goooott!« aus Hannover. Dann Stille.

»Bitte entschuldigen Sie, Frau Heldt, ich habe kurz die Fassung verloren, das hätte nicht passieren dürfen. Ich bitte Sie höflich: Stellen Sie mich zu meinem Mann durch!«

»Frau Freselage, ganz kleinen Augenblick, hören Sie mir bitte zu! Ich habe vorhin mit Ihrem Mann gesprochen. Er ist, wie ich sagte, in einer Besprechung. Es geht ihm gut …«

Aufatmen in Cappeln.

»… Aufgrund von Umbauarbeiten im Haus findet das Meeting in einem anderen Besprechungsraum statt. Der Raum hat noch keine Kommunikationsanlage. Ich verstehe, dass Sie mit Ihrem Mann sprechen wollen. Daher werde ich jetzt rübergehen und Ihren Mann bitten, Sie zurückzurufen. Wäre das okay, Frau Freselage?«

»Ja, Frau Heldt, dafür danke ich Ihnen sehr!«

»Okay, ich lege jetzt auf, Frau Freselage. Es wird einen Moment dauern, bis sich Ihr Mann bei Ihnen meldet!«

Vor dem Klick war noch ein Schluchzen aus Hannover zu hören gewesen.

»Wenn man die Heldt so reden hört, dann meint man, dass die sich so schnell nicht unterkriegen lässt. Aber ich sag' dir, Pommes, die hat näher am Wasser gebaut, als man denkt!«, sprach Jutta Freselage und ging zum Kühlschrank. »Also, ich brauch' jetzt erst mal einen Schluck. Wie sieht es mit euch aus?«

Zustimmendes Nicken.

Nach der zweiten Runde *Rosche* klingelte endlich das Telefon.

»Hansi?«

»Jutta! Ja, sag mal, was erzählt mir Frau Heldt denn da für Sachen?«

Kapitel 6

FÜR IHREN KURZBESUCH in Hannover passte alles: Auf der Autobahn war sie ohne größeren Stau gut durchgekommen, ihr Mann hatte sich am Nachmittag freinehmen können und die Sonne strahlte von einem wolkenlosen Himmel herab. So gingen sie am Maschsee, einem beliebten Naherholungsgebiet, Arm in Arm spazieren. Ihre kleine Tochter fuhr mit einem Laufrad vorweg.

Sie ließ ihren Blick über das Wasser schweifen. Vor dem *Neuen Rathaus* am gegenüberliegenden Ufer kreuzten zwei Segelboote, davor schob sich ein Doppelruderer an einem Tretboot vorbei. Sie seufzte und blickte ihn an.

»Wann war ich zuletzt hier, Schatz?«

»Das war im Juni, zur Drachenbootregatta!«

»Ach ja!«, erinnerte sie sich und hakte sich ein wenig fester in seinen Arm ein.

»Wieso fragst du?«

»Nur so«, sagte sie.

Es war nicht so, dass sie sich todunglücklich an seiner Seite gefühlt hätte. Er gab ihr eigentlich keinen Anlass zur Beschwerde. Sie wusste, worauf sie sich eingelassen hatte: Ein Politiker hat keinen geregelten Feierabend, vor allem dann nicht, wenn er noch Ambitionen im Amt hat. Mit einer Wochenendbeziehung hatte sie sich also abgefunden und umzugehen gelernt. Und wenn sie zusammen waren, dann war er stets der perfekte Ehemann – überaus aufmerksam und ganz für sie und die Kleine da. Fast zu perfekt, dachte sie hin und wieder.

Sie sahen sich an und dabei blickte sie ihm direkt in die Augen. Jeder andere Typ hätte weggesehen – er nicht, er hielt den Blickkontakt!

»Was ist denn los, Schatz? Ich merke doch, dass dich etwas beschäftigt!«

Im Gegensatz zu früher sind seine Antennen heute auf Empfang, dachte sie, als sie spürte, dass er an ihrem neuen Vorsteckring spielte.

»Dir gefällt der Ring doch, oder? Ich gebe es nur ungern zu, aber ich habe mich sehr schwer damit getan, das passende Geschenk zu unserem Hochzeitstag zu finden!«

Sie schmiegte sich fester an ihn und lehnte ihren Kopf an seine Schulter.

»Der Ring ist wunderschön!«

Er lächelte zufrieden.

»Ich will ein Eis!«, rief ihre Tochter und hielt mit dem Laufrad an.

»Wie heißt das?«, fragte er.

»Ich möchte bitte ein Eis!«, kam es kleinlaut zurück.

»Papa kauft dir nachher ein Eis, Schatz. Sieh mal, wir müssen nur noch um eine Kurve herum, da hinten sehe ich schon eine Eisdiele!«

Kopfnickend und mit einem Lächeln im Gesicht fuhr die Kleine weiter.

»Und wenn wir *doch* nach Hannover ziehen würden?« Sie kannte seine Meinung dazu, aus vielen Gesprächen in der Vergangenheit. Trotzdem wollte sie nicht lockerlassen.

»Ach, Schatz!« Er sah sie an und verzog die Mundwinkel. »Wir haben da doch schon häufig drüber gesprochen.«

Sie blickte starr geradeaus. Nach einer Weile antwortete sie: »Ich versteh' es nur nicht. Was sollen die Kleine und ich alleine zu Hause? Was hält uns da? Ich möchte bei dir sein, kannst du das nicht nachvollziehen?«

»Doch, schon ...«

Sie schnitt ihm das Wort ab: »Dann weiß ich echt nicht, warum du dich so gegen den Umzug sträubst. Nächstes Jahr kommt die Kleine in die Schule; sie dann aus der gewohnten Umgebung herauszureißen, wäre blöde!«

»Schatz, sieh mal ...«

»Du spielst auf Zeit, stimmt's? Du willst mich so lange hinhalten, bis sie in die Schule geht! Und damit wäre ein Umzug vom Tisch.«

»Das ist doch nicht wahr!«

»Was ist es dann?«

Er atmete hörbar aus.

»Du hast hier eine andere! Deswegen willst du nicht, dass wir nach Hannover ziehen. Das würde ja dein Doppelleben auffliegen lassen!«

»Jetzt hör aber auf, Liebling!«

Sie riss sich los und wich ein paar Schritte zur Seite.

»Ich habe es langsam satt!«, zischte er und folgte ihr.

»Ich auch! Ich habe es satt, von dir immer nur weichgeschmust zu werden. Lange mache ich dieses Spielchen nicht mehr mit. Du musst dich entscheiden! Entweder, wir drei wohnen zusammen in Hannover, oder ich trenne mich von dir!«

»Jetzt kommt die Leier wieder!«

Die Arme verschränkend machte sie auf dem Absatz kehrt und lief in die entgegengesetzte Richtung weiter. Er eilte ihr hinterher und bekam ihren Arm zu fassen.

»Du, hör auf, hier die Dramaqueen zu spielen! Sonst machst du dich besser gleich wieder auf den Heimweg!«

»Wie lange hast du schon eine Geliebte? Sag's mir, dann ist es raus.«

Als Antwort schüttelte er nur den Kopf.

»Früher warst du regelmäßig jedes Wochenende zu Hause. Seit einigen Monaten nicht mehr, wieso? Du hast auch immer deine Wäsche mitgebracht, wieso jetzt nicht mehr? Hast wohl jemanden anderen, der für dich wäscht?«

»Kannst du bitte etwas leiser reden, die Leute schauen sich schon um zu uns.«

»Mir doch egal, sollen sie ruhig mitbekommen, was für ein Scheißkerl du bist!«

»Oh Mann ...«

Er strich sich durch die Haare und blickte zum Himmel.

»Du bist ein Lügner, ich habe dich überführt!«

Als Antwort verdrehte er wie so häufig seine Augen.

»Jaha, da guckst du, was?! Letzte Woche Dienstag hatte ich dich ein paar Mal angerufen, aber du bist nicht rangegangen. Dein Messenger verriet jedoch, dass du online warst!«

»Und daraus schließt du was?«

»Dass du mit *ihr* gechattet hast!«

»Ich bitte dich, das ist jetzt nicht dein Ernst, oder?«

»Doch, mein voller Ernst!«

»Du überanalysierst!«

»Das tue ich nicht. Du lügst! Du lügst mir frech ins Gesicht! Ich frage mich, wie lange das schon so geht.«

»Du legst alles, was ich sage, auf die Goldwaage!«

»Nein, das tue ich nicht. Ich zähle lediglich eins und eins zusammen. Im Übrigen ist Petra der gleichen Meinung!«

»Petra, das war ja klar! Steckt sie hinter dem ganzen Scheiß? Ihr Tussis schaukelt euch doch nur gegenseitig hoch!«

»Falls du es vergessen haben solltest: Petra ist Gesprächstherapeutin. Und sie hat mir neben einem freundschaftlichen auch einen professionellen Rat gegeben.«

»Ist ja interessant. Und darf man auch erfahren, welchen Rat dir deine Psychologin gegeben hat?«

»Du brauchst gar nicht so zynisch zu werden. Sie hat mir geraten, mich von dir zu trennen! Dabei habe ich ihr gegenüber unsere Ehe verteidigt, habe gesagt, du bist ein guter Ehemann und liebevoller Vater. Wir führen halt eine Wochenendbeziehung, na und? So ist das eben, wenn man mit einem Spitzenpolitiker verheiratet ist.«

»Genau!«

»*Genau*, hat Petra auch gesagt. Meine Reaktion sei typisch. Wenn es um dich ginge, hätte ich Kleister im Gehirn.«

Ein plötzlicher Aufschrei!

Er beobachtete, wie seine Frau herumfuhr und in der Menschenmenge nach der Tochter suchte. Ihrem Blick folgend sah er, dass die Kleine mit ihrem Laufrad einige Meter vorausgefahren war und von einem frei laufenden Hund angesprungen wurde. Das Kind verlor das Gleichgewicht, fiel rückwärts zu Boden und schlug dabei mit dem Hinterkopf auf. Sofort kamen ihm Mimik und Gestik jener Frau in den Sinn, deren Kind an dem Tag von einem Auto angefahren worden war, an dem er für seine Gattin den Ring gekauft hatte. Noch am selben Abend hatte er den Gesichtsausdruck dieser Mutter vor dem Spiegel geübt und unter dem Stichwort »Besorgnis« abgespeichert. Jetzt ergab sich die Gelegenheit, dieses Gefühl seiner Ehefrau vorzuspielen. Er rannte an ihr vorbei in Richtung der Tochter. Die Kleine lag unter ihrem Rad eingeklemmt und weinte entsetzlich. Der Hundehalter zischte ein Kommando, woraufhin der Hund von dem Kind abließ.

»Mein Schatz, das hat sicher wehgetan«, tröstete er seine Tochter und nahm sie in den Arm. Er drückte sie fest an sich.

»Alles halb so wild, der Hund wollte nur mit Ihrer Tochter spielen.« Der Hundehalter nahm das Tier an die Leine und ergänzte: »Das hat nicht wehgetan. Kinder sind hart im Nehmen. Die fangen erst zu heulen an, wenn Eltern ein sorgenvolles Gesicht machen. So wie Sie gerade!« Der Mann lachte und strich seinem Hund über den Kopf. »Am besten, nicht drauf reagieren, dann weinen die Blagen auch nicht.«

»Am besten, *Sie* hauen ganz schnell ab von hier, bevor ich das Ordnungsamt rufe!« Ohne auf die Leute um ihn herum zu achten, saß er mit seiner Tochter im Schneidersitz auf dem Boden, hielt sie fest im Arm und küsste ihr Gesicht. Seine Frau kam mit Tränen in den Augen angerannt. Bevor sie sich zu ihrem Kind und ihrem Mann kniete, sprach eine Spaziergängerin sie an: »Sie haben großes Glück, junge Frau, dass Ihr Mann ein so toller Vater ist!«

Kapitel 7

Sektgläser klirrten. Im *Niedersachsenhof*, einem überregional bekannten Nachtclub im Landkreis Cloppenburg, herrschte zwar Flaute, dennoch waren die Damen bei bester Stimmung – so wie jeden zweiten Mittwoch im Monat, wenn Amanda Fröhlich mit ihren Kosmetikprodukten zu einer kleinen Präsentationsparty geladen war. Zum einen waren die Damen froh darüber, dass Produkte der dekorativen Kosmetik, der Körperpflege sowie Modeschmuck frei Haus geliefert wurden und sie nicht in ihrer spärlichen Freizeit einkaufen gehen mussten. Zum anderen war der Besuch von Amanda Fröhlich stets eine willkommene Abwechslung im allzu männerlastigen Tagesgeschäft.

Rita Rippenstiehl, die Club-Betreiberin, schenkte der Kosmetikverkäuferin und den anwesenden Damen in der Lounge-Bar gerade Sekt nach, als ein Stammgast das Etablissement betrat, der dort als *Ohme Jupp* bekannt war. Seinen richtigen Namen kannte niemand, was in diesem Geschäft bestenfalls von nachrangigem Interesse war.

»Ohme Jupp, haste deine Socken dabei?«, fragte Rita den Gast nach einer kurzen Begrüßung.

Ohme Jupp nickte.

»Die Stiefel, stehen die draußen vor der Tür?«

»Jou!«

Amanda Fröhlich schaute die Club-Betreiberin fragend an.

»Der Jupp kommt immer in seinen Gummistiefeln hierhin«, flüsterte Rita Amanda ins Ohr. »Keine Ahnung, ob der direkt aus dem Schweinestall kommt. Bei seinen ersten Besuchen jedenfalls ist der mit Stiefeln sogar reingekommen, was natürlich nicht so schön war. Wir haben ihm dann gesagt, dass das so nicht ginge. Das verstand er auch und brachte sich ab da immer ein zweites Paar Socken mit.«

Die beiden Damen lachten leise.

»Na, Jupp, wer darf dich denn heute aufs Zimmer begleiten?« Mit einer Handbewegung deutete Rita auf die Damen, die auf drei Clubsofas verteilt der Produktvorführung von Amanda Fröhlich folgten. Ohme Jupp kannte die Damen schon. Bis auf eine.

»Die da!« Ohme Jupp zeigte mit ausgestrecktem Finger auf die Dame seiner Wahl.

Amanda Fröhlich erschrak.

»Ne, Jupp, das geht nicht!«, lachte Rita Rippenstiehl, »das ist unsere Kosmetikverkäuferin!«

Ein Knurren verriet Ohme Jupps Enttäuschung. »Dann die Jolanta. Die ist so schön bunt!«

Eine junge Dame mit langen, blonden Haaren und jeder Menge Tattoos an Armen und Beinen erhob sich vom Sofa, lächelte ihren Gast freundlich an und hakte sich bei ihm unter.

»Komm, Juppilein, ich zeig dir mein neuestes Tattoo!«

Gemeinsam gingen sie auf Jolantas Zimmer.

»Soll ich die Produktpräsentation unterbrechen?«, fragte Amanda, die Jolanta zuvor als besonders kaufinteressiert qualifiziert hatte.

»Nicht nötig«, antwortete Rita »das geht schnell beim Jupp!«

So machte Amanda Fröhlich weiter mit ihrer Präsentation und staunte nicht schlecht, als Jolanta keine zehn Minuten später zurück war. Sie reichte ihr den Bestellbogen und vernahm hinter ihrem Rücken ein röchelndes »Munter bleiben!«. Mit staksenden Schritten verließ Ohme Jupp den Club.

Dreißig Minuten später war die Verkaufsveranstaltung zur Zufriedenheit der Kosmetikverkäuferin und ihrer Kundinnen beendet.

»Hach, schade, dass ihr Mädels kein Parfüm gebrauchen könnt. Wir haben da gerade ganz tolle Düfte im Angebot!« Amanda Fröhlich winkte mit einem eckigen Flakon.

»Kein Parfüm während der Arbeit!«, sagte Rita mit erhobenem Zeigefinger in Richtung der Damen. Und zur Verkäuferin gewandt: »Düfte sind verräterisch, Amanda. Wir wollen unsere Gäste nicht in Verlegenheit bringen, wenn sie nach Hause kommen.«

»Stimmt!«, pflichtete Amanda ihr bei. Dann fiel ihr Blick auf eine außergewöhnliche Erscheinung.

Die Kosmetikverkäuferin erkannte ihre langjährige Privatkundin, die soeben die Lounge-Bar betreten hatte, sofort. Es war Dausen-Dörte, Cloppenburgs letzte unabhängige Hure im Doppel-D-Format. Der doppeldeutige Spitzname stammte noch aus der Anfangszeit ihrer Karriere. Die vollbusige Dörte war die Erste, die ihre Dienste in einem Wohnmobil an einem ganz bestimmten Standplatz anbot. Das war ein Parkplatz in der Nähe der Molberger Dose, auch Dause genannt, einem Naturschutzgebiet in der Gemeinde Molbergen. Das »Doppel-D« bezog sich daher sowohl auf ihre üppige Oberweite als auch auf die Alliteration in ihrem Künstlernamen.

Allerdings steckte Dausen-Dörte heute in einem Outfit, das Amanda Fröhlich noch nie zuvor an ihr gesehen hatte.

»Wer geht da denn bei?«

Rita und ihre Mädels lachten über Amandas Frage.

»Seit wann habt ihr *Mutter Flodder* im Angebot?«

»Du wirst es nicht glauben, Amanda«, erklärte die Bordellchefin, »aber Dörte macht mit dieser Masche an manchen Tagen mehr Kohle als alle Mädels zusammen in einer Woche!«

Amanda Fröhlich schüttelte den Kopf. Rita fuhr fort: »Gerade die Manager mittleren Alters, die zu Hause meist ein zurechtgemachtes Püppchen sitzen haben, stehen auf den Typ *Mutter Flodder*. Die wollen mal eine stinknormale Hausfrau ..., du verstehst, was ich meine, Amanda?«

Amanda nickte und nippte an ihrem Sektglas.

»Ach, Amanda, Moin!«, grüßte Dausen-Dörte.

»Stößchen!«, grüßte die Kosmetikverkäuferin zurück.

»Du, Amanda, ich wollt' dich gleich wohl noch kurz privat sprechen. Ich zieh' mich rasch um«, sagte Dausen-Dörte und verschwand durch eine Tür, an der ein Schild mit der Aufschrift »Privat« angebracht war.

»Das würde ich mir wünschen!«, antwortete Amanda mit einem Augenzwinkern. Rita schenkte den Damen lachend Sekt nach und verlor dabei auf der Ledercouch fast den Halt.

»Aber Dörte ist nicht fest angestellt bei dir, oder? Sie steht doch mit ihrem Wohnmobil auf den bekannten Parkplätzen hier im Landkreis?«

»Nein, äh ja. Äh, wie bitte?« Zwei Fragen in Reihe geschaltet überforderten die Bordellchefin, bei der der Sekt langsam seine Wirkung tat. Sie räusperte sich. »Dörte schafft hier frei an, ich meine, sie ist freischaffend tätig. Hicks ...«

»Und sie schafft Freier an!«, ergänzte Jolanta kichernd.

»Shop in Shop, quasi«, veranschaulichte Rita die zwischen ihr und Dörte getroffene Vereinbarung. Nebenbei stellte sie fest, dass die Sektflasche leer war, und wackelte in Richtung Theke.

»So, da bin ich wieder!«, trällerte Dausen-Dörte im einigermaßen privaten Outfit. »Du, Amanda, ich muss dich mal etwas fragen …«

»Schieß los!«, erwiderte die Kosmetikverkäuferin.

»Du kennst doch meine Freundin Anna?«

»Klar, Anna arbeitet als Escortdame. Du hattest mich ihr empfohlen!«

»Ja, genau, die meine ich! Ach, Amanda, ich mache mir Sorgen. Seit ein paar Tagen höre ich nichts mehr von Anna. Hat sie sich bei dir mal gemeldet?«

»Ist schon eine Weile her. Zwei, drei Monate vielleicht. Anna deckt sich immer vorausschauend mit meinen Waren ein.«

Dörte seufzte.

»Ich will euch ja nicht beunruhigen …«, schaltete sich Rita von der Theke kommend in das Gespräch ein, »aber da gab es vorgestern doch diesen schlimmen Unfall in Cappeln. Zwei Tote in einer Limo, Limu …«

»Limousine«, half Amanda Fröhlich nach.

Dausen-Dörte stockte der Atem. Amanda legte ihr sofort eine Hand auf den Arm. »Ruf am besten Pommes an!«

* * *

HENDRIK WILLEN KÄMPFTE mit dem Datenverarbeitungsprogramm. »Es kann doch nicht so schwer sein, die Akte Kosminski wieder aufzurufen!« Er malträtierte die Tastatur seines Rechners. »Bald brauche ich eine neue Enter-Taste!« Dann endlich, nach unzähligen Versuchen, gewährte ihm das Programm den gewünschten Zugang. Wegen des tragischen Verkehrsunfalls war einiges an Arbeit liegen geblieben. Unter anderem der Fall Kosminski. Willen wollte die Ergebnisse der Befragung schleunigst nachtragen, doch der Computer zeigte sich bislang sehr unkooperativ. Und jetzt klingelte auch noch das Telefon.

»Polizeistation Cappeln, Willen am Apparat.«

»Moin, Pommes, Dörte hier!«

»Dörte, wie schön! Was gibt's?«

»Ich muss dich sehen, Hendrik!«

Das klang nicht nach dem Wunsch für ein Rendezvous, das klang ernst. Bei jedem anderen Anrufer hätte Willen nachgefragt, aber nicht bei Dörte, die er von Kindesbeinen an kannte. Ungeachtet ihrer Berufswahl verband Willen und sie eine tiefe Freundschaft. Aus einer anfänglichen Sandkastenliebe heraus wurden sie als Teenager gute Freunde. Jetzt, als Erwachsene, fühlten sie sich wie Geschwister. Willen konnte ihr niemals eine Bitte ausschlagen.

»Wann und wo?«

»Am liebsten heute Mittag. Bei mir zu Hause.«

Willen schaute auf seine Uhr. »Wir haben halb zwölf, Mittag ist gleich.«

»Ich weiß. Lief gut gestern Nacht, daher bin ich erst heute früh ins Bett gekommen und praktisch gerade aufgestanden.«

»Okay, verstehe. Brauche hier noch etwas Zeit, bin in einer Stunde da!«

Nachdem sie aufgelegt hatten, gab Willen die Ergebnisse aus der Befragung Kosminskis in das Datenverarbeitungssystem ein. Willen schmunzelte immer wieder über die Art und Weise, wie Kosminski ihm den Sachverhalt vorgetragen hatte. Er war sich sicher, die Angelegenheit würde im Sande verlaufen, Kosminski hätte nichts zu befürchten. Kopfzerbrechen bereitete ihm vielmehr die explodierte Ministerlimousine. Das roch nach einem dicken Ding, auch wenn der Vorfall zunächst als Verkehrsunfall geführt wurde. War aber nicht mehr sein Ding; seinen Job in dieser Sache hatte er bereits erledigt. Dennoch war er gespannt auf das Ergebnis der Obduktion. Stöcki, sein Kripo-Kollege im Fachkommissariat für Todesermittlung, hatte versprochen, ihn auf dem Laufenden zu halten.

Willen schaltete den PC aus und machte sich auf den Weg zu Dörte.

Dausen-Dörte bewohnte seit vielen Jahren ein kleines Einfamilienhaus in Sevelten, einem westlich gelegenen Ortsteil der Gemeinde Cappeln. Willen brauchte mit seinem Dienstwagen nur ein paar Minuten für die Strecke. Er hatte noch einen kleinen Umweg zum Bäcker gemacht, schließlich war Mittag.

Als Dörte die Tür öffnete, raschelte der Dorfpolizist zur Begrüßung mit der Brötchentüte.

»Na, hoffentlich finden wir noch was für drauf, ich muss dringend einkaufen!«, sagte Dörte und nahm Willen die Tüte ab.

Willen verzog die Mundwinkel. Sein Magen knurrte, da durfte es jetzt keine Komplikationen geben. Er folgte Dörte in die Küche.

»Hast aber Glück, Pommes. Hab noch welligen Käse!«

»Schlag ein Ei drüber und gib's dem Hund«, kam es von beiden wie aus einem Mund. Sie lachten über diesen Running Gag aus ihrer gemeinsamen Kindheit, den sie offenbar beide oft wiederholt hatten.

»Und was hast du dann immer gesagt, Hase?«

»Gaut Swien fret alls!«, lachte Willen und schob sich auf die Eckbank, wo bereits Dörtes alter Kater lag.

»Ja, richtig, *ein gutes Schwein frisst alles.* Wie viele Spiegeleier möchtest du?«

»Wie viele Scheiben welligen Käse hast du?«

Dörte lachte. »Vor allem hab' ich nur noch drei Eier.«

»Dann drei!«, antwortete Willen und sah Dörte zu, wie sie durch die Küche wirbelte.

»Kaffee dazu?«

»Jou!«

Nachdem sie die Eier in die Pfanne geschlagen sowie Wasser und Kaffee in die Maschine gefüllt hatte, drehte Dörte sich zu ihrem Gast am Küchentisch um.

»Danke, dass du sofort gekommen bist!«

»Klar! Worum geht's denn eigentlich?«

»Um meine Freundin Anna.«

Willen streichelte den Kater, der ihn inzwischen kopfgebend begrüßte.

»Und um den explodierten Wagen!«

Der Polizist horchte auf und schob die Katze von sich weg, die daraufhin unter dem Tisch verschwand.

»Anna, deine beste Freundin?«, fragte Willen.

»Ziemlich beste Freundin, würde ich sagen, ja«, antwortete Dörte, als sie Tassen und Teller auf den Tisch stellte.

»Arbeitet Anna auch als ...?«

»Als Hure? Seit wann bist du so prüde, Hase?«

»Ich bin nicht prüde!«, erwiderte Willen und schob schnell noch eine Frage nach. »Kommt Anna aus Vechta?«

»Ganz genau. Anna wohnt in Vechta und arbeitet als Escortdame, allerdings nicht in Vechta, sondern überwiegend in Hannover. Während ich es mit dem Landvolk und den Fernfahrern zu tun habe, hat Anna zahlungskräftigere und anspruchsvollere Kunden. Die buchen sie dann für einen ganzen Abend oder sogar für ein Wochenende. Man geht dann in die Oper, schick essen, und Anna muss zunächst die Unterhaltungsdame geben, bevor es dann mit dem Kunden ins Bett geht.«

»Ah, ja.«

»Das wäre ja nichts für mich, auch noch schlau schnacken mit den Kerlen. Aber Anna gefällt's. Sie ist daher ein bis zwei Wochen am Stück unterwegs. Wenn sie nach Hause kommt, macht sie ebenso lange Pause. Wir treffen uns dann gerne auf einen Kaffee. Mal bei ihr, mal bei mir.«

»Verstehe. Aber was hat das mit dem Unfall zu tun?«

»Ich mache mir Sorgen um Anna. Sie hat sich schon lange nicht mehr gemeldet, was völlig untypisch für sie ist.«

»Aha.«

Dörte reichte Willen Butter und Käse. »Und da sich ja herausgestellt hat, dass der Freselage nicht im Auto saß und einer der beiden Toten höchstwahrscheinlich sein Fahrer ist, frage ich mich: Wer ist die zweite Leiche?«

»Das fragen wir uns auch«, nuschelte Willen.

»Hab' dich nicht verstanden, Hase!«

»Ich sagte: Und jetzt glaubst du, eine der beiden Leichen wäre Anna?«

Dörte nickte.

»Wie kommst du denn darauf? Ich meine, wieso sollte Anna in der Limousine des Ministers sitzen?«

»Es ist nur so ein Gefühl, Pommes!«

»Ein Gefühl«, wiederholte Willen.

»Ja, ich habe ein ganz doofes Bauchgefühl, bitte glaube mir! Anna ist schon fast drei Wochen weg, so lange war sie noch nie unterwegs. Zehn oder vierzehn Tage, maximal. Und sie geht weder an ihr Handy noch erreiche ich sie zu Hause über Festnetz!«

»Moment!«, unterbrach Willen. »Noch einmal: Wo ist die Verbindung zu Minister Freselage?«

Dörte zuckte mit den Schultern.

»Hast du irgendwelche Anhaltspunkte, dass Anna den Minister persönlich kennt? Ich meine, kennst du überhaupt ihre Kunden? Weißt du, dass der Minister sie gebucht hat? Hat sie mal von einem Promi-Kunden aus Hannover erzählt?«

Dörte schüttelte stumm den Kopf.

»Ich verstehe ja, dass du dir Sorgen machst. Aber, nur weil Anna hin und wieder einen Job in Hannover annimmt, belegt das noch lange nicht, dass es eine Verbindung zwischen ihr und dem Minister gibt und sie in dem Wagen saß. Vielleicht hat ihr Verschwinden einen ganz banalen Grund?«

»So? Welchen denn?«

»Sie könnte zum Beispiel spontan mit einem Kunden verreist sein.«

»Daran hatte ich auch schon gedacht, aber dann hätte sie zwischenzeitlich mal angerufen. Oder wenigstens eine WhatsApp-Nachricht geschickt.«

Jetzt war es Willen, der stumm nickte.

»Und immer, wenn ich sie anrufe, springt die Mailbox an. Jedes Mal!«

Willen überlegte. Dass die Mailbox sofort anspringt, war allerdings ungewöhnlich. Er kannte es von seinem eigenen Smartphone, das beinahe jeden Tag aufgeladen werden musste und praktisch ständig eingeschaltet war. Er ließ es jedenfalls an beim Ladevorgang.

»Die Mailbox springt sofort an?«, hakte Willen nach.

Dörte nickte.

Schon komisch, dann wird das Gerät auch nicht geladen und ist offenbar ausgeschaltet.

»Trotzdem muss das nichts heißen.«

»Ich habe aber so ein Bauchgefühl! Manchmal habe ich drei

oder vier Nachrichten am Tag von Anna erhalten und jetzt seit Wochen nichts«, wiederholte Dörte ihre Bedenken und tischte die Spiegeleier auf. Dann stellte sie die leere Bratpfanne auf den Herd zurück und griff zur Kaffeekanne.

»Ach, Mist!« Sie schaltete die Kaffeemaschine ein. »Sorry, Kaffee kommt gleich!«, sagte sie und lehnte sich mit verschränkten Armen an die Arbeitsplatte.

Willen sah eine Träne in ihrem Auge und erinnerte sich an früher. Wenn Dörte nicht weiterkam, fing sie an zu weinen.

»Glaubst du mir, Hendrik?«

Hendrik! So nannte sie ihn nur, wenn es ihr mit etwas sehr ernst war.

»Ich glaube, du bist ganz schön durch den Wind!«

»Warum wohl?«

»Keine Ahnung. Anstrengende Nacht gehabt?«

»Ach, du Arsch!«

Dörte fuhr herum und wischte sich die Träne aus dem Auge. Nach einer Weile des Schweigens sagte sie: »Wenn du definitiv ausschließen könntest, dass es Anna ist, dann hättest du es gesagt!«

»Das ist richtig!«, stimmte Willen ihr zu.

»Das heißt, ihr wisst noch nicht, wer die Toten sind?«

Jetzt wird es heikel, dachte Willen. Denn das ging sie nichts an, aber er sah natürlich, dass Dörte sich wirklich um ihre Freundin sorgte. Zudem war sie kein Klatschweib, sie wusste, wann sie den Mund zu halten hatte. Um sie zu beruhigen, wollte Willen ihr ausnahmsweise einen kleinen Einblick in die laufenden Ermittlungen gestatten, jedenfalls, soweit er selbst Kenntnis darüber hatte.

»Die Kollegen sind noch ganz am Anfang des Todesermittlungsverfahrens, das routinemäßig bei jedem Verkehrsunfall mit tödlichem Ausgang durchgeführt wird. Bis die Identitäten der Leichen feststehen, kann es noch etwas dauern.«

»Warum kann das dauern?«

»Weil hier die Kollegen in Hannover gefordert sind. Du hast so weit recht: Vermutlich handelt es sich bei einer der Leichen um den Fahrer des Ministers. Das muss aber bewiesen werden! Wir wissen, dass der Fahrer in Hannover wohnt. Das heißt, die Kollegen in Hannover suchen die Angehörigen auf und besorgen DNA-Vergleichsmaterial von dem Fahrer. Weiteres Vergleichsmaterial kommt dann von der Rechtsmedizin in Oldenburg, wo sich die beiden Leichen zurzeit befinden. Die beiden Proben werden beim LKA in Hannover untersucht. Stellt es sich heraus, dass das DNA-Material identisch ist, hat man den Beweis, dass es sich bei einer der beiden Leichen tatsächlich um den Fahrer des Ministers handelt.«

Die Ausführlichkeit von Willens Erklärung beruhigte Dörte. Sie schenkte Kaffee ein und der Dorfpolizist fuhr fort: »Nehmen wir an, die Identität der einen Leiche wäre geklärt – der Fahrer des Ministers -, dann stellt sich für die Kripo-Beamten in Cloppenburg die Frage, wer die zweite Person gewesen sein könnte. Die Kollegen tappen, soweit ich weiß, noch vollkommen im Dunkeln. Im ausgebrannten Autowrack hat man jedenfalls nichts gefunden, was auf die Identität der Leichen schließen ließe.«

Dörte nickte, während Willen in sein Brötchen biss.

»Und wie lange wird das dauern?«

»Das kann ich nicht sagen. Die Kollegen brauchen einen Ermittlungsansatz, sprich irgendeine Idee, wer die zweite Leiche sein könnte. So wie beim Fahrer, der ja mit einer sehr hohen Wahrscheinlichkeit im Fahrzeug war.«

»Was ist mit dem Minister?«

»Was soll sein?«

»Der muss doch wissen, wer in seinem Dienstwagen saß?«

»Sollte man annehmen.«

»Wie meinst du das? Kann man den nicht einfach fragen?«

Willen lachte. Woher sollte Dörte so etwas auch wissen?

»Ganz so einfach ist das nicht. Also schon, aber es dauert eine gewisse Zeit. Über die Staatsanwaltschaft müsste die Immunität des Ministers aufgehoben werden, dann könnte man ihn befragen. Und es ist ja nicht gesagt, dass er weiß, wer noch im Wagen saß. Der, der es wissen sollte, ist vermutlich leider tot!«

»Du hast ganz schön häufig *könnte, sollte* und *müsste* gesagt!«, stellte Dörte fest.

»Ich bin nicht bei der Kripo, und die Todesursachenermittlung ist nun mal Sache der Kripo-Kollegen. Ich habe lediglich einen Verkehrsunfall aufgenommen, damit bin ich da eigentlich raus.«

»Verstehe, du kannst nichts machen, du hältst deinen Kollegen von der Kripo am Tatort bloß das Flatterband hoch«, erklärte Dörte mit ihren eigenen Worten und wandte ihren Blick von Willen ab.

Der Dorfpolizist legte den Kopf leicht schräg und lächelte verschmitzt. »Ganz so ist es ja nicht ...«, sprach er und schob sich den letzten Bissen in den Mund.

Mit einem Fünkchen Hoffnung in ihrem Blick sah Dörte Willen wieder an.

»Ich werde deinen Verdacht an die Kollegen weitergeben«, versprach Willen mit vollem Mund.

Kapitel 8

Minister Freselage knallte seine Hand wieder so heftig auf den Schreibtisch, dass die Kaffeetasse auf der Tischplatte schepperte. »Jetzt hab' ich den Kaffee langsam auf. Was schreiben die Zeitungsfuzzis nur für eine Scheiße!«, brüllte er seinen Staatssekretär an, der gerade hereingekommen war.

»Du hast die *Hannoversche Post* also schon gelesen.« Tschauner drehte sich wieder um und lehnte sich durch den Türrahmen ins Vorzimmer hinein.

»Frau Heldt, wir wollen bitte nicht gestört werden!«, lächelte er die Sekretärin an.

Nachdem er die Tür geschlossen hatte, setzte er sich in einen Sessel der Sitzgruppe, die sich seitlich neben dem Schreibtisch des Ministers befand, und schlug die Beine übereinander.

»Kannst du mir sagen, was das hier soll?« Der Minister wedelte ungehalten mit der Zeitung herum.

Tschauner strich sich die Krawatte gerade. *Was für ein Affe!*

»Ich hatte dir gesagt: Löse das Problem mit der Nutte!« Der Minister warf die Zeitung in Richtung Tschauner, die dessen Kopf aber verfehlte.

»*Löse das Problem* war meine Anweisung, nicht *Bring die Nutte um!*«, zischte Freselage durch die Zähne.

»Da hat Wolf über das Ziel hinausgeschossen«, antwortete der Staatssekretär.

»Über das Ziel hinausgeschossen? Das ist lächerlich, Til! Wolf hat seinen Auftrag überhaupt nicht kapiert! Was hast du ihm genau gesagt?«

»Ich habe ihm exakt deine Anweisung mitgeteilt: *Lösen Sie das Problem mit der Nutte!*«

»Ja, bist du denn wahnsinnig, Til? Du kannst einem Killer doch nicht sagen: Lösen Sie das Problem.«

»Wolf ist ein professioneller Problemlöser, Hans, kein Killer. Er tut, was getan werden muss.«

»Problemlöser? Ich finde, er hat uns mehr Probleme gemacht als gelöst! Du siehst doch, was dabei herausgekommen ist: zwei Leichen!«

»*Du* hast Wolf den Auftrag gegeben, Hans, nicht ich! Und die Nutte hat dich belauscht, nicht mich!«

Das wusste Minister Freselage selbst, umso mehr trieb ihm Tschauners Bemerkung die Zornesröte ins Gesicht.

»Was konnte sie schon mitbekommen haben? Einige Wortfetzen vielleicht, die sie in keinen Zusammenhang bringen konnte.«

»Jetzt rede dich da nicht heraus! Wenn es so gewesen wäre, wieso hast du mich dann informiert, Hans?«

»Ich weiß auch nicht, das war vielleicht ein Fehler.«

»Ein Fehler?« Tschauner blickte dem Minister in die Augen. »Das wäre aber ein ziemlich blöder Fehler. Ich darf dich an deine eigenen Worte erinnern: *Til,* hast du gesagt, *ich glaube, ich hab' Scheiße gebaut.*«

»Ist ja gut«, gab Freselage zähneknirschend zu.

»Oder gibt es da etwas, was du mir nicht erzählt hast?«

»Nein.«

»Bist du sicher, Hans?«

»Nein, verdammt noch mal!«

Das war missverständlich, daher hakte Tschauner nach. »Du bist dir ganz sicher, dass du mir alles gesagt hast, was an jenem Abend, an dem die Nutte bei dir war, vorgefallen ist?«

»JA, ZUM HENKER!«

»Gut.«

»Aber warum schleppst du diesen Versager an? Ich habe dir vertraut.« Der Minister rang nach Fassung.

Tschauner erklärte in ruhigem Ton: »Es war richtig, dass du mich informiert hast, Hans. Auch wenn du meinst, Wolf habe über das Ziel hinausgeschossen. Die Nutte war ein Sicherheitsrisiko, so oder so. Das Problem *ist* gelöst!«

Der Minister nickte.

»Wo hast du diesen Wolf, wie du ihn immer nennst, überhaupt her?«, fragte er in gemäßigtem Ton.

»Das willst du gar nicht wissen.«

»Verstehe, wahrscheinlich aus dem Rockermilieu. Das würde mich nicht wundern bei dir.«

»Es ist besser für dich, wenn du mit meinem engsten Netzwerk nicht in Verbindung gebracht werden kannst.«

»Dein engstes Netzwerk, ha, dass ich nicht lache. Die übelste *Maschsee-Connection* ist das.«

»So läuft das eben hier in Hannover, Hans! Bundeskanzler, Ministerpräsidenten, ja selbst Landespolitiker wie du umgeben sich mit Wirtschaftsgrößen, Boulevard-Stars und Rockergrößen – ihr alle mögt die Macht am Maschsee. Hannover ist das geheime Machtzentrum der Republik. Jetzt scheiß nicht auf die, die deinen Arsch nach oben drücken!«

»Das sind alles ehrbare Leute, die du da aufzählst.«

»So nannte sich das Gangstersyndikat in Chicago auch: ehrenhafte Gesellschaft«, sagte Tschauner und öffnete sich eine kleine Flasche Mineralwasser.

»Mann, Mann, Mann, zwei Leichen, Til. Und ein Dioxinskandal! Die Fragen der Staatsanwaltschaft waren äußerst unangenehm! Die wollten natürlich wissen, wer die zweite Person in meinem Dienstwagen war.«

»Was hast du geantwortet?«

»Dass ich es nicht weiß!«, schrie Minister Freselage.

Tschauner trank einen großen Schluck aus der Wasserflasche.

»Auf die Häuptlinge schießt man eben zuerst, Hans!«

»Pass auf, dass ich dir für so einen dämlichen Spruch nicht in die Fresse haue!«

Der Anfang vom Ende.

»Jetzt ist es vor allen Dingen wichtig, einen kühlen Kopf zu bewahren. Dafür hast du mich, genau dafür!«

»Okay, Til, du hast recht! Wie gehen wir mit der Sache um?«

»Mach dir keine Sorgen, Hans, ich habe schon einen Plan!«

* * *

AM LIEBSTEN HÄTTE Carsten Höger direkt wieder gekündigt. Gar nicht mal wegen der sich überschlagenden Ereignisse, sondern der neue Pressesprecher merkte, dass er auf sandigem Boden stand.

Ihm fehlte so dringend ein fester Halt; Höger fühlte sich den Anforderungen noch nicht gewachsen. Das ließ er natürlich niemanden wissen, wobei er befürchtete, dass seine Mitarbeiterin Janette Büttekoven es bereits erahnte.

Obschon sie recht jung war, hatte sie einen bemerkenswert scharfen Blick für das Gefüge innerhalb des Ministerbüros entwickelt. Sie war lange genug dabei, um die Ränkespiele im Team zu erkennen. Eine gewissenhafte und fleißige Mitarbeiterin war sie allemal, was Höger sehr zu schätzen wusste.

»Einen Zweifrontenkrieg hatten wir auch schon lange nicht mehr!«, sagte Janette, während sie eine Pressemappe zusammenstellte.

»Tja, da hab' ich mir anscheinend den passendsten Moment ausgesucht«, witzelte Carsten Höger.

»Das kann man wohl sagen!«

Carsten Höger und Janette Büttekoven saßen sich im provisorischen Pressebüro Schreibtisch an Schreibtisch gegenüber. Die Umbaumaßnahmen machten dies erforderlich. So war die Pressestelle vorübergehend in dem anderen Gebäudeflügel untergebracht, weit entfernt vom Ministerbüro.

Sobald der Umbau abgeschlossen war, würde Höger mit seiner Mitarbeiterin in die vorgesehenen Räumlichkeiten umziehen. Diese lagen dann in unmittelbarer Nähe zum Ministerbüro, darüber hinaus war für Höger als Pressesprecher ein eigenes Büro vorgesehen.

Die etwas erhöht stehenden Flachbildschirme vor ihren Nasen verhinderten den direkten Blickkontakt während einer Unterhaltung. Die Arbeitsergonomie machte dies erforderlich. So schaute Höger an seinem Bildschirm vorbei in Richtung der Mitarbeiterin.

»Frau Büttekoven?«

»Ja!«, Janette unterbrach ihre Arbeit und nahm ebenfalls Sichtkontakt auf.

»Frau Büttekoven, hielten Sie es für unpassend, wenn ich Ihnen das *Du* anböte?«

»Ganz und gar nicht, Herr Höger! Es würde mich sehr freuen!« Janette musste über Högers Formulierung schmunzeln. *Anböte*, wiederholte sie im Geiste und hoffte, dass ihr neuer Vorgesetzter etwas lockerer werden würde. Das *Du* hielt sie für einen guten Anfang.

»Fein! Also, ich heiße Carsten!«

»Und ich Janette!«, kicherte sie.

Ganz ohne Erklärung wollte Höger sein Angebot nicht stehen lassen. Weil er dafür etwas weiter ausholen musste, rollte er mit seinem Bürostuhl zur Tischkante. So war permanenter Sichtkontakt gegeben.

»Wir arbeiten ja erst seit ein paar Tagen zusammen, von daher halte ich das *Du* für etwas verfrüht. Aber die momentanen Umstände lassen erwarten, dass wir beide hin und wieder bis tief in die Nacht arbeiten werden. Da werden wir uns länger sehen als unsere ...«

Höger ließ seinen Satz unvollendet, als er sah, dass Janette rot im Gesicht wurde. *Du plapperst wieder zu viel!*

»Ich habe gar keinen Freund«, entgegnete Janette.

Hoffentlich wertet sie das nicht als einen plumpen Versuch, ihre privaten Verhältnisse auszuspähen.

Janette lachte und erzählte drauflos: »Dafür habe ich nun wirklich keine Zeit. Ich arbeite gerne, und wenn es mal länger wird, dann macht mir das nichts aus. Mein Ex, der hat mir etwas ausgemacht. Dann nämlich, wenn ich verspätet aus dem Büro kam und er meinte, mich maßregeln zu müssen. Ich sage dir, Carsten, solche Typen können mir gestohlen bleiben. Da mache ich dann schon mal kurzen Prozess!«

Na, die plappert aber auch ganz gut!

»Jedenfalls freue ich mich, dass du mir das *Du* angeboten hast. Denn eines ist so sicher wie das Amen in der Kirche: Wir werden Überstunden machen, und nicht zu knapp! Und den Stressfaktor dürfen wir dabei auch nicht außer Acht lassen. Da ist besser, man duzt sich.«

»Also, treffender hätte ich es auch nicht ausdrücken können!«, sagte Carsten Höger lächelnd und rollte mit dem Bürostuhl wieder hinter seinen Bildschirm.

»Oh Gott, ich hoffe, ich habe dir jetzt keine Angst gemacht.« Nun lugte Janette um ihren Bildschirm seitlich herum.

»Angst, wieso?« Höger reckte seinen Hals und schaute jetzt über den Monitor hinweg. Janette folgte seiner Bewegung.

»Wegen dem Stress.«

Wegen des Stresses. Carsten Höger blieb auf ewig ein Freund des alten Genitivs.

»Ach, Quatsch, da mach dir mal keine Sorgen.«

»Ich meinte auch nur, weil du das Politikgeschäft ja noch nicht so gut kennst.«

Danke! Eine super Basis, wenn einem noch nicht einmal die eigene Mitarbeiterin etwas zutraut. Aber im Grunde hat sie recht, da brauche ich ihr nichts vorzumachen. Sie vergleicht mich mit der Lamberts, die war ja ein Politikprofi.

»Kommst du eigentlich aus Hannover, Carsten?«

»Nein«, erwiderte der Pressesprecher, »ich komme aus Berlin. Hab' mir nur ne kleine Zweitwohnung in Hannover genommen. Aber das Pendeln zwischen Arbeits- und Wohnort bin ich gewohnt.«

»Und dein Beziehungsstatus?« Janette entschuldigte sich sofort für diese Frage.

»Kein Problem«, lachte Carsten Höger und antwortete wahrheitsgemäß: »Single!«

Beide tippten wieder auf ihren Tastaturen. Nach einer Weile kam Höger noch einmal auf den Stress zu sprechen: »War es denn immer stressig bei euch?«

»Nein, eigentlich erst seit ein paar Monaten.«

»Aha. Und was ist vor ein paar Monaten passiert?«

Janette konnte nicht sehen, dass Höger hinter seinem Bildschirm die Arbeit einstellte und interessiert zuhörte.

»Du, das kann ich gar nicht so genau sagen. Das kam so schleichend. Und zack, war auf einmal die Lamberts weg!«

»Kam das überraschend?«, hakte Höger nach.

»Absolut! Damit hatte niemand gerechnet.«

»Du auch nicht? Ich meine, ihr habt eng miteinander gearbeitet. Du müsstest es doch als Erste gemerkt haben.«

Höger rollte mit dem Stuhl wieder bis zur Tischkante.

»Nein, auch für mich war das ein Schock. Die Lamberts hat sich vorher nichts anmerken lassen.«

»Hat Frau Dr. Lamberts selbst gekündigt?«

Janette bemerkte, dass ihre Art, wie sie von Högers Vorgängerin sprach, zu flapsig war.

»Ja, Frau Dr. Lamberts hat selbst gekündigt. Ich hab' sie auch gar nicht mehr gesehen. Sie hat mir aber eine sehr nette E-Mail geschrieben und für ihr Vorgehen um Verständnis gebeten.«

»Das war sehr anständig!«, bestätigte Carsten Höger.

Nur allzu gern hätte er erfahren, wie seine Vorgängerin Janette gegenüber ihre Kündigung erklärt hatte. Aber er hielt es für unangebracht, Janette zu fragen.

»Hier waren alle geschockt, niemand hatte damit gerechnet. Und schon gar nicht in einer Situation, in der der Chef-Chef so unter Druck steht.«

Höger nickte, das war schon seltsam.

»Chef-Chef und Chef – die Bezeichnungen sagen dir doch etwas?«

»Ja, klar«, antwortete Höger »damit sind der Minister und der Staatssekretär gemeint.«

»Genau.« Janette senkte ihre Stimme. »Also, die Bach aus dem Ministerbüro meint ja, hinter der Kündigung von Frau Doktor würde Chef stecken!«

»Ach, echt? Das ist ja interessant!«

Im Flüsterton fuhr sie fort: »Das sagt sie aber nie öffentlich. Frau Bach hat Chef irgendwie auf dem Kieker, wenn du mich fragst.«

»Ich mach' uns mal eben Kaffee!«

Carsten Höger rollte im Bürostuhl zu einem Sideboard hinüber, auf dem ein Kaffeeautomat stand.

»Ja, gern!«

»Aber sprich ruhig weiter!«, sagte er, während er die Kaffeepads einlegte.

»Ich kann über Chef absolut nichts Negatives sagen, Carsten. Zu mir ist Tschauner immer freundlich. Noch nie hat er mich angeschrien oder angemault. Die Bach ist da ganz anders. Die hat Haare auf den Zähnen, wenn du verstehst, was ich meine.«

Der Kaffeeautomat surrte, und ehe Höger Ja sagen konnte, sprach Janette weiter.

»Wenn der Bach etwas nicht passt, dann sagt sie dir das direkt ins Gesicht. Dann ist aber auch gut, also nachtragend ist sie nicht.«

Carsten Höger reichte Janette eine Tasse Kaffee an, danach legte er ein zweites Kaffeepad für sich selbst ein.

»Und wie ist die Beziehung zwischen Chef und Frau Bach so?«

»Oh, ganz speziell! Die Bach kritisiert Chef nie öffentlich und ist immer sehr vorsichtig, wenn sie Chef-Chef gegenüber einen anderen Standpunkt als Chef vertreten muss.«

Höger lehnte sich in seinem Stuhl zurück und schlürfte den Kaffee.

»Für mich noch zu heiß«, sagte Janette und schob die Tasse etwas beiseite.

»Oli Sorg, der auch im Ministerbüro arbeitet, ist mit seiner Meinung häufig auf Frau Bachs Seite. Er würde öffentlich dem Tschauner aber nie Paroli bieten. Da hält er sich dann vornehm zurück. Ebenso verhalten sich die Abteilungsleiter und Referenten, wie zum Beispiel Dr. Klingenberg und Herr Bischof, die du ja schon kennengelernt hast. Wenn Kritik geäußert wird, dann nur, wenn Chef nicht dabei ist.«

Janette fasste die Tasse mit beiden Händen an und pustete.

»Ja, und Ella Heldt ist so richtig Fan von Tschauner. Die freut sich regelrecht, wenn sie für ihn Überstunden schieben kann.«

»Verstehe. Also, ich kann bislang auch nichts Schlechtes sagen über Chef. Er hat mich eingestellt, damit hat er viele Pluspunkte bei mir!«

»Ja, das stimmt«, lachte Janette. »Aber frag mal die Bach, was die dazu meint. Also, das geht überhaupt nicht gegen dich, Carsten, aber die Bach sagt, dass es kein gutes Zeichen wäre, wenn Leistungsträger kündigen!«

»Das habe ich so ähnlich schon einmal gehört«, stimmte Höger ihr zu.

»Und die Lamberts war eine Leistungsträgerin, das kannst du mir glauben, Carsten! Die hatte das Pressegeschäft richtig drauf. Die hat Chef-Chef Erklärungen geschrieben, die waren vom Allerfeinsten. Damit ist der nach außen so souverän aufgetreten wie kein anderer seiner Ministerkollegen! Die Lamberts hätte jeder Minister gerne als Pressesprecherin gehabt. Auch wie die mit den Journalisten in den Pressekonferenzen umgegangen ist: fachlich versiert, höchst professionell und absolut eloquent. Die hatte die Meute im Griff ...«

»Und Chef hat Frau Doktor zu einer Kündigung getrieben?«

»Das meint die Bach«, bestätigte Janette.

Das Telefon unterbrach den ministeriellen Kaffeeklatsch.

Als Janette im Display las, wer anrief, verzog sie die Mundwinkel und schob das Gerät rasch zu Höger rüber.

»Wenn man vom Teufel spricht ...«, flüsterte sie.

Carsten Höger nahm den Hörer ab.

»Höger, guten Tag, Herr Staatssekretär!«

Janette nippte an ihrem Kaffee und verfolgte den kurzen Gesprächsverlauf, der aufseiten Högers abwechselnd aus Kopfnicken und einem bestätigenden »Hm« bestand. Schließlich legte er auf.

»Chef will mich sprechen. Sofort!«

* * *

CARSTEN HÖGER EILTE in den gegenüberliegenden Gebäudeflügel, wo die engsten Mitarbeiter des Ministers ihre Büros hatten. Neben dem Ministerbüro mit Corinna Bach und Oliver Sorg waren in unmittelbarer Nähe der Minister selbst, Staatssekretär Tschauner sowie die Sekretärin der Stabsstelle, Ella Heldt, untergebracht. Sobald der Umbau abgeschlossen war, würde die Pressestelle vis-à-vis dem Ministerbüro neue Räumlichkeiten beziehen.

Beim neuen Pressesprecher breitete sich ein flaues Gefühl in der Magengegend aus, er hatte den Tonfall Tschauners vorhin am Telefon nicht deuten können.

Kommen Sie sofort rüber, Höger, wir müssen uns dringend unterhalten!

Höger klopfte an die Tür zur Stabsstelle und betrat ein kleines Büro. Ella Heldt saß an ihrem Schreibtisch und telefonierte. Rechts und links gingen zwei weitere, wesentlich größere Arbeitszimmer ab, die des Ministers und des Staatssekretärs. Die Tür zum Büro von Minister Freselage war geschlossen, Tschauners Büro hingegen stand offen. Mit einer Handbewegung machte Ella Höger verständlich, einzutreten.

»Chef kommt gleich«, flüsterte sie Höger zu, nachdem sie ihre Hand kurz auf die Sprechmuschel des Telefons gelegt hatte.

Carsten Höger betrat das Arbeitszimmer von Staatssekretär Tschauner und hatte das Gefühl, dass die Luft hier einige Grad kälter war als in den anderen Büros. Draußen war es warm, durch die großen Fenster hätte sich die Hitze im Arbeitszimmer verteilen müssen. Möglicherweise liegt das an der reduzierten Büroeinrichtung, die zu einer sterilen und kalten Atmosphäre führt, dachte Höger. Er blickte sich um. Wände, Möbel, Accessoires – das ganze Interieur war in Weiß gehalten. Der Schreibtisch war akkurat aufgeräumt, alles hatte seinen Platz. *Arbeitet hier überhaupt jemand?*

Höger stand am Fenster und schaute hinaus, als er in seinem Rücken laute Stimmen vernahm. Er drehte sich um. Die Tür zum Ministerbüro wurde geöffnet, er blickte genau darauf zu. Tschauner kam aus Freselages Büro. Der Staatssekretär wirkte auf Höger zwar gelassen, aber da er das Vorzimmer in Richtung Flur verließ, vermutete Höger, dass er vor ihrem Gespräch noch rasch die Toilette aufsuchte. Da die Tür zum Büro des Ministers offen stand, konnte Höger bis zu dessen Schreibtisch schauen. Freselage saß über eine Unterschriftenmappe gebeugt an seinem Arbeitsplatz. Höger war diese Situation unangenehm, aber er traute sich auch nicht, vom Fenster wegzugehen. Er hatte Angst, dass Freselage in genau diesem Moment zu ihm herübersehen und seine Flucht bemerken würde. Im nächsten Augenblick sah der Minister tatsächlich auf. Ihre Blicke trafen sich und Höger nickte hinüber.

»Hat sich Eberlein schon gemeldet?«, brüllte der Minister, ohne vom Pressesprecher Notiz zu nehmen.

»Nein«, rief die Sekretärin zurück.

»Ella, machen Sie bitte mal die Tür zu, Tschauner vergisst das immer.«

»Was vergesse ich immer?«, fragte der Staatssekretär, als er das Vorzimmer betrat.

»Tür zu!«, schnauzte Freselage.

»Ich mach' schon«, sagte Tschauner leise zu Ella, die sich bereits von ihrem Platz erhoben hatte.

Dann ging er in sein Büro und bemerkte erst jetzt, dass Carsten Höger bereits da war.

»Herr Höger, nehmen Sie doch bitte Platz!« Dabei deutete der Staatssekretär zu einer kleinen Besprechungsecke, während er mit der anderen Hand seine Bürotür schloss.

Carsten Höger setzte sich in einen weißen Ledersessel, der auf ihn extrem hochpreisig wirkte. Seine mitgebrachte Kladde legte er vor sich auf dem weißen Couchtisch ab. Tschauner setzte sich dazu und strahlte ihn an. Einen Moment lang herrschte absolute Stille.

»Sie verlassen uns aber nicht wieder, oder doch?«

Satan, kann der Kerl Gedanken lesen?

Höger schluckte und war um eine Antwort verlegen. Er spürte den Druck in seinem Kopf ansteigen. Da war auch wieder das Ohrenrauschen, ein sicheres Anzeichen für eine akute Stresssituation. *Will der mir jetzt meine Kündigung nahelegen? Weil er meint, dass ich der Sache nicht gewachsen wäre?*

»Bitte tun Sie das nicht, Herr Höger!«, flehte Tschauner.

Was? Jetzt versteh' ich gar nichts mehr ...

»Das hatte ich auch nicht vor, Herr Staatssekretär!«

»Gut, sogar sehr gut!« Tschauner schaute Höger in die Augen, als könne er dadurch in sein tiefstes Innere blicken.

»Das Ganze tut mir für Sie so furchtbar leid, Herr Höger. Sehen Sie, unsere liebe Frau Dr. Lamberts hat uns in einem Moment verlassen, in dem wir dachten, dass es schlimmer nicht werden könnte. Ich meine damit den Dioxindreck.«

»Ich verstehe«, sagte Höger und fand Tschauners Art insgeheim gut, die Dinge beim Namen zu nennen: Dioxindreck statt Skandal.

»Der Entschluss von Frau Dr. Lamberts traf uns hart und unvermittelt. Aber natürlich respektieren wir es, wenn sich hochgeschätzte Mitarbeiterinnen und Mitarbeiter weiterentwickeln wollen. Persönlich freut es mich sogar für Frau Lamberts. Aber der Zeitpunkt, der kam uns hier doch sehr ungelegen. Verstehen Sie, was ich meine?«

Höger nickte zustimmend, was blieb ihm auch anderes übrig?

»Über die Erfahrung und die Referenzen einer Frau Dr. Lamberts verfüge ich natürlich nicht ...«

Tschauner schnitt ihm mit einer Handbewegung das Wort ab.

»Aber das verlangt auch niemand, lieber Herr Höger! Machen Sie sich bitte keine unnötigen Sorgen. Sie wären nicht hier, wenn man Sie nicht für kompetent und eloquent genug halten würde. Und glauben Sie mir, Sie hatten hoch angesehene Fürsprecher! Ich sage Ihnen natürlich nicht, bei wem ich meine Erkundigungen über Sie eingeholt habe ...« Dabei zwinkerte Tschauner mit dem Auge.

»Trotzdem möchte ich Ihnen vorab noch einmal mein Bedauern zum Ausdruck bringen«, hier machte Tschauner eine kleine Pause »dass wir Sie in dieses kalte Wasser stoßen mussten!«

»Wobei wir glücklicherweise Sommer haben!«, entgegnete Carsten Höger.

Tschauner fing an zu lachen. »Herr Höger, das war die Top-Antwort!«

Der Staatssekretär beugte sich zu dem neuen Pressesprecher

vor und sprach leise weiter: »Unter anderem deswegen hab' ich Sie geholt, Höger! Wegen Ihres Mutes und Ihres erfrischenden Witzes, mit dem Sie die Sachen anpacken. Und soll ich Ihnen noch etwas verraten?«

Tschauner ließ sich wieder langsam nach hinten fallen und atmete laut aus.

»Ich möchte sein wie Sie!«

Carsten Höger blieb die Spucke weg.

»Doch wirklich. Ich beneide Sie um Ihren charmanten Witz, den ich leider nicht habe. Der ist überaus wertvoll für unser Team. Sie mögen noch nicht die Erfahrung und Sachkenntnis einer Dr. Lamberts haben, dafür haben Sie andere Stärken, Höger. Das Fachliche kommt mit der Zeit.«

Carsten Höger ließ sich Tschauners Worte auf der Zunge zergehen. Klar, überlegte er, das Wichtigste in dieser Krise war, dass man zusammenhält und an einem Strang zieht. *Nur so kann das politische Überleben des Ministers gesichert werden. Tschauner zieht im Hintergrund die Strippen, hält das Team zusammen, motiviert alle Beteiligten und stärkt damit dem Minister den Rücken. Der Mann ist eben Politprofi!*

Mit leiser Stimme durchbrach der Staatssekretär das Schweigen: »In der Politik gereicht es einem oft zum Vorteil, nicht unbedingt der Klügste sein zu wollen. Fehlender Selbstzweifel erleichtert das politische Leben, während Bedenken und dieser unsägliche Hang zur ständigen Selbstreflexion es erheblich erschweren.«

Wieder so ein Satz, der am besten unbeantwortet blieb, wollte man ihn nicht der Weisheit und Würde berauben. Höger sog ihn wie ein Schwamm auf.

»So, mein Lieber, genug der politischen Philosophie. Jetzt muss gearbeitet werden! Ich sagte vorhin, dass uns Frau Dr. Lamberts zu einem denkbar ungünstigen Zeitpunkt verlassen hat. Neben dem Dioxinskandal, der für sich alleine genommen schon heikel genug wäre, kommt eine sehr delikate Angelegenheit hinzu.«

Tschauners Sprechpause nutzte Höger, um das vermeintliche Stichwort zu nennen.

»Der explodierte Dienstwagen.«

»Exakt!«

Höger blieb nicht verborgen, wie der Staatssekretär von jetzt auf gleich seinen Habitus änderte. In Körperhaltung und Tonfall wechselte er vom sanftmütigen Lehrmeister hin zu einem kaltschnäuzigen Militärstrategen.

»Äußerst bedauerlich, weil zwei Tote zu beklagen sind. So, Höger, und was ich Ihnen jetzt sage, das ist strictly confidential, absolut vertraulich! Ich möchte, dass das Folgende unter keinen Umständen unser Ministerium in Wort oder Schrift verlässt, habe ich mich da klar genug ausgedrückt?«

Zu Befehl, Herr General! Höger nickte bloß und konnte seine Anspannung körperlich spüren.

»Wir – und damit meine ich den Minister, mich, Frau Bach und in drei Sekunden Sie! - wir wissen etwas, was Polizei und Staatsanwaltschaft noch nicht wissen. Und das ist brandgefährlich für Minister Freselage. Wir kennen die Identität beider Leichen!«

Höger schluckte und merkte, dass er einen staubtrockenen Mund hatte. »Zunächst handelt es sich, wie zu vermuten gewesen war, um unseren Fahrer, Herrn Pöschel. Das ist zutiefst bedauerlich. Doch jetzt wird's heikel: Die zweite Person im Auto war eine Escortdame, eine Edelprostituierte, um es klar auszudrücken.«

Tschauner sah Höger an, als wollte er sich noch einmal seiner Verschwiegenheit vergewissern.

»Jetzt könnte man sagen, eine Nutte im Dienstwagen wäre an sich nichts Wildes. Ist es auch nicht, denn Freselage ist bekannt für seine außerehelichen Aktivitäten. Bitte rücken Sie alle moralischen Bedenken an die Seite, Höger, und bleiben Sie professionell! Keiner von uns ist ein Moralapostel. Aber, und jetzt kommt der Haken an der Sache: Die Nutte hat Freselage bei einem Telefonat belauscht und Dinge über die Dioxingeschichte aufgeschnappt, mit denen sie meinte, ihn erpressen zu können.«

»Musste sie deshalb ...«

»Höger, wo denken Sie hin? Bleiben Sie sachlich!«

»Entschuldigung!«

»Das Ganze ist eine tragische Verkettung ungünstiger Umstände. Obwohl – so schlimm sich das auch anhört – der Tod der Escortdame uns in die Karten spielt.«

»Ich weiß gar nicht, was ich sagen soll.«

»Sie müssen gar nichts sagen, Höger. Nur wissen. Deswegen erzähle ich Ihnen das alles hier. Damit Sie über die Hintergründe im Bilde sind. Was demnächst auf uns zukommt, das kann ich nicht sagen. Aber als Pressesprecher des Ministers stehen Sie ab jetzt im Rampenlicht. Unwahrheiten werden schnell die Runde machen. Dafür benötigen Sie Gefahreninstinkt und die Fähigkeit, unterschiedliche Informationen blitzschnell zu verknüpfen. Ihr Auftrag lautet, Schaden von Minister Freselage abzuwenden. Unter allen Umständen, Höger, hören Sie?«

»Ich denke, ich habe verstanden.«

»Gut, gut! Dann gehen Sie mal los und machen Sie Ihre Arbeit!«

Tschauner erhob sich aus dem Sessel und ging rüber zu seinem Schreibtisch.

Als Carsten Höger aufstand, bemerkte er, dass er nassgeschwitzt war.

»Ach, und Höger: Alles, was wir veröffentlichen, geht vorher über meinen Schreibtisch!«

»Selbstverständlich, Herr Staatssekretär!«

Tschauner griff zum Telefon und drückte nur eine Taste.

»Bitte verbinden Sie mich mit Dr. Eberlein, Frau Heldt!«

Carsten Högers Verabschiedung wurde vom Staatssekretär nicht mehr erwidert. Im Vorzimmer nickte Höger Frau Heldt zu und trat auf den Flur hinaus.

»Hat der Chef Sie weichgeschmust?«

»Wie bitte?« Carsten Höger hatte Frau Bach nicht aus ihrem Büro gegenüber kommen gesehen. »Der Chef hat mich gebrieft!«

»Seien Sie bloß vorsichtig, Höger!«

Kapitel 9

DER UMBAU UND die Erweiterung der Polizeiinspektion an der Bahnhofstraße in Cloppenburg waren, wie man es vorhersehen konnte, nicht im angepeilten Zeitrahmen geblieben. Verzögerungen bei der Ausschreibung wurden als Hauptgrund für den veränderten Zeitplan genannt, was für andere größere Bauvorhaben in der niedersächsischen Kreisstadt ebenso galt. Dem Umbau vorausgegangen war ein Teilabriss der alten Polizeiwache, die vorübergehend in einer Containerlandschaft nicht unweit des alten Standorts untergebracht worden war. Einzelne Abteilungen waren dezentral in der Innenstadt oder in anderen Behörden untergebracht. Mitte des Jahres war es dann so weit gewesen: Die Polizeiinspektion Cloppenburg/ Vechta hatte das neue Gebäude endlich bezogen.

Hendrik Willen besuchte für eine routinemäßige Dienstbesprechung des Fachkommissariats 2 zum ersten Mal den neuen

Standort und wollte sich im Anschluss mit seinem Kripo-Kollegen Hans-Joachim Stöckmann treffen. Stöcki hatte zugesagt, den Dorfpolizisten auf dem Laufenden zu halten, was die tragische Autoexplosion in Cappeln anging. Zuvor hatte Willen wie versprochen Dörtes Verdacht bezüglich eines der beiden Toten weitergegeben. Er hatte seine Hinweisgeberin namentlich genannt, da war er sehr gewissenhaft.

Die für zwei Stunden angesetzte Dienstbesprechung wurde um knapp eine Dreiviertelstunde überzogen. Das passte gar nicht in Willens persönlichen Zeitplan, insbesondere, weil die Verzögerungen aufgrund unnötiger Plaudereien zustande gekommen waren. Und mit Stöcki wollte er sich auch noch in Ruhe unterhalten, und nicht nur zwischen Tür und Angel. Willen ärgerte sich sehr, denn er würde nicht pünktlich zum Handballtraining der Altherren kommen. Das kostete gleich eine Kiste Bier. Und wo war Stöcki überhaupt? Willen wartete auf dem Flur auf ihn. Er ging auf und ab und suchte seinen Kumpel. Schließlich fand er ihn und dessen Chefin in ein Gespräch vertieft vor. Willen schaute auf seine Uhr. Auch die Dienstbesprechung in Stöckis Fachkommissariat war längst vorbei – was gab es da noch auf dem Flur zu bequatschen? Es war immer das Gleiche mit den Kripo-Kollegen: unwichtiger Plausch hier, privater Schnack dort. Kein Wunder, dass die eine Menge Überstunden produzierten. Sollten sich lieber kurz halten und auf das Wesentliche konzentrieren – so wie der Dorfpolizist einer ländlichen Polizeistation. Dann klappt das auch mit dem pünktlichen Dienstschluss, dachte Willen. *Na endlich, da hinten kommt er ja.*

»Pommes, du alter Dorfsheriff aus Cappeln, wie gefällt dir die neue PI?«

Genau das meinte Willen – unnötige Plauderei, angezettelt vom

Kollegen Stöckmann. Und wie der heute herumlief. Neues Büro – neuer Look? Seit wann trug Stöcki Anzug? Wenigstens hatte er auf die Krawatte verzichtet. Hatte er ein Pfündchen mehr drauf? Bei seiner Größe und dem hellen Sakko fiel das aber kaum auf. Der ordentliche Kurzhaarschnitt stand ihm gut, fand Willen, der schmeichelte Stöckis schütterem, blondem Haar.

Kriminalhauptkommissar Stöckmann reichte Willen zur Begrüßung die Hand. »Schick geworden, oder?«

»Was?«

»Wie – ‚was?'? Die PI, du Jeck!«

Willen sah sich um. »Jou.«

»Bist du nicht gut drauf, Pommes?«

»Doch.« Willen schaute erneut auf seine Armbanduhr. »Sei mir nicht böse, Stöcki, aber ich hab' gleich noch Termine.«

»Termine? Bei Dausen-Dörte, oder wie?« Stöckmann rammte dem Cop seinen Ellenbogen in die Seite, was der um einen Kopf kleinere und um mindestens fünfzehn Kilo leichtere Willen nicht lustig fand.

»Du musst mehr essen, Pommes!«

Willen lachte gequält.

»Ich hör' noch deine Mutter, die das früher immer sagte. Mann, was hast du dir aber auch für Unmengen Pommes pro Woche reingeschaufelt! Buby Ostendorf hätte sich mit diesen Einnahmen innerhalb eines Jahres einen fetten Porsche kaufen können!«

Jetzt lachten beide. Versöhnlich. Stöcki war schon ein lustiger Kerl, und auf einmal fand Willen den Schnack sogar ganz nett.

»Komm, wir gehen in mein Büro. Das ist gleich in der ersten Etage.« Stöckmann steuerte den Fahrstuhl an.

»Ne, ne, lass' uns mal ruhig die Treppe nehmen, das täte dir gut, Stöcki!«

»Hast ja recht, Pommes! Wollte sowieso wieder mehr Sport machen. Aber du kennst das ja, man kommt zu nix.«

Willen schmunzelte. *Ne, kenn' ich nicht. Drei Mal die Woche Handballtraining mit den Altherren und am Wochenende ein Ligaspiel ...*

»Im Fitnessstudio haben sie jetzt ein neues Angebot. Das wäre genau das Richtige für jemanden, der wie du wenig Zeit zum Trainieren hat.« Willen zuckten bereits die Gesichtsmuskeln als sicheres Zeichen eines bald ausbrechenden Gelächters.

»Echt? Erzähl!«, sagte Stöckmann und kämpfte sich die Treppenstufen hoch.

»Die haben da einen Ein-Tages-Kurs mit fünf Selfies im Angebot!«, prustete Willen drauflos.

»Sehr witzig, Kollege!«

Willen boxte den Kommissar aus Jux sachte in die Nierengegend und übersprang federleicht mehrere Treppenstufen auf einmal. Stöckis Konterschlag erreichte sein Ziel dadurch nicht.

»Leicht und schnell, so sind wir bei der Dorfpolizei!«

»Hast ja gewonnen, Pommes. Da vorne, erste Tür links, ist mein Büro. Lauf vor in dein Körbchen!«

Die Kumpel schenkten sich heute nichts.

Das neue Büro von Kriminalhauptkommissar Stöckmann erwies sich als deutlich größer, als Willen es erwartet hatte. Es roch frisch renoviert und das Interieur war modern, verglichen mit den geliehenen Büromöbeln im Rathaus. Doch als Notlösung für eine überschaubare Zeit war das externe Büro durchaus dienlich gewesen. Als sie sich gesetzt hatten, klingelte das Telefon. Der Kripobeamte nahm das Gespräch an.

»Kripo Cloppenburg, Stöckmann. Ah, Dr. Kehl, Sie rufen im richtigen Moment an, der Kollege sitzt gerade vor mir.«

»Der Kriminalbiologe vom LKA!«, flüsterte Stöckmann Willen zu.

Das Telefonat war kurz, Stöckmann nickte mehr, als dass er redete. »Alles klar, Dr. Kehl. Danke, dass Sie sich sofort gemeldet haben. Auf Wiederhören!« Stöckmann legte auf.

»Und?«, fragte Willen.

»Das Bauchgefühl hat deine Dausen-Dörte nicht getäuscht, es ist zweifelsfrei Anna! Das Untersuchungsergebnis ist bereits auf dem Postweg zu mir, aber ich werde in der Regel telefonisch vorab informiert. Das hilft, denn man kann zügig weiterarbeiten.«

Weil die Kripo den Vorfall in Cappeln zunächst als Verkehrsunfall betrachtete, hatte Willen Dörtes Befürchtungen, es könnte sich bei einer der beiden Leichen um ihre Freundin Anna handeln, dem zuständigen Kollegen des Fachkommissariats für Verkehrsdelikte mitgeteilt. Den Dienstweg einhaltend, hatte dieser den Kollegen Stöckmann gebeten, dem Hinweis des Dorfpolizisten nachzugehen. Als für Todesermittlungen zuständiger Beamter konnte Stöckmann die Identität einer der beiden verkohlten Leichen aufgrund von DNA-Vergleichsmaterial, die er aus Annas Wohnung beschaffte, durch eine kriminaltechnische Untersuchung beim Landeskriminalamt in Hannover klären lassen.

»Das ging ja eigentlich ganz fix, was, Stöcki?«

»Absolut. Die Rechtsmedizin in Oldenburg und das LKA haben gut mitgespielt. Die Rechtsmedizin hat mit dem Termin für die Obduktion der beiden Leichen nicht lange auf sich warten lassen, und das LKA hat den DNA-Abgleich extrem schnell vorgenommen.«

»Aber nur, weil es sich bei dem verunglückten Fahrzeug um den Dienstwagen eines Ministers handelt«, warf Willen mit einem verschmitzten Lächeln ein.

»Auf dem Flur der Kriminaltechnik im LKA stapeln sich die Kisten mit zu untersuchenden Spuren bis unter die Decke, Pommes. Unsere Anfrage wurde allerdings priorisiert. Bei einer solchen Brisanz werden alle flott! Aufgrund deines Hinweises hatte ich mir telefonisch vom Staatsanwalt das Okay für die Durchsuchung von Annas Wohnung geholt und war dann direkt nach Vechta gefahren. Ich wusste ja von dir, dass Annas Mutter im selben Haus wohnt. Nachdem ich ihr die Sachlage erklärt habe, hat sie mich in die Wohnung ihrer Tochter gelassen, um Vergleichsmaterial zu beschaffen. Einen Beschluss wollte sie gar nicht sehen, sie war selbst in größter Sorge und wollte so schnell wie möglich Gewissheit. Den schriftlichen Beschluss habe ich natürlich nachgereicht.«

»Ich kann Annas Mutter gut verstehen.«

»Klar. Das Schlimmste ist die Ungewissheit. Du wartest und hoffst, dass dein Angehöriger nach Hause kommt oder sich wenigstens meldet. Je länger es dauert, desto größer wird die Angst, dass etwas Schlimmes passiert sein könnte.«

»Wie wollen wir's machen, Stöcki? Du gibst Annas Mutter Bescheid und ich Dörte?«

»So moak wi dat. Aber es gibt noch mehr zu berichten.«

»Dann schieß los!«

»Also: Die Leiche, die wir auf dem Fahrersitz gefunden haben, ist ebenfalls identifiziert. Wie zu erwarten war, handelt es sich dabei um den Fahrer von Minister Freselage. Willst du seinen Namen wissen?«

»Nö.«

Stöckmann setzte sich seine Lesebrille auf und blätterte durch die Akte, die er vor sich liegen hatte. »Pöschel, Armin. Aus Hannover. Hinterlässt Frau und drei Kinder.«

Das wollte Willen alles nicht wissen. Stöckmann schaute Willen über den Rand seiner Brille an. »Jetzt zur Explosion!«

»Na, da bin ich gespannt!«

»Willst du die kurze oder die lange Version?«

Willen war kein Mann vieler Worte. Er mochte die knappen und präzisen Sätze. Norddeutsche Nüchternheit eben. Doch in diesem Fall interessierten ihn die Details.

»Gerne etwas ausführlich, ich besitze technisches Verständnis.«

»Okay«, sagte Stöckmann. »Bum, das war's!«

Stille.

»Ah ja!« Willen grinste.

»Nein, aber im Ernst: Bei der Brandursachenermittlung legt sich der Sachverständige aufgrund des vollständigen Abbrands nicht fest. Ein technischer Defekt könne nicht ausgeschlossen werden, meint er.«

»Keine Autobombe oder so?« Willen dachte an die detailreiche Schilderung von Aloys Bögemann, der hinter der Limousine hergefahren war, als sie explodierte.

»Wir haben nichts festgestellt.«

»Was ist mit dem dunklen Geländewagen, den Aloys gesehen hat? Vielleicht saß da jemand mit einem Fernzünder drin.«

»Konnten wir nicht ermitteln.«

Willen war seine Enttäuschung anzusehen.

»Pommes, glaub mir, wir haben das ganz große Fass aufgemacht, weil es sich um die Karosse des Ministers handelt. Du und ich wissen, wie das Landvolk hinter der Politprominenz aus den eigenen Reihen hinterherspeichelt, und in Freselages Ministerium wird das nicht anders sein. Da sind ganz viele Augen auf die Polizei gerichtet, und die Hyänen von der Presse warten nur darauf, dass uns ein Fehler unterläuft.«

Willen schüttelte den Kopf. »Ich hab' den Wagen doch brennen sehen, Stöcki, die Flammen schossen meterhoch aus der Karosserie. Und dazu der Qualm. Selbst die Feldarbeiter haben die Detonation gespürt. Das war kein einfacher Fahrzeugbrand, weil ein durchgescheuertes Kabel einen Kurzschluss verursacht hat. Das muss eine Explosion gewesen sein.«

»Das ist reine Spekulation, Pommes. Aber wie sind die Fakten? Explosion? Klar. Sprengsatz? Konnten wir nicht feststellen. Also bleibt ein Verkehrsunfall nach technischem Defekt, und die Dienststelle atmet wieder ruhiger. Das wäre doch in unser aller Interesse, oder?«

Willen atmete laut aus und nickte. Natürlich, auch ihm waren rasche Ergebnisse am liebsten, insbesondere dann, wenn der Fall so hochbrisant war wie dieser. *Ende im Gelände, Akte zu, und nicht weiter drüber nachdenken.*

»So weit zum Autobrand, Stöcki. Aber was ist mit den beiden Leichen, deren Identitäten ja nun feststehen?«

»Wir behandeln die Sache in Cappeln, die du zunächst als Verkehrsunfall angelegt hast, wie jeden anderen tödlichen Verkehrsunfall und führen routinemäßig ein Todesermittlungsverfahren durch. Kommen wir zu dem Ergebnis, dass der Tod der Personen nicht durch fahrlässiges oder vorsätzliches Handeln mindestens einer weiteren Person verursacht wurde, wird die Akte geschlossen.«

»Lass mich raten – ihr habt auch da nichts gefunden.«

Kollege Stöckmann schüttelte den Kopf. Willen dachte an amerikanische TV-Serien, in denen Forensiker vom FBI verkohlte Leichen untersuchen und mikroskopisch kleine Details finden. *Die Toten reden mit uns.* Offenbar nur in Amerika, nicht im Landkreis Cloppenburg.

»Bei neuen Erkenntnissen kann man natürlich wieder loslegen. Aber das muss ich dir ja nicht erklären, Pommes.«

»Ne, aber jetzt weiß ich erst einmal Bescheid. Hab Dank, Stöcki!«

Der Kriminalhauptkommissar nickte und warf die Akte hinter sich auf den Stapel gelöster Fälle.

»Denk an das Fitnessangebot, von dem ich dir erzählt hatte. Und lad die Selfies bei *Facebook* hoch!«

»Hau bloß ab, Pommes!«

Grinsend verließ Willen das Büro des Kollegen.

* * *

ALS DÖRTE DIE Tür öffnete und Willen sah, war sie auf das Schlimmste gefasst. »Komm rein!«, sagte sie mit dünner Stimme und ging in die Küche vor. Der Dorfpolizist folgte stumm.

»Du brauchst gar nichts zu sagen, ich habe es dir sofort angesehen, Hendrik!«

Willen strahlte aus, was er fühlte. Er suchte, wie so häufig, nach dem richtigen Gesprächseinstieg. Im Schlechte-Nachrichten-Überbringen war er noch nie gut. Zum Glück redete Dörte, die sich gerade eine Zigarette angezündet hatte und den ersten Zug tief inhalierte. »Tagsüber rauche ich eigentlich nie, und schon gar nicht im Haus. Aber das ist mir gerade mal scheißegal.«

»Das kann ich verstehen, Dörte. Es tut mir so leid!« Willen umarmte seine Freundin und hielt sie für einen Moment ganz fest.

»Ich hab' es von Anfang an gespürt!«, sagte Dörte schließlich und wischte sich mit dem Handrücken die Tränen aus den Augen. »Komm, setz dich und erzähl mal, wie es jetzt weitergeht.«

Dörte flippt aus, wenn ich ihr sage, dass die Kripo es als Verkehrsunfall betrachtet und die Akte geschlossen hat, dachte Willen. Deshalb holte er weit aus und verlor sich in Ermittlungsdetails, doch Dörte roch den Braten.

»Jetzt rede nicht um den heißen Brei herum, Pommes. Sag mir lieber, wie es weitergeht!«

»Tja, wie geht es weiter? Also …«, er stockte und setzte nach einem tiefen Seufzer erneut an. »Die Kurzform ist: Die Kripo geht von einem tragischen Verkehrsunfall aus und schließt die Akte.«

»Wie bitte?«

Willen war heilfroh, dass die Verantwortung bei den Kollegen in Cloppenburg lag. Allein dafür hob er jedes Mal gern das Absperrband für sie an. Dennoch fühlte er sich schlecht, verspürte er doch eine gewisse Mitverantwortung. Dörte macht keinen Unterschied zwischen Kriminalbeamten und mir als Dorfpolizist, für sie sind wir gemeinsam *die Polizei*, dachte er.

»Erklär's mir!«

Willen zuckte sprachlos mit den Schultern. Er konnte schlecht erklären, was er selbst nicht verstand. Trotzdem hütete er sich, Dörte von seinen Zweifeln zu berichten.

»So eine verquirlte Scheiße! Das stinkt doch zehn Meilen gegen den Wind. Ihr *wollt* nicht ermitteln, weil es dem Herrn Minister unangenehm ist, dass eine Hure in seinem Dienstwagen abgefackelt wurde! Und der Fahrer ist ein Kollateralschaden, oder wie nennt ihr das?«

»Das stimmt so nicht, Dörte!« Was, wenn's doch stimmt, dachte er im selben Moment. Wenn man die Akte voreilig geschlossen hatte, um den Minister zu schützen? Dennoch schmerzte es Willen, dass Dörte sich in ihrer Wut auch gegen ihn wandte. Wenn sie von »ihr« sprach, dann machte sie ihn zum Mitangeklagten, wohingegen er doch auf ihrer Seite stand. Andererseits konnte er sie natürlich verstehen und wollte nachsichtig sein. Zorn und Trauer sprachen aus ihr heraus.

»Das ist so mies von euch, Pommes!«

Ich verstehe dich doch. Willen wich Dörtes Blick aus und sah aus dem Fenster.

»Geh jetzt bitte, Hendrik! Ich muss erst mal mit mir selbst klarkommen. Ich melde mich bei dir.«

»Ist in Ordnung.«

Als Willen aufstand, drehte Dörte sich bewusst von ihm weg. Geh einfach, befahl er sich selbst.

Willens wohlgeordnete Welt war aus den Fugen geraten.

Kapitel 10

»DAS DARF DOCH wohl nicht wahr sein!« Staatssekretär Til Tschauner stand vor Minister Freselages Schreibtisch und stemmte eine Hand in die Hüfte, mit der anderen fasste er sich an die Stirn.

»Ich hab' überall gesucht, hier im Büro und in meiner Wohnung. Nichts!«

»Die Mappe kann sich doch nicht in Luft aufgelöst haben.«

Der Minister hing ratlos in seinem Bürostuhl. Mit dem Rücken drückte er die Sitzlehne ganz nach hinten und starrte an die Decke.

»Wer weiß alles von dieser Mappe?«, fragte Tschauner.

»Nur du und ich. Und Ella.«

»Bist du sicher?«

Freselage setzte sich aufrecht, atmete hörbar aus und nickte.

»Was ist mit Höger? Der hatte doch schon ein paar Statements vorbereitet und brauchte dazu die Korrespondenz mit dem LAVES. Kann er die Mappe haben?«

»Nein, die Mappe hat er nie gesehen. Ich hab' ihm den Schriftverkehr in Kopie zukommen lassen und die Mappe danach wieder in den Safe gelegt.«

»Wer hat die Mappe in den Safe gelegt, du oder die Heldt?«

»Ich glaube, das habe ich selbst gemacht.«

Tschauner setzte sich auf den Besucherstuhl vor Freselages Schreibtisch. »Denk noch mal genau nach, Hans!« Er beugte sich vor, stemmte die Ellenbogen auf die Knie und stützte den Kopf in die gefalteten Hände. »Du oder Ella?«

»Ich bin mir ziemlich sicher, dass ich die Mappe in den Safe gelegt habe. Aber das ist auch egal, denn ich hab' sie ja wieder herausgeholt und mit nach Hause genommen.«

»Weiter!«, forderte Tschauner ihn auf.

Freselage stöhnte. »Ich habe die Sachen zu Hause durchgearbeitet. Ich weiß noch, wie ich mich über den letzten Brief von Eberlein geärgert habe und darüber, dass Höger in seinem Entwurf viel zu schwach darauf einging.«

»Der umreißt das Ganze noch nicht, er ist aber auf einem guten Weg.«

»Die Lamberts, die hätte dem Eberlein ...«

»Die Lamberts ist Geschichte«, fiel Tschauner Freselage ins Wort. »Denk lieber an die Scheißmappe!«

»Ist ja gut. Also, die Mappe muss ein paar Tage in meiner Wohnung gelegen haben. Ich hab' sie abends immer mal wieder zur Hand genommen. Und ich kann mich nicht daran erinnern, sie zurück ins Büro gebracht zu haben.«

»Da bist du dir sicher?«

»Ja!«

»Zu hundert Prozent?«

»Zu hundert Prozent, Til!«

Der Staatssekretär strich sich mit beiden Händen durch die Haare.

»Die Mappe war noch zu Hause, als ...« Freselage hielt inne.

Tschauner sah auf. »Als was ...?«

»Als die Nutte da war!«

»Bitte?«

»Die lag auf dem Tisch.«

»Sag mir, dass du die Nutte meinst, Hans!«

»Was?«

»Dass die Nutte auf dem Tisch lag.«

»Nein, die Mappe. Ich erinnere mich genau.«

»Hans, das ist doch ein schlechter Scherz!«

»Ich fürchte, nein.«

»Du bist aber auch selten doof!«

Der Minister sah seinen Staatssekretär grimmig an.

»Weißt du, Hans, ich stelle mir den Ablauf ungefähr so vor«, Tschauner erhob sich von seinem Stuhl und wanderte, während er sprach, durch das Büro des Ministers. »Also, es klingelt an deiner Tür. Die Nutte. Du öffnest und bittest sie herein. Dann führst du sie in dein Wohnzimmer und sagst: *Nimm Platz!* Sie setzt sich. Stimmt das so weit, Herr Minister?«

Freselage presste ein »Ja« durch seine Zähne.

»Was passierte dann?«

»Ein Anruf.«

»Ein Anruf? Ich hätte gedacht, du wärst vorher noch mal pissen gegangen. Aber okay, das Telefon klingelt. Welches, Festnetz oder Handy?«

»Handy.«

»Also, dein Handy klingelt. Wer ist dran?«

»Jutta.«

Tschauner lacht laut auf. »Deine Frau ruft an! Was für ein passender Augenblick!«

»Hör doch auf, Til. Ich weiß selbst, dass das scheiße gelaufen ist!«

»Darum geht's nicht, Hans.« Tschauner wurde laut. »Ich will, dass du dich erinnerst, was mit dieser verdammten Mappe passiert ist. Verstehst du?«

Freselage nickte und schwang sich in seinem Stuhl wieder nach hinten.

»Wo waren wir stehen geblieben? Ach ja, Frau Minister ruft an. Du sagst zu deiner Frau: *Einen Augenblick, Schatz.* Und zur Nutte: *Ich komm gleich zurück, muss eben telefonieren. Iss Nüsse oder spiel an dir rum!* Dann verlässt du das Wohnzimmer.«

»Tze«, prustete Freselage.

»Stimmt's etwa nicht?«

»Doch, verdammt!«

Tschauner grinste und fuhr fort: »Du gehst ins Schlafzimmer, um in Ruhe mit deiner Frau zu telefonieren. Die Nutte soll von eurem Gespräch nichts mitbekommen, daher schließt du die Tür.«

»Die *Nutte* hat übrigens einen Namen!«

»Ach ja, wie lautete der noch mal?«

»Anna, die Dame heißt Anna!«

»Hieß!«, verbesserte Tschauner. »Sie hieß Anna, denn sie ist ja mittlerweile tot!« Das Wort *tot* schrie Tschauner heraus.

»Nicht so laut, Til!«

Der Staatssekretär sprach leise weiter: »Anna sitzt also auf der Couch im Wohnzimmer und wartet. Und was macht eine Hure, wenn sie wartet? Sie schaut sich um! Sie guckt mal hier und sie guckt mal da, und unter Pornoheften und sonstigen Zeitschriften auf dem Couchtisch lugt die Ecke einer grünen Mappe hervor. *Oh,* denkt sie, *was kann das sein?* Sie sieht sich um, ob der Herr Minister noch telefoniert, und zieht die Mappe hervor, blättert ein wenig drin rum und denkt sich: *Da stehen lustige Geschichten über den Minister und über einen Dioxinskandal drin, die Mappe nehm' ich doch mal mit! Vielleicht lässt sich damit Kohle machen?*«

»Das kann die doch gar nicht überblickt haben – so schlau war die nicht!«

»Lass uns nicht über Schlauheit reden! Im Übrigen muss sie auch nicht schlau gewesen sein, nur gerissen, Hans! Sie las lediglich das Wort Dioxinskandal und deinen Namen. Dazu entdeckte sie einige Zeitungsberichte, die ja in der Mappe waren, und dachte sich: *Das Mäppchen nehme ich mal mit nach Hause*. Und bei sich zu Hause wollte sie sich die Unterlagen ganz in Ruhe ansehen. Und wenn diese wichtig für dich wären, dann würdest du Geld dafür zahlen, dass sie dir die Mappe zurückgibt.«

Minister Freselage regte sich nicht in seinem Stuhl.

»Kann es sich so zugetragen haben, Hans?«

Keine Reaktion.

»Hans?«

»Ja, mein Gott!«, antwortete der Minister.

Tschauner stemmte die Arme gegen Freselages Schreibtisch und beugte sich vor. »Erinnerst du dich, dass wir vor ein paar Tagen schon einmal über besagten Abend gesprochen haben?«

»Ich weiß!«, jammerte Freselage.

»Du hast mir da gesagt, die Nutte hätte dich belauscht und *vielleicht* etwas mitbekommen. Ich fragte mehrfach nach, ob das alles gewesen sei. Du hattest Ja gesagt.«

»Das stimmte doch auch, Til. Damals erinnerte ich mich nicht daran, dass ich die Mappe mit nach Hause genommen hatte und dass Anna sie entwendet haben könnte.«

»Okay, ich glaube dir. Bringt ja auch nichts, wenn nicht. Fakt ist, die Mappe ist weg! Und jeder, der sie in die Finger bekommt, kann dich ficken. Und das überlebst du politisch nicht, Hans!«

Angespannte Stille.

»Wie gehen wir jetzt vor, Til?«

Tschauner baute sich vor dem Minister auf. »Wie wohl? Ich telefoniere mit Wolf.«

* * *

TSCHAUNER KLOPFTE AN und betrat Högers Büro.

»Wo essen Sie zu Mittag, Herr Höger?«

Der Pressesprecher war auf diese Frage nicht vorbereitet. Er schaute zu seiner Frischhaltedose auf der Fensterbank. Tschauner folgte seinem Blick.

»Wieder nur Brote von Mutti?« Er grinste.

»Äh ...«

»Kommen Sie, Höger, ich lade Sie ein!« Und zu Högers Mitarbeiterin gewandt, sagte er: »Verzeihen Sie, Frau Büttekoven, aber ich muss Ihren Chef kurz mal entführen!«

»Kein Problem!«, stammelte Janette.

»Sie bekommen ihn wohlbehalten zurück, ich verspreche es!«, sagte Tschauner und lachte die Pressemitarbeiterin an.

Der Staatssekretär legte seinen Arm um Högers Schulter und ließ ihm beim Verlassen des Büros den Vortritt. »Ich muss Sie mit jemandem bekannt machen.«

»Ich dachte, ich hätte das Team schon kennengelernt.«

Tschauner verzog die Mundwinkel. »Da gibt es noch einen externen Mitarbeiter, den kennen Sie noch nicht.«

Die *Markthalle* war vom Landwirtschaftsministerium aus fußläufig zu erreichen. Mit ihrer erstklassigen Lage am Rande der Innenstadt und gegenüber dem alten Rathaus zog sie Tag für Tag die Menschenmassen an.

Das Ziel vor Augen, legte Tschauner ein enormes Tempo vor. Carsten Höger konnte kaum mithalten. *Warum müssen die alle so rennen im Ministerium?* Er erinnerte sich, wie Ella Heldt ihn seinerzeit in Empfang genommen und ihn dann in einer Wahnsinnsgeschwindigkeit durch die langen Flure des Ministeriums getrieben hatte.

»Kennen Sie die Markthalle schon, Herr Höger?«

Der Pressesprecher verneinte. Viel gesehen hatte er noch nicht von der Landeshauptstadt, in der er der Arbeit wegen eine winzige Zweitwohnung angemietet hatte.

»Die gibt's seit Anfang der achtziger Jahre und sie ist in Hannover *der* Klassiker, wenn man mittags eine Kleinigkeit zu sich nehmen möchte. Ich liebe die Markthalle!« Tschauners kantiges Gesicht erstrahlte in einem breiten Grinsen.

»Ich esse mittags eigentlich nie warm.«

»Da ist es jeden Mittag rappelvoll. Wenn Sie gleich eintreten, denken Sie, es gäbe keinen Platz mehr für uns. Aber ich habe vorgesorgt!«

Nur noch wenige Schritte bis zum Eingang.

»Da tummelt sich alles, was ...« Tschauner sah Höger an und bedeutete ihm mit einem Kopfnicken, den Satz zu vollenden.

»... Rang und Namen hat?«

Tschauner lachte. »Falsch! Es tummelt sich alles, was Hunger hat, Höger!«

»Ach so.«

»Sie werden gleich so viele hungrige Menschen sehen - Geschäftsleute, Beamte, Shoppingqueens, Studenten und natürlich

Kollegen aus dem Ministerium – da fallen Ihnen deren vermeintliche Ränge und Namen gar nicht mehr auf.« Tschauner lachte über sein kleines Wortspiel und fügte hinzu: »Ich beweise Ihnen das nachher!«

Der führt mich hier vor! Ich bin doch nicht sein Praktikant. Anstandshalber lächelte der Pressesprecher. Dann betraten sie die Markthalle.

Tschauner blieb im Eingangsbereich stehen. »Willkommen im Bauch von Hannover! Na, was sagen Sie, Herr Kollege?«

Höger sah sich um. Rappelvoll, wie Tschauner gesagt hatte. Kopfnickend antwortete er: »Ich bekomme Appetit!«

Wieder lachte der Staatssekretär. »Worauf?« Die Hand an Högers Schulter, ging er vor. »Auf circa viertausend Quadratmetern werden hier an verschiedenen Imbissständen internationale Gerichte angeboten. Sie finden Asia-Buden, Fischspezialitäten, verschiedene Pizza- und Pasta-Stände und natürlich auch die gute deutsche Küche.« Carsten Höger ließ seinen Kopf kreisen und sah Tschauners Anpreisungen bestätigt. Darüber hinaus fand er auch Marktstände, an denen man Obst und Gemüse kaufen konnte.

»Ich sagen Ihnen, Höger, wenn Sie nicht genau wissen, worauf Sie Hunger haben, dann wird Ihnen die Entscheidung schwerfallen!«

»Da haben Sie vollkommen recht, Herr Staatssekretär!«

»Bravo!«, stieß Tschauner aus. »Erlauben Sie mir, Ihnen die Entscheidung abzunehmen?«

»Sehr gerne!«

»Bestens!« Tschauner führte Höger durch die Gänge. »Der Grund dafür, Sie Ihrer reizenden Mitarbeiterin zu entführen, war, dass ich Sie mit jemandem bekannt machen wollte. Erinnern Sie sich?«

»Sie sprachen von einem externen Mitarbeiter.«

»Exakt. Und mit diesem habe ich einen Treffpunkt vereinbart. An einem Asia-Imbiss, den ich als den besten in der Markthalle erachte. Ach, was sage ich, es ist der beste Asiate von Hannover, Herr Höger«, lachte Tschauner.

Der zeigt aber gerne seine komplette Zahnreihe. Carsten Höger beobachtete die ganze Zeit über Tschauners Mimik, die zwischen lammfromm, scherzhaft-lachend und reserviert-ernst hin und her wechselte, je nachdem, was er gerade sagte.

Was will Chef bloß von mir? Corinna Bachs Warnung kam ihm wieder in den Sinn: *»Seien Sie bloß vorsichtig, Höger!«*

»Höger!«

»Äh, ja?«

»Wo sind Sie mit Ihren Gedanken? Ich fragte, ob Sie die asiatische Küche mögen?«

»Nichts lieber als das!«

»Da haben wir beide etwas gemeinsam!«

Wie der mich umsäuselt. »Schmust der Chef Sie wieder weich?« Höger hatte den Klang von Frau Bachs Stimme noch in den Ohren. *Ich glaube, das tut er gerade.*

»So, da sind wir. Quetschen wir uns mal durch!«

»Herr Wong«, las Höger von einem großen Schild ab, das quer über der Verkaufstheke der Asia-Bude angebracht war. Der Imbiss war gut besucht. Höger machte fünf Stehtische aus, an denen, bis auf einen, die Gäste dicht gedrängt aßen.

»Schauen Sie, Höger, wir werden erwartet!«

Sie steuerten genau auf diesen einen Stehtisch zu, den ein einzelner Mann für sie freihielt. Högers Blick wurde von dem markanten Gesicht des Mittfünfzigers magnetisch angezogen. Mit seinen hervorstehenden Wangenknochen, der kantigen Nase sowie den tief liegenden, dunklen Augen erschien er Höger für die Rolle eines Filmbösewichts die Idealbesetzung zu sein. Gleichzeitig hatte die eindringliche Ausstrahlung des Mannes auch etwas hoch Intellektuelles.

»Herr Höger, darf ich Ihnen Rimbert Wolfsbach vorstellen?«

Carsten Höger nannte seinen vollen Namen und reichte zur Begrüßung die Hand.

»Nennen Sie mich einfach nur Wolf!«

Höger lief es eiskalt den Rücken hinunter, als er die Stimme hörte, während Tschauner mit lämmchenfrommem Lächeln den Pressesprecher vorstellte: »Mein fähigster Mitarbeiter!«

Diese Stimme, dachte Höger, sie passt irgendwie nicht zu Wolfsbachs Aussehen. Höger hielt dessen Stimme für viel zu freundlich für einen Filmbösewicht. Der Kontrast von sanftmütiger Stimme zu bösem Blick ließ ihn innerlich frösteln. Carsten Höger fühlte sich unbehaglich zwischen den beiden Herren, ließ es sich aber nicht anmerken.

»Was wollen Sie essen, Herr Höger? Ich lade Sie ein! Und dich natürlich auch, Rimbert!«

»Die gebratenen Nudeln sind ausgezeichnet.«

»Sie können meinem Freund Rimbert ruhig vertrauen, Herr Höger!«

Höger dachte nicht im Traum daran, nach etwas anderem zu verlangen. »Nehm ich.«

Tschauner schaute Höger und Wolfsbach abwechselnd an. Höger bemerkte wieder dieses angedeutete Lächeln um den Mund, bei dem die Augen jedoch kalt blieben.

»Na, bravo! Zwei Mal gebratene Nudeln und das, was du dir bitte selbst aussuchst. Magst du die Bestellung aufgeben, Rimbert?«

Höger ahnte, dass es sich hierbei keineswegs um eine Frage

handelte. Wolfsbach kam der Aufforderung ohne etwas zu sagen nach.

»Ich hoffe, Sie haben großen Hunger mitgebracht. Herr Wang kann nämlich nur große Portionen!«

Eigentlich ist mir der Appetit vergangen.

»Herr Höger, ich bin Ihnen sehr dankbar, dass Sie meiner Einladung so spontan gefolgt sind!«

In Carsten Högers Kopf ratterte es. Er überlegte, was das sollte und ob er den ruhigen Tonfall Tschauners in dieser Situation als harmlos oder bedrohlich empfand. Er dachte an Frau Bachs Mahnung und entschied sich für: brandgefährlich, aufpassen!

»Wir treffen Herrn Wolfsbach nicht nur, um mit ihm zu speisen. Sie werden in Zukunft noch öfters die Freude der Zusammenarbeit haben. Er berät uns nämlich in der heiklen Angelegenheit, die die Escortdame des Ministers betrifft. Sehen Sie das Treffen also bitte auch – ich sage bewusst ‚auch' – als konspirativ an. Denn wir haben ja vor zu essen!«

Tschauner strahlte Höger bis über beide Ohren an, was den Pressesprecher noch mehr irritierte. Er war sich auch nicht sicher, ob er verstand, was der Chef meinte. Deshalb hakte er nach: »Ich versteh' nicht ganz, Herr Staatssekretär, Sie sprechen von einem konspirativen Treffen, das hier gerade stattfindet.«

»Ganz genau.«

»Entschuldigung, aber wir befinden uns in der Markthalle. Wir werden von Hunderten von Menschen gesehen und gehört. Wie sollten wir hier eine geheime Unterredung führen?« Höger hoffte jetzt zweierlei: dass Tschauner sich nicht auf den Schlips getreten fühlte und dass er mit *konspirativ* auch wirklich *geheim* meinte, und nicht etwa gesetzeswidrig oder verschwörerisch, was der Begriff ebenfalls bedeutete.

»Es gibt keinen besseren Ort, eine Verschwörung zu planen, als hier!« Wolfsbach näherte sich von hinten. Er hatte die Bestellung aufgegeben und verteilte schon einmal Besteck und Servietten, während Tschauner fortfuhr. »Wenn Sie eine geheime Unterredung planen, Herr Höger, dann fliegen Sie dafür am besten auf den Mond. Gehen Sie auf keinen Fall in eine Spelunke oder in irgendeinen anderen überschaubaren Raum mit vier Wänden. Wände haben Ohren! Können Sie nicht zum Mond fliegen, dann gehen Sie an einen möglichst lebhaften Ort, wo Sie in einer arglosen Menge verschwinden!«

Höger war anzusehen, dass er das nur schwer glauben konnte. Da schaltete sich der Staatssekretär wieder ein. »Passen Sie mal auf, was gleich passiert!« Tschauner blickte Höger an und zog die Augenbrauen hoch. Dann sagte er laut und artikuliert: »Ich werde den Minister töten!«

Höger traf der Schlag, *wenn das hier jemand mitbekommt*. Doch niemand regte sich.

»Sehen Sie, nichts passiert!«, sagte Tschauner.

Keiner, wirklich keiner schaut zu uns herüber!

Wolfsbach musterte Höger eindringlich aus seinen tief liegenden Augen heraus.

»Geben Sie noch einmal acht, Höger!«

Jetzt tippte Tschauner einem Herrn an die Schulter, der am Nebentisch mit anderen Gästen stand. Der Mann drehte seinen Kopf zu Tschauner.

»Verzeihen Sie bitte«, sprach der Staatssekretär ihn an. »Kennen Sie mich?«

»Nein. Woher?«

Jetzt schauten auch die anderen Gäste zu Tschauner und folgten dem Gespräch.

»Das ist völlig egal, aber ich bringe nachher den Landwirtschaftsminister um!«

»Ich dachte, das hätte die Vogelgrippe längst erledigt!«, prustete der Mann aus, ehe er sich kopfschüttelnd abwandte. Gelächter am Tisch.

Tschauner trat einen Schritt zurück, breitete seine Hände aus und lachte aus vollem Halse mit.

Das kann sich nur der Teufel erlauben. Carsten Höger wurde es immer unheimlicher.

»Ihr Essen, meine Herren!«

Die Bedienung stellte drei dampfende Teller auf dem Stehtisch ab. Tschauner beendete seine Demonstration und sagte: »Jetzt essen wir und setzen dabei unsere Unterhaltung fort. Dann werde ich Ihnen auch verraten, wie genau Herr Wolfsbach uns unterstützt und wie Sie das Ganze koordinieren, Höger.«

Carsten Höger steckte sich die Serviette in den Hemdkragen und griff zum Besteck.

»Wünsche einen guten Appetit!« Tschauner rammte freudestrahlend seine Gabel in die Nudeln. Mit vollem Mund scherzte er in Richtung des Pressesprechers: »Mitschreiben brauchen Sie nicht, bestimmt lesen Sie morgen davon in der Zeitung!«

Kapitel 11

DÖRTE WAR NOCH immer stinksauer. Warum ermittelten die Bullen nicht die Todesursache ihrer Freundin Anna und des Chauffeurs? Sie hatte kein Verständnis dafür, dass man von einem tragischen Verkehrsunfall sprach. Für sie war völlig klar, dass da etwas unter den Teppich gekehrt werden sollte. Nur, was?

Die Tatsache, dass sich Minister Freselage in seiner Dienstwohnung in Hannover mit Prostituierten vergnügte, war in Cappeln bekannt.

Jutta, die Ehefrau des Ministers, hielt bloß tapfer das Mäntelchen des Schweigens darüber, und niemand sprach sie in aller Öffentlichkeit darauf an. Es wurde einfach totgeschwiegen, wie so vieles im pechschwarzen Landkreis Cloppenburg.

Es machte daher keinen Sinn für die Behörden, die amourösen Abenteuer des Ministers geheim halten zu wollen. Und schon gar nicht, zwei Tote dafür in Kauf zu nehmen. Was steckte also dahinter?

Dörte konnte nicht aufhören, an Anna zu denken. Wenn sich Pommes so blöde anstellte, dann musste sie eben selbst nach Antworten suchen. Daher war sie zum Haus von Anna und ihrer Mutter gefahren. Sie hoffte, bei der Mutter eine Erklärung für den Tod ihrer besten Freundin zu finden. Oder wenigstens einen Hinweis, damit die Bullen die Ermittlungen wiederaufnahmen.

Natürlich wollte Dörte auch kondolieren. Sie kannte Annas Mutter, Hannelore Meyer, und beide mochten sich sehr. Lore war eine herzensgute ältere Dame, die Dörte bereits bei der ersten Begegnung ins Herz geschlossen hatte. Obwohl sie sich nie das Du angeboten hatten, duzte Annas Mutter sie meist. Es war ihre Art, Dörte mitzuteilen: Ich mag dich! Dennoch hatte sich Dörte nie erlaubt, Annas Mutter ebenfalls zu duzen.

Annas Haus war ein Klinkerbau mit weißem Anstrich. In der ruhigen Seitenstraße innerhalb einer Altbausiedlung in Vechta, in der sonst nur rot verklinkerte Einfamilienhäuser standen, fiel es dem Ortsunkundigen sofort ins Auge. Das Haus hatte wie üblich eine größere untere Wohnung sowie eine Dachgeschosswohnung. Annas Mutter wohnte unten. Die Eingänge beider Wohnungen lagen zur Straße hin direkt nebeneinander. Anna hatte ihre

Mutter beizeiten zu sich geholt und das Haus vorsorglich behindertengerecht umbauen lassen.

Da Dörte ihren Besuch telefonisch angekündigt hatte, öffnete Lore Meyer schon die Haustür, als sie den Wagen auf die Einfahrt lenkte. Dörte nahm ihre Handtasche vom Beifahrersitz und stieg aus. Annas Mutter kam ihr entgegen.

»Ach, Frau Meyer!« Sie umarmten sich und hielten sich für einen Moment ganz fest.

»Schön, dass du da bist, komm rein!«

Dörte folgte Frau Meyer ins Haus. Sie war zum ersten Mal in der Wohnung der Mutter. Die vorherigen Begegnungen hatten in Annas Wohnung stattgefunden. Lore Meyer führte Dörte ins Wohnzimmer.

»Setz dich, mein Kind!«

Genau, wie es Anna beschrieben hat, dachte Dörte, als sie die Stube betrat. Sie erinnerte sich, dass Anna ihrer Mutter eine komplett neue und moderne Einrichtung gekauft hatte, obwohl die Mutter sich sträubte. Mit fünfundsiebzig schaffe man sich nichts Neues mehr an, war ihr Einwand gewesen. Aber Anna wollte damals entrümpeln – an den Möbeln hingen zu viele schlechte Erinnerungen.

Dörte nahm auf einem dunklen Ledersofa Platz und strich mit der Hand über das Leder.

»Anna hat das gesamte Mobiliar neu angeschafft. Und soll ich dir was sagen, Dörte? Ich hab' mich von meinem alten Plunder gern getrennt!«

Sie lachten, bekamen aber sofort feuchte Augen. Dörte zog die Nase hoch. »Anna hat Sie sehr geliebt!«

»Wir haben viel gemeinsam durchgemacht. Aber bitte sag Lore zu mir, Kind, ich duze dich schließlich auch.«

»Danke«, schluchzte Dörte und kramte nach Taschentüchern in ihrer Handtasche. Lore reichte ihr eine Packung an.

»Noch mal danke!« Dörte versuchte ein Lächeln.

»Ich mach uns erst mal Kaffee! Ich habe auch frisch gebacken – leckeren Streuselkuchen.«

»Oh, hoho!« wimmerte Dörte und brach eine Sekunde später in Tränen aus. Mit Streuselkuchen verband sie Beerdigungsfeiern, bei denen dieser traditionell gegessen wurde.

»Ich weiß, aber Anna mochte so gerne Streuselkuchen.« Lore verschwand in die Küche und Dörte schnäuzte laut in ihr Taschentuch. Als Lore wenig später mit Kaffee und Kuchen zurückkam, hatte Dörte sich wieder beruhigt. Während der folgenden knappen Stunde war Anna ihr Gesprächsthema. Lore erzählte lustige Anekdoten von Anna, Dörte berichtete über ihre enge Freundschaft. Obwohl sie viel lieber lachen als weinen wollten, sparten sie die Umstände von Annas Tod nicht aus. Beide waren furchtbar wütend auf die Polizei, die den Fall so schnell zu den Akten gelegt hatte.

Schließlich nahm sich Dörte ein Herz und offenbarte, weshalb sie auch gekommen sei.

»Lore, ich wollte dich noch um etwas bitten, was mir sehr auf dem Herzen liegt. Darf ich?«

»Aber ja, mein Kind!«

»Die Bu…, Verzeihung, die Polizei geht bei Annas Unglück nur von einem tragischen Verkehrsunfall aus, was wir beide nicht kapieren. Und selbst mein Kumpel Pommes blockt ab. Ich hab' dir vorhin ja erzählt, dass wir deshalb im Streit auseinandergegangen waren. Daher wollte ich dich fragen, ob ich mich mal in Annas Wohnung umsehen darf. Vielleicht finde ich ja einen Hinweis, der die Polizei veranlasst, weitergehende Ermittlungen anzustellen.«

Dörte war gespannt, wie Lore auf ihren Vorschlag reagieren würde.

»Mein liebes, Kind … Ach Gott, darf ich dich überhaupt so nennen?«

»Klar!« Süß, die Lore, dachte Dörte.

»Also, Dörte, mein liebes Kind!«, Lore schaute sie streng an. »Vorweg will ich dir mal Folgendes sagen …«

Dörte setzte sich aufrecht hin und sah Lore an.

»Mit deinem Freund Pommes solltest du nicht so hart ins Gericht gehen, den trifft nämlich keine Schuld! Der ist doch nur ein kleiner, aber wie ich höre, ehrbarer Dorfpolizist. Und außerdem gibt es Vorschriften, an die er sich zu halten hat. Da kann der sich nicht einfach einmischen, wenn die Kriminalpolizei den Fall als abgeschlossen betrachtet. Der hat da nichts zu sagen, Dörte!«

»Ich weiß, du hast ja recht, Lore.« Dörte senkte ihren Blick.

»Gut. Und jetzt zu deiner Bitte: Mach das, mein Kind! Schau dich nur in Annas Wohnung um!«

»Echt? Du hast nichts dagegen?«

»Ganz im Gegenteil! Auch ich hatte schon darüber nachgedacht, in Annas Sachen zu suchen, in der Hoffnung, eine Erklärung oder einen Hinweis zu finden.«

»Und warum machst du das nicht?«

»Ich kann das nicht, Dörte! Ich hatte mir im Nachhinein gewünscht, Herr Stöckmann von der Kriminalpolizei, der von Anna eine Haarprobe oder etwas in dieser Richtung haben wollte, hätte sich bei seinen beiden Besuchen ein wenig umgesehen. Im Fernsehkrimi machen die das doch immer, sogar ohne Durchsuchungsdings!«

»Beschluss.«

»Was meinst du, Dörte?«

»Ich glaube, das heißt Durchsuchungsbeschluss.«

»Von mir aus, aber der Beamte wollte lediglich einen Kamm oder eine Zahnbürste von Anna. Ein paar Tage später besuchte er mich erneut, das fand ich richtig nett von ihm. Er hat mir dann die traurige Gewissheit verschafft.« Lore Meyer seufzte kurz auf. »Da war ich so verzweifelt, dass ich ihn nicht mehr gebeten habe, sich nochmals in Annas Wohnung umzusehen.«

Dörte merkte, wie aufgewühlt Lore war, daher setzte sie sich neben sie und nahm sie in den Arm.

»Wenn du das kannst, Dörte, dann mach das bitte! Ich kann Annas Wohnung noch nicht betreten, das ist alles noch zu frisch. Ich hoffe, du findest, wonach du suchst!«

Dörte erhob sich. »Okay, wenn es dir nichts ausmacht, dann geh ich gleich hoch.«

»Absolut nicht. Nur sei mir nicht böse, wenn ich das Haus verlasse. Ich gehe rüber zu meiner Schwester, die wohnt zwei Straßen weiter. Dann hast du deine Ruhe und ich bin so lange abgelenkt.«

Nachdem Lore Dörte den Schlüssel zu Annas Wohnung gegeben hatte, verließen sie gemeinsam das Haus. Die Frauen verabschiedeten sich herzlich voneinander. Dörte sah Lore noch einen Moment lang hinterher, bis sie hinter hochgewachsenen Büschen verschwand. Den dunklen Geländewagen, der drei Häuser weiter auf der gegenüberliegenden Straßenseite parkte, bemerkte Dörte nicht. In dem Wagen saßen zwei Männer, die Annas Haus schon eine geraume Zeit beobachteten.

Mit klopfendem Herzen öffnete Dörte die zweite Haustür, die zu Annas Wohnung führte. Sie trat in ein Treppenhaus mit weiß getünchten Wänden und Bodenfliesen aus Terrakotta. Eine steile Holztreppe führte zur Dachgeschosswohnung. Ihr Blick fiel auf ein Gemälde, das eine französische Landschaft mit einem blühenden Lavendelfeld zeigte. *Stimmt, als sie das letzte Mal bei mir war, erzählte sie, dass sie das Bild als Erinnerung an ihren Provence-Urlaub gekauft hatte.*

Dörte stieg die knarzende Treppe hinauf. Dann steckte sie den Schlüssel in das Türschloss, drehte ihn zwei Mal um und öffnete die Wohnungstür. Abgestandene Luft schlug ihr entgegen.

Die kleine Wohnung war übersichtlich geschnitten. Von einem nur spärlich beleuchteten, schmalen Flur ging zu allen vier Himmelsrichtungen jeweils ein Zimmer ab. Alle Zimmertüren waren geschlossen. Dörte öffnete erst einmal in jedem Zimmer die Fenster, um durchzulüften.

In der Küche setzte sie sich an den Esstisch und blickte sich um. Alles picobello sauber und aufgeräumt, kein Topf auf dem Herd, und auch die Spüle war leer. Auf der Fensterbank standen Küchenkräuter, die dringend Wasser brauchten. *Wonach suche ich eigentlich? Anna, wenn du mich da oben hörst, dann hilf mir bitte!* Dörte ließ ihren Blick durch die Küche schweifen. Um irgendwie loszulegen, stand sie auf und öffnete ein paar Schranktüren. Sie fand das Übliche vor: Geschirr, Schüsseln, Töpfe. Auf den Schränken befanden sich Steinguttöpfe. Sie nahm einen nach dem anderen herunter und warf einen Blick hinein, aber alle Töpfe waren leer. Direkt hier etwas zu finden wäre wohl zu schön gewesen, dachte sie und erinnerte sich an ihre Oma, die in einem solchen Topf gern das Haushaltsgeld versteckte. *War einen Versuch wert.* Dann fiel ihr Blick auf zwei Schubladen. *Ich hab' zu Hause drei. In zweien sind Besteck und Arbeitsgeräte, aber in einer ist Krimskrams, wo man etwas drin verstecken könnte.* Dörte zog die beiden Fächer auf und war enttäuscht. Besteck in der einen Schublade, Backpapier und Frischhaltefolie sauber sortiert in der anderen.

Anna, wo bewahrst du deinen Schrott auf? Sie seufzte. *Okay, da ich nicht weiß, wonach ich suche, bleibt mir nur eines: überall hineinsehen!* Sie begann mit dem Geschirrspüler – nur dreckiges Geschirr; Backofen – Römertopf und Pfannen; Kühlschrank – das Übliche: im Türfach Milch, Flasche Saft, Flasche Wasser, Flasche Sekt. Das Gemüsefach war leer. Darüber, auf den Zwischenböden, Joghurt, Pudding und angebrochene Wurst- und Käseverpackungen. Nichts Besonderes also. Sie schloss die Kühlschranktür. Damit war die Küche erledigt. Wie weiter? Dörte wollte möglichst planvoll vorgehen und entschied, gegen den Uhrzeigersinn sich Zimmer für Zimmer vorzunehmen. Demnach war als Nächstes das Schlafzimmer an der Reihe. Auf dem Weg dorthin meinte sie, eine Haustür quietschen zu hören. *Hatte Lore etwas vergessen*? *Egal, weitermachen, sie wird sich schon melden.*

Annas kleines Schlafzimmer war bescheiden eingerichtet: Bett, Schrank, Kommode – für mehr war kein Platz. An der Wand gegenüber dem Bett hing ein Flachbildfernseher. Dörte öffnete den antiken Kleiderschrank und stellte fest: Anna hatte Ordnung gehalten. Jeanshosen, Sporthosen und Shirts waren akkurat gefaltet, Blusen und Jacken hingen auf Kleiderbügeln, und in den Schubladen lagen Strümpfe und Söckchen, Slips und BH sauber geordnet. Dörte trat näher und schnupperte. Sie grinste, zwischen den Sachen mussten Säckchen mit getrockneten Lavendelblüten liegen.

Mit einem tiefen Seufzer tastete sie sich durch Shirts, Hosen und Unterwäsche, fand aber nichts. Auf die gleiche Weise nahm sie sich die Kommode vor. Drei große Schubfächer, die sie mit flinken Fingern durchging: Handtücher, Badetücher, Bettwäsche, Mützen und Schals. Sie prüfte sogar, ob die Fächer doppelte Böden hatten. Doch auch in der Kommode war nichts Ungewöhnliches zu finden. Blieben noch Wohnzimmer, Gästezimmer und Bad übrig. Und zwar in dieser Reihenfolge, sagte sich Dörte, als sie erneut ein Geräusch vernahm. Das kam ihr komisch vor, obwohl sie es nicht genau lokalisieren konnte. Sie ging in den Flur, blieb auf Höhe der Wohnungstür stehen und horchte. Da war aber nichts, sie hörte sich nur selber atmen. Sie wollte sich schon umdrehen in Richtung Wohnzimmer, als die Holztreppe knarrte. *Das kann ja nur Lore sein. Hat sie es sich doch anders überlegt?*

Dörte drückte die Klinke der Wohnungstür hinunter, als diese im selben Moment gewaltsam aufgestoßen wurde. Jemand drückte sich herein und warf Dörte zurück. Sie verlor den Halt, knallte gegen den Schuhschrank im Flur und landete unsanft auf dem harten Fliesenboden. Der Eindringling sprang über sie hinüber, packte sie an Schulter und Haaren und zerrte sie ins Wohnzimmer. Dörte schrie und versuchte, sich irgendwo festzuhalten, bekam aber nichts zu fassen. Mit voller Wucht flog sie auf das Sofa. Erst jetzt sah Dörte ihren Kontrahenten. Der Mann war dunkel gekleidet, trug Handschuhe sowie eine schwarze Sturmhaube, die das Gesicht verdeckte und nur die Augenpartie frei ließ. *Die Augen! Merk dir die Augen!* Dörte kreischte, als er zu ihr auf das Sofa sprang. Mit einem gezielten Faustschlag versetzte er ihr einen Knock-out.

Das Erste, was sie wahrnahm, als sie wieder zu sich kam, war Schmerz. Sie fasste sich ans Kinn und hatte keine Ahnung, wie lange sie bewusstlos gewesen war. Mühsam richtete Dörte sich auf. War der Typ weg? Sie schaute sich um. Wohnzimmer. Sämtliche Schränke standen offen und waren leer gefegt. Was einmal darin war, befand sich nun auf dem Fußboden. Hier war praktisch nichts mehr an seinem ursprünglichen Platz. Den Typen, der sie ins Reich der Träume befördert hatte, sah sie nicht. Hatte er schon gefunden, wonach er suchte, und war abgehauen?

Auf leisen Sohlen ging sie bis zur Türschwelle. Sie steckte ihren Kopf raus, konnte jedoch niemanden sehen. Aber hören – er war noch da! Dörte schlich über den Flur und folgte den Geräuschen. Die Tür zum Gästezimmer war nur angelehnt. Vorsichtig schob sie die Tür weiter auf und lugte hinein. Er stand mit dem Rücken zu ihr und machte sich an einem Bücherregal zu schaffen. Überall lagen die Bücher kreuz und quer übereinander auf dem Boden oder hingen halb aus dem Regal. *Der sucht immer noch. Suchen wir doch zusammen, du Arschloch!* Dörte überlegte noch, wie sie den Mann am geschicktesten überrumpeln könne, als er plötzlich innehielt. Aus einem Bildband zog er eine grüne Mappe hervor.

»Bingo!«

Dann stellte er das großformatige Buch zurück an seinen Platz und begann, in der Mappe zu blättern.

Er hat es! Und du willst es, also hol es dir!

Mit einem lauten Schrei hechtete sie ihm in den Rücken. Scheppernd krachten beide ins Regal, doch das Überraschungsmoment war auf ihrer Seite. Dörte kam sofort wieder auf die Beine, während der Mann sich zwischen Büchern und losen Blättern mühsam auf die Knie rappelte. Dörte verpasste ihm einen kräftigen Tritt in die Bauchgegend. Japsend sackte er in sich zusammen. *Wo ist die Scheißakte? Verflucht, er liegt drauf!* Dörte zerrte das grüne Mäppchen unter ihm weg. Leer! Sie sah sich um. Bei ihrem Angriff mussten die losen Blätter aus der Mappe herausgefallen sein. Nun lagen sie weit verstreut zwischen den Büchern auf dem Boden. Rasch kniete sie sich hin und suchte die Papiere zusammen. Hier zwei, dort drei, alles rein in die Akte. Und schauen, was der Typ macht.

Der Tritt traf sie unvermittelt am Kopf. Sie landete wieder im Regal, alleine diesmal. Der letzte noch verbliebene Regalboden krachte auf sie nieder. Der Mann packte sie am Kragen und zog sie zu sich heran. Benommen und mit herunterhängenden Armen blieb sie vor ihm sitzen, unfähig, weitere Gegenwehr zu leisten. Mit dem Handrücken verpasste er ihr einen Schlag ins Gesicht, der sie nach hinten katapultierte. Das Regal brach nun vollends über ihr zusammen und sie blieb regungslos liegen.

Der Mann raffte eilig die Blätter zusammen und steckte sie zwischen die Aktendeckel. Ohne sich noch einmal umzudrehen, haute er ab.

Im Auto reichte er die Mappe seinem Beifahrer. »Hier, Herr Höger, rufen Sie Ihren Chef an und richten Sie ihm aus: Mission erfüllt!«

Kapitel 12

TSCHAUNER STRAHLTE WIE ein Honigkuchenpferd. »Höger, Sie sind ein Teufelskerl! Ich wünschte, ich wäre so mutig wie Sie.«

Carsten Höger schüttelte den Kopf. »Ich saß nur im Wagen, Herr Staatssekretär!«

»Aber Sie haben die Aktion geleitet! Ich hätte mir dabei vor Angst in die Hosen gemacht.«

»Ganz wohl war mir bei der Sache nicht. Herr Wolfsbach hat sich unbefugt Zutritt zu der Wohnung der Escortdame verschafft.«

Tschauner, der mit Höger in der Besprechungsecke seines Büros saß, suchte nun intensiven Blickkontakt zum Pressesprecher.

»Ich denke, Herr Wolfsbach hat einen Dietrich oder Ähnliches benutzt, um ...«

»Herr Höger, ich verstehe Ihre Verwunderung über diesen Außentermin.« Die Freundlichkeit in Tschauners Gesicht war längst verflogen. Der Staatssekretär strich mit einer Hand über seine

Krawatte und sagte: »Ich möchte Ihnen gerne eine Frage stellen und Sie bitten, sich Ihre Antwort genau zu überlegen. Okay?«

»Okay!«, nickte Höger und sah in die kalten Augen seines Gegenübers.

»Gut! Was war Ihr bisher härtester Job als PR-Berater?«

Carsten Höger überlegte eine Weile. »Das Krisenmanagement ist sicher ein sehr anspruchsvoller Job für PR-Berater.«

»Haben Sie das schon einmal gemacht?« Tschauner behielt direkten Blickkontakt, seine Augenlider zuckten nicht ein einziges Mal.

»Ja, als Juniorberater, mit meinem damaligen Chef zusammen. Ich erinnere mich an eine Firma, die in einen Gammelfleischskandal verwickelt war und einen erheblichen Imageschaden davongetragen hatte. Es hatte lange gedauert und uns einige Mühe gekostet, bis wir den Shitstorm beenden konnten.«

»Aber Sie haben es geschafft? Die Reputation des Kunden konnte wiederhergestellt werden?«

Höger strahlte. »Ja, wir haben das geschafft!«

»Verstehe. Was wäre passiert, wenn Sie es nicht geschafft hätten, Herr Höger?«

Höger stutzte.

»Na, hätten Sie Ihren Job verloren oder wäre Ihr Kunde pleite gegangen?«

»Weder noch, vermutlich. Aber ich verstehe nicht, worauf Sie hinauswollen, Herr Staatssekretär.«

Tschauner sah ihn abschätzend an. »Hier wären Sie tot!«

Höger schluckte.

»Ich meinte nicht Sie, Höger. Oh, das tut mir leid, habe ich Ihnen Angst eingejagt? Das wollte ich nicht.« Tschauner fing den Pressesprecher mit einem mitfühlenden Lächeln wieder ein. »Aber

Minister Freselage würde den Dioxinskandal politisch nicht überleben. Darüber haben wir schon einmal gesprochen. Erinnern Sie sich, was ich Ihnen damals zu Ihrem Auftrag sagte?«

»Schaden vom Minister abzuwenden, unter allen Umständen.«

»Exakt! Die Mission in Vechta, die unter Ihrem Kommando stattfand, Höger, war extrem wichtig für uns. Es ging dabei um die Wiederbeschaffung zuvor entwendeter, äußerst heikler Unterlagen, deren mögliche Veröffentlichung den Minister ernsthaft hätte gefährden können! Über die Umstände, unter denen diese Dame in den Besitz der Mappe gekommen war, hatte ich Sie unlängst bei unserem Mittagessen mit Herrn Wolfsbach in Kenntnis gesetzt.«

Oh Mann, Tschauner hat vollkommen recht. In der Politik heiligt der Zweck die Mittel, da wird nun mal mit harten Bandagen gekämpft. Wenn der mich für zu weich hält, dann feuert er mich.

Der Staatssekretär setzte noch einen nach: »Und Höger, vergessen Sie nicht: *Wir* sind die Guten!«

Bevor Höger etwas erwidern konnte, wurde die Bürotür aufgestoßen.

»Wo ist der Kerl?«, schrie Freselage und stürmte auf den Pressesprecher zu. »Mensch, Höger, das hätte ich nicht von Ihnen erwartet!«

Höger sah Tschauner an, der nur mit einem Achselzucken antwortete, als wollte er sagen, ich weiß auch nicht, was hier läuft. Der Minister griff nach Högers Hand, um sie kräftig zu schütteln.

»Til, du altes Schlitzohr, da hast du einen fähigen Mann angeheuert! Ich würde sagen, seine Probezeit ist um, was?«

Freselage und Tschauner lachten ausgiebig, während Höger mit hochrotem Kopf nicht wusste, was er dazu sagen sollte.

»Ich bin sicher, Hans, in unserem Pressesprecher steckt noch eine Menge mehr drin. Wenn der nicht noch Karriere macht bei uns!«

»Gerne, gerne!«, bekräftigte der Minister. Mit einem »Weitermachen!« stolzierte er wie ein General in Richtung Bürotür und verschwand.

Tschauner sah ihm hinterher. Als er sich wieder zu Höger drehte, hatte sein Gesicht das Lächeln verloren. »Dabei war der nie bei der Bundeswehr!«

* * *

WILLEN SASS AUF Dörtes Krankenbett und hielt ihre Hand. Nachdem Annas Mutter sie gestern gefunden hatte, war sie ins St. Marienhospital in Vechta eingeliefert worden. Um zu untersuchen, ob sie ein Schädel-Hirn-Trauma erlitten hatte, hatte der behandelnde Arzt sie für eine Nacht stationär aufgenommen. Willen war heute Morgen direkt gekommen, nachdem Dörte ihn angerufen hatte.

Er betrachtete Dörtes blutunterlaufenes Gesicht. Das Nasenbein war gebrochen, ein Auge zugeschwollen und die Lippe aufgeplatzt.

»Hättest du doch nur was gesagt, dann wäre ich gestern mitgekommen.«

»Und dann?«, nuschelte Dörte. »Der Kerl war ein Profi! Der hätte es locker mit uns beiden aufgenommen.«

»Bei der Polizei lernen wir neben Jiu-Jitsu neuerdings auch Krav Maga.«

»Was ist denn das?«

»Eine zweckorientierte Selbstverteidigung für den privaten und professionellen Bedarf. Wurde ursprünglich für die israelischen Streitkräfte entwickelt.« Willen legte seinen Kopf leicht schräg und grinste aufmunternd. Dörte streichelte mit ihrem Daumen seinen Handrücken.

»Ich habe die Prüfung zum Specialist abgelegt. Das heißt, ich verfüge über erweiterte Kenntnisse im Nahkampf.«

»Und ich dachte, du nimmst nur Verkehrsunfälle auf!«

Der Spruch verfehlte seine Wirkung nicht beim Dorfpolizisten. »Man muss vorbereitet sein für den Ernstfall«, sagte er kleinlaut.

»Sie sollten sich was schämen, junger Mann!«

Willen, der zivile Kleidung trug, drehte den Kopf zum Nachbarbett, in dem eine alte Dame lag.

»Na, wieder wach, Frau Aldegrever?«, sprach Dörte ihre Zimmergenossin an. »Wie lange belauschen Sie uns schon?« Das Sprechen fiel ihr schwer.

»Lange genug, um Ihnen den Rat zu geben, sich von Ihrem Ehemann, diesem Scheusal, zu trennen!«

»Machen Sie sich keine Sorgen, Frau Aldegrever, er hat mich nicht verprügelt.«

»Und ich bin auch nicht ihr Ehemann!«, untermauerte Willen seine Unschuld.

»*Den* hole der Teufel!«, krakeelte die alte Dame. »Es ist eine Schande, die eigene Frau zu schlagen.«

Willen sah Dörte mit einem verschmitzten Lächeln an.

»Geh doch mal zu meinem Schrank und hol mir meine Tasche, Pommes!«

»Pommes? Gibt es heute Mittag etwa Pommes? Schön mit Bockwurst und Ketchup?«

»Ich weiß nicht, was es heute zu Mittag gibt, Frau Aldegrever, aber mein ...«, Dörte stockte und suchte nach einem passenden Begriff für ihre Beziehung zu Willen.

»Partner«, warf Willen ein. »Ich bin ihr Partner und ich heiße Pommes!«

»Das ist aber ein ungewöhnlicher Name. Kommt der aus dem Fränkischen?«

»Nein, aus Cloppenburg.«

»Aha, also Plattdeutsch. Ich selbst stamme ja aus dem Rheinland. Und was sind Sie? Ihr Partner?«

»Genau, ich bin ihr Partner.«

»Also sind Sie doch miteinander verheiratet, Sie Schwein!«

»Äh, nein, Frau Aldegrever«, Willen merkte, dass er jetzt ganz schnell eine unmissverständliche Erklärung liefern musste, um die alte Dame zufrieden zu stellen. »Wir beide sind beruflich Partner .... Uns gehört gemeinsam ... eine Detektei!«

Dörte schüttelte den Kopf und bereute es im selben Moment. Ihr Schädel brummte von der heftigen Schlägerei.

»Detektei? Das müssen Sie mir erklären, junger Mann!«

Herrje, die Alte lässt aber auch nicht locker, dachte Willen. »Das ist so: Wir beide sind Privatdetektive und arbeiten zusammen an einem ziemlich kniffligen Fall.«

»So, wie die im Fernsehen? Der Matula ist ja ein feiner Kerl!«

»Genau, wie im Fernsehen«, bestätigte Willen. »Zufrieden, Frau Aldegrever?« Er hoffte, dass die alte Dame endlich Ruhe gäbe, und reichte Dörte ihre Handtasche; sie begann sofort darin zu kramen.

»Verdient man denn auch genug als Detektiv?«

»Frau Aldegrever!« Willen drehte sich genervt zu ihr um, als die Tür geöffnet wurde und ein Krankenpfleger das Zimmer betrat.

»So, Frau Aldegrever, jetzt wollen wir mal duschen.«

Der Pfleger löste die Feststellbremse an den Laufrollen und schob die Patientin hinaus. Dörte sah der alten Dame hinterher, die ihr mit einem Auge zuzwinkerte. Bevor der Pfleger die Tür schloss, winkte Dörte zurück.

»Meine Güte, was für eine schrille Oma! Die glaubt doch nicht allen Ernstes, dass sie beim Pfleger landen kann, nur weil der mit ihr duschen geht? Ich meine, sie kann ja nicht alleine duschen.«

»Pommes, bitte! Melitta Aldegrever ist eine nette alte Dame. Gestern Abend brummte mir der Schädel vor lauter Schmerzen und die Tabletten wollten auch nicht wirken. Weißt du, was geholfen hat?«

»Nein.«

»Frau Aldegrever. Sie hat in einer Tour über sich und ihr Leben erzählt. Bei ihrer dritten Ehe muss ich eingeschlafen sein. Dafür bin ich ihr sehr dankbar!«

»Ist ja schon gut. Was suchst du eigentlich die ganze Zeit in deiner Tasche?«

»Das hier!« Dörte zog ein gefaltetes Blatt Papier heraus und reichte es Willen.

»Was ist das und woher kommt das?«

»Lies!«

Willen schaute erst Dörte an, dann das Blatt Papier. Er faltete es auseinander und las laut vor. »Internes Memo, Entwurf, streng vertraulich ... Landwirtschaftsministerium ...«, kam es noch halbwegs verständlich von ihm, danach nuschelte er die Zeilen nur so runter bis zum letzten Absatz: »*Ihre Auffassung, der Dioxinskandal sei auf kriminelle Machenschaften eines bestimmten Futtermittelherstellers zurückzuführen, dessen Geschäftsführer in einem verwandtschaftlichen Verhältnis zu Minister Freselage stünde, können wir nicht nachvollziehen und teilen sie daher nicht. Vielmehr fordern wir Sie auf, Ihren Kontrollpflichten nachzukommen. Es kann nicht sein, dass* ... und so weiter, und so weiter.«

Willen las lautlos weiter, schließlich fragte er: »Was ist denn LAVES und wer ist Dr. Eberlein?«

»Keine Ahnung.«

Willen wedelte mit dem Papierstück durch die Luft. »Woher hast du das, Dörte?« Seine Miene war ernst.

»Aus Annas Wohnung. Oder warum, glaubst du, lasse ich mir sonst die Fresse polieren?«

»Ich höre ...«

Dörte richtete sich unter Stöhnen in ihrem Bett auf und berichtete Willen angestrengt, aber in aller Ausführlichkeit von den Ereignissen des gestrigen Tages. Sie verschwieg ihm nicht, dass beide, sie und Annas Mutter, sich über die Vorgehensweise der Polizei ärgerten. Schließlich sagte sie: »Eigentlich kann ich froh sein, dass dieser Typ kam und mich verdroschen hat. Denn der schien genau zu wissen, wonach er suchte, während ich praktisch im Trüben fischte. Tja, und die Rauferei hat immerhin dazu geführt, dass ein einzelnes Blatt in der Wohnung zurückgeblieben ist, was er offenbar nicht gemerkt hat. Sonst wäre er noch mal zurückgekommen.«

Willen faltete das Papier wieder zusammen.

»Oh Gott!«, Dörte erschrak über ihren letzten Satz. »Wenn der Typ noch mal zurückgekommen wäre, dann ...«

»Was dann?«

»Dann wäre Lore vermutlich auch da gewesen. Ich darf mir gar nicht vorstellen, was der Kerl mit ihr angestellt hätte.«

Willen legte seine Hand auf Dörtes Unterarm. »Es ist aber nicht passiert!«

»Zum Glück!«

»Okay, Dörte«, Willen wedelte wieder mit dem zusammengefalteten Blatt Papier. »Was soll mir das hier sagen?«

»Das ist doch ganz einfach, Pommes: Der Zettel gehört in diese verfluchte grüne Aktenmappe, die der Kerl mitgenommen hat. Das ist mal Fakt.«

»Warum hat er sie gesucht?«

»Weil sich darin Informationen befanden, die dem Minister erheblichen Schaden zufügen können. Insgesamt waren es fast zehn Blätter, die nach unserer Schlägerei auf dem Boden verteilt lagen. Ich weiß nicht, was auf den restlichen Papieren stand. Es ging alles so schnell, auf einmal war ich wieder k. o.«

»Auch wenn das nur ein Teil eines Ganzen ist und wir den Rest nicht kennen, aber dieses vertrauliche interne Memo lässt Freselage in der Dioxingeschichte in keinem guten Licht erscheinen. Der Rest der Akte könnte noch wesentlich brisanter sein«, kombinierte Willen weiter.

»Er fürchtet, seinen Hut nehmen zu müssen, wenn diese Informationen in die falschen Hände geraten«, ergänzte Dörte.

»Aber warum befand sich die Mappe in Annas Wohnung?«

»Dafür kann es nur einen nachvollziehbaren Grund geben«, erklärte Dörte, »Anna hat sie dem Minister geklaut!«

»Um ihn damit zu erpressen«, folgerte Willen.

»Ganz genau, das war Annas Fehler! Und dafür musste sie sterben!«

Willen sah Dörte wieder ernst an.

»Also, Pommes, wenn du mich fragst: Die Limousine des Ministers wurde vorsätzlich in die Luft gejagt. Und du weißt genau, wer dahinter steckt. Da läuft ein ganz mieses Spiel ab zwischen Hannover und Cloppenburg!«

»Unfassbar!« Willen ging zum Fenster und sah hinaus. Er blickte in einen Park, in dem auf einzelnen Bänken Patienten saßen. Einige rauchten, andere lasen Zeitung.

»Doch nicht Hans, das glaube ich nicht.«

»Nimmst du Freselage etwa in Schutz?«

Willen drehte sich wieder zu Dörte. »Nein, ich sage nur, dass ich mir das einfach nicht vorstellen kann. Ich meine, dass er sich in Hannover Prostituierte bestellt – das ist bekannt und natürlich nicht besonders nett seiner Frau gegenüber. Dass er aber eine Prostituierte umbringen lässt, weil sie ihn möglicherweise erpresst, das will nicht in meinen Schädel rein. Hans ist kein Mörder. Nicht unser Hans.«

»Aber das sind die Fakten, Herr Oberkommissar!«

»Ich weiß, Dörte. Wir können natürlich noch nicht von handfesten Beweisen sprechen, aber dieses Memo hier«, Willen tippte mit dem Finger auf das gefaltete Papierstück, »das ist zumindest ein belastendes Indiz!«

In diesem Augenblick öffnete sich leise die Tür und der Pfleger trat ein. Es war derselbe wie vorhin. Er schaute Dörte an. »Ich soll Ihnen von Herrn Doktor ausrichten, dass Sie jetzt gehen dürfen.«

»Na, endlich, arrivederci!« Mit brummendem Schädel erhob sich Dörte in ihrem Bett.

»Grüßen Sie bitte Frau Aldegrever ganz herzlich von uns!«, sagte Willen mit einem schelmischen Lächeln, während er Dörte half, aufzustehen.

»Mach' ich, auf Wiedersehen!« Damit verschwand der Pfleger wieder.

Dörte nahm ihre Tasche und hakte sich bei Willen ein. Bevor sie losschluffton, fragte sie: »Was wirst du jetzt unternehmen?«

»Das einzig Richtige: Ich werde dieses Indiz sofort an die Kripo-Kollegen weiterleiten!«

»Und deine Kollegen nehmen endlich die Ermittlungen auf?«

Willen sah Dörte tief in die Augen. »Todsicher!«

***

Stöcki erschien zur verabredeten Zeit. Willen erwartete ihn im *Bernay's*, einem Pub in der Cloppenburger Innenstadt. Für das Treffen hatte der Dorfpolizist sein Handballtraining ausfallen lassen, was nach der nächsten Übungsstunde mit dem obligatorischen Kasten Bier geahndet würde. Aber für das, was Stöcki ihm gleich zu berichten hätte, hatte er das Training gerne hintangestellt.

»Moin, Pommes!«, begrüßte ihn sein Kripo-Kumpel und setzte sich.

»Moin, Stöcki! Anstrengenden Tag gehabt? Du siehst so zerknittert aus.«

»Lass mich erst mal bestellen, ich hatte einen Scheißtag heute.«

Die Kellnerin kam und schaute den neuen Gast freundlich an. »Was darf ich Ihnen bringen?«

»Einen Milchkaffee bitte, und ein Glas Wasser!«

Willen zugewandt, fragte sie: »Und noch ein alkoholfreies Hefeweizen, Pommes?«

»Das wär' fein, Josy, danke!«

Als die Kellnerin zum Nebentisch ging, öffnete Stöcki die Ärmelknöpfe seines Hemdes und schlug die Ärmel zwei Mal um. »Mensch, Pommes, du hast es ja so gut als Dorf-Cop! Können wir mal tauschen?«

»So schlimm? Ich würde ja gerne tauschen, Stöcki, du weißt, ich helfe immer gern, wo ich kann, aber ...«

»Was aber?«

»Aber ich habe ab nächster Woche Urlaub!«

»Ich sag' ja, du hast es gut. An Urlaub ist bei uns im Moment nicht zu denken. Fährst du weg?«

Willen strahlte. »Jou. An den Wolfgangsee, nach St. Gilgen. Freunde von mir haben dort eine private Ferienwohnung.«

»An den Wolfgangsee? Ins Land der Schluchtenscheißer?«

Sie lachten.

»Was verschlägt dich denn so weit weg?«, wollte Stöcki wissen.

»Ich will mal wieder in die Berge, Mountainbike fahren. Da bietet sich das mit der Ferienwohnung der Freunde eben an.«

»Verstehe, aber wieso fährst du nicht auf eine unserer niedersächsischen Inseln? Da kannst du auch schön Rad fahren und hast flaches, weites Land.«

»Das ist richtig, da könnte ich Rad fahren. Das will ich aber nicht, ich will Mountainbike fahren. Mountain ist englisch und heißt Berg.«

Stöckmann verdrehte die Augen. »Denk dran, Pommes, Sport ist Mord!«, lachte er.

»Womit wir beim Thema wären: Mord!«

Das Lachen blieb Stöcki im Halse stecken. Er räusperte sich. Willen schaute ihn erwartungsfroh an.

»Warte noch, Pommes, dic Kellnerin kommt gerade.«

Josy stellte die Getränke auf den Tisch.

»Schreib ruhig alles auf meinen Deckel«, sagte Stöcki zu ihr.

»Oh, der Dorfsheriff dankt!«, entgegnete Willen und goss sich sein Weizen ein. Als die Kellnerin zu einem anderen Tisch gerufen wurde, packte Stöcki aus: »Pommes, ich habe schlechte Nachrichten!«

»Du hast dein Geld vergessen und jetzt muss ich zahlen?«, scherzte Willen, der aber schon ahnte, worum es ging.

Stöcki beugte sich über den Tisch und sprach ganz leise. »Ich mache es kurz und schmerzlos: Die Akte bleibt geschlossen!«

Der Dorfpolizist stellte Glas und Flasche ab. »Was sagst du da?«

»Ich bin selbst hintenübergekippt, als ich das hörte, das kannst du mir glauben. Es handelt sich um eine Anweisung von ganz oben!«

»Eine Anweisung von ganz oben?«, wiederholte Willen. »Mit welcher Begründung?«

»Meine Chefin hält sich mir gegenüber sehr bedeckt. Entweder weiß sie selbst nicht viel mehr, oder sie weiß es und darf es mir nicht sagen.«

Willen überlegte, wie er diese Hiobsbotschaft Dörte beibringen würde. *Die springt im Dreieck!*

»Aber Stöcki, ich verstehe das nicht. Du hast doch gesagt, dass das genau so ein Hinweis wäre, wie du ihn bräuchtest.«

»Ich verstehe es ja selbst nicht, Pommes.«

»Der Zettel, der von der Rauferei zwischen Dörte und diesem Kerl übrig geblieben ist, beinhaltet doch einen brisanten Hinweis. Du sagtest, dass aufgrund dessen eine Indikation zur Einrichtung einer Mordkommission aus deiner Sicht gegeben wäre! Ich verstehe nicht, warum das nicht ausreicht.«

»Und genau so hatte ich das meiner Chefin und dem Leiter Zentraler Kriminaldienst vorgetragen.«

»Was ist dann passiert, Stöcki?«

»Dann hatten wir ungebetenen Besuch aus Hannover!«

»LKA.«

Stöckmann nickte. »Zwei Herren vom Landeskriminalamt. Die haben lange mit meiner Chefin und dem Leiter ZKD gesprochen. Als sie das Büro verließen, hatten unsere beiden hochrote Köpfe. Du kannst dir vorstellen, Pommes, dass die Herren nicht zum gemütlichen Kaffeetrinken gekommen waren.«

Willen hielt sein Weizenbierglas mit beiden Händen und starrte stumm auf die Bierkrone.

»Die haben den Fall an sich gerissen, Pommes! Wir sind da komplett raus.«

»Dörte wird mich umbringen, wenn ich ihr das erzähle!«

»Ich kann sie verstehen. Aber du, Pommes, du müsstest doch wissen, wie so etwas abläuft!«

»Was muss ich wissen? Was läuft wie ab?«, herrschte Pommes seinen Kumpel an.

»Wenn hohe Tiere geschützt werden, meine ich. Das weißt du selber!«

»Nix weiß ich! Für mich besteht da ein gewaltiger Unterschied zwischen ‚Einen Minister in Schutz nehmen, weil er herumgehurt hat' und ‚Etwas unter den Teppich kehren, was nach Mord aussieht', Stöcki! Und genau das befürchte ich: Das LKA wird nicht ermitteln, sondern die Füße still halten. Was interessieren da schon eine tote Hure und ein toter Fahrer?«

Stöckmann atmete laut aus.

»Es gibt Grenzen, Stöcki. Und die sind hier eindeutig überschritten!«

»Sehe ich genauso wie du. Es gibt aber auch Dienstwege, die einzuhalten sind.«

»Das ist richtig. Dir mache ich ja keinen Vorwurf, Stöcki. Auch deine Chefin und der Leiter ZKD können nichts dafür; Ober sticht Unter, das ist so. Trotzdem rege ich mich auf, weil sich mal wieder ein Klischee erfüllt.«

»Die Kleinen kriegen wir dran und die Großen lassen wir laufen«, seufzte Stöcki. »Was wirst du Dörte sagen?«

Willen trank einen großen Schluck Bier und knallte das Glas auf den Tisch. »Du kennst mich, Stöcki, ich bin ein Freund der Wahrheit. Ich werde Dörte sicher nicht anlügen, ich wüsste auch gar nicht, welche Geschichte ich ihr auftischen sollte.«

Kapitel 13

Am Himmel über der Landeshauptstadt schob ein kräftiger Sturm dunkle Wolken zu formlosen, drohenden Gebilden zusammen. Grelle Blitze stachen wie glühende Pfeile aus den Wolken, während fernes Donnergrollen das schwere Sommergewitter ankündigte, das für den Nachmittag vorhergesagt worden war.

So treffen wir uns dieses Mal – bei Regen, Donner, Wetterstrahl!

Als die ersten Regentropfen gegen die Fenster klatschten, schaute er zufrieden in die versammelte Runde. Auf dem Schachbrett des Schicksals hatte er seine Figuren in Position gebracht, jetzt waren andere am Zug. Bislang lief die Partie nach seinem Plan und es gab keine Anzeichen dafür, dass sich dies ändern könnte.

»Also gehen wir nicht mehr wie bisher von einem einmaligen Versehen bei der Futtermittelherstellung aus!«, stellte Minister Freselage fest, nachdem Dr. Klingenberg, der Abteilungsleiter Verbraucherschutz im Landwirtschaftsministerium, den Anwesenden die neuesten Entwicklungen im Dioxinskandal erläutert hatte.

»Wir legen alles still. Der Verbraucherschutz geht vor!«, erklärte Carsten Höger und erhielt von allen zustimmendes Nicken.

Dr. Klingenberg ergänzte: »Damit haben wir bereits begonnen. Landesweit waren zunächst 1000 Betriebe vorsorglich gesperrt. Es handelte sich dabei um Legehennen-Farmen sowie Putenzüchter.«

»Was heißt ‚zunächst'?«, hakte Freselage nach.

»Ihr Ministerkollege in Mecklenburg-Vorpommern hat uns informiert, dass Lieferungen mit verseuchtem Tierfutter auch an dortige Betriebe gingen. Die Rückverfolgung der Lieferungen hatte es dann notwendig gemacht, weitere niedersächsische Betriebe zu sperren«, erklärte Klingenberg.

»Wie viele?«

»Über 4000 Höfe, Herr Minister!«

»Was für eine Scheiße!« Freselage raufte sich die Haare, während *er* innerlich lächelte. Andere waren am Zug. Und sie spielten gut.

Corinna Bach, die Leiterin des Ministerbüros, ergriff das Wort: »Die Landesregierung in Düsseldorf wirft uns vor, im Dioxinskandal zu langsam reagiert zu haben. Wir hätten nicht rechtzeitig Listen jener Mastanlagen herausgegeben, die unter Umständen mit dioxinverseuchtem Futter beliefert wurden. Stimmt das?«

»Nein, das stimmt überhaupt nicht!«, widersprach Höger. »Wir haben die Vorwürfe bereits als haltlos zurückgewiesen.«

»Gut!«, sagte Minister Freselage.

Die Sache gerät aus dem Ruder, und du weißt es!

»Dr. Eberlein, was ist mit den Durchsuchungen im Betrieb meines Schwagers?«

»Die Durchsuchungen beim Futtermittelhersteller Holsta-Mast sind abgeschlossen. Aufgrund des Prüfergebnisses haben wir der Firma Ihres Schwagers bis auf Weiteres untersagt, Futtermittel herzustellen. Ein Rückruf des belasteten Futters wurde angeordnet.«

»Wie konnte es überhaupt so weit kommen?«, hakte Freselage nach.

»Die Rohstofflagerung sowie die Vermischung und Auslieferung der Futterfette erfolgten nach unseren bisherigen Ermittlungen durch ein von Holsta-Mast beauftragtes Speditionsunternehmen in Bösel. Das liegt im Landkreis Cloppenburg. Es hat sich allerdings herausgestellt, dass diese Spedition keine Genehmigung besaß, Fette für die Futtermittelherstellung zu lagern und zu mischen. Wer keine Genehmigung besitzt, der handelt illegal. Die Staatsanwaltschaft in Oldenburg wird gegen Ihren Schwager daher ein Ermittlungsverfahren wegen des Verdachts von Verstößen gegen das Lebens- und Futtermittelgesetz einleiten«, führte der LAVES-Präsident aus und ergänzte: »Persönlich tut es mir sehr leid für Ihren Schwager, aber wir konnten nicht anders handeln. Erlauben Sie mir noch einen Rat, Herr Minister: Bitte stellen Sie sich nicht schützend vor Ihren Schwager. Er wird Sie in seine Machenschaften mit hineinziehen!«

Draußen peitschte der Regen gegen die Fensterscheiben. Einem Blitz folgte unmittelbar ein heftiger Knall.

»Sie gehen also von kriminellen Machenschaften aus, Eberlein?«

»Ja, Herr Minister! Meiner Behörde liegen hieb- und stichfeste Beweise vor. Es tut mir leid!«

Freselage nickte resignierend.

Erbärmlich, wie du selbst bei Eberlein, diesem opportunistischen Karrieristen, kuschst. Du könntest ihn wunderbar als Bauernopfer hinstellen, der seinen Überwachungspflichten viel zu spät nachgekommen ist. Aber diese Chance verpasst du gerade.

Es klopfte an der Tür des Besprechungsraums. Oliver Sorg, der Mitarbeiter von Corinna Bach im Ministerbüro, trat ein und reichte seiner Chefin einen Zettel. Mit einem Kopfnicken schickte sie ihn wieder weg.

»Nun spannen Sie uns nicht so auf die Folter, Frau Bach! Was steht da auf dem Zettel?«

Innerlich frohlockend, bemühte er sich, seinen besorgniserregenden Blick nicht zu verlieren, den er zu Beginn der Sitzung aufgelegt hatte. Frau Bach räusperte sich und las die Nachricht vor: »Bei einer Probeschlachtung im Landkreis Vechta wurde erstmals ein stark erhöhter Dioxinwert in Schweinefleisch gefunden. Mehrere Hundert Schweine des betreffenden Betriebes werden getötet. Der Kreisveterinär geht davon aus, dass belastetes Fleisch von dem Hof bereits in den Handel ging.«

»Also nicht nur Federvieh, jetzt auch noch die Schweine«, resümierte Freselage.

»So leid es mir tut, Herr Minister, aber wir müssen die Öffentlichkeit, vor allem die Verbraucher, warnen!«, meldete sich der Pressesprecher zu Wort.

»Da braucht Ihnen gar nichts leidzutun, Herr Höger, oder haben Sie etwa das vergiftete Futtermittel in Umlauf gebracht?«, blökte Freselage drauflos.

»Hans!« Mit einer Handbewegung deutete Staatssekretär Tschauner Freselage an, sich etwas zurückzunehmen.

»Bitte verzeihen Sie, Herr Höger, das war nicht so gemeint«, entschuldigte sich Minister Freselage.

Der Junge macht das gut!

Der Pressesprecher blieb professionell: »Wir sollten das schnell tun, Herr Minister! Ich stehe mit meinen Kollegen in Schleswig-Holstein sowie in Mecklenburg-Vorpommern ja schon seit geraumer Zeit in engem Kontakt. Doch gerade heute Morgen hatte ich zum ersten Mal den Pressesprecher des Bundeslandwirtschaftsministers am Telefon. Auch in Berlin verfolgt man die Geschehnisse mit größter Sorge. Der Kollege hat angedeutet, dass in Kürze mit einer entsprechenden Äußerung des Ministers zu rechnen wäre.«

»Wissen Sie, was Berlin genau vermelden wird?«, fragte Tschauner nach.

»Das Übliche, um zu beruhigen«, antwortete Höger. »Man werde Futtermittel sicherer machen durch schärfere Vorgaben für Kontrollen und zwingende Haftpflichtversicherungen für Betriebe und Produkte.«

»Wie lange können Sie Berlin noch hinhalten, Höger?«, fragte Minister Freselage.

»Vielleicht einen, maximal zwei Tage.«

Ausgezeichnet, Höger, ausgezeichnet!

»Gut. Dann formulieren Sie das Übliche, Höger, und zwar rasch. In der Öffentlichkeit darf nicht der Eindruck entstehen, dass wir den Laden nicht im Griff hätten.« Minister Freselage packte seine Unterlagen zusammen. »Wenn es sonst keine Anmerkungen oder Fragen mehr gibt, schlage ich vor, dass wir uns alle wieder an unsere Arbeit begeben!«

Der Anweisung des Ministers folgte sofortiger Aufbruch.

»Der wirkt aber ganz schön angeschlagen!«, flüsterte Dr. Klingenberg hinter vorgehaltener Hand zu Dr. Eberlein.

»Der wirkt nicht nur so, der *ist* angeschlagen!«

»Wenn Sie mich fragen, Eberlein, dann hält sich Freselage nicht mehr lange auf den Beinen, um in der Boxersprache zu bleiben.«

Eberlein quittierte die Einschätzung Klingenbergs mit einem selbstgefälligen Lächeln und flüsterte ihm zu: »Man wird sich neu positionieren müssen.«

»Wie meinen Sie das denn, Eberlein?«

Der LAVES-Präsident packte rasch zusammen. »Machen Sie's gut, Klingenberg, ich muss los.« Damit ließ Dr. Eberlein den Abteilungsleiter im Unklaren zurück.

»Til, auf ein Wort in meinem Büro!«, rief der Minister seinem Staatssekretär zu, der sich noch mit Corinna Bach und Carsten Höger unterhielt.

Als Tschauner Freselages Büro betrat und hinter sich die Tür schloss, saß der Minister bereits an seinem Schreibtisch. Er wischte über sein Smartphone.

»Sieh dir mal diese Nachricht an – die habe ich vorhin in der Runde verschwiegen!«

Freselage gab Tschauner sein Mobiltelefon.

»Von deinem Schwager!«, stellte der Staatssekretär fest, nachdem er die Nachricht geöffnet hatte.

»Was sagst du dazu?«

Tschauner las leise und gab das Smartphone zurück. »Tja, dein Schwager befürchtet, Insolvenz anmelden zu müssen. Das käme einem Schuldeingeständnis gleich und wäre gut für dich, Hans.«

»Meinst du?«

»Ja, aber noch ist es nicht so weit für deinen Schwager. Er schreibt, dass er für sein Unternehmen kämpfen will, und ich werte seine Nachricht an dich als dringenden Hilferuf, ihn zu unterstützen.«

»Erinnerst du dich, was Eberlein vorhin in der Besprechung sagte? Er hat mir praktisch geraten, meinen Schwager fallen zu lassen.«

»Eberlein sagt nichts ohne Hintergedanken, Hans. Vergiss das nicht!«

»Nein, nein, keine Sorge. Ich habe ihn im Blick. Mich würde allerdings interessieren, wie du den Eberlein siehst, Til. Ist er wirklich auf meiner Seite oder tut er nur so?«

Tschauner nahm auf dem Besucherstuhl Platz und schlug die Beine übereinander. »Um es kurz zu machen: Ich halte Eberlein für einen ausgesprochenen Karrieristen. Der sitzt schon relativ lange auf seinem Posten als LAVES-Präsident. Und in dieser Position will der nicht in Rente gehen.«

»Du meinst, der strebt nach Höherem?«

»Absolut! Schau dir nur mal seine berufliche Vita an. Die ist längst noch nicht zu Ende. Eberlein wird seine Karriere auf die eine oder andere Weise krönen wollen!«

Minister Freselage grübelte. »Kann er mir gefährlich werden?«

»Davon musst du ausgehen. Neben der Fachkompetenz hat er das richtige Parteibuch, um ganz nach oben zu kommen. Zudem ist er in Hannover exzellent vernetzt.«

Der Minister rieb sich nachdenklich das Kinn.

»Und du bist angeschlagen«, warnte Tschauner. »Du spürst es doch selber. Hat dich dein Gefahreninstinkt jemals getäuscht, Hans?«

»Noch nie!«

»Dann höre auch jetzt auf deinen Instinkt. Eberlein ist wie ein Löwe, der seinem arglosen Opfer in der Savanne auflauert. Und er sieht, dass das Tier verletzt ist und sich seine Wunden leckt. Es dauert nicht mehr lange, bis sich der Löwe aus seinem Versteck hervorwagt und zupackt. Lass es nicht so weit kommen, Hans!«

Freselage nickte stumm, während Tschauner aufstand und zum Fenster ging. »Was für ein herrliches Gewitter! Danach wird die Luft gereinigt und wieder ganz klar und frisch sein.« Sein kaltes Lächeln konnte Freselage nicht sehen.

»Etwas anderes, Til: Ich habe mit Jutta telefoniert. Sie verliert kein Wort über die Hure oder die Explosion in Cappeln, das blendet sie anscheinend vollkommen aus.«

»Worüber habt ihr dann gesprochen? Über deinen Schwager, nehme ich an.« Tschauner drehte sich zu Freselage um.

»Sie macht sich große Sorgen. Aber nicht um mich, Til, sondern um ihren Bruder!«

»Was hast du erwartet, Hans? Du vögelst in Hannover mit Huren und zu Hause läuft alles nach deinen Wünschen?«

»Das Fremdvögeln war bislang nie ein Problem. Jutta wusste das und hat es hingenommen. Es war ein Tabuthema, sie hat mich nie darauf angesprochen. Die Wochenenden in Cappeln waren immer sehr harmonisch.«

»Dann sei doch froh, dass sie dir keine Szene für deine außerehelichen Aktivitäten macht. Da hast du großes Glück mit ihr!«

»Ich weiß, doch jetzt setzt sie mich unter Druck!«

»Wie meinst du das, Hans?«

»Ich fühle mich emotional erpresst von ihr. Sie will, dass ich ihren Bruder unter allen Umständen schütze. Sie meint, es ginge in erster Linie um die Familie.«

Tschauner atmete tief durch. »Klar, um *ihre* Familie!«

»Ich kann mich aber nicht schützend vor meinen Schwager stellen, denn dann erwischt es mich. Ich fühle mich, als hätte ich nur die Wahl zwischen Pest und Cholera.«

»Das siehst du richtig!« Tschauner ging im Büro auf und ab.

»Jutta sagt, ihr Bruder habe die vergifteten Futtermittel ohne es zu wissen in Umlauf gebracht. Für ihn hat sich im Nachhinein herausgestellt, dass bereits das Tierfutterfett, das er für die Weiterverarbeitung benötigt und über einen niederländischen Händler bezieht, dioxinbelastet war. Ihn selbst trifft bei der ganzen Sache vielleicht eine Mitschuld, aber er hat den Skandal nicht zu verantworten, meint Jutta. Dem belasteten Futterfett wurden in der Spedition in Bösel Futtermittel beigemischt, die dann bundesweit an mehrere Tausend Betriebe geliefert worden sind.«

»Das mag alles sein, Hans, aber hier geht es längst nicht mehr darum, wer die Scheiße verzapft hat, sondern wer die politische Verantwortung dafür trägt. Weiß das deine Jutta?«

»Ja, das weiß sie, und es ist ihr vollkommen egal, wer am Ende zur Verantwortung gezogen wird. Sie will, dass ihr Bruder heil aus der Sache herauskommt, das hat sie mir klipp und klar zu verstehen gegeben. Wie ich das hinkriege, wäre ihr völlig egal. Nur, wenn nicht, dann würde sie mich wegen meiner Hurengeschichten verlassen.«

»Wie ist da eigentlich der Stand der Dinge?«, erkundigte sich Tschauner und war froh, das Thema wechseln zu können.

Freselages Miene hellte sich sofort auf. »Nachdem nun die Identitäten beider Leichen feststehen, war die Kripo in Cloppenburg schon dabei, ein großes Fass aufzumachen.«

Tschauner nickte zustimmend. »Dass es sich um Pöschel, deinen Fahrer, handeln würde, muss denen klar gewesen sein. Aber wie sind sie auf die Hure gekommen?«

»Ach«, winkte Freselage ab. »Unser naiver Dorfpolizist hatte eine vage Vermutung, der ein unterbeschäftigter Kripo-Ermittler unbedingt nachgehen musste.«

»Nein, was für eine verrückte Sache!«, lachte Tschauner und hakte nach: »Eine Maus pinkelt einem Elefanten ans Bein - was hast du unternommen?«

»Ich kenne den Polizeipräsidenten natürlich auch privat. Wir sind beide Jäger. Von ihm hatte ich übrigens den Kontakt zu dem Escortservice dieser Anna bekommen.« Freselage zwinkerte Tschauner mit einem Auge zu. »Vorsichtshalber habe ich aber noch einen Kontakt beim Landeskriminalamt bemüht. Daraufhin hat das LKA die Ermittlungen offiziell an sich gezogen.« Der Minister sah auf seine Armbanduhr. »Da müssten eigentlich jetzt zwei LKA-Beamte kommen. Wo bleiben die denn?«

»Verstehe, das LKA als Joker und doppelte Sicherheit. Sehr gut, wie du deine Maschsee-Connections nutzt!« Tschauner nickte anerkennend.

»Meinem LKA-Freund hatte ich seinerzeit den Job besorgt. Dafür ist er mir bis heute sehr dankbar. Damals war ich noch Staatssekretär im Innenministerium, und beim LKA war eine gewisse Position vakant«, erklärte Freselage mit einem Lächeln auf den Lippen.

»Eine gewisse Position war vakant?« Tschauner bohrte nach: »Ich erinnere mich grob. Die Stelle wurde aber erst auf dein Zutun hin neu besetzt, habe ich recht?«

Freselage grinste bis über beide Ohren. »Wenn du mich nicht verrätst, Til, dann gebe ich zu, dass ich meine Finger mit im Spiel hatte.«

»Deine Finger mit im Spiel? Dass ich nicht lache, du Fuchs! Du hattest eine Säge in der Hand, mit der du an einem gewissen Stuhl gesägt hast! Ich würde das einen klassischen Königsmord nennen!«

Tschauner sah Freselage kalt lächelnd an.

»Ach, Til, du weißt doch, wie es in der Politik läuft.«

Sie brachen in schallendes Gelächter aus. Im selben Moment klopfte es. Die Tür wurde geöffnet, und Ella Heldt betrat das Büro.

»Die Herren vom LKA sind jetzt da.«

»Ich lasse bitten!«, lachte der Minister.

Kapitel 14

In der Nacht hatte Willen kaum geschlafen. Und wenn, dann hatte er sich in abgerissenen Traumfetzen mit Dörte und Stöcki wiedergefunden, die einen erholsamen Schlaf unmöglich machten. Er war die Nacht über aus dem Grübeln nicht herausgekommen. Wie sollte er seiner besten Freundin beibringen, was ihm sein Kollege Stöckmann berichtet hatte? *Dörte springt im Dreieck, wenn sie das mit dem LKA erfährt.* Gegen fünf Uhr früh hatte er dann endgültig kapituliert und war aufgestanden. Nach einer heißen Dusche hatte er sich einen starken Kaffee aufgebrüht und ausgiebig die Tageszeitung gelesen. Dann rappelte er sich auf zum Dienst.

Auf Willens Dienstplan stand für heute Vormittag Verkehrssicherheitstraining mit Flüchtlingskindern an der Grundschule Cappeln. Für die Mittagspause hatte er sich mit Dörte verabredet. Er war nicht traurig, das Gespräch für eine gewisse Zeit vor sich herschieben zu können.

In der Schule nahm ihn die Konrektorin Kristina Schulze in Empfang. Die Lehrerin sah dem Dorfpolizisten sofort an, dass er übernächtigt war. Um seine Augen lagen tiefe Schatten.

Den Weg zum Klassenraum nutzte sie dazu, Willen auf den Unterricht mit den Flüchtlingskindern vorzubereiten. Kristina Schulze wollte sichergehen, dass der Polizist bei der Sache war. »Viele Flüchtlinge bei uns haben Fahrräder als Sachspenden erhalten, vor allem die Kinder freuen sich darüber. Dabei ergibt sich allerdings ein gewaltiges Problem: Die Geflüchteten nehmen jetzt mit den Fahrrädern aktiv am Straßenverkehr teil, ohne unsere Verkehrsregeln zu kennen. Da kann es natürlich zu Unfällen kommen. Um dem vorzubeugen, wollen wir den Kindern über das Radfahrtraining die Grundregeln für den Straßenverkehr vermitteln.«

Willen rieb sich im Gehen die Augen und über den Nasenrücken. »Können die Kinder denn mit ihren Rädern fahren?«

»Mittlerweile schon. Kinder lernen ja schnell.«

»Gut. Ich denke, das sehen wir nachher noch in der Praxis. Im Unterricht konzentrieren wir uns auf die Vermittlung der wichtigsten Verhaltensregeln: Wie biege ich rechts ab? Was muss ich beim Linksabbiegen beachten? Wie verhalte ich mich an einer

Kreuzung?« Diese Anmerkungen des Dorfpolizisten beruhigten die Konrektorin. Wenigstens ist er gedanklich dabei, dachte sie.

»Wie sieht's mit der Verständigung aus? Sprechen die Kinder deutsch?«

»Oh ja, sehr gut sogar. Besser als die Eltern! Da wir die Eltern mit eingeladen haben, ist ein Übersetzer anwesend, falls es doch zu Verständigungsschwierigkeiten kommt«, erklärte Frau Schulze.

»Das finde ich gut! So kommen wir auch mit den Eltern in Kontakt und können Vertrauen aufbauen. Schließlich sollen weder die Eltern noch die Kinder Angst vor der Polizei haben.«

»Die Eltern fühlen sich gut, wenn sie sehen, dass ihre Kinder Spaß beim Radtraining haben und Sie, Herr Willen, ihnen freundlich und aufgeschlossen entgegentreten.«

»Genau so ist es«, bestätigte der Dorfpolizist, als sie den Klassenraum erreichten. Obschon der Termin mit der Schule seit Wochen feststand, konnte Willen das Gefühl von akuter Aufschieberitis nicht abstreifen.

Seine Gedanken kreisten noch immer um das bevorstehende Treffen mit Dörte und er suchte wieder nach einer geschickten Formulierung für den Gesprächseinstieg. Doch jetzt musste er seine ganze Aufmerksamkeit erst einmal der Verkehrserziehung der Flüchtlingskinder widmen. Willen schob Dörte gedanklich beiseite.

* * *

ALS MINISTER FRESELAGE am Morgen das Büro betrat, hatte Ella Heldt bereits einen Anrufer für ihn in der Leitung. »Einen Augenblick bitte, der Minister kommt gerade herein.«

Sie drückte den Anrufer in die Warteschleife. »Alfred Tönnies, Herr Minister. Er sagt, es sei dringend.«

»Stellen Sie meinen missratenen Schwager durch!« Freselage schlug die Bürotür krachend hinter sich zu und sah im selben Moment an seiner Telefonanlage einen Knopf blinken. Freselage nahm den Hörer ab. »Der Tag fing gut an, bis du anriefst. Daher mach es kurz, Alfred!«

»Hans!«, lachte Freselages Schwager am anderen Ende der Leitung. »Dein Humor ist göttlich, lieber Schwager!«

»Alfred, bitte komm zur Sache, ich habe gleich meinen ersten Termin!«

»Ja doch! Du fragst dich sicher, warum ich anrufe, Hans.«

Abwartendes Schweigen beim Minister.

»Hans? Hans, warum antwortest du nicht auf meine Depesche?«

Depesche. Auf diesen Begriff kann auch nur sein Schwager kommen, dachte Minister Freselage. Er wusste genau, dass Alfred seine letzte SMS an ihn meinte.

»Komm zur Sache!«, wiederholte Freselage.

»Die Sache, Hans, die Sache stinkt, und zwar von vorne bis hinten. Und du als mein Schwager könntest mir da etwas den Rücken stärken!«

»Warum sollte ich?«

Kurzes Schweigen in der Leitung.

»Weil wir Familie sind, Hans! Und weil mich keine direkte Schuld trifft, wie dir sicher schon deine Frau erklärt hat.«

»Ja, meinst du etwa, ich hätte Schuld an deiner Dioxinkacke, Alfred? Du stellst dir das ziemlich einfach vor, mein Lieber. Mir ist vollkommen egal, ob du – ohne es zu wissen – vergiftete Futtermittel in Umlauf gebracht hast. Die Verantwortung für deinen

Laden trägst du allein. Du kannst nicht, nur weil dein Schwager Landwirtschaftsminister ist, die Verantwortung abtreten. Das funktioniert nicht, Alfred, tut mir leid!«

»Ich appelliere an deinen Familiensinn, Hans! Denn du kannst in dieser Situation, die weder du noch ich wollten, als Minister helfen. Klar, mich trifft eine gewisse Mitschuld. Ich habe meine Kontroll- und Überwachungsfunktion zu lasch gehandhabt. Aber die wollen *mich* an den Pranger stellen, Hans! Deine Behörde, das LAVES, hat mich auf dem Kieker. Die wollen mich fertigmachen, dabei haben die selber auch Fehler gemacht, nur davon spricht niemand in der Öffentlichkeit. Auch du nicht!«

»Ja, soll ich etwa die politische Verantwortung für das Versagen anderer übernehmen?«, unterbrach der Minister seinen Schwager. »Dann wäre ich geliefert, Alfred, ich könnte meinen Hut nehmen. Willst du das?«

»Ich will meinen Betrieb retten, Hans! Wenn die Sache eskaliert und vor Gericht geht, dann kann ich den Laden zumachen. So sieht's aus. Ich kann dann Insolvenz anmelden und wahrscheinlich auch privat die Finger heben. Willst *du* etwa *das*?«

»Natürlich *will* ich das nicht, Alfred. Aber einer muss hier die Verantwortung tragen, und das werde ganz bestimmt nicht ich sein!«

»Hans, wir sind Familie. Soll ich nach Hannover auf Knien gerutscht kommen? Willst du sehen, wie ich mich vor dir im Dreck wälze, bevor du mich unterstützt? Das betrifft nicht nur meine persönliche Zukunft, Hans, denk auch mal an die Mitarbeiter meiner Firma – deren Jobs stehen auf dem Spiel!«

»Ja, das ist tragisch, aber nicht mein Problem.«

»Hans!«

Es war alles gesagt, das wussten beide. Hier ging es um das

Schicksal von Häuptlingen, auf die im sprichwörtlichen Sinn zuerst geschossen wird. Einen von beiden würde es treffen, auch das war ihnen klar.

»Hans, ich schwöre dir: Wenn ich untergehe, dann ziehe ich dich mit. Darauf kannst du Gift nehmen!«

* * *

DIE VERKEHRSERZIEHUNG UND das anschließende Radfahrtraining mit Flüchtlingskindern an der Grundschule Cappeln waren zur Zufriedenheit aller Beteiligten beendet. Den Theorieteil hatte Polizeioberkommissar Willen mit Bildern und Plakaten visualisiert. Mithilfe der Abbildungen hatte er die wichtigsten Verkehrsregeln spielerisch vermittelt und sich dabei zum Teil mit Händen und Füßen verständigt. Der ehrenamtliche Übersetzer hatte, so gut es ging, die Fachbegriffe ins Arabische übersetzt. Willens lustige Art hatte dazu beigetragen, dass die Flüchtlinge ihre Hemmungen schnell ablegten. Bevor das Radtraining startete, hatte der Dorfpolizist die Fahrräder der Kinder auf ihre Verkehrstauglichkeit hin überprüft. Licht und Bremsen mussten einwandfrei funktionieren. Auch bei der richtigen Einstellung von Lenker und Sattel hatte der Kontaktbeamte geholfen.

Willens anfängliche Müdigkeit im Unterricht verflüchtigte sich später beim Fahrtraining auf dem Schulhof, was nicht zuletzt an der frischen Luft lag. Vom bevorstehenden Gespräch mit Dörte war er lange Zeit abgelenkt gewesen. Erst als er sich von der Konrektorin verabschiedete, kam ihm das quälende Thema wieder in den Sinn. *Wie soll ich es bloß anfangen?* Mit Bauchschmerzen war er schließlich zu Dörte aufgebrochen. Allerdings nicht, wie zunächst geplant, nach Sevelten zu ihrer Wohnung, sondern zu einem Parkplatz an der Bundesstraße 213 bei Stapelfeld. Dort hatte Dörte sich mit ihrem neuen Wohnmobil für den heutigen Arbeitstag platziert.

Als im Autoradio die Vierzehn-Uhr-Nachrichten begannen, erreichte Willen den Parkplatz an der B 213 in Stapelfeld, Fahrtrichtung Cloppenburg. Wie jeden Tag drängten auch heute Laster und Autos dicht an dicht über die Cloppenburger Ortsumgehung. Die Stapelfelder Kreuzung war ein wichtiger Knotenpunkt westwärts in Richtung Autobahn und Niederlande sowie in südlicher Richtung über die B 68 nach Osnabrück. Auf der anderen Straßenseite hatte der Bau eines neuen Rasthofs begonnen. Die im Hintergrund stehende Rohbauruine des Vorläuferprojekts »Erlebnis- und Erholungsautohof« durfte aber nicht abgerissen werden und verschandelte zum Leidwesen vieler weiterhin die Landschaft. Seit Jahrzehnten war für die alte Bauruine keine Lösung in Sicht gewesen und viele Anwohner fragten sich, ob es je eine geben würde.

Willen parkte seinen Dienstwagen direkt hinter Dörtes Wohnmobil. Der Platz war gerade frei geworden, weil ein tiefer gelegter Golf mit durchdrehenden Reifen losbrauste und sich nahtlos in den fließenden Verkehr auf der Bundesstraße einfädelte. Willen schmunzelte, denn er konnte sich gut vorstellen, warum es der Golf-Fahrer so eilig hatte. Nach dem Besuch bei der Prostituierten wollte er nur ungern auf die Polizei treffen und suchte daher schnell das Weite.

Dausen-Dörte lehnte in der Eingangstür ihres Wohnmobils und rauchte. Die Zigarette danach muss wohl sein, dachte Willen, als er aus seinem Wagen ausstieg und zu ihr ging.

»Mensch Dörte, da hast du ja kräftig investiert! Sieht schick aus, dein neues Wohnmobil!«

»Danke, Hase, aber schau's dir mal von innen an!«

Der Polizist schlängelte sich an ihr vorbei ins Wohnmobil. Dörte trat ihre Zigarette auf dem Asphalt aus und folgte Willen.

»Wow! Dörte, das ist ja, meine Güte ...«, dem Cop fehlten die Worte, als er sich im Inneren des Caravans umsah.

Dörte hatte aus einem gebrauchten Wohnmobil ein geschmackvoll eingerichtetes Frivolmobil machen lassen.

»Der Caravan ist über neun Meter lang und besitzt nach dem Umbau ein reizendes Ambiente und vor allem ganz viel Platz!«, erklärte Dausen-Dörte stolz.

»Reizend«, wiederholte Willen kichernd und schaute sich weiter um. Dörtes mobiles Etablissement verfügte über eine komplett eingerichtete Bordküche sowie einen mit hochwertigem Interieur ausgestatteten Sanitärbereich inklusive Whirlpool. Der Caravan war voll klimatisiert und bot im hinteren Bereich eine – für ihre Zwecke gar nicht so unwichtige – fünf Quadratmeter große Spielwiese, die in Zartrosa gehalten war.

»Im Fahrbetrieb ist das Wohnmobil für sieben Personen zugelassen!«

»Tut das not?«, fragte Willen.

»Geschäftsfelderweiterung. So kann ich Gäste einladen und sie irgendwohin kutschieren.«

»Wohin?«

»Dahin, wo's mehr Spaß macht, Hase.«

Willen konnte sich nicht vorstellen, wo das sein sollte. Er hakte aber auch nicht nach.

»Bei Parkplatztreffen, Swinger-Veranstaltungen oder meinen neuen mobilen Gang-Bang-Partys können sich bis zu zwölf Personen bequem im Innenraum aufhalten!«, triumphierte Dörte.

»Meinst du wirklich, dass das alles ...?«

»Heutzutage musst du etwas bieten, um dich gegen die Billigkonkurrenz aus Rumänien durchzusetzen, Pommes!«

Er nickte. *Was Mutter dazu wohl sagen würde?*

»Setz dich, Pommes. Magst du einen Schluck?« Dörte hielt eine Flasche *Molberger Dausenschluck* in der Hand.

»Es ist erst Mittag, Dörte!«

»Ja, und? Jetzt hab dich doch nicht so!«

Dörte machte dem Cop und sich je ein Pinneken voll.

»Servierst du das deinen Gästen immer noch?«

»Gehört nach wie vor zum Service, klar.«

»Als Abschluss eines erfolgreichen Besuches, sozusagen«, frotzelte Willen und ergänzte: »Aber die weiteren Disziplinen Torfstechen und Singen des Molberger Dausenliedes müssen nicht absolviert werden?«

Dausen-Dörte lachte. »Du meinst damit das Molberger Dausenpatent? Mensch, Pommes, gute Idee, das könnte ich am Parkplatz in der Molberger Dose abnehmen. Als besonderes Highlight, sozusagen!«

»Genau, an der Molberger Dose. Da, wo alles begann«, sinnierte der Dorfpolizist.

»Ich denk drüber nach, Schatz!«

»Und du hättest einen weiteren einzigartigen Verkaufsvorteil, um dich von den Rumäninnen abzuheben!«, lachte Willen.

»Darauf trinken wir noch einen, Hase!«

Und zack, wieder floss dunkles Torfwasser ins Glas. Willen hatte noch nichts gegessen, daher merkte er den Alkohol ein wenig. Er hoffte, dass der Schluck ihm die Hemmungen vor dem ernsten Gespräch nehmen würde. Jedenfalls war er mutig genug, um mit der Tür ins Haus zu fallen.

»Dörte, ich hab schlechte Nachrichten!«

* * *

Carsten Höger lehnte sich im Bürostuhl zurück und versuchte, seine Gedanken zu sortieren. Im Moment hatte er den Eindruck, nur noch für die Arbeit zu leben. Vierzehnstundentage waren längst zur Regel geworden. Und auch die Wochenenden verbrachte er oft im Büro. An Heimfahrten nach Berlin war nicht zu denken. Den Job als Pressesprecher eines Landwirtschaftsministers hatte er sich anders vorgestellt. Wenn es in dieser Behörde schon so stressig zuging, wie müsste es dann erst beim Ministerpräsidenten sein?

Er hatte sich für die Mittagspause ein paar Brote und frisches Obst von zu Hause mitgenommen, doch Appetit hatte er keinen. Seine Gedanken kreisten um Minister Freselage und dessen Verstrickungen in den Dioxinfall. Höger hatte noch nicht die Erfahrung, um beurteilen zu können, ob der Minister diese heikle Situation politisch überleben würde. Trotzdem wollte er alles unternehmen, um Chef-Chef aus der Schusslinie zu nehmen. Hinzu kam die Sache mit Anna, der Escortdame, die Höger nicht richtig durchschaute. Er hatte das Gefühl, dass da ein ganz mieses Ding ablief. Dieser Wolf, Rimbert Wolfsbach, mit dem ihn Staatssekretär Tschauner zur Wohnung von Anna geschickt hatte, war ihm nicht geheuer. Aber interne Dokumente zu stehlen, um den Minister damit zu erpressen, war ein schwerwiegendes Vergehen, gegen das man sich zu Recht wehren musste – auch, wenn die Vorgehensweise für unorthodox gehalten werden konnte.

Ein Klopfen an der Tür schreckte Höger auf. Staatssekretär Tschauner schob seinen Kopf durch den Türspalt.

»Sind Sie allein, Herr Höger?«

Höger richtete sich schnell in seinem Stuhl auf.

»Frau Büttekoven ist zu Tisch!«

»Gut«, sagte Tschauner und trat ein. Er blickte sich noch einmal um und schloss dann die Bürotür. Höger hatte keinen blassen Schimmer, was Tschauner von ihm wollte. Der Staatssekretär lehnte sich an ein Sideboard und verschränkte die Arme. Sein Blick war anders als sonst. Kalt, leer, unnahbar. Höger spürte, wie sein Herz zu pochen begann.

»Herr Höger, was ich Ihnen jetzt sage, muss unter uns bleiben!«

»Sie können sich auf mich verlassen, Herr Staatssekretär!«

Tschauner fixierte Högers Augen und merkte, dass der seinem Blick standhielt. »Dass es zurzeit sehr turbulent bei uns zugeht, ist nichts Neues für Sie. Der Minister steht unter heftigem Beschuss. Im Ministerium gibt es Kolleginnen und Kollegen, die nur darauf warten, dass Freselage in diesem Gefecht fällt.«

Höger fiel Tschauners Wortwahl auf. *Unter Beschuss stehen, im Gefecht fallen*, das hört sich alles sehr militärisch an, dachte er. Passt zu Tschauners beruflicher Karriere, die, wie Höger wusste, als Offizier bei der Bundeswehr begann. Der Pressesprecher hatte erst kürzlich die Vita des Staatssekretärs für die Homepage des Ministeriums überarbeitet.

»In diesem Zusammenhang erscheint es nicht unüblich, dass sich die einen oder anderen in eine günstige Position für die Zeit danach bringen wollen. Die kleinen Ränkespiele, die im Hintergrund stattfinden, müssten Ihnen aufgefallen sein, Höger?«

Der Pressesprecher schluckte. Es schien sich also zu bewahrheiten, was er in den letzten Tagen beobachtet hatte. Höger dachte sofort an Dr. Eberlein, den LAVES-Chef. *Gibt Tschauner den Minister gerade auf? Dann scheint es zu stimmen, dass Dr. Eberlein versucht, sich als möglicher Nachfolger Freselages ins Gespräch zu bringen.*

»Ich verstehe, was Sie meinen!«, antwortete Höger.

»Zunächst einmal bitte ich Sie, mir zu vertrauen. Hören Sie nicht darauf, was andere Ihnen sagen. Denken Sie immer daran, Höger: Wo *ich* bin, da ist vorne!«

Höger nickte.

»Okay. Sehen Sie, wir haben es bei der einen oder anderen Person mit ambitionierten Karrieristen zu tun. Da ist an sich nichts Verwerfliches dran. So ist das in der Politik – der eine geht, ein anderer kommt. Aufgaben und Positionen sind endlich, man hat sie nur für eine gewisse Zeit inne. Die nächste Landtagswahl beschert uns vielleicht neue politische Verhältnisse, dann sind wir unsere Jobs sowieso los.«

Die nächste Landtagswahl ist erst in zwei Jahren, dachte Höger, so lange wird sich Freselage nicht halten können. Er nickte stumm.

»Auch Sie haben das Zeug zu Höherem, Höger! In den Krisen-Meetings werden Sie immer souveräner, das fällt nicht nur mir auf. Als Pressesprecher machen Sie zwar einen ausgezeichneten Job ...«

»Aber?«

»Sie können mehr!«, flüsterte Tschauner ihm energisch zu und ergänzte: »Nicht vergessen: Wo *ich* bin, ist vorne. Und ich würde *Sie* gerne vorne dabeihaben!«

Carsten Höger schluckte erneut. An sich selbst hatte er bei den Ränkespielen, die Tschauner ansprach, nicht gedacht.

»Höger, Ihr Weg geht weiter! Die Position als Pressesprecher ist nur ein Sprungbrett. Sie sind hier so etwas wie die Schaltzentrale des Ministeriums, bei Ihnen laufen die Fäden zusammen. Sie wissen Bescheid. Das müssen Sie auch, denn Sie stehen bei öffentlichen Pressekonferenzen mit dem Minister im Rampenlicht.

Sie schreiben ihm seine Reden und Kommunikations-Guidelines. Was Sie schreiben, das spricht der Minister in seinen Statements aus! Er vertraut Ihnen, Höger, und Sie machen Ihren Job gut! Aber wollen Sie sich auf ewig mit der Rolle des Zuarbeiters begnügen?«

Höger räusperte sich, er spürte einen Kloß im Hals stecken. »Ich ...«

»Ihr Gesicht und Ihr Name sind nicht mehr unbekannt, Höger!«

»Was ... was meinen Sie damit?«

Über Tschauners Gesicht zog sich ein breites Grinsen, doch seine dunklen Augen waren so kalt wie das Blut eines Reptils. Höger hallten die Worte des Staatssekretärs im Geiste nach, sodass er die Veränderungen in dessen Gesichtsausdruck nicht wahrnahm.

»Ich verstehe immer noch nicht so ganz, was Sie damit zum Ausdruck bringen wollen, Herr Staatssekretär.«

Nach einem Moment der Stille, der Höger wie eine halbe Ewigkeit vorkam, antwortete Tschauner: »Ich habe Sie als meinen Nachfolger vorgeschlagen!«

Der Satz traf Höger wie ein Schlag und löste augenblicklich ein Gedankenkarussell in ihm aus. Das war eine Beförderung! Würde er dem gewachsen sein? Aber wenn Tschauner ihn doch selbst vorschlug? Der Staatssekretär hatte recht, er war in alle Vorgänge involviert und arbeitete ganz eng mit dem Minister zusammen. Er würde es packen! Er wollte es auch, er würde jugendliche Frische mit ins neue Amt nehmen. *Jetzt* musste er Karriere machen, ehe es dafür zu spät werden würde. Und Tschauner traute es ihm offenbar zu. Aber was würde aus dem werden, überlegte Höger. Seine Gedanken verfinsterten sich plötzlich. Würde Minister Freselage seinen Staatssekretär als Bauernopfer anbieten, um selbst nicht die politische Verantwortung übernehmen zu müssen? So konnte man Tschauners Hinweis auf die nächsten Landtagswahlen deuten. Freselage ist ebenfalls mit allen politischen Wassern gewaschen. Gut möglich, dass er sich rettet. Verflixt noch mal, was für ein dreckiges Geschäft, diese Politik. Andererseits aber höchstinteressant und spannend, dachte Höger.

»Verlassen Sie uns nach Frau Dr. Lamberts etwa auch, Herr Staatssekretär?« Högers Gefühle schwankten zwischen Trauer und Mitleid.

Tschauner bleckte in einem breiten Grinsen die Zähne. »Einen Anlass zur Flucht, wie damals die Lamberts, habe ich gewiss nicht, mein lieber Höger!«

* * *

»Dann musst eben *du* ermitteln!«, schrie Dörte Willen an.

»Unmöglich! Das liegt außerhalb meiner Zuständigkeit!«, entgegnete ihr der Dorfpolizist.

Wie Willen es befürchtet hatte, eskalierte die Unterhaltung. Dörte brachte die von Stöcki übermittelte Aussage, auf Befehl von oben die Füße stillhalten zu müssen, auf die Palme. Sie stand auf und ging wortlos in die Badkabine ihres Wohnmobils, um sich abzureagieren. Sie knallte die Tür hinter sich zu, stützte sich mit den Händen auf das Waschbecken und blickte in den darüber angebrachten Spiegel. Dörte betrachtete ihr Spiegelbild. Ihr war zum Heulen. Sie wollte weinen, aber es flossen keine Tränen. Dann schrie sie ihr Spiegelbild an. Es war ein langer, greller Schrei, in dem Trauer und Wut zu gleichen Teilen lagen. Trauer über den schmerzlichen Verlust ihrer Freundin und Wut darüber, dass der Täter von offizieller Stelle geschützt wurde.

»Das wirst du mir büßen, Freselage! Du wirst nicht ungeschoren davonkommen, das schwöre ich dir!«

Dörte musste Dampf ablassen und Pommes sollte es nicht abbekommen. Sie richtete sich rasch ihr Haar und verließ das Bad. Willen saß mit nur einer Pobacke auf dem Plüschsofa und malträtierte seine Schirmmütze.

»Dörte, ich …«

»Lass gut sein, Hendrik, dich trifft keine Schuld. Ich mache dir keine Vorwürfe. Dir nicht und auch nicht deinem Kumpel Stöcki. Der war nur der Überbringer schlechter Nachrichten. Die Schuldigen sitzen nicht in Cloppenburg, die sitzen in Hannover!«

Dörtes Kehle war staubtrocken. Sie ging zur Bordküche. »Auch ein Wasser?«

Willen nickte.

Mit zwei gefüllten Wassergläsern kam sie zurück. »Hör zu«, sagte sie, als sie dem Polizisten das Glas reichte. »Ich fasse das alles mal mit meinen Worten zusammen.« Dabei ging Dörte im Wohnmobil auf und ab. »Also, auf Befehl von ganz oben – und damit ist Hannover, wahrscheinlich der Minister selbst, gemeint – hat das LKA die Ermittlungen zwar übernommen, aber kein Interesse, die Hintergründe der Autoexplosion zu ermitteln. Die haben Stöcki den Fall weggenommen, um einen Deckel draufmachen zu können.«

»So weit korrekt«, bestätigte Willen.

»Der Minister soll geschützt werden«, fuhr Dörte fort und ergänzte: »Damit ist klar, wer hinter der Vertuschungsaktion steckt: Freselage selbst.«

Willen wiegte den Kopf hin und her. »Hier bewegen wir uns im Reich der Spekulationen!«

»Pommes, ich bitte dich! Als Bulle suchst du nach handfesten Beweisen, was ja okay ist. Ich aber zähle eins und eins zusammen und komme dann zu diesem Ergebnis. Wie drückt ihr das immer aus? *Wer profitiert am meisten vom Tod von – in diesem Fall – Anna*? Das ist ja wohl ganz eindeutig Minister Freselage, der alte Hurenbock!«

»Vermutungen reichen aber nicht, Dörte, wir müssen Beweise haben!«

»Richtig, Pommes!«

»Erinnere dich, was Stöcki sagte: Die Staatsanwaltschaft hält die Verdachtsmomente gegen den Minister für zu gering, um weitere Ermittlungen anzustellen«, fügte Willen hinzu und kam prompt ins Grübeln. Er sah Dörte an, die ihm mit ernster Miene tief in die Augen blickte. »Dörte, ich kann das nicht! Ich *darf* das nicht. Ich habe dir vorhin schon gesagt, dass das nicht mehr meine Zuständigkeit ist!«

»Wir müssen Beweise haben. Das waren soeben deine Worte, Hendrik!«

»Ja. Nein, so meinte ich das nicht. Ich meinte, *man* müsste belastbares Beweismaterial finden, um hinreichende Verdachtsmomente darstellen zu können, damit die Ermittlungen doch wiederaufgenommen werden müssen.«

»Und wer soll ‚man' sein, Pommes?«

»Tja, also …«

»Die in Hannover werden nichts weiter unternehmen, Hendrik. Und deinem Freund Stöcki sind die Hände gebunden.«

»Mir doch auch, Dörte!«

»Ich möchte aber, dass der Schuldige zur Verantwortung gezogen wird!«

Willen atmete hörbar aus. Dörte setzte sich zu ihm aufs Sofa.

»Hendrik, ich bin mir sicher, dass der Minister einen zweifachen Mord in Auftrag gegeben hat, um einen Erpressungsversuch von Anna zu vertuschen. Der Arsch steckt knietief in diesem

Dioxinskandal, da kommt der nicht mehr heraus. Es ist auch so schon fraglich, ob Freselage das politisch überleben wird. Eine Erpressungsgeschichte würde ihm da den Todesstoß versetzen. Freselage kämpft ums nackte Überleben und ist zu allem bereit. Dabei schreckt er sogar vor Auftragsmord nicht zurück!«

Willen ahnte, worauf Dörte hinauswollte. Und genau davor hatte er Schiss. Plötzlich war ihm klar, dass er keinesfalls vor dem Gespräch an sich Angst gehabt hatte, sondern vor den Konsequenzen, die es mit sich bringen würde. Natürlich war es ihm unangenehm, Dörte sagen zu müssen, dass die Akte geschlossen blieb. Und es war auch keine Lösung, das LKA als Schuldigen zu präsentieren.

Er konnte Dörte verstehen. Vollkommen logisch, dass sie sich die Aufklärung von Annas Tod wünschte. Anna war ihre Freundin gewesen, ihre beste vielleicht. Er selbst glaubte ja auch, dass Freselage dahintersteckte. Nur, glauben heißt nicht wissen, und es gab im Moment keinen, der an einer Aufklärung ein Interesse hatte. Außer Dörte. Sollte sie doch einen Privatdetektiv engagieren, der ihr die Beweise liefert!

»Ich hab' dich was gefragt, Pommes!«

»Bitte entschuldige, ich war gedanklich gerade woanders. Was hast du gefragt?«

»Ich fragte, warum du Polizist geworden bist.«

Na bravo! Genau das hatte er befürchtet. *Wenn sie wollen, packen dich die Frauen bei den Eiern.* Im Diskutieren war Dörte ihm schon als Kind überlegen gewesen. Und sie hatte auch immer bekommen, was sie wollte.

»Ich verstehe nicht, was das mit dieser Sache zu tun haben sollte«, log er.

»Beantworte mir doch einfach die Frage, Pommes. Warum bist

du Bulle geworden? Doch nicht etwa wegen der schönen Uniform.«

»Nun«, antwortete Willen und dachte zurück an sein Bewerbungsgespräch bei der Polizei, bei dem er diese Frage schon einmal beantworten musste. »Ich hatte mir lange überlegt, welcher Beruf gut zu mir passen könnte. Ich arbeite gern im Team, treibe viel Sport und gehe dabei auch mal an meine Leistungsgrenze. Außerdem halte ich mich für pflichtbewusst. Und da dachte ich, dass der Polizeiberuf gut zu mir passt. Außerdem war mein Vater schon Polizist.«

»Tze«, war Dörtes Kommentar auf sein Geschwafel. »Laber mich nicht voll, Hendrik. Schon als Kind hattest du einen Beschützerinstinkt. Und damit meine ich nicht, dass du mich auf dem Pausenhof vor den anderen Jungs beschützt hast. Du hast dich immer schon für Unterlegene eingesetzt. Du konntest es nicht ertragen, wenn Schwächere von Stärkeren fertiggemacht wurden. Freund und Helfer bist du seit der Grundschule.«

Dem konnte Willen nicht widersprechen, Dörte hatte recht. Stumm spielte er mit seiner Dienstmütze.

»Und du hattest damals schon einen starken Gerechtigkeitssinn. Wenn jemand ungerecht behandelt wurde, bist du eingeschritten und hast denjenigen verteidigt. Als Klassensprecher oder später als Kapitän deiner Handballmannschaft.«

»Ich habe das Recht aber nie selbst in die Hand genommen, Dörte!«

»Das stimmt. Du bist früher immer zu den Lehrern gegangen oder zum Trainer. Hast mit Worten gekämpft und nur in Ausnahmesituationen mit Fäusten.«

»Ja, genau!«

»Genau. Aber da waren immer welche, die auch an Recht und

Ordnung interessiert waren, Hendrik! Da wurde nichts ausgesessen oder vertuscht. Wenn du etwas vorgebracht hattest, dann wurde dem nachgegangen. Nur, das war früher. Und wir waren Kinder. Da war vieles einfacher. Das Leben jetzt ist ungerecht. Erbarmungslos. Aber willst du das als gegeben hinnehmen?«

Willen schüttelte den Kopf.

»Der Minister soll geschützt werden, was ist dagegen schon das Leben seines Fahrers oder gar das einer Hure wert? Das mögen aus Freselages Sicht nur Kollateralschäden sein. Was ist es aus deiner Sicht, Hendrik? Hältst du das für gerecht?«

»Das Leben ist nicht immer ...«

»... fair? Willst du mir das sagen, Hendrik? Willst du mir allen Ernstes sagen, das Leben sei nicht fair? Dann zieh sofort deine Uniform aus!« Dörte schossen die Tränen ins Gesicht. Sie stand vom Sofa auf und ging zur Bordküche. In einer Schublade suchte sie nach Papiertaschentüchern. Dann drehte sie sich wieder zu Willen, der mit aufgestützten Armen zu Boden schaute. »Hendrik, wo ist dein Gerechtigkeitssinn geblieben? Das, wofür du einmal angetreten bist?«

Willen blickte weiter wortlos nach unten.

»Soll ich etwa nach Hannover zur Staatsanwaltschaft fahren und denen einen vorheulen? Ich bin auch nur eine Hure in deren Augen. Eine Hure, die den Tod einer anderen Hure aufgeklärt haben möchte und für Gerechtigkeit kämpft, und die nichts weiter vorbringen kann als eine bloße Vermutung. Wer würde mir glauben, Hendrik?«

»Vermutlich niemand.«

»Niemand, Hendrik, niemand glaubt einer Hure. Außer vielleicht ein Freund!«

Willen schluckte.

»Ein Freund, der Polizist ist!«

Dörte setzte sich mit Tränen in den Augen wieder neben Willen und schaute ihn an. Der hatte seinen Blick weiter starr auf den Fußboden gerichtet.

»Hilfst du mir, die Wahrheit ans Licht zu bringen?«

Willen richtete sich auf. Ihre Stimme war leise und weinerlich. Er hatte das Bedürfnis, Dörte in den Arm zu nehmen, traute sich aber nicht. Sie würde das sicher als ein *Ja* interpretieren. Aber die Dienstvorschriften standen dagegen. Er konnte keine eigenen Ermittlungen aufnehmen. Freundschaft hin oder her. Als Dorfpolizist von Cappeln hatte er in Hannover nicht das Geringste zu suchen. Zumal die Ermittlungsarbeit Sache der Kriminalpolizei war und jetzt sogar beim LKA lag. Ganz abgesehen davon, dass er mit Mord nichts zu tun haben wollte.

»Wie soll das deiner Meinung nach gehen?«

»Ich weiß, dass du hierfür offiziell nicht zuständig bist, Pommes. Aber außer dir kenne ich niemanden, dem ich vertraue und der mir helfen würde.« Sie legte ihre Hand sachte auf seinen Oberschenkel. »Du hast doch bald Urlaub, Hase. Fahr nach Hannover und ermittle auf eigene Faust!«

Willen ließ seinen Kopf nach vorne sacken, daraufhin krallte sich Dörtes Hand in seinen Oberschenkel.

»Auf eigene Faust? Ich komme in Teufels Küche, wenn das rauskäme, Dörte! Ein Disziplinarverfahren wäre das Mindeste, was mich erwarten würde. Die würden mich suspendieren und vielleicht ganz aus dem Polizeidienst entlassen. Ich habe in Hannover nichts verloren, ich bin Dorfsheriff in Cappeln!«

»Es muss doch gar nichts rauskommen«, blieb Dörte hartnäckig. »Du sollst auch nicht in Uniform dahin. Ich dachte da mehr an einen Undercover-Einsatz.«

»Undercover?«, wiederholte Willen.

»Ja. Als Privatdetektiv, sozusagen!«

»Puh, du kommst auf Ideen!«

»Ich weiß, aber das ist unsere einzige Chance. Ich bitte dich inständig, mir zu helfen. Wir tun es für Anna!«

»Und für den Fahrer ...«

»Dann machst du es also?« Von jetzt auf gleich hellte sich ihr Gesicht auf.

»Das habe ich nicht gesagt!«, entgegnete Willen energisch. »Und außerdem tust du mir weh mit deinen Fingernägeln.«

Dörte löste augenblicklich ihren Griff und streichelte vorsichtig sein Bein. »Mir ist bewusst, dass dich das in eine schwierige Lage bringt, Pommes. Aber ich weigere mich zu glauben, dass du Dienstanweisungen vor Wahrheit und Gerechtigkeit stellst. Wo ist der Pommes von früher geblieben?«

Du hast leicht reden, dachte Willen. Natürlich waren Wahrheit und Gerechtigkeit auch für ihn hohe Werte, die es unbedingt zu schützen galt. Dafür waren Polizei und Staatsanwaltschaft schließlich zuständig. Nur er als Dorfpolizist, für den die explodierte Staatskarosse als ein tragischer, aber abgeschlossener Verkehrsunfall zu betrachten war, war längst raus. Und bei der Art, wie Dörte diskutierte, konnte er nur verlieren. Natürlich konnte er ihren Standpunkt nachvollziehen, trotzdem fühlte er sich von seiner Sandkastenfreundin auf subtile Art erpresst. Mit ihrer Bitte, Annas Tod auf eigene Faust aufzudecken, brachte sie ihn in eine Zwickmühle. Er sah sich gezwungen, zwischen Dörte und seinem Dienstherrn zu entscheiden. Die Gefahr bestand, dass er dabei eines von beiden verlieren würde – entweder die Freundschaft zu Dörte oder seinen Job.

»Es geht um die Wahrheit, es geht um Anna, Pommes. Beschaff

die nötigen Beweise, mit denen wir Freselage fertigmachen können!«

Er sah Dörte an und versuchte, aus ihrem Gesicht zu lesen. Reagierte sie jetzt nur sehr emotional oder war das hier eine unterschwellige Drohung, die nach Selbstjustiz klang?

»Entschuldige, aber da muss ich eine Nacht drüber schlafen.«

Kapitel 15

In der *Sansibar*, einem der derzeit angesagtesten Clubs in Hannover, legte ein türkischer Discjockey auf. Er war neu in dem Laden. Mit einem aktuellen Partymix von Schlager bis Charts bescherte DJ Kaya den Leuten auf der Tanzfläche das typische Ballermann-Feeling, für das der Club bekannt war. Das Publikum war bunt gemischt, generationenübergreifend, gut gelaunt und entspannt. Der Laden gehörte einer prominenten Rockergröße aus Hannover und war so etwas wie das Eingangsportal zum Steintorviertel, dem Kiez der Landeshauptstadt.

Cem Erik Müller betrachtete das Spektakel gelangweilt von seinem Platz an der Bar aus. Der neue DJ, den er über drei Ecken sogar persönlich kannte, machte einen durchaus passablen Job. Mit der Ballermann-Mucke traf er nur nicht seinen Musikgeschmack, was er ihm aber nicht vorwarf. DJ Kaya wird sich hier im Club etablieren, dachte Cem, der selbst türkische Wurzeln hatte. Seine Mutter war Deutsche, der Vater Türke, was seine beiden Vornamen erklärte. Die schwarzen Haare hatte er vom Vater, die schlanke Figur von der Mutter geerbt. Da die Eltern nicht verheiratet waren, trug Cem den Nachnamen seiner Mutter.

Cem bestellte einen Kirsch-Bananen-Saft und ließ seinen Blick durch den Club schweifen. Der Typ, dem er von dessen Wohnung bis in die *Sansibar* gefolgt war, saß immer noch am anderen Ende des Tresens. Er bekam gerade das zweite Bier serviert. Hastig nahm er einen großen Schluck. Der Mann, von dem Cem wusste, dass er Mitte fünfzig war, wartete auf jemanden, denn er schaute sich ständig um. Cem ging davon aus, dass es sich um eine Frau handelte und dass sie nicht mehr lange auf sich warten lassen würde. Für diesen Moment hatte er sein Smartphone stets griffbereit.

Im Grunde genommen hasste der Privatdetektiv Observierungen. Im Privatleben anderer herumzuschnüffeln war ihm zuwider. Doch die momentan eher dürftige Auftragslage ließ den Deutsch-Türken nicht allzu wählerisch sein. Routinesachen wie diese, bei denen er im Auftrag einer mutmaßlich betrogenen Ehefrau deren Gatten beschatten und ihn des Fremdgehens überführen sollte, waren zwar unspektakulär, aber lukrativ.

»Merhaba, Herr Müller!«, grüßte der Discjockey den Privatermittler flapsig. Er war für eine kurze Pause an den Tresen gekommen, um sich ein Getränk zu bestellen.

»Merhaba, Aydin Abi«, grüßte Cem zurück. Sie gaben sich die Hand. »Musik machen macht durstig, was?«

»Und wie, staubtrockene Luft am Mischpult. Die Weiber wünschen sich noch keine Lieder von mir und schleppen daher auch noch kein Bier an.«

Sie lachten. Cem behielt den Typen, wegen dem er hier war, weiter im Auge. Das blieb Aydin Kaya nicht verborgen, er fragte nach: »Beruflich hier?«

»Ja, Mann. Aber nichts Wildes.«

»Nichts Wildes wie bei der Hochzeit auf dem Bauernhof letztens, weißt du noch?«

»Klar«, antwortete Cem.

Wieder lachten beide und stießen mit ihren Getränken an.

Die Hochzeitsfeier, die Aydin Kaya ansprach, hatte ein fürchterliches Ende genommen. Kaya war dort als DJ gebucht und Cem als Hochzeitsfotograf anwesend, was niemanden außer Kaya verwunderte. Es war einer dieser Undercover-Einsätze, die Cem viel lieber annahm als Observierungen oder die zeitlich befristeten Jobs als Kaufhausdetektiv. Zumal das Fotografieren eine persönliche Leidenschaft von ihm war.

Der Bräutigam, ein steinreicher Landwirt, hatte ihn beauftragt, sich unauffällig unter den Hochzeitsgästen umzuhören, während er offiziell Fotos von der Feier machte. Er hatte seine Braut im Verdacht, eine heimliche Affäre mit einem der Trauzeugen zu unterhalten. Cem sollte dafür die Beweise liefern. Und das tat er. Er lieferte, und zwar eine ganze Fotostrecke. Die Fotos kamen frisch aus dem Kasten und zeigten das heimliche Liebespaar in flagranti.

Als es geheißen hatte, die Braut sei entführt worden, witterte Cem eine List dahinter. Und er sollte recht behalten. Denn er fand die Braut mit ihrem Liebhaber, der tatsächlich der Trauzeuge war, knutschend und halbnackt in einer etwas abgelegenen Scheune auf dem Feld, nahe dem Hof. Als er die Fotos dem Bräutigam zeigte, rastete der vor seinen Gästen vollkommen aus. Es kam zum Eklat. Der Bräutigam erklärte die Feier schließlich für beendet und jagte noch in derselben Nacht sein untreues Weib vom Hof. DJ Kaya reagierte sofort und spielte den Song »Sag beim Abschied leise Servus« von Peter Alexander.

»Ne, sag mal, Cem, wen beschattest du heute? Einen Promi?«

»Das darf ich nicht sagen, Aydin Abi. Ich bin meiner gut situierten Auftraggeberin zur Verschwiegenheit verpflichtet.« Cem zwinkerte mit dem Auge.

»Ah, verstehe«, antwortete der Discjockey. »Dann pass mal auf, dass du den Fremdgeher nicht aus den Augen verlierst! Ich muss zurück ans Mischpult.«

Kaum hatte Kaya es ausgesprochen, war der Typ, den Cem observierte, verschwunden. Verdammt, er hatte einen Moment lang nicht aufgepasst. Cem sprang vom Hocker und schaute sich um. Da hinten war er! Er sah den Mann von hinten und erkannte ihn an seinen gegelten Haaren. Er hatte eine Frau im Schlepptau, mit der er eng umschlungen in Richtung Toiletten ging. Hinterher!

Cem kämpfte sich durch die Menschenmassen hindurch, der Club war gut besucht. Nicht nur auf der Tanzfläche war es brechend voll, auch auf den Gängen standen die Leute und tanzten oder unterhielten sich. Ein Vorankommen war nur schwer möglich. Als er bei den Toiletten ankam, war das Paar nicht mehr zu sehen. Es gab hier keinen Hinterausgang, den sie zum Verlassen des Clubs hätten nehmen können. Wo sind die hin, fragte er sich – aufs Herren- oder aufs Damenklo?

Im selben Moment kam aus der Damentoilette eine dunkelhäutige Putzfrau heraus und setzte sich an einen Tisch, auf dem sich ein Teller mit etwas Kleingeld befand. Sie nahm die Euromünzen vom Teller und steckte sie in die Tasche ihrer Kittelschürze. Die Centstücke ließ sie als Aufforderung zur Bezahlung liegen. Als Cem sie ansprach, schaute sie ihn an.

»Ist Ihnen da drin gerade ein Paar entgegengekommen?«

Die Putzfrau erinnerte ihn aufgrund ihrer Leibesfülle an eine Gospelsängerin.

»Hä? Ich nix verstehn. Fuffig Cent für Pissen!«

Scheiße. Egal, Cem entschied sich kurzerhand für das Herrenklo.

Durch einen Vorraum mit zwei gegenüberliegenden Waschbecken ging er weiter in den Toilettenraum. Rechts die Pinkelbecken, links vier Toilettentüren. Die erste Tür war verschlossen, die Farbe im Schlossbereich unter der Klinke zeigte rot. Cem verschwand auf dem Klo daneben, verriegelte die Tür und zückte sein Smartphone. Er lauschte. Von nebenan vernahm er ein angestrengtes Atmen. Da ist aber jemand konzentriert bei der Sache. Wobei, konnte er noch nicht sagen. Der Geruchstest sollte Gewissheit bringen. Er hielt seine Nase nach rechts. Nichts zu erschnüffeln. Stattdessen mischte sich ein Hecheln in das Atmen. Er spitzte die Ohren: Hecheln und atmen; und erneut: hecheln und atmen. Das waren eindeutig zwei! Cem aktivierte die Kamera seines Smartphones. Jetzt wurde das Hecheln lauter. Keine Frage, dachte er, da sind welche am Poppen. Dass ich nebenan sitze, um vielleicht ein großes Geschäft zu verrichten, scheint die nicht zu interessieren. Das Hecheln wurde immer heftiger und wechselte in lautes Stöhnen. Glasklar, nebenan gab jemand mit Bravour den röhrenden Hirschen. Cem hielt das Smartphone über die Kabinenwand und knipste ins benachbarte Klo hinein. Als er sich das Bild ansah, erschrak er. Zwei Hirsche! Beide mit formidablen Geweihen ausgestattet. Keiner von beiden ähnelte seiner Zielperson. Mist, dann doch auf dem Damenklo.

Er hastete hinaus, durch den Vorraum, direkt hinein in eine Warteschlange, die sich in kürzester Zeit vor der Damentoilette gebildet hatte.

»He, Arscheloch, fuffig Cent for Pinkeln bittaschön!«

Cem ignorierte die verärgerte Putzfrau wie auch die brav wartenden Damen. Mit einem »T'schuldigung!« schob er sich an der Schlange vorbei in die Damentoilette und überhörte dabei die verärgerten Kommentare einiger Ladys. Es erwartete ihn eine ähnliche Architektur wie drüben: Vorraum mit Waschgelegenheiten, dahinter der Toilettenraum. Wieder vier einzelne Kabinen, diesmal auf der rechten Seite des Raums. Alle Klos waren belegt. Und vor jeder Tür warteten drei bis vier Ladys. Einige schauten auf ihr Smartphone, andere unterhielten sich miteinander. Die Geräuschkulisse war enorm. Als sie ihn bemerkten, verstummten die Gespräche, und ein Dutzend fragender Blicke war auf ihn gerichtet. Cem grinste freundlich und überlegte, wie es jetzt weiterging. Plötzlich wurde eine Toilettentür geöffnet, und ein junges Mädchen, das Cem auf vielleicht gerade einmal vierzehn oder fünfzehn schätzte, kam heraus. »Boah, Alter, nebenan sind welche voll am Ficken!«

Nichts wie rein in das freigewordene Klo! Während Cem sich unter heftigem Protest der wartenden Mädels vordrängelte, fragte er die Göre: »Rechts oder links?«

»Scheiße, wenn du auf'm Pott sitzt, links von dir, du perverser Spanner!«

Er musste noch eine junge Dame, die gerade die Toilette betreten wollte, etwas unsanft zur Seite schieben. Sein »Sorry, Notfall!« quittierte sie mit einem »Fick dich, Alter!«.

Okay, er war drin. Nun musste es schnell gehen. Hoffentlich hatten die Liebenden ihn nicht bemerkt. Tür verriegeln und Smartphone vorbereiten war praktisch ein Handgriff. Jetzt noch kurz das Gerät über der Toilettenwand in Position gebracht – und Klick! Perfekt, das Beweisfoto war im Kasten. *Er* saß auf dem Klo, *sie* mit hochgeschobenem Rock auf seinem Schoss. Als Cem »Hier oben, Vögelchen!« rief, guckten beide artig in die Kamera. Die Zielperson, der mutmaßlich untreue Ehemann, und dessen weibliche Begleitung waren gut zu erkennen. Das sollte seiner Auftraggeberin als Beweis reichen. Jetzt aber nichts wie raus hier.

Cem riss die Klotür auf und drängte sich erneut an den Damen vorbei, diesmal in Richtung Ausgang. Im Vorraum wurde er abrupt ausgebremst, Mrs Fuffig-Cent erwartete ihn dort. Als er angestürmt kam, baute sie sich im Türrahmen auf. Da war kein Durchkommen mehr, selbst für Cem, der eher von schmächtiger Statur war. Sich dran vorbeiquetschen war unmöglich. Und es sah nicht so aus, als wollte sie ihn zum Gospelsingen einladen.

Cem griff in seine Hosentasche und kramte einen zerknitterten 5-Euro-Schein sowie eine 1-Euro-Münze hervor. Den Schein steckte er wieder weg. »Hier, ich gebe einen Euro. Für zwei Klobesuche!«

Dieses Benehmen konnte Mahalia Jackson nicht dulden. Sie plusterte sich auf und machte einen Schritt auf Cem zu. In ihrer Hand hielt sie einen Schrubber. Offenbar war sie noch von alter Schule, denn ihr Arbeitsgerät bestand aus einer breiten Bürste an einem langen Stiel. Um den Bürstenteil war ein Wischlappen gewickelt. Jetzt schwang sie den Schrubber beidhändig über ihrem Kopf. Cem war in Reichweite der mächtigen Putzfrauenwaffe, sodass er ihr zweimal duckend ausweichen musste. Auch einige Damen, die das Örtchen verlassen wollten, drängten vorsichtshalber zurück in den Toilettenraum. Nach der dritten Rotation des Schrubbers löste sich der Lappen von der Bürste und landete klatschend in Cems Gesicht.

»Ha!«, stieß Mahalia-Fuffig-Cent-Jackson aus und stürmte auf den Privatermittler los. Der riss sich den ekelig-nassen Lappen vom Gesicht und konnte der auf ihn zu preschenden Furie gerade noch ausweichen. Offenbar war frisch gewischt, denn der schwarze Koloss geriet ins Schlittern, stürzte und schoss ungebremst durch die Zwischentür in die Gruppe gaffender Gören im Toilettenraum.

Das Tohuwabohu nutzte Cem zum Rückzug. Er verließ die Damentoilette, ließ die 1-Euro-Münze auf den Teller klimpern und verschwand in Richtung Ausgang.

Vor dem Club steckte er sich eine Zigarette an und betrachtete noch einmal das Beweisfoto. Besser ging es nicht. Dann klingelte sein Smartphone. Eine Festnetznummer erschien auf dem Display, ohne dazugehörigen Namen. Das bedeutete, dass er den Anrufer nicht in seinen Kontakten gespeichert hatte. Die Vorwahl war ihm allerdings bekannt. Sie gehörte zu Cappeln, einer kleinen Gemeinde in der Nähe von Cloppenburg, wo Cem geboren und aufgewachsen war. Er zog noch einmal an seiner Zigarette, dann nahm er das Gespräch an.

* * *

DÖRTE KLOPFTE UND betrat Willens Büro. Der Dorfpolizist las gerade im polizeiinternen Informationssystem die Meldungen der letzten Nacht aus den Landkreisen Cloppenburg und Vechta.

»Moin, Dörte, setz dich. Magst du einen Kaffee?«

Dörte bejahte und Willen schaltete im Aufstehen den Monitor aus. Alter Reflex, sobald Kundschaft anwesend war.

»Nächste Woche hast du endlich Urlaub, Hase«, begann Dörte das Gespräch.

»Stimmt. Ich will zum Mountainbikefahren nach St. Gilgen an den Wolfgangsee«, entgegnete Willen aus der kleinen Kaffeeküche seines Büros. Mit zwei vollen Kaffeebechern kam er zurück und setzte einen vor Dörte auf dem Tisch ab. »Wie du ihn magst: blond und süß«. Sein Lächeln erschien ihr gestellt.

»Meine Bitte belastet dich, hab' ich recht, Pommes?«

Willen nahm in seinem Bürostuhl Platz. »Hab' die halbe Nacht wieder mit Grübeln zugebracht.«

»Bist du denn zu einem Entschluss gekommen?«

Er nickte und schlürfte seinen Kaffee. Dörte wartete seine Antwort geduldig ab.

»Ich will mich nicht wiederholen«, begann Willen. »Dass du mich mit deinem Wunsch in eine verdammte Zwickmühle bringst, ist dir sicherlich klar. Für mich steht eine Menge auf dem Spiel und ich mache da nur ungern mit!«

Er stockte, denn Dörtes Lächeln war nicht zu übersehen. *Ich wusste, dass ich dich rumkriege, Hase!*

»Wohl ist mir dabei nicht!«

»Ach Hase, dafür liebe ich dich!«

»Jetzt lass mal gut sein. Auf den Hasen warten schon die Jäger mit ihren geladenen Flinten!«

Dörte erhob sich, tippelte in ihren High Heels um den Schreibtisch herum und gab Willen einen dicken Schmatzer auf die Wange. »Danke, Hendrik!«

Willen wurde verlegen. Das war ihm eine Spur zu viel Gefühlsduselei. Er dachte daran, dass er bei seinen eigenmächtigen Ermittlungen Kopf und Kragen riskierte.

»Das wird nicht einfach, Dörte.«

»Hase, du packst das!« Sie nahm wieder Platz und trank ihren Kaffee.

»Um vorweg eines klarzustellen, Dörte: Ich spiele in Hannover nicht den Helden! Ich fahre da hin, suche nach Beweisen und – sofern ich welche finde – übergebe ich diese an meine Vorgesetzten. Was die daraus machen, ist deren Sache. Damit wäre mein Einsatz beendet!«

»Klar, nur suchen und finden«, bestätigte Dörte.

»Und an die Kripo-Kollegen übergeben. Ich halte ganz strikt den Dienstweg ein.«

Dörte nickte.

»Ich übernehme keine Gewähr, dass meine Kollegen dann die Ermittlungen noch einmal aufnehmen oder versuchen, das LKA dazu zu bewegen. Und das hängt entscheidend davon ab, welche Beweise wir präsentieren.«

»Hab' ich verstanden, Herr Kommissar.«

»Okay, dann ist das unser Deal, Dörte?«

»Ja, Deal!«, antwortete sie und hob zur Bestätigung den Daumen.

»Und wenn ich nichts finde oder das, was ich finde, überzeugt die Kripo-Kollegen oder das LKA nicht, dann ist Schluss, Dörte. Dann geben wir Ruhe, also *du* gibst Ruhe!«

Er sah ihr in die Augen und fügte ein »Dann soll es eben so sein!« hinzu.

Dörte atmete hörbar aus. »Okay, Pommes, damit bin ich einverstanden!«

»Gut!«

Er lehnte sich in seinem Chefsessel zurück. Ich komme in Teufels Küche, dachte er, und war schon fast so weit, den soeben beschlossenen Deal mit Dörte zu bereuen. Die werden mich grillen, sollte irgendetwas schiefgehen. Willen versuchte, die negativen Gedanken schnell beiseitezuschieben.

Nach einem kurzen Moment der Stille meldete sich Dörte wieder zu Wort: »Was hast du, Hase? Du wirkst so nachdenklich.«

»Ich weiß im Moment nicht einmal, wonach ich suchen soll. Ich weiß nur eines: Freselage kennt mich. Wir sind praktisch Nachbarn. In der Kirche sitzen wir nebeneinander.«

»Tze, Kirche«, wiederholte Dörte abfällig. »Der alte Hurenbock geht in die Kirche?«

»Und in Ermittlungstaktik bin ich nicht sonderlich geschult.

Ermittlungen in diesem Ausmaß durchzuführen war nie meine Aufgabe.«

»Na, du wirst ja wohl irgendwie …«

»Dörte!«, unterbrach Willen seine Freundin mit böser Miene.

»Bin ja schon ruhig.«

»Der Ermittlungsansatz ist klar: Wir gehen von der These aus, dass Freselage hinter den beiden Auftragsmorden steckt.«

»Genau!«, stimmte Dörte zu.

»Der wird aber nicht so blöde sein, den Mörder per Brief, am besten noch mit dem Briefkopf seines Ministeriums, zu beauftragen, sodass ich bloß in seiner Ablage nach einer Kopie des Briefes suchen müsste.«

»Ne, so einfach wird er es uns nicht machen, Pommes!«

»Uns?«

»Dir«, verbesserte Dörte und schickte Willen ein Bussi über den Schreibtisch.

»Ich müsste mich geschickt an ihn heranmachen, ich darf ihm dabei natürlich nicht über den Weg laufen. Dann muss ich mir Zugang zu seinem Appartement in Hannover verschaffen und mich da ein bisschen umsehen. Seinen PC filzen …«

»Kannst du so was, Hase?«

»Nö.«

»Hm, wie willst du das dann anstellen?«

Willen ließ die Frage unbeantwortet. »Vielleicht stoße ich auf Namen, die uns weiterbringen.«

»Uns?«, wiederholte Dörte mit einem breiten Grinsen.

Willen grummelte. »Du schickst nicht gerade deinen fähigsten Mann, Dörte, das ist dir hoffentlich klar!«

»Doch, Hase, ich vertraue dir. Du schaffst das. Tief in dir schlummert ein gewiefter Privatdetektiv. Lass den Matula in dir raus!«

»Privatdetektiv«, wiederholte Willen und griff zu einem Mäppchen, in dem er zahlreiche Visitenkarten aufbewahrte. »Wo hab' ich den abgelegt, unter C oder M?«

»Wen?«

»Einen Privatdetektiv aus Hannover ... Hier!«

Willen zog eine Visitenkarte hervor. »Cem Erik Müller. Private Ermittlungen«, las er von der Karte ab und reichte sie Dörte.

»Der verlangt bestimmt eine Menge Geld, wenn du den beauftragst, Hase.«

»Ich will den ja gar nicht beauftragen, er soll mir lediglich ein paar Tipps geben. Außerdem ist er ortskundig, was mir auch weiterhelfen könnte.«

»Woher kennst du ihn?«

»Cem ist ein Exbulle. Er ist jünger als ich und auch in Cappeln aufgewachsen. Er war bei der Inspektion in Cloppenburg, bevor er den Dienst quittierte und Privatschnüffler wurde.«

»Vertraust du ihm?«

»Absolut. Cem ist ein Ehrlicher. Ich ruf' ihn gleich mal an.« Willen wählte seine Nummer. Der Ruf ging raus. Kurz danach schüttelte er den Kopf: »Die Mailbox springt an, ich versuch's nachher noch mal.«

Dörte lächelte gequält. Hoffentlich kriegt Pommes das hin, dachte sie.

* * *

Als er erwachte und die Augen öffnete, lächelte sie ihn von der Seite an. Sie schob ihre Hand unter die Bettdecke und berührte mit den Fingerspitzen seine Leiste. Sofort bekam er eine Erektion. Grinsend rollte sie sich auf ihn.

»Hey, du bist ja schon wach! Lust auf einen Quickie vor der Arbeit?«

»Unbedingt!«, strahlte er sie an.

Was hatte er ihr gestern über seine Arbeit erzählt? Hoffentlich nichts Konkretes, er hatte da schon fürchterlich einen sitzen gehabt.

Sie schmiegte sich an ihn, sodass er ihre verhärteten Brustwarzen spürte. Zum Glück trug sie einen Kurzhaarschnitt – er mochte keine Frauenmähne in seinem Gesicht.

Ihr Name war Christine. Oder hieß sie Christina? Der verfluchte Alkohol. Er machte ihn zwar rattenscharf, löschte aber auch Teile seiner Erinnerung. Er rief sich den vergangenen Abend ins Gedächtnis zurück. Chrissi, so hatte sie sich ihm zunächst vorgestellt. Chrissi oder nur Chris? Da war er aber schon ziemlich betrunken gewesen. Später hatte sie ihm ihren richtigen Vornamen genannt. Und ihr Alter: fünfunddreißig. Das wusste er noch genau. Er konnte ihr Vater sein.

»Oh ja!«, stöhnte sie und stützte sich mit den Armen ab, um ihren Unterleib gegen seinen bewegen zu können.

Er überließ ihr den aktiven Part und genoss die morgendliche Nummer.

»Ich will dich tiefer spüren!«

»Sollst du!« Er legte ihr seine Hände auf die Schultern und zog sie kräftig zu sich heran.

»Nicht ganz so fest, Schatz!«

Hoffentlich verschwindet die danach bald.

Als sie merkte, dass er gekommen war, war ihre Enttäuschung nicht zu übersehen. Sie wollte weitermachen, ihre Lust war noch nicht befriedigt. Doch er schob sie von sich runter, was sie mit einem verstörten »Ey!« quittierte.

»Bekomme ich wenigstens noch einen Kaffee?«

»Klar!«, antwortete er freudestrahlend. Dann ging er ins Bad, das an das Schlafzimmer angrenzte.

Mürrisch schaute sie ihm nach. Einen sexy Body hat er ja schon, dachte sie, und kuschelte sich noch mal in die Bettdecke. Sie stand auf Männer, die älter waren als sie, auch wenn die so ihre Macken hatten.

»Tür zu!«, brüllte sie, als sie ihn pinkeln hörte.

»Sorry! Hab' nicht so häufig Übernachtungsgäste.«

Wer es glaubt, schoss ihr durch den Kopf.

Er betätigte die Toilettenspülung und ging unter die Dusche. Was für ein schräger Typ, dachte Chrissi, voll der Egomane. Top-Manager halt, liebt sich und sein Geld mehr als alles andere. Vielleicht tat sie ihm aber auch unrecht, immerhin kannten sie sich ja erst ein paar Stunden.

Vom Bett aus blickte sie sich um, während im Bad die Brause lief. Das tat sie immer in einem unbeobachteten Moment, wenn sie mit jemandem nach Hause gegangen war. Gestern Abend war sie noch nicht dazu gekommen, sie waren wie wilde Tiere übereinander hergefallen. Das Schlafzimmer war mit wenigen, dafür aber hochwertigen Möbeln ausgestattet. Was sie sah, gefiel ihr gut. Der Typ hatte Geschmack und Geld. Nur kein Gespür für Frauen. Sie seufzte.

Schließlich stand sie auf, warf sich die Bettdecke um und inspizierte die restliche Wohnung, die sich im Zooviertel in Hannover befand. Sie schätzte das Penthouse auf knapp zweihundert Quadratmeter, wofür er sicherlich zwischen zweitausendfünfhundert und dreitausend Euro Monatsmiete zu latzen hatte. Eine stolze Summe, die offenbar in seinen Budgetrahmen passte. Denn Geld zum Feiern hatte er genug gehabt. Der gestrige Abend war nicht billig für ihn gewesen. Sie selbst hatte, wie so oft, nichts ausgegeben.

Im Bad wurde die Dusche abgestellt. Sie hörte, wie er aus der Duschkabine stieg.

»Ganz schön groß, dein Penthouse. Wohnst du hier alleine?«, rief sie vom Wohnzimmer aus.

»Ja!«, kam es aus dem Bad zurück.

»Hast du denn keine Familie?«

»Nicht hier!«

Ha, dachte sie, ein Fremdgeher! Na ja, sie hatte nichts anderes erwartet, und an einer ernsthaften Beziehung war sie im Moment nicht interessiert.

Was schnüffelt die in meiner Wohnung herum? Er beeilte sich im Bad, schlüpfte in den Morgenmantel und folgte seinem Liebesabenteuer ins Wohnzimmer.

»Wie trinkst du deinen Kaffee?«

»Oh, wie aufmerksam von dir! Mit viel Milch bitte und ohne Zucker.«

»Wird prompt erledigt!« Er strahlte sie an und bediente den Kaffeeautomaten, der im Nu anfing zu brummen.

»Schickes Teil, war bestimmt nicht billig.«

Was will die Olle von mir? Kipp einfach deinen Kaffee runter und verschwinde dann!

»Sei mir nicht böse, Chris, aber ...«

»Chrissi!«

Verdammt!

»Chrissi!«, wiederholte er. »Sorry, bin noch nicht richtig wach.«

»Macht nichts«, log sie.

»Also, Chrissi-Schatz, sei mir nicht böse, wollte ich sagen, aber ich muss gleich los zur Arbeit.«

»Verstehe, ich muss ja auch gleich los. Bin noch zum Shoppen mit einer Freundin verabredet.«

Shoppen. Glaub' ich kaum. Wahrscheinlich stehst du ab heute Mittag wieder beim Bäcker hinter der Ladentheke und verkaufst Brötchen und Plunderteile.

»Soll ich die Milch erwärmen?«

»Das ist nicht nötig! Einfach reinkippen, halbe-halbe, wenn's geht.«

»Okay, dann kommt hier dein Hallo-wach-Kaffee!« Er reichte ihr den Kaffeebecher.

»Danke, sehr liebenswürdig!«

Nuckel an deinem Finger, aber hör auf, Süßholz zu raspeln!

Der ist ja beinahe so charmant wie George Clooney, dachte Chrissi, als sie ihren Kaffee genoss, und schenkte ihm ihr schönstes Lächeln.

Er lächelte zurück und wollte sich gerade zum Kühlschrank umdrehen, um sich einen Orangensaft zu holen, als Chrissi ihren ganzen Mut zusammennahm und sein Gesicht streichelte.

»Ich mag das Grübchen in deinem Kinn. Das kommt beim Lächeln so schön zur Geltung.« Mit einer kleinen Verzögerung schob sie hinterher: »Sehen wir uns wieder?«

Er antwortete nicht. Stattdessen konnte Chrissi förmlich beobachten, wie von jetzt auf gleich seine Mimik wechselte. Sie mummelte sich fester in die Bettdecke ein, die sie nur locker umgeschlungen hatte.

»Ich denke, wir sollten es dabei belassen, Chrissi!«

Boah, was für ein abgezockter Typ, dachte sie. »Wieso? Hab' ich was Falsches gesagt? Das täte mir sehr leid!«

Da er wieder nicht reagierte, hakte sie nach: »Bitte sag's, wenn ich etwas Falsches gesagt oder gemacht haben sollte! Ich will dich ja nicht gleich heiraten, nur ab und an wiedersehen, ganz unverbindlich. Tanzen, feiern, ficken. Deine Frau, wo immer die wohnt, muss davon ja nichts mitbekommen ...«

»Sei still!«, fuhr er ihr harsch ins Wort.

Chrissi erschrak.

»Kümmer dich nicht um mich, ich komme schon klar!«, schnauzte er sie an. Und dann, etwas dezenter in der Stimmlage: »Bitte trink' deinen Kaffee aus und verschwinde!«

Mit einer solchen Abfuhr hatte sie nicht gerechnet, so etwas war ihr noch nicht widerfahren.

»Sag' mal, geht's noch! Wie sprichst du mit mir? Das habe ich ja noch nie erlebt!«

»Was weiß denn ich, was du schon so alles erlebt hast. Ich werde nicht dein erster One-Night-Stand gewesen sein, und ...«

»Was soll das denn bitteschön heißen?« Chrissi war ihm ins Wort gefallen, was sie sofort bereute, so aufbrausend, wie er plötzlich wurde.

»Halt's Maul! Ihr Nutten seid doch alle gleich.« Er drehte ihr den Rücken zu. »Komm, verpiss' dich endlich, du Schlampe! Das war hier ein einmaliges Gastspiel für dich.«

»Wie nennst du mich?«

Er wirbelte herum und kam ihr dabei bedrohlich nahe. Chrissi wich erschrocken einen Schritt zurück.

»Eine Nutte nenne ich dich, was denn sonst? Für ein paar lausige Euros hab' ich dich gestern aus einer schäbigen Bar abgeschleppt. Mit wem bist du letztes Wochenende abgezogen? Und wer fickt dich nächsten Samstag? Ich sicherlich nicht!«

Chrissi konnte nicht glauben, dass das derselbe Mann wie noch vor ein paar Minuten war. Hatte er seinen Charme unter der Dusche abgewaschen?

»Du bist ja krank!«, schrie sie ihn an und war so entsetzt, dass ihr Tränen in die Augen schossen. »Du rücksichtsloser Egomane! Hast null Anstand, keine Manieren, und glaub' ja nicht, du wärst eine Granate im Bett gewesen.«

Chrissi hatte das Gefühl, seine Augen sprühten Funken, als sie das sagte. Noch ein Wort von ihr und er würde sie verdreschen. Aber sie war auf hundertachtzig, so ließ sie sich nicht behandeln.

»Du bist ein gefühlloser Dreckskerl!«

»Nuckel an deinem Finger!«

»Wie bitte?«

»Heul doch, mimimi!«

Chrissi blieb die Spucke weg. Dergleichen hatte sie noch nie erlebt.

»Verpiss dich und mach irgendwas, worin du gut bist. Geh shoppen oder anschaffen!«

Er packte sie am Arm und schob sie zur Küche hinaus. Chrissi riss sich los.

»Pack mich nicht an, du Psycho!«

»VERPISS DICH!«, schrie er erneut, dann drehte er sich um.

»Du Scheißkerl!«

Chrissi raffte ihre Sachen zusammen, die im Schlafzimmer auf dem Boden verteilt lagen. Im Flur zog sie sich gehetzt an. Als hinter ihr die Wohnungstür ins Schloss fiel, hasste sie sich dafür, auf ein solches Arschloch hereingefallen zu sein.

* * *

AUCH AN MANCHEN Wochentagen war im *Columbus* der Teufel los. Seit Jahrzehnten war die im Steintorviertel gelegene Spelunke mit rauem Ton fester Bestandteil der hannoverschen Kneipenszene. Die Kneipe hatte praktisch kein Schloss an der Tür, sie war an 365 Tagen im Jahr rund um die Uhr geöffnet. Zumeist wurde Alkoholisches über den Tresen sowie so manches Verbotene unter ihm gereicht. Regelmäßig musste die Polizei die berüchtigte Bierkneipe gleich mit mehreren Streifenwagen anfahren, weil sich zwei oder mehrere Zecher prügelten.

Das Taxi hielt genau vor dem *Columbus*. Der Fahrer fragte seinen Fahrgast: »Sie sind nicht von hier, das sieht man Ihnen an. Sind Sie sicher, dass Sie *dort* hinwollen?«

Hendrik Willen sah durch die Seitenscheibe zur Kneipe hinüber, deren Namen in roten Großbuchstaben über dem Eingang prangte. Die Kneipentür, ebenfalls rot, war weit geöffnet, aber es ging niemand rein noch raus.

»Doch, doch!«, nickte er. »Was macht das?«

Der Fahrer schaute auf sein Taxameter: »Zwölf Euro achtzig. Quittung?«

»Ne«, lachte Willen und spielte in Gedanken durch, wie wohl die Reaktion seiner Vorgesetzten in Cloppenburg sein würde, wenn er die Taxirechnung aus Hannover als Spesen im Rahmen eines verbotenen privaten Undercover-Einsatzes einreichen würde.

Er gab dem Taxifahrer fünfzehn Euro. »Stimmt so!«

»Danke, mein Herr!« Der Fahrer sortierte die beiden Geldscheine in sein Portemonnaie, dann sprach er noch mal über den Rückspiegel zu seinem Fahrgast: »Ich hoffe, Sie sehen es mir nach, wenn ich nicht aussteige, um Ihnen die Tür zu öffnen.«

»Bleiben Sie ruhig sitzen. Und immer dran denken: Wenn's brenzlig wird, die 110 anrufen!«, erwiderte Willen mit einem verschmitzten Lächeln.

»Schönen Abend!«, wünschte der Taxifahrer.

»Uck so!«, gab Willen zurück und stieg aus.

Willens Smartphone gab einen Signalton von sich. Eine Nachricht von Cem: *Bin gleich da!*

Wie früher, dachte Willen, pünktlich war der noch nie. Er antwortete: *Ich geh schon mal rein und bestelle zwei Bier. Dann hast du noch 7 Min. Zeit!*

Nur Sekunden später kam zurück: *NEIN! Nicht alleine reingehen! Bin in 1 Min. da.*

Willen kratzte sich am Hinterkopf. Er stand auf dem Gehsteig vor dem *Columbus* und schaute sich um. Ein paar Leute kamen vorbei, normales Partyvolk, vermutete er, aber niemand betrat die Kneipe. Solange, wie er jetzt da war, hatte er auch keine Gäste rauskommen gesehen. Wieso soll ich nicht alleine reingehen, fragte sich der Dorfpolizist. Braucht man ein Codewort, um da reinzukommen? Die Tür steht sperrangelweit offen. Oder schießen die mich gleich über den Haufen, weil ich nicht von hier bin?

Eine Autohupe lenkte Willens Aufmerksamkeit auf die Straße. Mit aufblinkenden Scheinwerfern kam eine alte Daimler E-Klasse angeschossen und zehn Meter hinter der Kiezkneipe im eingeschränkten Halteverbot zum Stehen.

Der Fahrer stieg aus und schnippte seine Zigarettenkippe auf die Straße. »Pommes, du alter Dorfsheriff, du bist ja noch am Leben!«, stellte er mit einem scherzhaften Grinsen fest.

Jetzt erkannte Willen seinen Kumpel Cem Erik Müller und ging ihm entgegen. »Live und in Farbe!«, bestätigte der Dorfpolizist lachend. Die beiden Männer, die sich fast fünf Jahre lang nicht gesehen hatten, umarmten sich und klopften sich gegenseitig fest auf den Rücken.

»Aber sag mal, wieso sollte ich nicht alleine reingehen?«, fragte Willen, als sie die Umarmung lösten.

»Weil die Leute hier zurzeit etwas nervös sind.« Cem legte Willen seinen Arm um die Schulter und ergänzte, während sie in Richtung *Columbus* gingen: »Es ist gerade mal eine Woche her, da gab's in der Kneipe eine Schießerei. Ein Frührentner hat zwei Italiener weggepustet.«

»Ist nicht wahr! Aus welchem Grund?«

»Zunächst war es ein harmloser Streit um die Anzahl der deutschen Fußballweltmeisterschaftstitel. Die beiden Italiener diskutierten mit einigen Kneipengästen. Sie meinten, Deutschland wäre dreimal Fußballweltmeister geworden. Dann mischte sich der Rentner ein und stellte klar, dass es vier Titel sind. Der Streit spitzte sich zu, die drei wollten schon raus und sich prügeln, aber der Wirt und andere Gäste konnten die Streithähne voneinander trennen. Der Rentner verließ das *Columbus,* und der Streit schien erledigt.«

»Deutschland war tatsächlich viermal Weltmeister«, bestätigte Willen. »Was passierte dann?«

»Dann kam der Rentner zurück in die Kneipe. Mit einer Wumme. Er stand in der Tür und rief: ‚Kommt her, ihr Spaghettifresser, jetzt machen wir das klar.' Als sich der erste Italiener vom Hocker erhob, schoss der Typ ihm aus nächster Nähe zwischen die Augen. Dem zweiten ballerte er in Hinterkopf und Rücken, als der zum Hinterausgang flüchten wollte.«

Willen schaute entsetzt. »Sitten sind das hier, typisch Großstadt. Das wäre ja nichts für mich.«

»Da geht es in Cappeln ruhiger zu – was, Pommes? Ein paar Amtshilfeersuchen, etwas Schulwegüberwachung und ab und zu mal ein Nachbarschaftsstreit«, witzelte Cem.

»Die Streitigkeiten können schon mal recht heftig ausfallen!«

»Klar, Pommes! Im Sommer geht's da oft um die Wurst!« Cem lachte über seinen eigenen Witz.

»Du hast vergessen, die Unfallaufnahmen aufzuführen!«, entgegnete Willen humorlos.

»Ja, richtig!« Jetzt prustete der Privatermittler erst richtig los.

»Wegen eines Unfalls bin ich heute hier!«

Cems Lachen erstarb, verlegen kratzte er sich am Kopf. »Stimmt! Verrückte Geschichte, die du mir neulich am Telefon erzählt hast. Komm, beim Bier überlegen wir, wie ich dir da helfen kann!«

Cem ging vor und betrat das *Columbus*, Willen folgte ihm.

Die Kiezkneipe war düster und klein. Gerade einmal zehn Tresenhocker, dazu ein paar Tische im hinteren Bereich sowie gedämpfte Hintergrundmusik empfingen die beiden Freunde. Direkt neben dem Eingang blinkte ein Spielautomat.

Am Tresen waren alle Hocker besetzt, weitere Gäste tranken und unterhielten sich im Stehen.

»Ganz schön voll«, stellte Willen fest.

»Du merkst an den Hockern, ob die Kundschaft gerade flüssig ist. Nach dem Monatsersten ist immer ein bisschen mehr los als in der zweiten Monatshälfte«, erklärte Cem.

»Und was sind das so für Leute, die hierherkommen? Schrilles Partyvolk erkenne ich jedenfalls nicht.«

»Die Stammgäste sind Menschen, die lieber in der Nacht versacken, als pennen zu gehen. Oder es sind Leute, die nachts arbeiten und deshalb spät dran sind mit dem Feierabendbier.«

»So wie du? Dich habe ich neulich ja auch erst am späten Abend telefonisch erreicht. Warst du da hier?«

»Stimmt«, antwortete Cem. »Ne, bei unserem Telefonat kam ich gerade aus einem Ballermann-Schuppen. Hatte eine Observation erfolgreich beendet und war in höchster Not einem schwarzen Drachen entkommen.«

»Schwarzer Drache?«, fragte Willen nach.

»Ist eine lange Geschichte, erzähle ich ein anderes Mal.«

Sie schoben sich durch bis in den hinteren Teil der Kneipe und hatten Glück, dass gerade ein Tisch mit zwei Stühlen frei wurde.

»Was für eine üble Spelunke«, flüsterte Willen, nachdem sie Platz genommen hatten.

»Und doch hat das *Columbus* eine Geschichte, die länger zurückreicht als die der meisten Clubs und Bars, die sich in den vergangenen Jahrzehnten zwischen die Bordelle und Laufhäuser rund ums Steintor gemogelt haben.«

Die Wirtin kam, um ihre Getränkewünsche aufzunehmen. Cem bestellte für sich und seinen Kumpel zwei Pils.

»Cem, bevor wir mit meinem Fall starten, würde ich dich gerne fragen, weshalb du seinerzeit den Dienst quittiert hast. Es gab da so ein Gerücht; ist da was dran?«

Mit dieser Frage hatte Cem gerechnet. Und doch wollte er die Geschichte von damals nur ungern wieder aufrollen. Da er seinen Kumpel aber gut kannte, verstand er dessen Beweggründe. Für Willen war es bei seinem heiklen Ministerfall wichtig, ihm zu hundert Prozent vertrauen zu können. Daher betrachtete Cem die Beantwortung der Frage als eine vertrauensbildende Maßnahme.

»Digger, am Ende war es eine Kurzschlusshandlung von mir. Nicht, dass ich es im Nachhinein bereuen würde, aus dem Polizeidienst ausgestiegen zu sein. Aber der Schritt wäre wahrscheinlich nicht nötig gewesen.«

Cem rückte näher an Willen heran. Sie steckten die Köpfe zusammen, damit er nicht so laut reden musste.

»Ich war damals mit Manni Zawicka auf Streife. Wir wurden als Unterstützung zu einem Einsatz nach Molbergen geschickt. Es ging um häusliche Gewalt; der Dorfsheriff von Molbergen war bereits vor Ort und ich glaube, der Notarzt war auch schon da.

Jedenfalls, es bot sich uns ein entsetzliches Bild, nachdem wir eingetroffen waren. Die Frau war heftigst zusammengeschlagen worden: beide Augen zugeschwollen, aufgeplatzte Lippe, blutverschmiertes Gesicht, sie zitterte am ganzen Körper. Der Ehemann und dessen zwei Brüder waren auch anwesend. Sie stritten gar nicht ab, die Frau gemeinsam verprügelt gehabt zu haben. Der Streit war offenbar aus einer Bagatelle heraus eskaliert. Es war natürlich auch Alkohol im Spiel, und so kam das eine zum anderen.«

Cem unterbrach seine Erzählung, als die Wirtin die beiden Biere brachte. Dann fuhr er fort, während Willen weiter aufmerksam zuhörte: »Die drei Kerle mussten natürlich mit auf die Wache. Ich war am Ehemann dran und der widersetzte sich plötzlich der Festnahme. Er schubste mich, und dann, ja was soll ich sagen, Digger, dann sind bei mir die Sicherungen durchgebrannt.«

»Du hättest ein paar Mal zugeschlagen, erzählte man sich in der Inspektion.«

»Das ist das, was Manni später bei der internen Ermittlung ausgesagt hatte. Er hat jedoch, gelinde gesagt, stark untertrieben. Nach Strich und Faden verprügelt hab' ich den Scheißehemann, Pommes. Der sah danach schlimmer aus als seine Frau! Manni hatte große Mühe, mich von dem Kerl wegzukriegen. Was das angeht, konnte sich Manni später nicht mehr so genau erinnern. Manni ist ein Kumpel, der lässt seine Kollegen nicht im Stich.«

»Er wollte dir den Arsch retten.«

»Und dafür bin ich Manni bis heute dankbar. Nur, wie mich die Interne damals in die Mangel genommen hat, Pommes, das war nicht schön. Ich hatte ja zugegeben, übergriffig gewesen zu sein, und war bereit, die Konsequenzen dafür zu tragen. Doch die wollten mir einen Psychoknacks einreden. Obschon mein Chef hinter mir stand, hab' ich mich weichkochen lassen und am Ende den Dienst quittiert.«

»Du wolltest die Sache schnellstens beenden«, ergänzte Willen.

»So ist es. Ich wollte einfach meine Ruhe und hatte keinen Bock auf ein langwieriges Untersuchungsverfahren mit ungewissem Ausgang. Außerdem wollte ich mir die Entscheidung nicht aus der Hand nehmen lassen, daher meine Kündigung.«

Sie prosteten sich zu und nahmen beide einen großen Schluck.

»Und dann bist du erfolgreicher Privatschnüffler geworden«, lenkte Willen das Gespräch in eine erfreulichere Richtung. Er war froh, dass Cem ihm gegenüber so ehrlich gewesen war.

»Bei meinem Nachnamen konnte ich doch nur Erfolg haben!«

»Wie meinst du das? Was ist denn an Müller so besonders?«

»Na, überleg doch mal, Digger. Welche Privatdetektive kennst du?«

»In Cloppenburg ist mir keiner bekannt.«

Cem lachte. »Nein, so meine ich das nicht.« Nach einer kurzen Pause zählte er auf: »Marlowe, Magnum, Matula – Müller. Reihe ich mich da nicht vorzüglich ein?«

»Du hast Miss Marple vergessen!«, kicherte Willen.

Jetzt platzte es aus beiden heraus. Als sie sich wieder eingekriegt hatten, leerten sie ihre Gläser. Cem gab der Wirtin ein Handzeichen, zwei weitere Pils zu bringen. Sie stand hinter dem Tresen und betätigte daraufhin nickend den Zapfhahn.

»Ach du Scheiße!«, stieß Willen aus.

»Was'n los?«

Willen deutete mit dem Kopf zum Eingang, den sie beide von ihrem Tisch im Gastraum aus gut im Blick hatten. »Der Typ, der gerade reingekommen ist, siehst du den?«

»Der kleine Dicke mit Anzug und schlecht gebundener Krawatte?«, beschrieb Cem den Mann, der zuletzt die Kneipe betreten hatte.

»Genau den«, bestätigte Willen. »Ich kenne den, das ist der Schwager von Minister Freselage.«

»Ja, und?«

»Der hat hier in Hannover eigentlich nichts verloren. Alfred Tönnies wohnt in Itzehoe.«

»Vielleicht will er seinen Schwager besuchen?«

»Meinst du, Freselage kommt auch noch ins *Columbus*? Der darf mich natürlich nicht sehen!«

»Das glaube ich nicht, dass der sich hier reintraut. Sein Feierabendbier nimmt der Herr Minister gewiss woanders ein«, scherzte Cem und zückte sein Smartphone.

Sie beobachteten, wie sich Alfred Tönnies im Thekenbereich umsah und sich zwischen die Gäste drängte. Die Wirtin sprach ihn an und nickte kurz darauf. Dann ging sie zurück zum Zapfhahn, gab einigen fast fertigen Bieren noch einen letzten Schuss aus dem Hahn hinzu und pflanzte zwei Gläser wartenden Gästen auf den Tresen. Bevor sie weitere Biergläser auf einem Tablett verteilte, um sich damit auf den Weg in den Gastraum zu machen, führte sie noch ein kurzes Telefonat.

»Was macht der Schwager eigentlich beruflich?«, fragte Cem.

»Tönnies hat einen Futtermittelbetrieb. Wieso?«

Cem wischte ein paar Mal mit dem Finger über das Display seines Smartphones. »Moment.« Während er etwas las, fragte er Willen: »Ist der Typ noch da?«

»Ja, steht am Tresen und guckt sich ständig um. Und trinkt ein Bier.«

»Okay, Digger, ich hab's!«

»Was machst du eigentlich die ganze Zeit mit deinem Handy?

Gehörst du etwa auch zu der Generation, die mit Freunden in der Kneipe sitzen und anstatt sich zu unterhalten die ganze Zeit an ihren Handys herumspielen?«

»Digger, ich erledige gerade deine Hausaufgaben!«

»Hä?«

»Pommes, als Privatermittler, der du ja jetzt bist, musst du vor allen Dingen gut recherchieren können. Nur so löst du deine Fälle!«, mahnte Cem und reichte Willen sein Smartphone.

»Entschuldige mal«, beschwerte sich der Dorfpolizist, »zum Recherchieren bin ich noch gar nicht gekommen. Ich hab' mir von Dörte diesen Undercover-Einsatz aufschwatzen lassen. Die Fahrzeugexplosion in Cappeln haben wir offiziell als tragischen Verkehrsunfall zu den Akten gelegt. Ich hatte weder einen Anlass noch die Zeit, vor meiner Abreise nach Hannover irgendwelche Nachforschungen in dieser Angelegenheit anzustellen!«

Cem bemerkte, dass er offenbar einen wunden Punkt bei seinem Freund getroffen hatte. Er erinnerte sich auch daran, dass Pommes ihm am Telefon berichtet hatte, wie widerwillig er diesen Deal mit Dörte eingegangen war.

»Ist ja schon gut, Digger. Wollte dir nur damit sagen, dass dein Praktikum bei mir soeben begonnen hat.« Cem zwinkerte mit dem Auge.

»Und außerdem hatte ich dir gesagt, dass ich mir von unserem heutigen Treffen ein paar Tipps erhoffe, wie ich mit den Ermittlungen starten kann.«

»Die Tipps sollst du bekommen; lies mal, was da steht!«

Willen nahm das Gerät und hielt es zunächst vor die Brust, weil die Wirtin gerade ihre Getränke auf den Tisch stellte. Dann las er. Es handelte sich um einen aktuellen Bericht einer hannoverschen Tageszeitung, in dem der Betrieb eines Alfred T. aus Itzehoe im

Zusammenhang mit dem Dioxinskandal, in den der niedersächsische Landwirtschaftsminister verwickelt war, erwähnt wurde.

»Ich denke, wir sind bereits mitten drin in deinem Fall, Pommes!«

»Scheiße!«, erwiderte der Dorfpolizist. »Also, dass der Tönnies damit zu tun hat, das war mir nicht bewusst.«

»Liest du denn keine Zeitung?«

Willen gab das Handy zurück und stieß hörbar die Luft aus, so überrascht war er von dem, was da berichtet wurde. »Also, ich lese unsere regionale Tageszeitung. Immer samstags.«

»Digger, als Erstes musst du die Fakten checken und dir ein Gesamtbild verschaffen. Dazu musst du die Presse aus Hannover verfolgen, nicht die aus Cloppenburg. Ich hab' vorhin nur nach den Begriffen *Futtermittelbetrieb*, *Itzehoe* und *Freselage* gesucht und bin direkt auf diesen Zeitungsartikel gestoßen. Der besagt, dass das Landwirtschaftsministerium deinem Alfred T. offenbar die Schuld an dieser Dioxingeschichte gibt.«

»Das sieht Hans Freselage ähnlich; im Schuldzuweisen war der schon früher ganz groß, als er noch Lokalpolitik machte«, bestätigte Willen.

»So, und weil sich Tönnies aus allen Bars und Kneipen in Hannover ausgerechnet diese Kaschemme ausgesucht hat, zähle ich ganz schnell eins und eins zusammen. Der führt etwas im Schilde, Pommes!«

»Was denn?«

Cem wischte mit dem Finger über das Display seines Smartphones und reichte es Willen erneut. »Lies!«

Wortlos nahm der Dorfpolizist das Gerät erneut in die Hand und begann einen weiteren Zeitungsartikel zu lesen. Cem beobachtete derweil Tönnies.

»Insolvenz?« Willen konnte kaum glauben, was er da las. »Da steht, dass Holsta-Mast, die Firma, die den Dioxinskandal mutmaßlich verursacht hat, letzte Woche Insolvenz angemeldet hat.«

»So. Und Holsta-Mast gehört Alfred Tönnies, wie du im Impressum der Firmen-Website nachlesen kannst. Die Onlineausgabe der Zeitung liefert freundlicherweise einen Weblink zu dem genannten Unternehmen gleich mit.«

»Das heißt, Tönnies ist im Arsch«, kombinierte Willen, »und dementsprechend nicht gut auf seinen Schwager zu sprechen.«

»Digger, du weißt, was der Begriff *Kaschemme* bedeutet?«

Willen musste kurz überlegen. »Kneipe mit zwielichtigem Ruf?«, war schließlich seine Antwort.

»Richtig. Und jetzt sieh noch mal zur Theke!«

Neben der Wirtin war jetzt auch ihr Mann erschienen, dem die Kiezkneipe gehörte. Er und Tönnies hatten sich in eine ruhige Ecke ganz am Ende des Tresens verzogen. Wie die beiden Freunde vorhin steckten auch sie ihre Köpfe zusammen.

»Die tuscheln miteinander. Offenbar wollen sie nicht, dass man ihr Gespräch mitbekommt«, interpretierte Willen die Szene.

»Wieder richtig, Pommes! Und das bereitet mir gerade große Sorgen. Denn es sieht nicht danach aus, als würde Tönnies sich gerade ein weiteres Bier bestellen.«

»Wie meinst du das?«

Cem warf kurz einen Blick in den Schankraum. »Um den Tresen herum befinden sich im Moment, grob überschlagen, etwa zweihundert Jahre Knast.«

Willen folgte Cems Blick.

»Hier erfährst du gegen Geld alles. Und du kannst Kontakte in die Unterwelt knüpfen. Ich bin mir sicher, dass Tönnies nicht in Hannover ist, um mit dem Minister auf die Insolvenz seines Unternehmens anzustoßen. Der ist mit ganz anderen Absichten gekommen, Pommes!«

Was für eine Scheiße, dachte Willen, auf was hab' ich mich da bloß eingelassen?

* * *

DIE SOGENANNTE KLEINE Ministerrunde bestand aus Minister Freselage, Staatssekretär Tschauner, der Leiterin des Ministerbüros, Corinna Bach, sowie Carsten Höger, dem Pressesprecher. Inhalt des Meetings, das im Arbeitszimmer des Ministers stattfand, war wie in den letzten Wochen so häufig der Dioxinfall.

Berlin hatte sich eingeschaltet, und auch aus angrenzenden Bundesländern wurde aus vollen Rohren auf das niedersächsische Landwirtschaftsministerium geschossen. Man solle sich davon nur nicht beeindrucken lassen, meinte Corinna Bach; die Kollegen aus Schleswig-Holstein, Mecklenburg-Vorpommern sowie Nordrhein-Westfalen seien froh, dass Derartiges nicht bei ihnen passiert ist. Und Berlin gäbe für gewöhnlich immer seinen Senf dazu, wenn ein Skandälchen nicht nach drei Wochen aus den Medien verschwunden wäre. Dem stimmte Carsten Höger zu. Das Ganze sei nur eine Art von Vorwärtsverteidigung der anderen Bundesländer, meinte der Pressesprecher.

»Du sitzt fest im Sattel, Hans, mach dir keine Sorgen um deinen Posten!«, stellte Tschauner fest.

Höger war irritiert. Neulich bei seinem Gespräch mit dem Staatssekretär hörte sich das noch ganz anders an. Er suchte den Augenkontakt zu Tschauner, der seinem Blick aber bewusst auswich.

Minister Freselage wollte gerade antworten, da klingelte sein privates Handy. Der Name im Display verriet, wer anrief. »Oh, meine Frau; die wird mir jetzt wegen meines Schwagers die Leviten lesen wollen«, entschuldigte sich der Minister und nahm das Gespräch an.

Die Insolvenz von Alfred Tönnies, dem Bruder seiner Ehefrau, war mittlerweile im Ministerium eine bekannte Tatsache, von der man aus der Presse erfahren hatte.

»Jutta, ich stecke mitten in einer wichtigen Sitzung!«, begrüßte der Minister seine Gattin und hoffte, sie damit schnell abwimmeln zu können.

»Schon klar, Hans. Wenn du nicht in fremden Frauen steckst, dann steckst du in *wichtigen Sitzungen*!«

»Schatz, müssen wir das unbedingt jetzt besprechen?«

Minister Freselage stand auf und verließ die Besprechungsrunde. Er suchte den maximalen Abstand, um ungestört sprechen zu können. Mit dem Handy am Ohr ging er ins Vorzimmer. Da seine Sekretärin nicht an ihrem Platz war, telefonierte er dort weiter.

»Ja, müssen wir! Und ich bestehe darauf, Hans!«

»Von mir aus, aber bitte nur das Wichtigste. Ich rufe dich heute Abend ganz bestimmt zurück.«

»Das wird nicht nötig sein. Was ich dir zu sagen habe, dauert nicht lange.« Jutta Freselage machte eine kleine Pause, dann fuhr sie fort: »Mein Bruder, den du ja in die Insolvenz getrieben hast, befindet sich in Hannover.«

»Jutta, ich ...«

»Sei still, Hans, und hör mir einfach nur zu, dann geht es auch ganz schnell. Dieses Gespräch dient sowieso nur deiner Information und nicht einer Diskussion!«

Freselage spürte, dass er rot wurde. Er fühlte sich in die Ecke gedrängt und hatte das Bedürfnis, sich zu rechtfertigen. Doch gleichzeitig war ihm bewusst: Wer das tut, der klagt sich nur selber an. Außerdem sollten die Mitarbeiter aus seinen Antworten keine Rückschlüsse ziehen können. Daher schwieg er gezwungenermaßen und ließ seine Frau weiterreden.

»Mein Bruder ist nicht gerade gut auf dich zu sprechen, das kannst du dir ja denken. Ich hatte ein sehr langes Telefonat mit ihm, in dem er ein paar unschöne Worte über dich verloren hat. Die möchte ich besser nicht wiederholen, doch eines sollst du wissen: Ich gehe nach dem Gespräch mit ihm davon aus, dass er dich aufsuchen wird. Ob im Ministerium oder in deiner Wohnung, weiß ich nicht. Jedenfalls brauchst du keinen Kaffee oder Kuchen zu besorgen, er kommt sicherlich nicht zum Kaffeeklatsch. Ich weiß nicht, was er genau vorhat. Aber du kennst Alfred ja, er reagiert bisweilen sehr emotional.«

Emotional, wiederholte Freselage im Geiste, dass ich nicht lache. Der Kerl hat sich in Stresssituationen einfach nicht unter Kontrolle. Er ist ein Choleriker und dazu ein Raufbold. Mit Kuchen unterm Arm wird er ganz sicher nicht kommen, eher mit einem Knüppel.

»Als deine Frau, die ich ja nun einmal bin, dachte ich, ich informiere dich über den bevorstehenden Besuch meines Bruders.«

»Danke Jutta, das ist sehr ...«

»Ja, ja, spar es dir, Hans. Eine andere Sache: Ich habe die Scheidung eingereicht, wie ich es dir angedroht hatte. Du wolltest ja nicht hören, und ich bin nicht mehr bereit, gute Miene zu bösem Spiel zu machen.«

»Jutta, lass uns bitte in Ruhe darüber reden! Heute Abend«, flüsterte Freselage.

Gerade dieses Thema sollte im Ministerium auf keinen Fall die Runde machen.

»Da gibt es nichts mehr zu bereden, mein Anwalt wird sich mit dir in Verbindung setzen.«

»Jutta!«

»Deine Sachen lasse ich dir übrigens durch ein Umzugsunternehmen nach Hannover bringen. Die Rechnung übernimmt der Empfänger, ich denke, du kannst das nachvollziehen. Das war's auch schon, mein lieber Hans. Ich hoffe, ich habe dich nicht allzu lange aus deinem ach so wichtigen Meeting herausgeholt.« Sie hielt kurz inne, dann folgte mit zittriger Stimme ein knappes: »Auf Wiederhören, Hans!«

Ohne die Reaktion ihres Mannes abzuwarten, beendete Jutta Freselage das Telefonat.

Hatte sie es also tatsächlich getan. Brauchst dich gar nicht zu wundern, bist selber schuld. Sie tat ihm unendlich leid, denn er wusste, Jutta sitzt jetzt zu Hause und heult sich die Seele aus dem Leib.

Das brach ihm fast das Herz. Würden ihm selbst die Tränen kommen? Vielleicht, am Abend, irgendwann.

»Ich dich auch, Schatz!«, sagte Freselage gut hörbar für seine Mitarbeiter, als er wieder in sein Arbeitszimmer ging. Er hoffte, dass sie seinen Schwindel nicht bemerken würden. Als er an den Besprechungstisch zurückkehrte, fühlte sich sein Körper vollkommen leer an.

»Wie geht es Jutta?«, fragte Tschauner.

»Gut so weit, danke der Nachfrage.« Er räusperte sich. »Jutta wollte mich nur warnen. Von ihrem Bruder sei Stress zu erwarten, meinte sie. Aber das betrifft mich persönlich und gehört daher nicht in diese Runde.«

»Okay, wo waren wir stehen geblieben?«, kam Tschauner wieder auf das eigentliche Thema zu sprechen.

Der Minister unterbrach sofort: »Wir vertagen uns auf morgen früh, acht Uhr dreißig. Kann da jeder?«

Die Tonlage, in der Chef-Chef die Frage gestellt hatte, machte deutlich, dass er ein Nein nicht akzeptieren würde. Daher wurde sie unisono als rein rhetorisch angesehen. Und nachdem alle der Terminverlegung zugestimmt hatten, beendete der Minister die heutige Runde.

»Til, du bleibst bitte noch. Frau Bach, Herr Höger, Sie beide sehe ich dann morgen früh. Ich danke Ihnen!«

Die Leiterin des Ministerbüros und der Pressesprecher verließen gemeinsam das Arbeitszimmer des Ministers. Staatssekretär Tschauner blieb schweigsam sitzen, die tiefen Falten um seinen Mund deuteten wie immer ein dünnes Lächeln an.

Der Minister wechselte an seinen Schreibtisch und telefonierte mit seiner Vorzimmerdame: »Ella, bitte sagen Sie für heute alle weiteren Termine ab!«

»Herr Minister, Sie haben in knapp einer Stunde einen Termin mit Dr. Eberlein! Wollen Sie wirklich, dass ich den ...«

»Sagen Sie den ab, Frau Heldt!«

»Herr Dr. Eberlein ist gewiss schon auf dem Weg hierher, er fährt immer zeitig los aus Oldenburg, wie wir wissen.«

»Frau Heldt, Herr Dr. Eberlein wird sicher ein Mobilfunktelefon besitzen. Rufen Sie ihn darauf an und sagen Sie den Termin ab! Danke!«

Freselage knallte den Hörer auf und fluchte laut. Seine Hand zitterte. Er durchwühlte seine Schreibtischschublade nach einer Kopfschmerztablette.

»Was hat dir Jutta wirklich gesagt, Hans?«

Freselage spülte die Tablette mit kaltem Kaffee hinunter. Sein Gesichtsausdruck verriet, wie eklig er das fand.

»Til, ich brauche Personenschutz!«

»Herr Höger, kann ich Sie noch kurz unter vier Augen sprechen, in meinem Büro?«, fragte Corinna Bach, als sie und der Pressesprecher das Vorzimmer des Ministers verließen.

»Natürlich«, antwortete Carsten Höger. Er hatte keinen Schimmer, was die Bach von ihm wollte. Aber er erinnerte sich an eine der letzten Unterhaltungen mit dem Staatssekretär, als der ihm praktisch seine Nachfolge offerierte. Tschauner hatte da die kleinen Ränkespiele im Ministerium angesprochen. Höger grübelte, ob sich Frau Bach wohl auch in Position bringen und deshalb mit ihm sprechen wollte – um ihre Ansprüche auf einen höheren Posten deutlich zu machen oder einfach nur, um die Fronten zu klären.

Corinna Bach schloss die Tür hinter sich, als sie ihr Büro betraten. Mit einer Handbewegung forderte sie Höger auf, Platz zu nehmen. Sogleich kam sie zur Sache: »Herr Höger, ich wollte Sie nochmals warnen. Passen Sie auf, worauf Sie sich da einlassen, wenn Sie so eng mit dem Staatssekretär zusammenarbeiten!«

»Was genau meinen Sie, Frau Bach?« Jetzt war ihm klar, worauf das Gespräch abzielte. Doch er wollte, dass sie ihre Deckung aufgab.

»Jetzt sagen Sie bloß, Ihnen wäre es noch nicht aufgefallen, dass Tschauner Sie verbal besoffen schmust!«

Höger wusste, dass die Bach gerne Tacheles redete. Daher gab er sich bewusst diplomatisch: »Also, ich komme mit dem Staatssekretär sehr gut zurecht. Wir arbeiten höchst effektiv zusammen.«

Ränkespiele, dachte Höger, aufpassen, die Bach ist scharf auf den Posten des Staatssekretärs, den Tschauner mir angeboten hat!

»Sie müssten sich mal selber hören, Herr Höger! Das klingt ganz danach, dass Tschauner Ihnen bereits einen Virus ins Gehirn gepflanzt hat. Hat er Sie auch schon mal von der Herde getrennt?«

Högers Stirnfalten verrieten ihr, dass sie richtiglag. Sein Gehirn schien zu arbeiten, sie wurde deutlicher: »Hat Tschauner Sie mal zum Essen eingeladen? Mittags oder gar abends?«

»Das waren alles Arbeitsessen!«

Corinna Bach lachte auf. »Das war nur der offizielle Rahmen. Die Arbeitsessen dienten dazu, Sie zu isolieren und zu infizieren. Bei solchen Gelegenheiten hat Tschauner Ihnen seinen Virus ins Gehirn gesetzt, um Sie später ausweiden zu können. Haben Sie getan, was er verlangt, und hat er mit Ihrer Hilfe seine Ziele erreicht, lässt er Sie eiskalt fallen. Dann sind Sie ihm nämlich nicht mehr nützlich, verstehen Sie?«

»Ihre Befürchtungen kann ich absolut nicht teilen, Frau Bach. Sie vermuten da etwas, was definitiv nicht der Fall ist.« Langsam ging sie ihm auf die Nerven. Warum sagte sie nicht einfach, dass sie Staatssekretärin werden wollte?

Die Leiterin des Ministerbüros schüttelte energisch den Kopf. »Höger, Sie müssen mir bitte vertrauen, Tschauner will Sie für sich vereinnahmen. Ich habe da eine vage Vermutung, was er vorhaben könnte. Mehr kann ich Ihnen dazu im Moment aber nicht verraten.«

»Weil Teile Ihrer Vermutungen mich verunsichern könnten?«, frotzelte Höger. Damit spielte er auf einen Ausspruch von Bundesinnenminister de Maizière an, den dieser im Zusammenhang mit der Absage des Fußball-Länderspiels gegen die Niederlande gemacht hatte. Der Entscheidung lagen Hinweise auf eine akute Gefährdung zugrunde. Genaue Details verriet de Maizière seinerzeit nicht und bat die Öffentlichkeit um Vertrauen.

»Sie werden lachen, aber genau so ist es, Herr Höger!«

Carsten Höger überlegte: Wie waren Tschauners Worte noch? *Hören Sie nicht darauf, was andere Ihnen sagen.*

»Liebe Frau Bach, ich danke Ihnen wirklich sehr, dass Sie sich Sorgen um mich machen. Aber ich kann Ihnen versichern, Ihre Sorgen sind völlig unbegründet!«

»Nein, nein, nein, Höger, wenn das so ist, dann hat Tschauner Ihnen seine Ziele noch nicht offenbart! Ich merke ganz eindeutig, dass Sie Kleister im Hirn haben, wenn es um Tschauner geht. Sie verteidigen den Mann mit aller Vehemenz.«

»Bitte nehmen Sie es mir nicht übel, Frau Bach, aber das Ganze nimmt jetzt irgendwie surreale Formen an. Ich würde das Gespräch an dieser Stelle gerne beenden!« Höger erhob sich von seinem Platz und war schon im Begriff zu gehen, als Corinna Bach aufsprang und ihn behutsam am Arm zurückhielt.

»Ich bitte Sie nur um eines, Herr Höger: Reflektieren Sie Ihre Zusammenarbeit mit Tschauner! Überlegen Sie, ob er sie nicht vielleicht doch manipuliert hat.«

Da Höger kopfschüttelnd weiterging, ließ Corinna Bach Högers Arm wieder los. Rasch setzte sie nach: »Und achten Sie demnächst mehr auf seinen Charakter!«

»Was soll mit dem sein?« Höger hatte die Türklinke schon in der Hand und blieb genervt stehen, ohne die Tür zu öffnen.

Corinna Bach schob sich zwischen Höger und Bürotür, sodass er ihr Büro nicht verlassen konnte. Im Flüsterton antwortete sie: »Unter uns: Für mich ist Tschauner charmant wie George Clooney, selbstherrlich wie Putin oder Erdogan, verlogen wie Pinocchio, betrügerisch wie der Ex-Baulöwe Schneider sowie aufbrausend und jähzornig wie ...«

»... Donald Trump?«, ergänzte der Pressesprecher.

Kopfnickend und mit tiefen Sorgenfalten auf der Stirn trat Bach von der Bürotür weg und ließ Höger passieren.

»Entschuldigen Sie, verehrte Frau Bach, aber das Ganze ist jetzt wirklich lächerlich. Mehr möchte ich dazu nicht sagen. Guten Tag!« Du wirst keine Staatssekretärin, Bach, du nicht. Und du schaffst es auch nicht, mir das gute Verhältnis zu Tschauner schlechtzureden. Den Posten wird er mir vererben, nicht dir, dachte Höger.

»Guten Tag, Herr Höger«, erwiderte Corinna Bach Högers unterkühlte Verabschiedung. Sie war sich sicher, dass Tschauner seinen Jünger gefunden hatte.

* * *

WILLEN WAR FÜR ein paar Tage bei Cem untergekommen. Der Privatermittler hatte ihm sein Gästezimmer zur Verfügung gestellt. Cem bewohnte alleine eine geräumige Vierzimmerwohnung eines 22-stöckigen Hochhauses im Ihme-Zentrum, einem groß angelegten Wohn- und Bürozentrum im Hannoveraner Stadtteil Linden-Mitte.

Gebaut wurde das Ihme-Zentrum Anfang der 1970er-Jahre im Stil des Brutalismus und war als »Stadt in der Stadt« konzipiert. Doch schieden sich an der Umsetzung bis heute die Geister. Die einen nannten das Ihme-Zentrum eine grässliche Bausünde, den anderen war es in der Zwischenzeit ein städtisches Wahrzeichen und sogar ein Stück Heimat geworden.

Als Wahl-Hannoveraner interessierte Cem Erik Müller diese Diskussion wenig. Er schätzte berufsmäßig die maximale Anonymität des Wohnzentrums, die offenbar zu Zeiten des Deutschen Herbstes die linksterroristische Vereinigung RAF veranlasst hatte, in dem *Klotz*, wie sie es nannten, eine konspirative Wohnung als Rückzugsort einzurichten.

Cem gefiel der Gedanke, im selben Wohnklotz zu leben wie einst einige RAF-Leute. Es verleihe seiner Biografie etwas Verwegenes, wie er Willen erzählte, und passe daher gut zum Image des hartgesottenen Privatschnüfflers. Willen konnte darüber nur lachen, war aber froh, dass ihm Cem eine Bleibe und die Unterstützung in seinem eigenmächtigen Undercover-Einsatz angeboten hatte.

Cems Wohnung wurde kurzerhand in die *Base* umgetauft, ein Begriff, den der Dorfpolizist aus dem Fernsehen kannte. Willen hatte sich auf seinen Fall vorbereitet, indem er hin und wieder die Detektiv-Doku eines Privatsenders anschaute. Dort brachte ein muskelbepackter, tätowierter ehemaliger Türsteher so manchen Verbrecher auf zum Teil halsbrecherische Weise zur Strecke.

»Alles Quatsch!«, kommentierte Cem. »Die Realität als Privatdetektiv sieht vollkommen anders aus.«

Während die beiden Freunde gemeinsam an Willens Fall arbeiteten, ergab sich auch mal die Gelegenheit für einen privaten Plausch.

»Digger, der Brot-und-Butter-Job für einen privaten Ermittler sind langweilige Observationen. Da bist du tagelang auf den Socken, sitzt stundenlang im Auto, nur um am Ende ein paar Fotos zu knipsen.«

»Wer sind denn deine Auftraggeber?«, wollte der Dorfpolizist wissen.

»Mich beauftragen sehr häufig Firmenchefs, die ihre Angestellten im Verdacht haben, Urlaubstage durch ungerechtfertigte Krankmeldungen aufzustocken.«

»Und die beschattest du dann?«

»Ja, genau. Ich hänge mich an deren Fersen und fotografiere sie beim Shoppen, beim Sport oder am Flughafen, wenn sie für einen Kurztrip nach Mallorca fliegen wollen. Absolut nichts Aufregendes. Solche Aufträge kommen halt regelmäßig rein und sorgen für ein Grundrauschen im Portemonnaie.«

»Und letztens, als wir telefoniert hatten, was war das für ein Auftrag?«

Cem lachte. »Ja, das war auch eine Observation, aber eine von der lustigeren Sorte.«

Willen unterbrach seine Internetrecherche – er suchte gerade alles zusammen, was er über den Dioxinskandal finden konnte, in den Minister Freselage und dessen Schwager Alfred Tönnies verstrickt waren. Cem hatte ihm erklärt, solide Detektivarbeit bestehe gerade am Anfang des Falls häufig aus langweiliger Routinearbeit: Namen, Daten, Fakten zusammentragen, um einen Überblick zu bekommen.

»Erzähl, Cem, was war da so lustig dran?«

»Wenn du Aufträge bekommst, wo ein Ehepartner den anderen verdächtigt, fremdzugehen, kannst du oft etwas erleben! Wie neulich, da war ich im Auftrag einer mutmaßlich gehörnten Ehefrau unterwegs und hab deren Gatten observiert. Tagelang passierte nichts Aufregendes. Der Typ traf sich ein paar Mal mit einer Frau, aber sie tranken nur Kaffee oder gingen essen. Danach brachte er sie brav nach Hause. Außer einem Abschiedskuss auf die Wange hatte ich nichts in der Kamera, was von Bedeutung gewesen wäre. Aber das Küsschen reichte als Beweis für seine Untreue natürlich nicht aus. Dann kam besagter Abend, an dem ich dem Kerl in die *Sansibar*, einen Ballermann-Schuppen, gefolgt war. Und dieser Abend hatte es in sich!«

Willen schenkte ihnen beiden Kaffee ein und sie griffen zu den Stullen, die sie sich für die Mittagspause gemacht hatten.

Schmatzend fuhr Cem fort: »Digger, du glaubst nicht, was ich da erlebt habe! Ich beobachte diesen Kerl, wie er an der Bar auf seine Affäre wartet. Dann spricht mich der Discjockey von dem Laden an, der machte gerade eine Pause. Dadurch war ich für einen kurzen Moment abgelenkt. Als ich wieder zu dem Typen sehe, verschwindet der mit seiner Ollen in Richtung Toiletten! Mir war klar, die gehen da nicht hin, um sich die Nasen zu pudern.«

Cem bemerkte Willens fragenden Blick. »Digger, die wollten auf dem Klo eine Nummer schieben. Wo lebst du eigentlich?«

Willen verschluckte sich an einer trockenen Graubrotscheibe. Als sein Husten stärker wurde, klopfte Cem ihm auf den Rücken und erzählte weiter.

»Ich also hinterher, nur, auf welcher Toilette waren die verschwunden – Männer oder Frauen? Ich entscheide mich für das Männerklo, seh', dass ein Scheißhaus besetzt ist, springe ins benachbarte Scheißhaus und höre von drüben verdächtige Geräusche.«

»Verdächtige Geräusche?«, wiederholte Willen krächzend. Das Stück Brot steckte immer noch in seinem Hals fest.

»Stöhnen, Digger! Die waren da am Poppen! Ich zücke mein Smartphone, halte es über die Klowand ins benachbarte Scheißhaus und mache ein Foto.«

Willen hatte das Brot endlich hinunterbekommen und spülte mit Cola nach. »Als ich das Foto auf meinem Handy angucke, trifft mich der Schlag: Das war nicht das erwartete Pärchen, da waren zwei Kerle am Poppen!«

Willen prustete die Cola in hohem Bogen wieder aus. Sein Lachen wechselte erneut ins Husten. Cem machte Anstalten, aufzuspringen, um zu helfen, doch Willen winkte ab: »Geht schon«, keuchte er.

»Digger, so was Geiles erlebt man nicht alle Tage!«

»Also war dein Pärchen auf der Damentoilette?«

»Messerscharf kombiniert, Watson! Ich sofort raus aus dem Puff und rüber zu den Schicksen. Wie ich reinkomme, hör' ich ein Mädel sagen, dass da welche rumficken. Ich wieder auf den Nachbarboiler, same procedure, du verstehst?«

Willen nickte und machte den Handgriff »Handy über Klowand« nach.

»Exakt! Pass auf, jetzt kommt's!« Cem fing bereits vorher an zu lachen. »Ich rufe ‚Vögelchen!'. Digger, da gucken die beiden ...« Vor Lachen konnte er seinen Satz kaum beenden, »... da gucken die beiden Turteltäubchen – Turteltäubchen, Digger, wegen Vögelchen ...« Er haute sich vor Lachen auf seine Oberschenkel, »... da gucken die beiden genau in die Kamera!« Cem und Willen prusteten laut drauflos.

»Digger, die haben total überrascht geguckt! So ein geiles Beweisfoto hab' ich noch nie zuvor gemacht!«

»Und was hat deine Auftraggeberin dazu gesagt? Fand die das auch so lustig?«

»Nö. Die konnte überhaupt nicht darüber lachen.«

Eine Sekunde später platzte es erneut aus ihnen heraus. Japsend ergänzte Cem: »Versteh' ich gar nicht ...«

Es dauerte eine Weile, bis sie sich wieder beruhigt hatten. Cem griff sich eine weitere Stulle.

»Kommst du gut klar als Privatdetektiv?«

»Es geht, da bin ich ganz ehrlich«, sprach er beim Kauen. »Als Bulle hast du dein geregeltes Einkommen, als Privatschnüffler erlebst du solche und solche Monate. Ich habe da noch so eine Art Aushilfsjob, wenn mal gar nichts geht. Von Zeit zu Zeit arbeite ich als Kaufhausdetektiv. Digger, aber ganz ehrlich, wenn du als

Ermittler diesen Job in Festanstellung machst, dann hast du die unterste Sprosse der Karriereleiter erreicht!«

Willen nickte verständnisvoll.

»Dann weißt du, dass du es als Privatdetektiv nicht geschafft hast und vermutlich nie einen Matula-Orden einheimsen wirst.«

»Matula-Orden ist gut!«, lachte Willen. Er mochte Cems Art, besonders seine Ironie.

»Zum Glück helfe ich im Kaufhaus nur aus und im Moment bin ich durch dich ja an einem ganz heißen Fall dran!«

»Und ich bin dir wirklich sehr dankbar, Cem, dass du mich unterstützt! Ohne dich hätte ich nicht gewusst, wie ich einen Dreh an die Sache gekriegt hätte.«

»Schon gut, Digger, mach du mal weiter mit der Recherche zum Dioxinskandal. Ich war in der Zwischenzeit auch nicht ganz untätig. Sieh mal kurz!« Cem reichte Willen einige Ausdrucke. »Hier haben wir das Organigramm vom Landwirtschaftsministerium. Wir kennen jetzt die Namen der wichtigsten Mitarbeiter von Freselage.«

Willen schaute sich die Abbildung an. »Neben Freselage als Minister gibt es einen Staatssekretär Til Tschauner, eine Büroleiterin Corinna Bach sowie einen Pressesprecher Carsten Höger.«

»Das gehört alles zur Umfeldrecherche, Pommes. Wir müssen wissen, mit wem wir es zu tun haben.«

Auf einem weiteren Blatt waren Fotos vom Minister, dem Staatssekretär sowie dem Pressesprecher zu sehen.

»Die Bilder schneiden wir uns nachher aus, damit wir sie gegebenenfalls mitnehmen können. Trotzdem schadet es nicht, wenn du dir die Gesichter einprägst.«

»Okay«, sagte Willen.

»So, und schau mal hier.« Cem reichte Willen ein weiteres Blatt.

»Adressen?«

»Ich hatte vorhin mit einer Bekannten telefoniert, die beim Einwohnermeldeamt arbeitet.«

Willen spitzte die Ohren.

»Sagen wir, sie kann mich sehr gut leiden, und deshalb hat sie mir die Adressen besorgt. Freselage und Tschauner wohnen in Hannover, im Zooviertel, einer sehr noblen Wohngegend. Höger wohnt in der Calenberger Neustadt und die Bach wohnt etwas außerhalb in Laatzen.«

»Exzellent!«, kommentierte der Dorfpolizist. »Kontakte sind das A und O, die hätte ich hier ja gar nicht gehabt.«

»Wieso? Du hast doch mich, Digger!«

»Stimmt auch wieder!«

Während Willen die verschiedenen Dokumente an einer Pinnwand anbrachte, aktualisierte Cem eine Skizze zu dem Fall, die er an einer großen Whiteboard-Tafel erstellt hatte. Mit der Mindmapping-Methode brachte der Detektiv Personen und Geschehnisse miteinander in Bezug. Durch den gehirngerechten Aufbau seiner Mindmaps prägte er sich die verschiedenen Informationen zu seinen Fällen gut ein. Willen war von dieser Vorgehensweise sehr angetan und entschied, das Mindmapping künftig selber anzuwenden.

»Wir müssen alle Details, die wir bisher kennen, unbedingt festhalten. Das hilft bei der Visualisierung des Falls. Wir haben sozusagen alles im Blick, wenn wir den Fall betrachten.«

Willen war beeindruckt, mit welcher Professionalität sein Freund Cem vorging. Und es klang alles so furchtbar einfach.

»Du hast doch bestimmt schon eine Idee für die weitere Vorgehensweise«, mutmaßte der Dorfpolizist. Willen wollte nicht »Plan« sagen, das klang für ihn nach der TKKG-Bande. Als Kind liebte er die Jugendbuchreihe und besaß auch fast alle Hörspielkassetten.

»Hab' ich, natürlich. Aber ich sage dir gleich: Das wird nicht so einfach, Digger. Wie lange hast du Urlaub?«

»Drei Wochen.« Willen dachte daran, dass er zu diesem Zeitpunkt eigentlich in Österreich, am Wolfgangsee, wäre. Auf das Mountainbiking hatte er sich schon seit Monaten gefreut. Aber er konnte seiner Sandkastenliebe Dörte einfach keinen Wunsch abschlagen. Und ehrlicherweise machte ihm das Detektivspiel sogar Spaß. Natürlich zog er auch jede Menge Erkenntnisgewinn aus der Arbeit mit Cem, die er zu Hause gerne umsetzen wollte.

»Wenn wir in der Zeit nichts herausfinden, dann gibt es auch nichts zu finden. Du kannst nicht alle Fälle lösen.«

Willen nickte stumm.

»Hast du mit Dörte auch darüber gesprochen?«

»Ja«, bestätigte Willen, »wir haben einen Deal. Der besagt, dass ich erstens nicht den Helden spielen werde, sondern nur Beweise suche, um sie den Kollegen zu übergeben. Und zweitens machen wir Schluss mit der Aktion, wenn ich tatsächlich nichts in Erfahrung bringen kann, was uns weiterhilft.«

»Gut! Es ist wichtig, mit dem Auftraggeber im Vorfeld klare Absprachen zu treffen.«

»Das habe ich also schon mal gut gemacht!«, witzelte Willen.

»Absolut. Also, zurück zu unserer Vorgehensweise: Wir müssen nah an den Minister herankommen. Mit nah meine ich sehr nah, wir müssen ihm praktisch auf die Pelle rücken, Pommes! Da der seinen Mordauftrag sicher nicht schriftlich verfasst und eine Kopie für uns herausgelegt haben wird, müssen wir ihn zusammen mit dubiosen Typen oder an verruchten Milieu-Schauplätzen erwischen. Ob wir belastbare Beweise finden, vermag ich nicht abzuschätzen, aber es würden ja schon eindeutige Indizien ausreichen.«

»So weit war ich gedanklich auch. Nur fehlt mir für das Vorgehen in speziell diesem Fall die Erfahrung.Mein Arbeitsalltag sieht vollkommen anders aus.«

»Verstehe«, entgegnete Cem. »Als Kontaktbeamter werden ganz andere Anforderungen an dich gestellt. Du bist da mehr der Bulle zum Anfassen, der stets ein offenes Ohr für die Sorgen und Nöte der Bürger hat.«

»*Meiner* Bürger, Cem! Ich bin Dorfsheriff, das heißt, dass das Dorf wie früher im Wilden Westen praktisch mir gehört. Meine Vorgesetzten erwarten von mir, dass ich es sauber halte. Daher schreibe ich nach Möglichkeit keine Strafzettel oder Anzeigen, sondern suche das aufklärende Gespräch. Wo immer es geht, schlichte und helfe ich.«

»Alles außer Mord, was, Digger?«

»Am liebsten!«

Cem sah Willen mit halb zugekniffenen Augen an, sodass der Dorfpolizist in Verlegenheit geriet und seine Hände aus den Hosentaschen, wo sie während der Unterhaltung gesteckt hatten, hervorholte. »Wieso glaube ich dir das jetzt nicht so ganz, Pommes?«

»Keine Ahnung, was du meinst«, behauptete Willen mit verschmitztem Blick.

»Ich meine genau das!«

»Was?«

»Deinen Gesichtsausdruck, Digger!«

Willen bemühte sich um eine möglichst ahnungslose Miene.

»Ich kenne dich von früher nur mit diesem spitzbübischen Blick, Pommes. Ich will nicht behaupten, dass das so was wie dein

Markenzeichen wäre, aber ich denke, du spielst den unbedarften Dorf-Cop nur!«

»Ach, Quatsch!« Mit einer unbestimmten Handbewegung wiegelte Willen ab.

»Doch, doch. Ich weiß noch ganz genau, damals in der Inspektion Cloppenburg; einige Kollegen hielten dich für etwas naiv, andere, die dich besser kannten, wie Manni Zawicka, Stöcki oder ich, wussten, dass hinter dem Schelm ein ganz raffinierter und ausgekochter Kerl steckt!«

Willen lächelte.

»Lass uns nicht von früher reden, Cem, kommen wir lieber auf unseren Fall zurück.«

»Du ausgebuffter Profi, dir ist es ganz recht, wenn du unterschätzt wirst! Aber gut, zurück zum Fall.«

Willen drehte sich zum Whiteboard und ließ seine Hände wieder in den Hosentaschen verschwinden, während er Cems Mindmap betrachtete und ihm weiter zuhörte.

»Wo waren wir? Ach ja, wir wollten dem Freselage in den Arsch kriechen, um etwas Belastendes zu entdecken. Gestochen scharfe Fotos mit aus dem Milieu bekannten Auftragskillern wären das Beste. Die könnte man dann schön der Presse zuspielen. Danach wird das LKA von sich aus aktiv, das kannst du mir glauben!«

»Gute Idee!«

»Ich weiß. Aber *Du* kannst dich nicht an den Minister heften, Pommes, dich kennt der Hurensohn aus Cappeln. Fällt dir da vielleicht jemand anderes ein, der das übernehmen könnte? Jemand, den Freselage nicht kennt?«

»Du?«, antwortete Willen wie aus der Pistole geschossen.

»Digger, bin ich etwa schwul? Ich hab' in dem Ministerarsch nichts verloren.« Cem zwinkerte mit dem Auge.

Der Dorfpolizist runzelte die Stirn und betrachtete die Skizze, die Cem großflächig angefertigt hatte. Auf der Seite der Guten gab es neben ihm und Cem nicht gerade viele Akteure. Außer vielleicht ... Willen tippte mit dem Finger auf einen Namen.

»Exakt!«

»Das ist nicht dein Ernst, Cem! Die springt uns an die Gurgel!«

»Wieso? Sie ist aus derselben Branche wie das Opfer und damit prädestiniert, nah genug an die Zielperson heranzukommen. Sie wird Zugang zu seiner Komfortzone bekommen und sich da ein wenig umsehen.«

»Aber *ich* sollte doch ermitteln!«

»Aber *dich* kennt Freselage!«

Schweigend nickte Willen.

»Aber bislang ist das nur eine erste Idee«, sagte Cem. »Es gibt zunächst noch einige Hausaufgaben zu erledigen. Wir müssen, egal welchen Plan wir schmieden, Freselages Tagesabläufe auf die Minute genau kennen. Wir müssen wissen, wann er was mit wem wo und am besten warum unternimmt. Dazu werden wir ihn ...« Cem schaute Willen auffordernd an.

»... observieren?«

»Genau. Und zwar gleich morgen früh!«

* * *

Die Tage zogen sich wie Kaugummi.

Immer wieder der gleiche Ablauf, seit sie in der Base die Recherchearbeiten beendet hatten und zur Observation Freselages übergegangen waren. Morgens gegen sieben Uhr Abfahrt zum Ministerium. Mittags, meist zwischen zwölf und eins, Spaziergang am Maschsee. Seit gestern mit einem Personenschützer, was Cem und Willen mit dem plötzlichen Auftauchen von Alfred Tönnies, dem Schwager des Ministers, in der Kiezkneipe neulich in Verbindung brachten. Nachmittags wieder Ministerium.

Vorgestern war etwas Abwechslung in das triste Nachmittagsprogramm gekommen: Pressevertreter waren ins Ministerium geströmt. Tags darauf war in einem Zeitungsbericht zu lesen, wie sehr Minister Freselage die Insolvenz des für den Dioxinskandal mutmaßlich verantwortlichen Unternehmens aus Schleswig-Holstein bedauere. Die Tatsache, dass der Inhaber sein Schwager sei, wäre für ihn aber kein Anlass, schützend die Hände über den Unternehmer auszubreiten.

Seit dieser Berichterstattung war Freselage nur noch in Begleitung eines Personenschützers vom LKA zu sehen.

Ihre Arbeitstage waren unterschiedlich lang. Selten verließ Freselage vor 21 Uhr in seiner Limousine die Tiefgarage des Ministeriums. Hin und wieder ging es bis ein Uhr nachts. Aber jedes Mal auf direktem Wege nach Hause. Der sei nicht nur müde, der habe auch Angst, meinte Cem.

Willen lernte in diesen Tagen vor allem eines: einen langen Atem zu beweisen.

»Gerade am Anfang der Ermittlungen brauchst du ein ausgeprägtes Durchhaltevermögen, Pommes! Wenn du nicht so recht weißt, wonach du suchst, musst du die Zielperson observieren und darauf hoffen, dass er oder sie irgendwann einen Fehler macht. Und dann musst du blitzschnell sein – eine zweite Chance für ein aussagekräftiges Beweisfoto bekommst du selten«, erklärte der Privatermittler, als sie dem Minister mal wieder um den Maschsee folgten. Natürlich in gebührendem Abstand, damit sie von ihm und seinem Bewacher nicht gesehen wurden.

»Mit dieser Fähigkeit wärst du besser Paparazzo geworden. Mit

Promifotos würdest du bestimmt mehr Kohle verdienen als mit Bildern von fremdgehenden Ehemännern auf Kneipenklos«, witzelte Willen.

»Wahrscheinlich«, stimmte Cem seinem Kumpel zu. »Habe ich ehrlich gesagt noch nicht drüber nachgedacht.«

»Ihr habt doch hier die berühmte Maschsee-Connection. Promis müsste es da zuhauf geben, denen du nachstellen könntest.«

Willen sah sich um, entdeckte aber niemanden, den er aus der Boulevardpresse kannte.

»Lass dich nicht ablenken, Pommes! Auch nicht von irgendwelchen Gedanken. Behalte den Blick immer auf die Person, die du observierst«, ermahnte ihn Cem.

»Alles klar!«

»Schau, Freselage nimmt gerade ein Handy-Telefonat an und macht sich auf den Rückweg. Pass auf, dass du ihm und seinem Bewacher nicht ins Blickfeld gerätst.« Die beiden Ermittler drehten ihrer Zielperson kurz den Rücken zu und ließen sie passieren. Dann nahmen sie die Verfolgung wieder auf.

»Du setzt dich gleich ans Steuer, Pommes! Und wenn die Limousine nachher in der Tiefgarage verschwindet, fährst du weiter Richtung Innenstadt, verstanden?«

»Verstanden! Was hast du vor?«

»Öl ins Feuer gießen. Das geht mir hier alles entschieden zu langsam.« Cem zückte sein Smartphone und schickte einer Bekannten, die er unter ihrem Spitznamen Ingipingi abgespeichert hatte, im Gehen eine Sprachnachricht: *Hallo Inga, brauche mal wieder deine Hilfe. Wirf dein Grafikprogramm an.*

»Ich verstehe nur Bahnhof!«, kommentierte Willen.

Cem schmunzelte, ohne den Blick von Freselage abzuwenden.

»Jetzt packen wir uns den Minister, Digger!«

* * *

»Antonio!«, brüllte Vincenzo Fabiano, Inhaber des gleichnamigen Restaurants. »Sieh mal, es ist schon wieder nach 22 Uhr! Deine Mutter hat schon vor einer Stunde nach dir gerufen! Jetzt mach schnell!«

Antonio dachte gar nicht daran, er hielt sich viel zu gerne im Restaurant seines Vaters auf, das als einer der besten Italiener Hannovers bekannt war. Boulevard- und Politprominenz waren gleichermaßen gern gesehene Gäste im *Fabiano*.

Der Sohn des Inhabers war wie jeden Tag direkt nach der Schule in das Restaurant seines Vaters gegangen, um dort seine Hausaufgaben zu erledigen. Für gewöhnlich setzte er sich dazu an einen einzelnen Tisch in einer stillen Ecke, während sein Vater die Mittagsgäste hofierte. Da blieb Antonio meist alleine sitzen und malte oder las ein Buch, nicht selten bis weit in den Abend hinein. Und wenn die Lust zum Lesen vergangen war, beobachtete er die Gäste. Hin und wieder kam es vor, dass Antonio die feinen Herrschaften kannte. Seine Mutter, die in der über dem Restaurant gelegenen Wohnung den privaten Haushalt besorgte, meldete sich telefonisch, wenn es Zeit für das Bett wurde.

»Antonio, du sitzt ja noch immer hier. Was habe ich dir gesagt?«

Antonio verzog die Mundwinkel und stand auf. Grummelnd packte er seine Sachen zusammen. Als sich sein Vater umdrehte, um einen neuen Gast zu begrüßen, rutschte er schnell auf seinen Stuhl zurück und schlug das Buch wieder auf, von dem er sich heute so schlecht trennen konnte.

»Ah, Signore Freselage! Guten Abend, verehrter Herr Minister!«, begrüßte der Inhaber einen Stammgast. »Sie werden schon erwartet. Hier herüber, wenn ich bitten darf.«

Vincenzo Fabiano führte den niedersächsischen Landwirtschaftsminister an einen Tisch, an dem seine Parteifreunde, mit denen er verabredet war, bereits Platz genommen hatten. Ein Hüne im dunklen Anzug folgte zwei Schritte dahinter.

Seinen Sohn, der längst schon im Bett sein sollte, hatte Vincenzo erst einmal vergessen.

»Psst, Antonio!«

Der Junge sah sich um. Ein Mann winkte ihm zu und bedeutete ihm, an seinen Tisch zu kommen.

»Ah, Cem Erik Abi, Merhaba!«, rief Antonio und spurtete los. »Merhaba!«, wiederholte er, als er den Tisch erreichte, an dem Cem und ein weiterer Mann saßen. Antonio war sichtlich stolz, sowohl die türkische Begrüßung als auch den Namenszusatz Abi behalten zu haben, mit dem jüngere Türken die älteren ansprechen.

»Das hast du aber gut behalten, mein kleiner italienischer Freund!«, lobte Cem.

Antonio strahlte bis über beide Ohren.

»Sieh mal, das hier ist mein Kumpel Pommes«, stellte Cem Antonio den Mann vor, der mit ihm am Tisch saß.

»Du hast aber einen lustigen Namen! Pommes Ketchup«, lachte Antonio und setzte sich zu ihnen an den Tisch.

»Antonio, sprich etwas leiser«, sagte Cem, »wir wollen nicht, dass dein Papa oder andere Gäste auf uns aufmerksam werden, okay?«

Antonio nickte.

Cem flüsterte: »Kennst du den Mann, den dein Vater soeben an den Tisch geführt hat?«

»Si! Das ist ein hoher Minister!«, antwortete Antonio ebenso leise. »Der ist häufiger hier.«

»Kennst du seinen Namen?«

»Signore Freselage«, kam es knapp, aber korrekt von Antonio.

»Das ist richtig. Antonio, ich möchte, dass du mir einen Gefallen tust. Du sollst Signore Freselage etwas bringen.« Cem winkte mit einem Fünf-Euro-Schein.

Antonio machte keine Anstalten, aufzustehen. Stattdessen schaute er wie gelangweilt in der Luft herum.

Kleiner gerissener Mafioso, dachte Cem, und zog einen Zehn-Euro-Schein aus seiner Geldbörse. Bevor er den Fünfer wieder einstecken konnte, stibitzte Antonio ihm beide Geldscheine aus der Hand. Willen konnte sich ein Schmunzeln nicht verkneifen.

»Was soll ich Signore Freselage bringen?«

Cem nahm Antonios rechte Hand und legte etwas hinein. Nachdem er ihm genaue Anweisungen ins Ohr geflüstert hatte, stiefelte der Junge los.

»Digger, das wird mal ein ganz großer Mafiaboss! Hast du gesehen, wie er mir die Kohle abgenommen hat?«

»Don Antonio, der Pate von Hannover«, scherzte Willen.

Die beiden sahen dem kleinen Jungen hinterher, um zu beobachten, wie der seinen Auftrag ausführte.

»Antonio!«, zischte der Vater durch die Zähne. »Du bist ja immer noch hier!«

Cem und Willen sahen, wie Vincenzo seinen Sohn am Arm fasste und hinter sich herzog.

»Scheiße!«, murmelte Cem.

Im selben Moment trat Antonio seinem Vater seitlich ans Schienbein. Der Schmerz war nicht besonders groß, aber der Tritt kam wie aus dem Nichts, sodass Vincenzo den Arm seines Sohnes reflexartig losließ. Antonio rannte zu dem Tisch, an dem Minister Freselage mit seinen Parteifreunden saß. Er wurde aber von dem Leibwächter des Ministers abgefangen, eher er zu nahe herantreten konnte.

»Loslassen!«, brüllte Antonio. »Ich muss Signore Freselage sprechen!«

»Lassen Sie es gut sein, Hartmann!«, befahl der Minister lachend, worauf der Hüne den Kleinen losließ. Und zu Antonio gewandt sprach er: »Antonio, solltest du nicht längst im Bett sein?«

»Jetzt wird's spannend!«, sagte ein paar Tische weiter Willen zu seinem Freund Cem, während sie die Szenerie durch ein Blumenbukett hindurch beobachteten. Sie waren durch die Blumen vor Freselages Blick geschützt, aber auch zu weit entfernt, um zu verstehen, was gesprochen wurde.

»Was für ein fieses Lächeln der Freselage hat«, flüsterte Willen. »Allein dafür könnte ich ihm die Fresse polieren!«

»Ruhig, Brauner!«, antwortete Cem.

Sie sahen, wie Antonios Vater sich einmischte und sich offenbar für seinen Sohn entschuldigte. Minister Freselage wiegelte mit den Händen ab und tätschelte dem Jungen jovial die Wange. Sodann reichte ihm Antonio das, was er die ganze Zeit über in seiner Hand gehalten hatte.

Der Minister betrachtete es, grinste süffisant und ließ es in seiner Jackentasche verschwinden. Mit einem Klaps auf die Schulter schickte er den Jungen wieder weg.

»Er hat den Köder geschluckt!«, triumphierte Willen leise hinter dem Blumengesteck.

»Einmal Hurenbock, immer Hurenbock!«, bestätigte Cem. »Jetzt haben wir dich am Arsch, Freselage!«

* * *

»IHR HABT – was?«

Willen und Cem, die Dörte während eines Skype-Gespräches auf ihrem Bildschirm sahen, bemühten sich um eine ernste Miene. Sie kamen sich wie ertappte Schuljungen vor, denen die Mutter gerade die Ohren lang zog. Es war ihnen von vornherein klar gewesen, dass Dörte die Kröte nicht einfach so schlucken würde. Jetzt war verhandeln, erklären, überzeugen angesagt, und darin war Willen eindeutig besser als sein Kumpel Cem.

»Das ist ja wohl nicht euer Ernst, Jungs! Ich treffe mich auf gar keinen Fall mit diesem Arschloch und gehe auch nicht mit dem ins Bett!«

»Schau mal, Dörte, mich kennt Freselage und ...«

»Dann pass halt auf, dass er dich nicht sieht!«

Na schön, die Verhandlung hatte gerade erst begonnen, da baut man eben Maximalpositionen auf.

»Vergiss es, Pommes, nie und nimmer kriegt ihr mich dazu, für euch den Lockvogel zu spielen!«

»Es wäre etwas mehr als nur der Lockvogel!«, schaltete sich Cem ungefragt ein.

»Wir brauchen nicht weiterzureden, Jungs! Macht's gut!«

»Cem, bitte lass' mich mal alleine mit Dörte skypen.«

»Alles klar!«

Der Privatdetektiv erhob sich von seinem Platz vor dem Rechner und winkte zum Abschied in die Kamera. »Schön, dich mal wiedergesehen zu haben, Dörte!« Dann verschwand er aus dem Bild.

»Ja, du mich auch!«, grummelte Dörte.

»Dörte, lass' mich das Ganze bitte erst einmal in Ruhe erklären. Cem ist vorhin direkt mit der Tür ins Haus gefallen, da kann ich gut nachvollziehen, dass du zunächst geschockt warst.«

»Zunächst? Ich bin es immer noch. Wie ihr überhaupt auf diesen Gedanken kommen könnt!«

Willen ließ Dörte etwas runterkommen. Er sah stumm zu, wie sie nach ihren Zigaretten griff und sich eine anzündete. Währenddessen drehte er seinen Rechner so, dass sie das Mindmap im Hintergrund sehen konnte.

Dörte blies den Rauch aus und sagte in ruhigem Ton: »Pommes, wenn ich alleine mit Freselage in seiner Wohnung wäre, würde ich mir das fetteste Küchenmesser schnappen, das ich finden könnte, und es dem Kerl mitten ins Herz stoßen!«

Immerhin konnte sie sich einen Undercover-Einsatz schon mal vorstellen.

Gut, Dörte beschrieb nicht das, was er und Cem für die Mission geplant hatten, aber es war ein Anfang. Sie signalisierte Gesprächsbereitschaft.

»Siehst du im Hintergrund unser Mindmap? Cem geht superprofessionell vor, ich habe schon eine Menge von ihm gelernt.«

»Hm«, kommentierte Dörte und zog an ihrer Zigarette.

»Und die vielen Kontakte, die er hat. Dic sind Gold wert. Ohne ihn wäre ich echt aufgeschmissen hier!«

»Wirklich beeindruckend, euer Tafelbild!«

War das ironisch gemeint, fragte Willen sich. Den rollenden Augen nach zu urteilen schon. Unbeachtet ihrer Reaktion fuhr er fort: »Aber jetzt sind wir an einem Punkt, an dem wir ohne deine Hilfe nicht weiterkommen. Wir müssen im wahrsten Sinne des Wortes hautnah an Freselage heran, um zu brauchbaren Erkenntnissen zu kommen.«

Auf seinem Bildschirm sah Willen Dörte zaghaft nicken.

»Sieh mal, jeder Mensch hat ein Laster, eine Schwäche, und die ist bei Freselage eindeutig weiblich. Und was Anna schon einmal gelungen ist – Dinge finden und mitnehmen –, das könnte dir auch gelingen!«

»Ich verstehe das ja. Aber bitte versteh du mich auch, Hase, ich hab' tierische Angst bei einer solchen Aktion!«

»Vergleich' das bitte nicht mit Annas ungeschicktem Vorgehen. Sie hatte das ganz spontan gemacht, du aber verfolgst einen Plan. Einen Plan, den Cem und ich sorgfältig mit allen Eventualitäten entwickelt haben. Und vor allen Dingen bist du nicht allein. Cem und ich sind stets im Hintergrund!«

»Wir verstecken eine Wanze in deiner Handtasche.« Cem setzte sich wieder vor Kamera und Mikrofon. »So können wir hören, was in Freselages Wohnung vor sich geht. Wenn irgendetwas aus dem Ruder laufen sollte, sind wir sofort zur Stelle und holen dich da raus!«

»Boah, Jungs, ey. Ihr macht mich echt fertig!«

Dörte hatte ihre Zigarette aufgeraucht. Sie stützte die Arme auf den Tisch und vergrub den Kopf in ihren Händen.

»Wir haben die Aktion jederzeit im Griff und passen auf dich auf!«, versprach Willen.

»Und wie habt ihr Freselage genau geködert? Das hab' ich vorhin nicht ganz mitbekommen.«

Cem lachte.

»Du hast dich aber auch wie eine Furie aufgeführt.«

»Cem hat mit Inga Visitenkarten für dich erstellt«, erklärte Willen.

»Wer ist Inga?«

»Inga ist eine gute Bekannte von mir«, warf Cem ein. »Sie ist eine ausgezeichnete Grafikdesignerin. Und sie kann vor allen Dingen superschnell arbeiten.«

»Aha. Und was steht auf meinen Visitenkarten?«

»Na, dein Name und deine Handynummer«, sagte Willen und hielt eine der Visitenkarten vor die Kamera.

»Dorothea Dausinger, Escortservice für den anspruchsvollen Klienten«, las Dörte ab. »Ein blöderer Name ist euch Jecken wohl nicht eingefallen, was?«

»Also, wir fanden den passend«, sagte Cem. Er und Willen fingen an zu kichern.

»Ihr nehmt die Aktion aber schon ernst, oder?«

»Klar!«, kam es von beiden, ehe Willen fortfuhr: »Eine dieser Visitenkarten haben wir Freselage gestern Abend in seinem Stammlokal untergeschoben. Wir sind ziemlich sicher, dass er sich bei dir melden wird.«

»Einmal Hurenbock, immer Hurenbock!«, wiederholte Cem seinen Ausspruch vom gestrigen Abend und biss sich sogleich auf die Zunge. In Dörtes Gegenwart fand er den Begriff Hurenbock unpassend.

»Wir können natürlich nicht sagen, wann und wie Freselage Kontakt zu dir aufnimmt. Vielleicht ruft er an, vielleicht schickt er eine Nachricht. Du solltest auf jeden Fall vorbereitet sein, wenn er sich meldet. Also nicht mit *Dausen-Dörte* reagieren!«

»Ich bin ja nicht blöd, Hase. Warte mal, mein Handy hat gerade gepiept!«

Dörte verschwand aus dem Monitor. Als sie sich kurz danach wieder vor die Kamera setzte, war sie kreidebleich. Sie hielt ihr Handy so, dass Willen und Cem die SMS lesen konnten.

»Er hat sich soeben bei mir gemeldet!«

* * *

SIE FUHREN DURCH eine schwül-warme Nacht zu ihm nach Hause.

Das Abendessen mit dem Minister lag hinter ihr. Unzählige Mal hatte sie ihm in Gedanken das spitze Steakmesser in den Hals gerammt. Ihre Angst war längst einer schier unbändigen Wut auf diesen Kerl gewichen. Und jetzt auch noch Sex.

»Schnuppern Sie mal, Dorothea, die Limousine ist ganz neu. Ich liebe den Geruch von neuen Autos!«

Die ganze Zeit schon hatte Dörte mit einer leichten Übelkeit zu kämpfen gehabt, doch nun kroch ein Würgereiz ihren Hals herauf.

Schließlich kannte sie den Grund, weswegen Freselage einen neuen Dienstwagen hatte. Sie merkte, wie ihre Augen feucht wurden. Lass' dir nichts anmerken, befahl sie sich selbst.

»Was ist denn mit Ihrem vorherigen Dienstwagen passiert?«

»Eigentlich nichts. Der Fuhrpark wird turnusgemäß alle zwei Jahre erneuert.«

Der Typ lügt, ohne rot zu werden, dachte Dörte und hätte ihm so vor die Füße kotzen können.

»Interessieren Sie sich für Autos? Welchen Wagen fahren Sie?«

Am liebsten hätte sie einfach mit Nein geantwortet, dann wäre das Gespräch aber schnell zum Erliegen gekommen. Willen und Cem hatten ihr in der Vorbereitung zu dieser Aktion eingetrichtert, dass das nie passieren dürfe. Trotz aller Widrigkeiten sollte sie immer freundlich und vor allem gesprächig bleiben. Der will nicht nur ficken, hatte Cem gesagt, der will in erster Linie einen unterhaltsamen Abend mit dir verbringen.

»Ich fahre ein Sportcoupé«, log Dörte und war sich sicher, eine gute Wahl getroffen zu haben.

»Von welcher Marke?«

Verflixt, Automarken war nicht gerade ein Thema, bei dem sie glänzen konnte. Dörte konnte sich gut vorstellen, wie ihre Unterhaltung Willen und Cem den Schweiß auf die Stirn trieb, die über die Wanze in ihrer Tasche das Gespräch verfolgen konnten.

»Mercedes«, antwortete Dörte.

»Ah, Sie gehen beziehungsweise fahren auf Nummer sicher!«, witzelte Freselage. »Die Marke Mercedes steht ja nach wie vor für Sicherheit auf den Straßen.«

Ja, du Arsch, und Audi nicht. Der explodiert schon mal auf Landstraßen. Dörte musste sich stark zusammenreißen, dem Minister nicht an die Gurgel zu springen.

»So, da sind wir auch schon. Sie begleiten mich doch zu einem kleinen Absacker in meine Wohnung, Dorothea?« Freselage streichelte Dörtes Knie und gab ihr damit zu verstehen, wie er sich den weiteren Abend vorstellte.

In den Garten, wo du dir dein eigenes Grab schaufeln kannst, wäre mir lieber.

»Aber gerne!«

»Die macht das richtig gut!«, sagte Cem zu Willen, nachdem die Limousine des Ministers in der Tiefgarage verschwunden war. Cem fand zwei Hausnummern weiter eine Parklücke.

»Ich glaube nicht, dass Dörte aufgeregt ist. Sie kocht vor Wut und würde ihm am liebsten an den Hals springen!«

»Das kann ich gut verstehen, Digger. Aber da muss sie jetzt durch.« Cem ließ die Seitenscheibe ein Stück herunter und zündete sich eine Zigarette an.

»Na, dann stellen wir uns mal auf eine lange Nacht ein«, sagte Willen und brachte die Rückenlehne nach hinten.

»Hoffentlich nimmt Dörte ihre Handtasche auch mit ins Schlafzimmer.«

Willen blickte zu Cem. »Wieso? Du willst sie doch wohl nicht auch noch beim Vögeln belauschen?«

»Nicht unbedingt«, schmunzelte Cem. »Ich habe nur vorhin bemerkt, als ich Dörte die Wanze installierte, dass sich ein Eispickel in ihrer Handtasche befand.«

»Du machst Witze!« Willen stellte die Rückenlehne wieder gerade.

»Bleib entspannt, Digger! Ich musste nur an die Bettszene von *Basis Instinct* denken, bei der Sharon Stone ihre Opfer durch Dutzende Stiche mit einem Eispickel umbringt.«

»Den Film kenne ich auch«, sagte Willen und drehte seine Rückenlehne wieder zurück. Dörte hat nur viel mehr Sex-Appeal als Sharon Stone, dachte er, während Cem den Rauch seiner Zigarette durch den Fensterspalt blies.

Die Nacht war drückend schwül und Dörtes Undercover-Einsatz noch lange nicht zu Ende.

»Darf ich mich kurz frisch machen?«

»Aber gerne«, antwortete Freselage. »Zweite Tür links!«

Dörte verschwand auf der Gästetoilette. Für einen kurzen Moment musste sie mal für sich sein. Sie stellte den Wasserhahn an und betrachtete ihr Spiegelbild. *Denk daran, warum du hier bist!* Das ist kein normaler Sex-Job, das ist ein Undercover-Einsatz, von dem eine Menge abhängt, waren Willens Worte gewesen. Sie rief sich den Plan für heute in Erinnerung: Vertrauen zu Freselage aufbauen hat Vorrang vor allem anderen. Durch keine unüberlegten Handlungen oder Äußerungen die eigene Tarnung gefährden, das bedeutet, nicht auf Biegen und Brechen nach irgendetwas suchen. Bloß keine Schriftstücke entwenden, höchstens mit der Handykamera fotografieren. Aber die Beweissuche hat erst einmal keine Priorität, für heute Abend ist Kuschelkurs angesagt.

Dörte kühlte sich ihre Handgelenke ab, überprüfte Make-up und Frisur und verließ das Bad. Ihr Klient, der sich den heutigen

Abend eine Menge kosten ließ, empfing sie im Wohnzimmer mit einem Glas Champagner in der Hand.

»Das sieht mir aber nicht nach einem Absacker aus, Herr Minister!« Dörte hatte ein strahlendes Lächeln aufgesetzt.

»Den Minister lassen wir mal weg, Dorothea.« Freselage reichte ihr das Glas an, nahm seines und prostete ihr zu. »Ich heiße Hans!«

»Stößchen, ich bin die Doro!«, säuselte sie und fühlte sich ein wenig wie Mata Hari, die berühmt-berüchtigte Spionin zu Zeiten des Ersten Weltkrieges.

»Nimm doch Platz, Doro. Stört es dich, wenn ich ein wenig Musik mache?«

Solange du nicht anfängst zu singen, Arschloch ...

»Ich liebe Musik. Hast du Jazz, Hans?«

»Eine wunderschöne Frau und noch dazu mit Geschmack! Selbstverständlich habe ich Jazz. Was hältst du von Sonny Rollins?«

Dörte hatte keinen Schimmer, wer das war. Mata Hari wäre ein solcher Fauxpas sicherlich nicht passiert, dachte sie.

»In schwülen Nächten möchte ich nichts anderes hören!«

Ich könnte kotzen, aber über mich selbst, wenn ich mich so reden höre!

Als die Hintergrundmusik leise einsetzte, rückte Freselage näher. Er hatte mittlerweile die Krawatte abgelegt und die obersten beiden Kragenknöpfe geöffnet. Bei dem nun folgenden Annäherungsversuch stieg ihr sein penetranter Schweißgeruch in die Nase.

Der Wagen fuhr langsam an ihnen vorbei und kam auf der Straße zum Stehen.

»Aufgepasst, Digger!«

Willen stellte die Rückenlehne senkrecht.

»Da vorne tut sich was!«

Er und Cem beobachteten, wie zwei Männer ausstiegen und in ihre Richtung kamen. Der Wagen fuhr wieder an und bog um die nächste Straßenecke.

»Bleib cool, Digger. Vielleicht beachten die uns gar nicht. Wenn die allerdings zu uns in den Wagen sehen, dann setz einen möglichst grimmigen Blick auf, so wie Personenschützer eben gucken, und hoff, dass die uns das abnehmen!«

»Alles klar!«, bestätigte Willen. Er spürte, wie sein Herz schneller schlug.

Die Männer waren in etwa gleich groß und marschierten ihnen auf dem Gehsteig entgegen. Als sie den Lichtkegel einer Straßenlaterne durchschritten, fluchte Willen leise vor sich hin. »Fuck! Die haben uns gerade noch gefehlt!«

Ohne von ihnen Notiz zu nehmen, passierten die Männer Cems alten Daimler. Im Rückspiegel beobachtete Cem, dass sie den Eingang zu Freselages Appartementhaus nahmen. »Jetzt muss unsere Agentin improvisieren!«

Die Türklingel rettete Dörte.

»Nanu, erwartest du noch Gäste, Hans?«

Freselage sah genervt auf seine Armbanduhr, die kurz vor 23 Uhr anzeigte. »Jedenfalls keine geladenen.«

Er erhob sich und ging in Richtung Wohnungstür. »Ich kann mir aber schon denken, wer das ist.«

Es klingelte ein weiteres Mal.

»Hoffentlich nicht deine Frau!«, rief Dörte ihm hinterher.

»Keine Sorge, die ist weit weg und würde sich um diese Uhrzeit garantiert nicht auf den Weg zu mir machen«, kam es aus dem Flur zurück.

Durch die neue Video-Türsprechanlage, die nach der Drohung seines Schwagers installiert worden war, sah Freselage die späten Besucher vor der Haustüre stehen und öffnete direkt. »Es ist nicht meine Frau«, rief er laut in Richtung seines Damenbesuchs und lachte dabei.

Dörte spitzte die Ohren, als die Wohnungstür geöffnet wurde und sie im Hausflur Schritte hörte. Die Schritte mussten von mehr als nur einer Person stammen. Freselages Begrüßung bestätigte ihre Vermutung.

»Was wollt ihr so spät noch von mir?«

Die Schritte stoppten im Hausflur.

»Wieso ist dein Handy aus, Hans?«

»Weil ich auch mal Feierabend habe!«

»Dürfen wir reinkommen?«

»Ich habe Besuch!«

»Es ist aber wichtig. Nachdem du das Büro verlassen hast, haben sich die Ereignisse überschlagen.«

In der Zwischenzeit hatte Dörte sich mit ihrer Handtasche bis zur Wohnzimmertür vorgewagt.

Sie hielt die geöffnete Tasche in die Richtung, von der aus gesprochen wurde, und hoffte, dass ihre beiden Jungs unten im Wagen das Gespräch mitbekamen.

»Gib mir ein Stichwort!«, hörte sie Freselage sagen.

»Eberlein«, sagte die Besucherstimme.

»Eberlein?«, wiederholte Freselage. Dann vernahm Dörte Schritte auf dem Parkett im Flur, die Wohnungstür wurde geschlossen.

»Ja«, bestätigte die Stimme. »Eberlein hat seine Kündigung eingereicht. Aus persönlichen Gründen, wie es heißt. Ich habe mich daraufhin ein wenig umgehört. Aus verlässlicher Quelle weiß ich, dass er vor ein paar Tagen einen Termin mit dem Chef der Staatskanzlei hatte.«

»So ein Arschloch!«

Das war wieder Freselages Stimme. Hoffentlich kriegen die Jungs das alles mit, dachte Dörte.

»Der versucht hintenrum, an meinen Posten zu kommen! Dass Eberlein sich als Königsmörder entpuppt, hätte ich nicht für möglich gehalten!«

In Freselages Stimme mischten sich die Schritte mehrerer Personen. Sie kamen näher. Freselage forderte seinen Besuch auf, im Arbeitszimmer auf ihn zu warten.

»Jungs, habt ihr alles mitbekommen?«, flüsterte Dörte in ihre Handtasche. »Ich glaube, hier ist gleich Feierabend für mich.«

Als Freselage das Wohnzimmer betrat, tat Dörte so, als wolle sie gerade gehen. Da sie die ganze Zeit an der Wohnzimmertür gestanden hatte, um zu lauschen, verabschiedete sie sich, bevor er etwas sagen konnte: »Du hast offenbar noch zu tun, Hans. Das tut mir leid, denn der Abend hat sehr schön begonnen. Vielleicht setzen wir den ein anderes Mal einfach fort?«

Dörte lächelte und reichte ihm die Hand, worauf Freselage einen Handkuss andeutete.

»Dorothea, auch mir tut es fürchterlich leid, aber ich muss unerwarteterweise heute Abend noch arbeiten«, erklärte der Minister knapp und wies ihr mit einer jovialen Handbewegung den Weg zur Tür.

Der späte Besuch könnte ein Hinweis sein, der in ihrem Undercover-Einsatz vielleicht noch eine Bewandtnis hat, dachte Dörte. Sie hoffte, beim Hinausgehen noch einen Blick ins Arbeitszimmer werfen zu können, um sich die Gesichter einzuprägen. Und tatsächlich, die Bürotür stand offen. Dörte erblickte im Vorbeigehen zwei Männer, die sie mit einem angedeuteten Kopfnicken grüßten. Merk dir ihre Visagen, sagte sie sich selbst. Dabei hatte sie das Gefühl, dass alles im Zeitlupentempo ablief. Dem Jüngeren der beiden traute sie vom Aussehen her zu, im Fernsehen das Nachrichtenmagazin zu moderieren. Von dem Älteren nahm sie sein schiefes Kinn wahr, um das sich ein fieses Lächeln zog. Hoffentlich konnten die Jungs mit ihrer knappen Personenbeschreibung nachher etwas anfangen.

Ohne sich noch einmal nach Freselage umzudrehen, verließ Dörte dessen Wohnung. Im Treppenhaus hallten ihre Schritte.

Als sie auf die Straße hinaustrat, schnappte sie als Erstes nach Luft. Dann schaute sie sich nach den Jungs um und folgte schließlich einem lauten Pfiff. Ein paar Meter weiter stand Willen und hielt ihr eine Autotür auf.

Bevor Dörte in den Wagen stieg, musste sie sich in einen Vorgarten übergeben.

* * *

OBWOHL ER GESTERN Abend noch lange mit Tschauner und Höger gesprochen hatte, war Freselage heute Morgen der Erste im Büro. Die Sache mit Dr. Eberlein beschäftigte ihn mehr, als er zugeben wollte. Um sich bei übergeordneter Stelle auf dem kleinen Dienstweg nähere Informationen zu Eberleins Kündigung zu beschaffen, musste er frühzeitig telefonieren. Wie er selbst brachen auch die Kolleginnen und Kollegen zu ihren heutigen Terminen in der Regel sehr früh auf, und dann waren sie praktisch nicht mehr erreichbar. Wenngleich die Zeit drängte, hielten ihn seine Gedanken davon ab, den Telefonhörer abzunehmen.

Bis gestern fühlte sich Hans-Georg Freselage im Dioxinskandal nicht mehr so stark unter Druck gesetzt – weil es in Person seines Schwagers einen für die Öffentlichkeit sichtbaren Schuldigen gab, der mit der Insolvenz seines Betriebes bereits die notwendigen Konsequenzen auf sich genommen hatte. Die Übernahme der politischen Verantwortung war zum gegenwärtigen Zeitpunkt also nicht mehr mit dem Rücktritt des Ministers verbunden, doch Eberleins Alleingänge versetzten Freselage plötzlich in große Sorge. Die Angst, der LAVES-Präsident könnte an seinem Stuhl sägen, so wie er selbst schon an manchem Stuhl gesägt hatte, saß dem Minister im Nacken. Gründe, einen Minister zum Rücktritt zu zwingen, konnten im Zweifel schnell gefunden werden. Insbesondere dann, wenn er bereits angeschlagen war.

Freselage wurmte es, dass er damals, als sich der Skandal gerade so richtig entwickelte, Eberlein nicht abgeschossen hatte. Dabei wäre es so einfach gewesen. Das Landesamt für Verbraucherschutz hatte geschlampt, das war auch öffentlich bekannt geworden. Er hätte den LAVES-Präsidenten daraufhin entlassen können, wozu ihm sein Staatssekretär geraten hatte. Freselage erinnerte sich, dass Tschauner ihn vor diesem Karrieristen gewarnt hatte. Der will nicht als LAVES-Präsident in Rente gehen, so oder so ähnlich waren Tschauners Worte gewesen. Für den Posten des Landwirtschaftsministers sei er fachlich geeignet, zudem verfüge er über beste Kontakte in Hannover. Tschauner hatte Eberlein mit einem Löwen verglichen, der nur auf eine günstige Gelegenheit wartete, sein verwundetes Opfer, namentlich Freselage, anzugreifen. Und mit dem Gespräch in der Staatskanzlei hatte der Löwe sich schließlich aus seinem Versteck gewagt.

Freselage kannte den Ablauf solcher Gespräche aus eigener Erfahrung. Da die Staatskanzlei die Aufgaben der einzelnen Ministerien koordinierte, wurden dort auch Personalentscheidungen auf höchster Ebene vorbereitet und dem Ministerpräsidenten zur Umsetzung vorgelegt. Freselage wusste, dass der Chef der Staatskanzlei, ein braver Parteisoldat, das uneingeschränkte Vertrauen des Landesvaters genoss. Ihn galt es daher in geheimen Gesprächen von sich zu überzeugen, wenn man Ambitionen auf ein Ministeramt hegte. Freselage war seinerzeit äußerst eloquent aufgetreten, als er sich um das Amt des Landwirtschaftsministers bemüht hatte. Und ihm war klar, dass auch Eberlein sich gut verkaufen würde. Er befürchtete, seinen Gegner unterschätzt zu haben, was sich nun rächen sollte. Der Noch-Präsident des Landesamtes für Verbraucherschutz und Lebensmittelsicherheit würde ihn beim Chef der Staatskanzlei in ein möglichst schlechtes Licht rücken, was den Umgang mit dem Dioxinskandal betraf. Eberlein würde ihm persönliche Versäumnisse bei der Aufdeckung der Vorfälle vorwerfen und sich selbst die höhere Problemlösungskompetenz zuschreiben. Dass der Chef der Staatskanzlei auf Machertypen wie Eberlein abfuhr, war hinlänglich bekannt. Damit wäre die Jagd auf ihn eröffnet. Dabei musste ihn der Löwe nicht einmal selbst erledigen – das übernahm der Park Ranger.

Als Tschauner Freselages Büro betrat, traf er auf einen verstört wirkenden Minister. Der Staatssekretär hatte nach seinem späten Besuch am gestrigen Abend nichts anderes erwartet – Hans in der Grube.

Armes Hänschen, bist du krank, dass du nicht mehr kämpfen kannst?

»Guten Morgen, Herr Minister! So früh schon wacker auf den Beinen?«

»Sieh mal, wie mir die Hände zittern!« Ohne den Gruß zu erwidern, hielt Freselage seine rechte Hand waagerecht in die Luft. »Seit geschlagenen zehn Minuten sitze ich nun schon vor dem beschissenen Telefon und traue mich nicht, den Hörer aufzunehmen. Dabei müsste ich dringend das eine oder andere Telefonat führen, um mich auf den Kampf mit Eberlein vorzubereiten.«

Ich könnte dich erlösen. Ich könnte dir mitteilen, was ich bereits gestern Abend wusste. Es würde dich beruhigen zu erfahren, dass Eberlein zwar auf einen Ministerposten scharf ist, aber nicht auf deinen. Er will Umwelt- und Energieminister werden. In ein paar Tagen wird der Chef der Staatskanzlei den Rücktritt des amtierenden Ministers aufgrund einer schweren Krankheit intern bekannt geben, bevor die Öffentlichkeit davon erfährt. Zudem hätte Eberlein gar keinen Bock, deinen dioxinbelasteten Stuhl anzusägen. Ach, Hänschen in der Grube, ich lass' dich noch etwas zittern ...

»Ich hole uns erst einmal einen Kaffee, dann sehen wir weiter!«

Freselage starrte mit halb geschlossenen Augen auf sein Telefon und nickte abwesend. Er war viel zu sehr mit sich selbst beschäftigt, um in Tschauners Gesichtsausdruck eine Hinterhältigkeit erkennen zu können.

Kapitel 16

Sieben Uhr morgens. Die Lokalnachrichten im Radio berichteten über die aktuelle Entwicklung im Dioxinskandal, in den der niedersächsische Landwirtschaftsminister verwickelt war. Nach dem Aufmacher »Entwarnung für Niedersachsens Agrarwirtschaft und für die Verbraucher« vermeldete der Nachrichtensprecher, dass sämtliche vorsorglich gesperrten Höfe und Betriebe in Niedersachsen und den angrenzenden Bundesländern wieder freigegeben worden waren. Laut niedersächsischem Landwirtschaftsministerium befänden sich die Dioxinwerte im normalen Bereich. In keiner einzigen Probe, die im Rahmen der

Nachuntersuchungen genommen wurden, seien die zulässigen Grenzwerte überschritten worden. Während sich die Verbraucher über die Entwarnung freuen könnten, beginne nach der Insolvenz des mutmaßlichen Verursacherbetriebes nun die juristische Aufarbeitung des Dioxinskandals. Mittlerweile sei Anklage gegen den Firmeninhaber wegen gewerbsmäßigen Betrugs in über 100 Fällen erhoben worden. Landwirtschaftsministerium sowie Bauernverbände mahnten zur Eile, denn solange die Schuldfrage juristisch nicht geklärt sei, zahlten die Versicherungen des Futtermittelherstellers nicht. Der Insolvenzverwalter des verursachenden Betriebes gab an, dass die Summe der Schadenersatzforderungen bei fast 20 Millionen Euro läge. Neben den betroffenen Landwirten hätten auch die Bundesländer Ansprüche angemeldet.

Als der Nachrichtensprecher zum nächsten Thema wechselte, schaltete Willen das Autoradio aus. »Da ist Freselage aber mit einem blauen Auge davongekommen!« Der Dorfpolizist sah zu Cem herüber, der hinter dem Steuer des geparkten Daimlers saß und sowohl den Eingangsbereich von Freselages Appartementhaus beobachtete als auch durch den Seitenspiegel die Straße im Blick behielt.

Nachdem Dörtes Undercover-Einsatz unfreiwillig beendet worden war, hatten Willen und Cem die Observation Freselages fortgesetzt.

Einige ergebnislose Routinetage lagen bereits hinter ihnen. Freselage hatte sich nicht mehr bei Dörte gemeldet; ob es zu einem erneuten Treffen kommen würde, war fraglich. So blieb den beiden im Moment nichts anderes übrig, als den Minister weiter zu beschatten.

»Da hast du recht, Digger. Der Minister ist fein raus, aber für

Tönnies wird es jetzt so richtig unangenehm! Hast du die Summe der Schadenersatzforderungen mitbekommen?«

»20 Millionen«, antwortete Willen.

»20 Millionen, Alter, wie will Tönnies das jemals bezahlen?«

»Gar nicht, dafür hat er ja eine Haftpflichtversicherung.«

»Wenn er denn eine so hohe Summe überhaupt versichert hat. Und selbst dann, glaubst du, die Versicherung freut sich, zahlen zu dürfen?«

Willen zuckte mit den Achseln und beobachtete gelangweilt die Umgebung.

»Digger, schon mal was von Durchgriffshaftung gehört? Mein türkischer Halbbruder ist Geschäftsführer einer deutschen GmbH. Der sagt, als Geschäftsführer stehst du immer mit einem Bein im Knast, Alter! Wenn sie dir einen schwerwiegenden geschäftlichen Fehler nachweisen können, dann greift die Haftung durch bis zu dir persönlich! Da hilft auch keine Haftpflichtversicherung oder so, du musst dann privat die Hosen runterlassen!«

»Nicht schön«, kommentierte Hendrik Willen, der froh war, Beamter zu sein und sich mit solchen privatwirtschaftlichen Dingen nicht beschäftigen zu müssen. Das Thema Wirtschaftsrecht hatte Willen schon während seines Studiums an der Polizeiakademie nicht sonderlich interessiert. Er schätzte das Beamtendasein sehr; sich in der freien Wirtschaft beruflich durchzusetzen, wäre nicht sein Ding gewesen. Je mehr er aber darüber nachdachte, desto bewusster wurde ihm sein eigenes Fehlverhalten. Wenn seine privaten Ermittlungen in Hannover aufflögen, hätte das gravierende dienstrechtliche Konsequenzen für ihn. Ein Disziplinarverfahren wäre das Mindeste, was folgen würde. Dass er vielleicht den Dienst würde quittieren müssen, hielt Willen für gar nicht mal so unwahrscheinlich.

»Nichts zu sehen, oder?«

»Nichts!«

Cems Frage betraf den Dienstwagen des Ministers, der in den letzten Tagen meist pünktlich um viertel vor sieben vorgefahren war.

»Na ja, vielleicht fährt Herr Minister heute etwas später ins Büro. Digger, ist in der Kanne noch Kaffee?«

Willen schüttelte die Thermoskanne, die zwischen seinen Füßen stand, und reichte sie Cem. »Mach ruhig leer. Ich hatte genug Kaffee, muss sonst nur wieder pinkeln.«

»Du hast 'ne Sextanerblase, Alter!«

»Kann gut sein.«

Cem füllte seinen Kaffeebecher. »Bist du schlecht drauf, Pommes?«

»Etwas.« Willen hatte die Seitenscheibe heruntergefahren und verstellte mit seinem Zeigefinger den Außenspiegel. Nach oben, nach unten, ganz nach außen. »Wir kommen irgendwie nicht weiter, und das geht mir gehörig gegen den Strich.«

»Das ist manchmal so«, beruhigte ihn Cem, »man braucht einen langen Atem.«

Ohne es zu merken, kratzte der Dorfpolizist mit seinem Finger Vogelmist vom Lack. »Ich habe aber nicht ewig Urlaub. Irgendwann ist der vorbei, dann muss ich zurück nach Cloppenburg. Bis dahin hätte ich hier gerne etwas erreicht.«

»Ich verstehe dich, Pommes. Immer locker bleiben, am Ende wird alles gut. Und wenn es noch nicht gut ist, dann ist es auch noch nicht zu Ende.«

Jetzt wurde Willen bewusst, was er tat. Schlagartig hielt er inne. Er betrachtete angeekelt seinen Fingernagel und suchte im Handschuhfach nach einem Papiertaschentuch. »Alles wird gut?«, wiederholte er. »Na, wie schön, dass du so eine positive Grundstimmung hast!«

»Digger, entspann dich, ich arbeite längst an einem Plan B.«

Erstaunt sah Willen Cem an. »So? Und wann hättest du deinen Partner darüber informiert?«

»Mist!«, fluchte Cem.

»Was?« Willen blickte nach vorne, konnte auf die Schnelle aber nichts Ungewöhnliches erkennen.

»Freselages Dienstwagen – er kommt heute aus der anderen Richtung«, erklärte der Detektiv, der von der Fahrerseite aus den Wagen eher sehen konnte als Willen. »Wir müssen wenden, um uns dranzuhängen. Die Nebenstraße hier ist ziemlich eng, daher müssen wir denen einen Vorsprung einräumen, sonst merkt der Fahrer, dass er verfolgt wird. Aber unser Wendemanöver wird nicht unbemerkt bleiben, fürchte ich.«

Die dunkle Limousine hielt genau vor Freselages Haustür. Jetzt konnte auch Willen sie durch die Windschutzscheibe des Daimlers sehen. Jeden Moment konnte der Minister zur Tür herauskommen. Cem trank seinen Kaffee auf und feuerte die Tasse auf den Rücksitz.

»Duck dich, wenn die an uns vorbeifahren, damit sie uns nicht sehen!«

»Alles klar!«, erwiderte Willen und rutschte vorsichtshalber schon jetzt im Sitz etwas tiefer.

»Was ist denn nun dein Plan B?«

Cem grinste, während er die Limousine fest im Blick behielt. »Wir werden Freselages Wohnung komplett verwanzen und ihn abhören!«

»Nicht dein Ernst?« Willens erster Gedanke war, dass das vielleicht einen Tick zu weit ginge.

»Absolut mein Ernst, Digger! Ich hab' bei Zoni auch schon die Technik bestellt!«

»Bei wem?«

»Bei Zoni!«

»Wer ist Zoni?«

»Zoni«, wiederholte Cem lachend. »Seinen richtigen Namen kenne ich nicht, den kennt fast niemand in Hannover. Aber jeder hier kennt Zoni. Der betreibt bei mir im Ihme-Zentrum ein Radio- und Fernsehgeschäft.«

»So etwas gibt's noch?«

Cem nickte.

»Zoni hat aber so gut wie keine Kunden; in seiner Werkstatt beschäftigt er sich nur selbst. Ist halt ein Tüftler. Und ein Aufbewahrer. Zoni kommt nämlich von drüben.«

»Aus der ehemaligen DDR?«

»Jepp! Und da war der so ein Technik-Genie bei der Stasi. In seiner Werkstatt hortet Zoni jede Menge Abhörkram von damals.«

»Etwa Wanzen, Richtmikrofone und all so ein Zeug?«, hakte Willen nach.

»Exakt. Und das Geile ist: Der Stasi-Schrott tut es noch! Spätestens zum Wochenende stellt Zoni mir seine operativ-technische Schatzkiste zur Verfügung!«

»Verrückt.« Willen schmunzelte.

»Achtung!«, rief Cem, »Da ist Freselage. Duck dich!«

Beide rutschten in ihren Sitzen tiefer und bemerkten dadurch den von hinten kommenden Lieferwagen nicht.

Freselage war auf halbem Wege von der Haustür zu seinem Dienstwagen, als er kurz stehen blieb und sein Handy zückte. Während er telefonierte, ging er ein paar Schritte auf dem Bürgersteig hin und her. In diesem Moment gab der weiße VW-Kastenwagen Gas und raste an Cems alten Daimler vorbei auf die dunkle Limousine zu.

»Hey, was wird denn das?«, kam es von dem Detektiv.

Als der Lieferwagen abrupt vor der Limousine stoppte, passte kein Blatt mehr zwischen die beiden Stoßstangen. Die hinteren Ladetüren des Transporters wurden aufgestoßen und zwei vermummte Gestalten sprangen dem völlig verdutzten Minister entgegen. Die beiden beleibten Männer trugen ausrangierte Panzerkombis und Springerstiefel und hatten sich Sturmhauben über das Gesicht gezogen. Sie packten Freselage und zerrten ihn mit in den Laderaum. Als Freselages Fahrer, der gleichzeitig dessen Personenschützer vom LKA war, aus dem Wagen stürmte, peitschten ihm zwei Pistolenkugeln aus dem geöffneten Beifahrerfenster des Kastenwagens entgegen. Getroffen sank der LKA-Beamte zu Boden.

Noch bevor Willen irgendetwas sagen konnte, startete Cem den Wagen und brach mit quietschenden Reifen aus der Parklücke aus. »Festhalten!«, befahl er und ließ den Motor des alten Daimlers aufheulen. Er trat das Gaspedal voll durch, der Wagen beschleunigte und knallte einen Wimpernschlag später auf das Heck des Lieferwagens, der bereits zurückgesetzt hatte und durch den Zusammenstoß wieder ein Stück nach vorne geschoben wurde. Der Aufprall schüttelte Cem und Willen kräftig durch. Dem Pistolenschützen auf der Beifahrerseite, der während der Rückwärtsfahrt noch den Arm aus dem Seitenfenster gehalten hatte, entglitt seine Waffe.

Die beiden Freunde hasteten aus dem Benz. Cem eilte zum Fahrer des Lieferwagens, Willen zum Beifahrer. Dabei verloren sie sich aus den Augen.

»Raus da!«, schrie Willen, als er die Beifahrertür aufriss. Eine

Faust kam ihm entgegengeschossen und traf ihn mit voller Wucht zwischen den Augen. Willen machte einen Satz nach hinten, stolperte und fiel auf den Rücken. Der kleine, untersetzte Mann trug ebenfalls eine Bundeswehr-Panzerkombi und hatte etwas Mühe, vom erhöhten Beifahrersitz des Transporters zu steigen. Das ist Tönnies, dachte Willen, und drehte sich am Boden liegend auf die Seite, um seinen Kontrahenten mit einem gezielten Seitwärtstritt in den Magen zu empfangen. Tönnies knallte gegen den Transporter und sank nach Luft japsend nieder. Mit einem gezielten Faustschlag ans Kinn schickte Willen ihn ins Reich der Träume.

Wo war Cem?

Willen kickte Tönnies' Pistole aus dem unmittelbaren Gefahrenbereich, spurtete um den Kastenwagen herum und stieß auf seinen am Boden liegenden Freund. Die beiden Vermummten, die Freselage in den Wagen gestoßen hatten, sowie der Fahrer des Lieferwagens attackierten den Deutsch-Türken mit heftigen Tritten. Cem, der seinen Gegnern körperlich völlig unterlegen war, hatte jegliche Gegenwehr aufgegeben. Mit Armen und Händen schützte er nur noch seinen blutverschmierten Kopf.

»Ihr Schweine!«, stieß der Dorfpolizist aus und riss den ersten, den er packen konnte, von Cem weg. Er musste all seine Kraft aufwenden, denn der Typ war an die zwei Meter groß und mehr als 100 Kilogramm schwer – ein Kerl wie ein Baum, dachte Willen. Die beiden anderen waren von ähnlicher Statur. Etwas beleibt und behäbig vielleicht, dafür aber bärenstark. Willen tippte auf Mitglieder einer Rockergruppe, die für solche Einsätze leicht zu begeistern waren.

Trotz Jiu-Jitsu-Kenntnissen fühlte sich der Dorfpolizist seinen Gegnern nicht gewachsen. Die drei sprichwörtlich schweren Jungs ließen von Cem ab und kreisten jetzt ihn ein. Von seinem zusammengetretenen Partner konnte Willen keine Hilfe erwarten.

Dann polterte es im Laderaum des Kastenwagens. Gott sei Dank, Freselage lebt, dachte Willen. Denn tot nützte er ihm nichts. Er brauchte ihn unbedingt lebend, um seinen Auftrag auszuführen und die Hintergründe der ominösen Autoexplosion in Cappeln aufzuklären.

Durch die halb geöffneten Flügeltüren wagte der Minister einen vorsichtigen Blick nach draußen. Sein Gesicht sah zwar etwas blass aus, doch bis auf einen Kratzer am Kopf schien er zumindest körperlich unversehrt zu sein.

»Pommes?«, fragte Freselage verwundert, als sich ihre Blicke trafen.

Willen nickte stumm und hob zur Verteidigung beide Fäuste. Der Minister machte auf den Dorfpolizisten den Eindruck, als habe er gerade einen Geist gesehen. »Die Polizei ist verständigt!«, krächzte er Willen aus dem Kastenwagen zu und hielt ihm dabei demonstrativ sein Handy entgegen. Dann stieß einer der Schläger den Minister zurück in den Laderaum, knallte die Flügeltüren zu und richtete seine Aufmerksamkeit wieder auf Willen. Als er sich nach vorn bewegte, versetzte Willen ihm einen geraden Fußstoß ins Gesicht, sodass er der Länge nach zu Boden ging und bewusstlos liegen blieb.

Die beiden übrigen Kraftpakete zwangen den Dorfpolizisten jetzt in eine wachsame Kreisbewegung, sodass er nicht mitbekam, wie sich Cem hinter seinem Rücken langsam aufrappelte. Mit letzter Kraft und einem martialischen Kampfschrei warf sich der Detektiv auf einen der Kerle. Das Überraschungsmoment war auf seiner Seite und so hatte er ihn schnell in der Bodenlage. Obwohl er ein Fliegengewicht war, nahm Cem seinen Gegner in den Schwitzkasten, aus dem sich der Hüne nicht mehr befreien konnte.

Als in weiter Ferne Martinshörner ertönten, erkannte der letzte Kraftprotz seine aussichtslose Lage und ergab sich Willen mit erhobenen Händen. Routiniert drehte der Dorfsheriff dessen rechten Arm auf den Rücken und hielt ihn mit einer Hand im Polizeigriff, um mit der anderen Hand nach den Handschellen zu greifen.

»Mist!«, fluchte Willen, als er ins Leere griff.

Die Kollegen mussten jeden Moment eintreffen, und so entschied sich der Dorfpolizist, die Bande so lange in den Laderaum des Kastenwagens zu sperren. Er wies Freselage an, herauszukommen, und gemeinsam mit Cem verfrachtete er die drei Kraftmeier in den Transporter.

Der Detektiv zog den Autoschlüssel aus dem Zündschloss und verriegelte damit die Flügeltür. Während er sich danach um Freselage kümmerte, sah Willen auf der Beifahrerseite des Kastenwagens nach Tönnies, den er dort bewusstlos auf der Straße liegend vermutete. Cem redete dem Minister, dem vor Aufregung die Knie zitterten, eine Weile gut zu.

»Tönnies ist verschwunden, mit seiner Pistole vermutlich!«, berichtete Willen, als er zurückkam. Er ärgerte sich, weil er die Waffe nur weggekickt und nicht mitgenommen hatte.

Dann sprach er Freselage direkt an: »Dein Schwager ist immer noch eine Gefahr für dich, Hans. Den Personenschützer hat er schon erschossen, das konnten wir vorhin beobachten. Es ist daher besser, wenn wir dich zurück ins Haus bringen!«

»Bist du sicher, dass der LKA-Beamte tot ist?«, hakte Freselage nach.

Willen nickte. »Ich hab's gerade überprüft.«

Obwohl die Martinshörner immer lauter wurden, nahmen Willen und Cem Freselage schützend in die Mitte und setzten sich schnellen Schritts in Bewegung.

»Stehen bleiben!«

Hinter einem dichten Busch trat Tönnies mit vorgehaltener Pistole hervor und versperrte ihnen den Weg zur Haustür. Das Blaulicht der herannahenden Einsatzwagen flackerte zwischen den dicht an dicht stehenden Sträuchern der Vorgärten hindurch. Für einen Moment standen sie wie eingefroren da und blickten in den Lauf von Tönnies' Pistole. Dann verstummten die Martinshörner, Reifen quietschten, Motoren wurden abgewürgt und Autotüren zugeschlagen. Auf dem Asphalt waren Schritte zu hören. Willen deutete den Polizisten mit ausgestreckter Hand an, auf keinen Fall näher zu kommen.

»Ganz ruhig, Tönnies! Ich werde den Kollegen nur mitteilen, was hier gerade vorgeht. Das entspannt die Lage und nichts wird passieren.«

»Halt's Maul, Pommes!« Tönnies umfasste die Pistole mit beiden Händen und suchte mit seinen Füßen nach einem sicheren Stand.

»Mein Name ist Hendrik Willen, ich bin Polizeibeamter aus Cloppenburg. Ich, Minister Freselage sowie eine dritte Person werden von Alfred Tönnies mit einer Schusswaffe bedroht. Neben der Limousine vor dem Kastenwagen liegt ein toter LKA-Beamter.«

»Hör' auf mit dem dummen Geschwätz, Pommes, sonst endet das hier in einem Blutbad!« In Tönnies' Augen spiegelte sich der pure Wahnsinn, gemischt mit einer Mordsgefährlichkeit. »Außerdem hast du meine Leute im Lieferwagen noch nicht erwähnt.«

Aus dem Augenwinkel heraus beobachtete Willen eine Polizeibeamtin, die durch den Vorgarten schlich und hinter einem

Baumstamm Deckung suchte. Hoffentlich behält die die Nerven, dachte er.

»Drei Rocker, mit denen nicht zu spaßen ist, befinden sich in dem Transporter«, schrie Tönnies in die Richtung, in der er die Polizei vermutete. Ein gespieltes Lachen verriet dabei seine Anspannung.

»Geben Sie auf!«, schaltete sich eine männliche Polizistenstimme ein. »In Kürze trifft das SEK ein, Sie kommen hier nicht mehr raus!«

Tönnies' Augen wanderten ein paar Mal von links nach rechts. Willen, der mit Freselage und Cem immer noch wie angewurzelt dastand, versuchte, aus dessen Gesicht einen Plan herauszulesen. Es erschien ihm, als würde Freselages Schwager seine ausweglose Lage erkennen. Das war gar nicht gut, denn so gab es für ihn nur zwei Möglichkeiten: aufgeben oder sich ein Feuergefecht mit der Polizei liefern, bei dem ihm, Willen, sowie seinem Kumpel und dem Minister von allen Seiten die Kugeln nur so um die Ohren fliegen würden.

Erneut quietschten Reifen, diesmal aus der anderen Richtung. Tönnies befürchtete, das angekündigte Sondereinsatzkommando der Polizei wäre eingetroffen. Als sich in den Vorgärten die Büsche bewegten, fasste er die Waffe wieder nur mit einer Hand. Er brachte seinen rechten Fuß langsam nach vorn und positionierte sich seitlich, um über den ausgestreckten rechten Arm besser zielen zu können. Er stand jetzt ruhig und stabil und belastete beide Füße gleichmäßig. Die freie Hand steckte er in seinen Gürtel, um den Körper zu stabilisieren. Die Waffe lag fest in seiner Hand. Tönnies kniff sein linkes Auge zu und sah mit dem rechten über den Lauf der Pistole. Das Korn und die Kimmenoberkante bildeten eine unsichtbare, aber gut kontrollierbare waagerechte Linie.

Sein geöffnetes Auge fixierte das Korn, während die Kimme und Freselages Stirn unscharf blieben. Dabei atmete er einige Male ruhig aus. Er wollte seinem Schwager nur noch einen schnellen Tod schenken. Sollten sie ihn danach doch über den Haufen schießen! Es wäre ihm sogar recht, denn zu verlieren hatte er sowieso nichts mehr.

Ein Ast knackte im Gebüsch und riss Tönnies aus seiner Konzentration. Er bemerkte, dass Willen Cem und den Minister vorsichtig nach hinten zog. »Keinen Schritt weiter!«, befahl er.

»Waffe fallen lassen!«, brüllte die Polizistin, die sich im Vorgarten aus ihrer Deckung herausgewagt hatte.

Nachdem Tönnies den Minister mit zittrigen Fingern erneut anvisierte, traf ihn eine Kugel in den linken Oberschenkel. Im gleichen Moment feuerte er auf sein Ziel. Blut spritzte Willen ins Gesicht. Instinktiv riss er Freselage und Cem mit zu Boden und sah, wie Tönnies von einem weiteren Schuss getroffen zu Boden sackte und die Waffe fallen ließ. »Hans, bist du getroffen?«

Der Minister, der im Fallen Willen und Cem unter sich begraben hatte, stand als erster wieder auf den Beinen. »Ich glaube, nicht!«

Aus allen Ecken strömte nun die Polizei. Männer vom SEK fielen über Tönnies her, der schwer verwundet am Boden lag und von dem keine Gefahr mehr ausging. Uniformierte Kollegen kümmerten sich um die im Lieferwagen eingeschlossenen Rocker. Die Polizistin, die Tönnies mit zwei gezielten Schüssen kampfunfähig gemacht hatte, kam auf Freselage zu: »Herr Minister, sind Sie verletzt?«

Freselage verneinte. Dann wandte sie sich an Willen, der dabei war, den leblosen Körper von Cem vorsichtig von sich herunter zu schieben. »Kollege, bist du verletzt?«

»Einen Arzt! Wir brauchen sofort einen Arzt!«, schrie Willen.

***

Am Nachmittag stand das Telefon nicht still. Ella Heldt konnte sich kaum eine Gesprächsnotiz machen, da klingelte es erneut. Sie war der Verzweiflung nahe und zählte schon gar nicht mehr, wie häufig sie sagte: »Vielen Dank für Ihre Nachfrage. Dem Minister geht es den Umständen entsprechend gut. Bitte entschuldigen Sie, ich habe noch ein anderes Gespräch in der Leitung!« Lediglich den Ministerpräsidenten sowie Freselages Frau sollte sie durchstellen. Während Erstgenannter bereits sehr früh angerufen hatte, ließ Jutta Freselage nichts von sich hören, was Ella aber nicht verwunderte. Es war im Ministerbüro ein offenes Geheimnis, dass Freselages Frau die Scheidung eingereicht hatte.

Die Nachricht vom Anschlag auf den Minister von heute Morgen verbreitete sich wie ein Lauffeuer. Es war von Entführung und vereiteltem Attentatsversuch die Rede. Von überallher kamen die Anfragen nach Freselages Befinden, sogar aus Cappeln, dem Heimatort des Ministers. Der Bürgermeister hatte angerufen und auch der Pfarrer. Nur eben Jutta noch nicht.

»Ist das LKA immer noch drin?«, fragte Staatssekretär Tschauner und lugte zum x-ten Mal aus seinem Arbeitszimmer. »Was haben die denn so lange zu besprechen?«

»Ich gebe Bescheid, wenn die weg sind«, sagte Ella.

Seit geschlagenen zwei Stunden befragten drei hohe LKA-Beamte Freselage zu den Ereignissen. Tschauner hatte noch gar keine Gelegenheit gehabt, sich mit dem Minister zu unterhalten.

Ella spürte seine Verärgerung und nickte ihm freundlich zu. Dann sagte sie ein weiteres Mal ihren Spruch am Telefon auf und kritzelte den Namen des Anrufers auf ihren Block. Grummelnd verzog sich Tschauner wieder in sein Büro.

Heute Morgen wäre es beinah so weit gewesen. Manchmal kommt Unterstützung von einer Seite, von der man sie gar nicht erwartet hätte. Nur schade, dass es nicht geklappt hat. Noch nicht c

Wolf verließ die Markthalle und hatte das Gefühl, den Geruch vom Asia-Imbiss mitgenommen zu haben. So gern er bei Herrn Wong auch aß, so sehr hasste er den penetranten Essensgestank, der bei einem Besuch von jeder Faser der Kleidung aufgesogen wurde. Für den Espresso danach suchte er daher nach einem Café mit Außenterrasse.

Sein Smartphone mit der Geheimnummer vibrierte in der Innentasche seines Sakkos. - Tschauner.

»Endlich erreiche ich Sie. Wo stecken Sie denn?«, fragte der Staatssekretär, als er merkte, dass Wolf das Gespräch angenommen hatte.

»Termine«, war seine knappe Antwort.

Wolf konnte sich schon denken, warum Tschauner ihn anrief. Der Anschlag auf den Minister war in aller Munde. Selbst Herr Wong hatte ihn darauf angesprochen, und der war nicht gerade für sein ausgewiesenes Politikinteresse bekannt.

»Haben Sie das mit Freselage mitgekriegt?«

»Was genau meinen Sie?« Wolf liebte es, seinen Auftraggeber etwas an der Nase herumzuführen.

»Leben Sie etwa hinter dem Mond oder sind Sie gerade erst aufgestanden?«

»Weder noch, es sollte bloß ein Witz sein.«

»Lassen Sie Ihre blöden Witze, Wolf, tun Sie lieber etwas, was Sie können!«

Wolf stutzte. Was war das denn auf einmal für ein Ton? Den kannte er noch gar nicht von Tschauner. Und überhaupt, wie meinte er das: *Tun Sie etwas, was Sie können*?

»Hören Sie, Wolf: Ich möchte, dass Sie sich wieder zur Verfügung halten. Kann gut sein, dass ich Sie in den nächsten Tagen brauche!«

Er mochte Tschauners Befehlston überhaupt nicht. Er war sein eigener Herr und entschied selbst, welche Aufträge er annahm und welche nicht. Da er wusste, dass Tschauner auf ihn angewiesen war, wollte er ihm durch die Blume zu verstehen geben, dass er sich so nicht behandeln ließe.

»Bin gerade an was anderem dran ...«

»Absagen, Wolf, absagen. Alles andere hat jetzt keine Priorität.«

Er ließ sich nur ungern mitten im Satz unterbrechen. Was erlaubte sich Tschauner eigentlich?

»Heute Abend noch, sagen wir 21 Uhr, bei mir zu Hause. Ich erwarte Sie, Wolf!«

Dann legte Tschauner auf.

»Arschloch!«

Trotzdem würde er kommen.

Minister Freselage verabschiedete die Herren vom Landeskriminalamt an der Tür des Sekretariats und wartete, bis sie in den Aufzug gestiegen waren.

»Die nächste Kanne Kaffee ruhig etwas stärker, Frau Heldt! Haben wir eigentlich noch irgendwo einen Cognac? Ich könnte jetzt einen vertragen.« Freselage verschwand wieder in seinem Büro.

Wir. Wie sie das liebte.

»Und schicken Sie Tschauner endlich zu mir rein«, rief er laut von seinem Schreibtisch aus. »Der kann sich ruhig mal nach dem Befinden des Chefs erkundigen.«

Ella wusste bald nicht mehr, wo ihr der Kopf stand. Der Posteingang lag auch noch unbearbeitet auf ihrem Schreibtisch. Das wäre sicher das Nächste, wonach Chef-Chef verlangen würde.

Als Tschauner um die Ecke kam, lachte er sie freundlich an und hielt eine Flasche Weinbrand hoch. Sie war noch in durchsichtiges Geschenkpapier verpackt. Von wem er sie bekommen hatte, wusste er nicht mehr.

»Ich trinke das Zeug eh nicht.«

Das Telefon klingelte. Ella Heldt atmete hörbar aus.

»Ich habe die Anweisung von Hans mitbekommen und kurzer Hand Herrn Höger gebeten, Frau Büttekoven neuen Kaffee aufsetzen zu lassen.«

»Danke!«, strahlte sie und nahm das Telefonat an.

Mit einem breiten Grinsen, aber kalten Augen betrat Tschauner Freselages Arbeitszimmer. »Die Medizin, nach der Ihre Majestät verlangte!« Er hielt Freselage die Flasche direkt unter die Nase.

»Bitte keine dummen Scherze, Til. Nach Lachen ist mir im Moment nicht zumute.« Freselage nahm die Flasche und stellte sie zur Seite. Dann griff er zur Tageszeitung und schlug sie hörbar auf.

Der Staatssekretär nahm wortlos auf dem Besucherstuhl vor dem Schreibtisch Platz. Er schlug die Beine übereinander und zupfte ein paar Flusen vom Stoff. Geduldig wartete er ab, bis Freselage erzählen würde.

Nach einer Weile, in der nur das Rascheln des Zeitungspapiers zu hören war, schaute Freselage auf.

»Was ist?«

»Das frage ich dich, Hans!«

»Ja, tut mir leid!« Freselage faltete die Zeitung zusammen und feuerte sie in den Papierkorb.

»Noch mal Glück gehabt, was?«

»Das sag' ich dir! Ich hatte noch nie im Leben solche Angst, Til!«

Tschauner nickte verständnisvoll.

»Wie wir da so standen und Alfred die Kanone auf uns gerichtet hatte, da hätte ich mir beinah in die Hose gemacht.«

»Verständlich. Dein Schwager hat zwei Kugeln abbekommen, habe ich gehört?«

»Ja, das stimmt. Eine Streifenpolizistin hat ihm erst ins Bein und dann in die Schulter geschossen, sodass er kampfunfähig war. Ich bin sicher, das SEK hätte ihn mit einem finalen Rettungsschuss plattgemacht. Tja, und nach seiner Festnahme wurde er natürlich erst einmal ins Krankenhaus gebracht und behandelt. Sobald sein Gesundheitszustand es zulässt, wandert er in U-Haft.«

»Dass Alfred dermaßen ausrastet, hätte ich nicht gedacht. Gut, er war stinksauer auf dich, aber dass er dich entführen wollte und, als das schiefging, sogar auf dich geschossen hat – und vorher ja deinen Fahrer getötet hat - also das hätte ich nicht erwartet.«

Freselage drückte sich im Bürostuhl nach hinten, nahm seine Brille ab und rieb sich mit beiden Händen durchs Gesicht.

»Ich auch nicht, Til, ich auch nicht. Aber weißt du, worüber ich mir mehr Gedanken mache?«

»Nein.«

»Darüber, wem ich meine Rettung zu verdanken habe!«

»Wieso, wie meinst du das?« Tschauner verschränkte die Arme vor der Brust, legte seine Stirn in Falten und war ernsthaft bemüht, Freselage zu folgen. »Die Onlineausgabe der HAZ berichtet von zwei unerschrockenen Bürgern, die zufällig durch deine Straße fuhren und sofort eingriffen.«

»Und du glaubst natürlich alles, was die schreiben?«

Jetzt spuck's aus, du Sack!

»Was stimmt denn nicht an dieser Story?«

»Alles!«

»Wie – alles?«

»Ja, alles eben. Nichts von dem, was du gelesen hast, ist wahr.«

»Das musst du mir erklären, Hans!«

Freselage stemmte die Ellenbogen auf die Tischplatte, faltete die Hände und tippte sich mehrmals ans Kinn, bevor er weitersprach. »Ich kenne einen der beiden!«

»Dein Stammwähler?«

»Haha, sehr witzig. Nein, mein Nachbar.«

»Unglaublich, du kennst die Leute, die in deinem Appartementhaus wohnen?«

»Mein Nachbar aus *Cappeln*!«

»Aus Cappeln?«, wiederholte Tschauner. »Was macht denn ein Nachbar aus Cappeln hier in Hannover?«

»Das frage ich mich auch seit heute Morgen!«

Tschauner deutete mit hochgezogenen Augenbrauen und einem leichten Kopfschütteln an, sich keinen Reim darauf machen zu können.

»Wo wohnte noch mal diese Escortdame, äh, wie hieß die noch?«, fragte Freselage.

»Anna?«

»Ja, genau.«

»Die wohnte in Vechta, soweit ich weiß.«

Worauf willst du hinaus?

»In Vechta«, überlegte Freselage. »Ja, das könnte die Erklärung sein.«

»Die Erklärung wofür?«

»Das will ich dir sagen, Til: Mein Nachbar aus Cappeln heißt Hendrik Willen und ist da der Dorfpolizist.«

»Ein Bulle?« Tschauners Erstaunen war nicht gespielt. »Und dann auch noch jemand von der Trachtentruppe, der in Hannover ... was genau macht? Ich meine, was hat dieser Willen hier verloren? Er ist örtlich gar nicht zuständig, kann sich also nicht dienstlich hier aufhalten …«

»Da stimme ich dir zu, Til!«

»Hm, seltsam. Und was ist mit dem zweiten Typen, den dein Schwager angeschossen hat?«

»Den haben sie ins Krankenhaus gebracht. Sieht wohl schlecht aus, nach einer Not-OP liegt er jetzt im Koma.«

»Das weißt du von den LKA-Beamten, die vorhin da waren?«

»Ja, genau. Sie haben mir auch seinen Namen gesagt: Cem Erik Müller. Er ist Privatdetektiv hier in Hannover.«

»Ein Privatschnüffler? Noch nie von dem gehört.«

»Ich habe da ein ganz blödes Gefühl, Til!«

»Ein Bulle, der nicht hierhin gehört, rettet dich zusammen mit einem Privatschnüffler aus einer brenzligen Lage. Meinst du, dieser Willen hat dich beschattet?«

»Gut möglich. Jedenfalls glaube ich nicht an Zufälle. Willen war da, weil er da sein wollte.«

»Was für eine seltsame Geschichte …«

»Til, die sind hier wegen der toten Edelnutte! Bevor Müller Privatdetektiv wurde, war er auch mal Polizist. In Cloppenburg. Das sind doch keine Zufälle. Ich denke, dass Pommes …«

»Bitte, wer?«

»Hendrik Willen, sein Spitzname ist Pommes.«

Tschauner lachte auf.

»… dass Pommes auf eigene Faust ermittelt. Der wird die Hure kennen und sich nicht damit abfinden, dass die Sache in Cappeln als tragischer Verkehrsunfall betrachtet wurde. Der wittert da eine Verschwörung oder was weiß ich und will hier den Helden spielen.«

»Das wäre aber ganz schön naiv von deinem Pommes. Er wird

doch wohl wissen, wo die Grenzen seines Dorfes verlaufen, das er zu bewachen hat. Oder nicht?«

»So, wie du glaubst, ist er nicht, Til! Er mag vielleicht etwas Bäuerliches an sich haben, weil er vom Land kommt, aber er ist nicht dumm. Ganz im Gegenteil, Pommes ist gewieft. Den darf man nicht unterschätzen! Jedenfalls sind meine Sorgen seit heute nicht kleiner geworden. Und daran trägst du eine gehörige Portion Mitschuld, mein Lieber!«

Tschauner sah Freselage an wie ein unschuldiges Lamm.

»Guck nicht so blöd – du weißt genau, was ich meine. *Du* hast diesem Wolf praktisch einen Mordauftrag erteilt, für den ich geradestehen muss, wenn die Sache auffliegt!«

»Es waren Kollateralschäden, Hans!«

»Scheißegal, zwei Menschen sind ums Leben gekommen. Einer davon war eine Hure, die *ich* gevögelt habe!« Freselage schäumte vor Wut. »*Mir* werden sie die Auftragsmorde anhängen, Til, mir, nicht dir! Wenn wir nicht höllisch aufpassen, werden aus Willens privaten Ermittlungen ganz schnell offizielle. Und dann wandere ich für sehr lange Zeit in den Bau!«

Tschauner stand auf, drehte sich um die eigene Achse und sah Freselage direkt in die Augen. Dem Minister stellten sich augenblicklich die Nackenhaare hoch. »Was hast du auf einmal für eine fiese Visage, Til?«

Stille für einen Moment.

»Willst du, dass ich den Wolf anrufe?«

Obwohl es Hochsommer war, fröstelte er bei Tschauners Frage.

Gewiss, Wolf würde sich wie gewohnt zuverlässig um die Sache kümmern. Dann wäre wohl Schluss, endgültig. Wenn Willen weg wäre, würde niemand mehr in der Scheiße wühlen. Wolf müsste es dieses Mal nur wirklich wie einen Unfall aussehen lassen.

Andererseits verdankte er dem Dorfpolizisten aus Cappeln sein Leben. Hätten er und Cem Müller nicht so beherzt eingegriffen, wäre er jetzt womöglich tot. Sollte er also denjenigen, der ihm das Leben gerettet hat, umbringen lassen? Bliebe Willen aber am Leben, so würde der aufrichtige Gesetzeshüter alles daransetzen, ihn hinter Gitter zu bringen. Denn dafür war er nach Hannover gekommen.

»Hans?« Tschauner erwartete seine Antwort. »Dieser Willen hat es auf dich abgesehen!«

Zum ersten Mal bemerkte er die kalten, erbarmungslosen Augen seines Staatssekretärs. »Vor allen Dingen will ich nicht in den Knast, Til!«

* * *

Willens Urlaub war vorbei und damit auch seine privaten Ermittlungen, zu denen Dörte ihn gedrängt hatte. Das letzte Wochenende hatte er noch in Hannover verbracht, in der Hoffnung, dass sich Cems Zustand verbessern würde.

Sein Kumpel hatte vor vier Tagen die Kugel abbekommen, die für den Minister bestimmt gewesen war. Tönnies hatte Cem im Gesicht getroffen und schwer verletzt. Das Projektil war durch seine Wange eingedrungen und im Hals-Rachen-Raum stecken geblieben. Er war auf die Intensivstation des Vinzenzkrankenhauses Hannover eingeliefert und nach einer mehrstündigen Notoperation ins künstliche Koma versetzt worden. Die Ärzte bezeichneten seinen Zustand als kritisch. Das einzig Positive war, dass es keine Gehirnverletzungen gegeben hatte, die zu irreparablen Schäden hätten führen können. Als Willen am späten Sonntagnachmittag abgereist war, lag Cem noch immer im Koma.

Mit dessen Eltern, die Willen verständigt hatte und die sofort aus Cloppenburg angereist waren, hatte er verabredet, dass sie täglich miteinander telefonieren würden.

Auf der Rückfahrt von Hannover nach Cloppenburg zog der Dorfpolizist Bilanz. Was hatte sein Einsatz gebracht? Willen kam zu einem ernüchternden Ergebnis: Er hatte den Attentatsversuch gegen Freselage zwar verhindern können, war dadurch aber aufgeflogen und musste schließlich ohne Beweise, dass Freselage den Mord an Anna in Auftrag gegeben hatte, wieder abreisen. Die tagelangen Observationen hatten genauso wenig gebracht wie Dörtes Undercover-Einsatz, der vorzeitig beendet worden war. Die geplante Abhöraktion hätte möglicherweise die gewünschten Erkenntnisse liefern können, doch dazu war es nicht mehr gekommen. Sein Freund Cem lag schwer verletzt im Krankenhaus. Ob er überleben würde, war fraglich. Und als ob das nicht schon schlimm genug wäre, hatte er am Freitag, dem letzten offiziellen Urlaubstag, einen Anruf seines Chefs bekommen. Der Leiter des Fachkommissariats 2, dem Willen mit seiner Polizeistation in Cappeln unterstellt war, hatte ihn für Montagmorgen in die Inspektion bestellt. Willen konnte sich denken, was da auf ihn zukommen würde. Neben seinem direkten Vorgesetzten würde er auf den Leiter des Zentralen Kriminaldienstes sowie auf den Inspektionsleiter treffen. Sie würden ihm für seine privaten Ermittlungen die Leviten lesen, was er von Anfang an befürchtet hatte. Ihm war klar, dass Freselage dabei seine Finger im Spiel hatte. Willen wusste, dass er und der Polizeipräsident privat befreundet waren. Freselage hatte wohl genau diesen Kontakt genutzt, um ihn aus dem Spiel zu nehmen.

Willen war gerade für eine kurze Pause auf einen Rastplatz abgebogen, als sein Smartphone Laut gab. Dörtes Bild erschien im

Display. Er nahm das Gespräch an, während er seinen Wagen in eine Parkbox lenkte.

»Moin, Dörte, was gibt's?«

»Hallo, Hase, das wollte ich dich fragen. Wo steckst du?«

»Auf halbem Wege von Hannover nach Hause. Hab' einen Zwischenstopp eingelegt, um etwas zu essen.«

»Gibt's was Neues von Cem?«

»Leider nein, er liegt noch immer im Koma.«

»Scheiße!«

»Ja, das ist es«, bestätigte Willen, »ich hätte vor meiner Abreise gern ein paar Worte mit ihm gewechselt oder ihm wenigstens in die Augen gesehen. So bin ich mit einem ganz dummen Gefühl weggefahren.«

»Meinst du, er kommt durch?«

»Das hoffen wir alle. Seine Eltern werden mich auf dem Laufenden halten.«

»Das ist alles meine Schuld«, schluchzte Dörte.

»Nein, ist es nicht. Mit dem Attentat auf Freselage konnte niemand rechnen. Ich bin aufgeflogen, Cem wurde angeschossen – was willst du da machen?«

Dörte vernahm die Resignation in Willens Stimme. »Lass gut sein, Hase, du hast alles versucht. Wir haben gesagt, wenn wir am Ende deines Urlaubs nichts in der Hand haben, dann ist es eben so. Wir machen Schluss. Dass Cem überlebt, ist jetzt wichtiger. Fährst du nächstes Wochenende wieder zu ihm ins Krankenhaus? Ich würde dich dann gerne begleiten.«

»Das ist lieb von dir. Allerdings denke ich im Moment noch nicht ans nächste Wochenende.«

Dörte wusste sofort, dass ihn noch etwas anderes beschäftigte.

»Was ist los, Hendrik?«

Willen stockte.

»Hendrik, rede mit mir!«

»Ich bin für morgen früh in die PI einbestellt.«

»Was heißt das genau?«

»Die haben von meinen Ermittlungen Wind bekommen und werden mir dafür jetzt den Arsch aufreißen.«

»Was? Im Ernst jetzt? Wie haben die das denn erfahren?«

»Ich kann es mir nur so erklären, dass Freselage seine Kontakte hat spielen lassen. Er ist ja mit dem Polizeipräsidenten befreundet, über den er jetzt seinen Einfluss ausübt. Und der wird den Leiter der Polizeiinspektion instruiert haben, mich zur Räson zu bringen. Daher morgen das Gespräch.«

»Was für ein Arschloch, dieser Freselage. Ich hätte ihm ein Küchenmesser in den Rücken rammen sollen, als ich die Gelegenheit dazu hatte.«

Willen wusste, dass Dörte das nicht im Ernst meinte, daher ließ er ihre Anmerkung unbeantwortet. »Du, lass uns später weiterreden. Ich will jetzt einen Happen essen und auf andere Gedanken kommen.«

»Klar, Hase, verstehe ich. Fahr vorsichtig und melde dich, wenn du zu Hause bist!«

Nach einer kurzen Verabschiedung stieg Willen aus. Er reckte sich und atmete ein paar Mal tief ein. Die schlechten Gedanken ließen sich dadurch nicht vertreiben, und seinen Appetit hatte er auf einmal verloren.

* * *

Okay, dann eben zurück zum ursprünglichen Plan!

Der naive Dorfsheriff wird mir nicht in die Quere kommen, dafür hat Freselage selbst gesorgt. Gut, dass der nicht nur in Hannover exzellent vernetzt ist, sondern auch in seiner alten Heimat. Willens Vorgesetzte werden schon wissen, wie sie sich zu verhalten haben, wenn der Polizeipräsident plötzlich mitmischt. Ober sticht Unter, das war schon immer so.

Den Dioxinskandal hat er überlebt, damit war zu rechnen. Schön wäre es gewesen, wenn sein Schwager die Sache vorzeitig erledigt hätte. Doch der Trottel trifft den Falschen. Wenigstens hat er den Schnüffler ins Koma geschossen, so spielt auch der nicht mehr weiter mit.

Die Sache mit dieser Escortdame hast du geschickt eingefädelt, ein guter Plan A, an dem wird nicht mehr gerüttelt. Alles sieht danach aus, dass Anna ihn mit brisanten Dioxindokumenten erpressen wollte. Deswegen musste sie sterben. Der gute Freselage wird über den Hurenmord stolpern, so, wie es von Anfang an geplant war. Lösen Sie das Problem, waren seine Worte. Ein Auftragskiller findet nun mal Lösungen, endgültige Lösungen, dafür wird er schließlich bezahlt. Was hast du anderes erwartet, Freselage? Die Hure wird dir zum Verhängnis. Du Hurenbock stolperst über deine eigene Schwäche. Und dann ist der Weg frei für mich. Will das Schicksal mich als König, nun, mag mich das Schicksal krönen.

Ich liebe Shakespeare, besonders seinen Macbeth.

***

WILLENS MUND WAR staubtrocken, während ihm gleichzeitig der Schweiß über das Gesicht lief. Seine Hand zitterte, als er zum Wasserglas griff.

»Was haben Sie sich nur dabei gedacht?«

Da ihm das Blut in den Ohren rauschte, hörte Willen die Frage des Inspektionsleiters nur gedämpft. Er schloss kurz die Augen, versuchte, sich zu entspannen, doch die Aufregung zauberte farbige, zuckende Figuren in die Dunkelheit vor seinen Augen. Das Glas rutschte ihm aus den Fingern und der Inhalt verteilte sich auf der Tischplatte.

»Entschuldigung! Kann ich bitte ein neues Glas Wasser bekommen?« Willens Handflächen und der Rücken waren schweißnass, seine Stimme klang leise und kraftlos.

So fühlte sich ein Verhör also an. Natürlich wusste Willen, dass es keines war, sondern lediglich ein informelles Gespräch, zu dem er zitiert worden war. Die Tatsache, dass seine nächsthöheren Vorgesetzten zu dritt mit ihm an einem ovalen Besprechungstisch saßen, ließen den nicht offiziellen Charakter gar nicht erst aufkommen. Für Willen war es eine polizeiliche Befragung, bei der es um die Aufklärung eines Sachverhalts ging. Warum hast du private Ermittlungen außerhalb deines Zuständigkeitsbereiches durchgeführt, noch dazu in einem Fall, den das LKA übernommen hat? Er wusste schon vorher, wie die zentrale Frage lauten würde, zu der seine Vorgesetzten Antworten von ihm verlangten. Unzählige Male hatte er selbst Vernehmungen durchgeführt. Da war er aber Polizist, nicht Befragter gewesen. Die Situation mit umgekehrten Vorzeichen belastete ihn mehr, als er angenommen hatte. Und natürlich vermutete er, dass Freselage dahintersteckte. Über den Polizeipräsidenten sollte Druck auf ihn ausgeübt werden, die Füße endgültig stillzuhalten.

Bernward Ehlert, der Leiter des Fachkommissariats 2 und Willens direkter Vorgesetzter, verließ das Besprechungszimmer und bat bei der zivilen Angestellten im Nebenraum um ein neues Glas Wasser für den Kollegen. Willen hatte die Unterbrechung genutzt, um kurz durchzuschnaufen, und als man ihm das Wasser hinstellte, erwartete er, die Frage vom Inspektionsleiter erneut gestellt zu bekommen. Genauso war es. Helmut Günther, der Inspektionsleiter und vom Dienstgrad her Leitender Polizeidirektor, wiederholte seine Frage, nachdem er sicher war, dass sich der Dorfpolizist aus Cappeln etwas beruhigt hatte: »Herr Willen, noch mal die Frage: Was haben Sie sich dabei gedacht, in Hannover private Ermittlungen gegen den Landwirtschaftsminister des Landes Niedersachsen durchzuführen?«

Hendrik Willen trank einen Schluck und blickte in die Runde. Ranghöchster war der Inspektionsleiter. Er war zwar hart, aber immer fair. Im Rang unter Günther stand Kriminalrat Joseph Dierks als Leiter Zentraler Kriminaldienst den sieben Fachkommissariaten vor, darunter auch dem FK 2, dessen Leiter Erster Kriminalhauptkommissar Ehlert war. Dierks war der scharfe Hund am Tisch, Ehlert der väterliche Freund. Von ihm konnte Willen am ehesten Unterstützung erwarten, vom Leiter ZKD ganz sicher nicht. Und beim Inspektionsleiter, auf den es am Ende ankam, war er sich nicht sicher.

Willen beschloss, nicht zu taktieren, sondern ehrliche Antworten zu geben. Er räusperte sich, dann sagte er: »Ich konnte nicht nachvollziehen, dass die Fahrzeugexplosion in Cappeln als tragischer Verkehrsunfall abgetan wurde. Nachdem ich meine Erkenntnisse weitergegeben hatte, musste ich mitansehen, wie das LKA den Fall an sich gezogen hatte. Meine Vermutung war, dass Minister Freselage geschützt werden sollte. Selbstverständlich gilt auch für mich die Unschuldsvermutung, aber wenn ich ermittle, geschieht das ohne Ansehen der Person und des Rangs. Meine Hinweise, Minister Freselage könnte den Mord an der Escortdame Anna Meyer in Auftrag gegeben haben, wurden vom LKA nicht weiterverfolgt. Daher nahm ich auf Bitten einer

Freundin von Anna eigenständige Ermittlungen im Umfeld des Ministers auf. Ich tat dies privat, in meinem Urlaub, also in meiner Freizeit.«

Willen zitterten die Knie, als er seine Ausführungen beendet hatte. Glücklicherweise blieb das seinen Vorgesetzten verborgen.

»Dieser Hinweis, von dem Sie sprachen, Herr Willen, kam der von einer gewissen Dausen-Dörte, einer hinlänglich bekannten Prostituierten?«, fragte Kriminalrat Dierks.

»Das ist richtig! Und selbstverständlich gehe ich jedem Hinweis nach.«

Helmut Günther, der Inspektionsleiter, schaltete sich wieder ein: »Das ist so weit auch vollkommen in Ordnung, Herr Willen. Es geht hier nicht darum, den Fall zu beurteilen. Um es einmal kurz und knapp zu benennen: Sie haben geltende Dienstvorschriften missachtet und eigenmächtig gehandelt. Wie Sie ja selber sagten, hatte das LKA den Fall übernommen. Ihre Formulierung ‚an sich gezogen' weise ich in diesem Zusammenhang entschieden zurück! Cloppenburg war raus aus der Nummer, basta. Das muss ich Ihnen doch nicht näher erklären, Herr Willen, oder?«

Der Polizeidirektor sah Willen an und erwartete ein »Nein« oder wenigstens ein Kopfschütteln, doch Willen tat ihm diesen Gefallen nicht.

»Normalerweise zieht Ihr unerhörtes Verhalten ein Disziplinarverfahren nach sich!« Der Ton des Leiters ZKD wurde schärfer.

»So weit sind wir noch lange nicht!«, erwiderte Polizeidirektor Günther in Richtung Dierks.

»Ich finde, schon«, konterte dieser, »Polizeioberkommissar Willen hat ganz eindeutig seine Kompetenzen überschritten und, was noch schwerer wiegt, seinen Verantwortungsbereich missachtet. Private Ermittlungen gehen gar nicht, und in Hannover hatte er nichts verloren!« Zur Unterstützung seiner Aussage tippte Kriminalrat Dierks mit einem Kugelschreiber auf die Tischplatte.

»Wir sind nicht nur verantwortlich für das, was wir tun, sondern auch für das, was wir nicht tun«, erwiderte Willen.

»Oh, Herr Willen zitiert Molière. Hätte gar nicht gedacht, dass …«

»Bitte, bitte«, unterbrach Bernward Ehlert den Leiter ZKD. »Pommes, äh, Hendrik, streitet ja gar nicht ab, die Dienstvorschriften außer Acht gelassen zu haben. Das kann man ihm sicherlich zum Vorwurf machen. Was wir ihm dabei aber zugutehalten müssen ist, dass er in guter Absicht gehandelt hat. Er wollte zur Aufklärung eines Falles beitragen. Und das sogar in seiner Freizeit!«

»Welchen Fall meinen Sie, Herr Ehlert?« Dierks schoss die Zornesröte ins Gesicht. »Der Fall war doch längst abgeschlossen, wie den Unterlagen zu entnehmen ist.«

»Meine Herren!«, kam es vom Inspektionsleiter. »Beruhigen wir uns doch wieder!«

»Ich bin ganz ruhig«, kommentierte Ehlert und ergänzte: »Wir wollen uns mal nichts vormachen, wir wissen doch alle, wie so etwas läuft.«

»Wie was läuft?«, hakte Dierks nach, dem es gar nicht gefiel, dass sich Ehlert auf Willens Seite schlug.

»Wir wissen doch eines«, fing der FK-Leiter an, »Freselage ist ein Hurenbock, das ist jedem in der Inspektion bekannt. Und wir wissen ferner, dass er seine Kontakte in Oldenburg genutzt hat.«

Dem Inspektionsleiter war klar, worauf Ehlert hinauswollte. Obschon es ihm unangenehm war, unterbrach er ihn nicht.

»Freselage kennt den Polizeipräsidenten persönlich. Jetzt mal

Butter bei die Fische, Chef, ich war ja nicht bei dem Gespräch dabei: Das klang doch bestimmt nach Anweisung von ganz oben, oder etwa nicht? Cloppenburg sollte da ganz schnell die Akte schließen, weil es möglicherweise unangenehm für den Minister werden könnte.«

»Am Bericht des Brandsachverständigen gibt es nichts zu mäkeln. Das zuständige Fachkommissariat 1 ist korrekterweise von einem tragischen Verkehrsunfall ausgegangen, weil ein technischer Defekt am Dienstwagen des Ministers nicht ausgeschlossen werden konnte.« Günther wollte diese Detaildiskussion so schnell wie möglich beenden. Er wusste selber, dass das nach einem abgekarteten Spiel aussah, doch der Druck aus Oldenburg auf seine Person war enorm.

»Alles richtig so weit«, besänftigte Ehlert. »Aber was danach kam, das stinkt schon gewaltig nach Vertuschung!«

»Trotzdem dürfen wir eigenmächtige Ermittlungen nicht unterstützen!«, stellte Dierks noch einmal fest und wandte sich wieder an Willen: »Was haben Ihre Ermittlungen eigentlich ergeben? Haben Sie Beweise dafür gefunden, dass der Minister einen Mordauftrag erteilt hat?«

»Leider nein«, antwortete Willen knapp, aber zutreffend.

»Sie konnten ihm also nichts nachweisen?«, hakte der Leiter ZKD nach.

»Nein.«

»Warum?«

»Ich bin aufgeflogen. Ein unerwarteter Attentatsversuch hat meine Arbeit vorzeitig beendet.«

»Sie hätten also noch etwas mehr Zeit gebraucht?« Dierks lehnte sich zurück und sah seine beiden Kollegen an. Dabei konnte er ein höhnisches Schmunzeln nicht verbergen.

»Möglicherweise«, antwortete Willen.

»Sie sollen nicht alleine gewesen sein«, fragte der Inspektionsleiter nach.

Willen überlegte kurz, ob Günther damit nur Cem meinte oder auch Dörte. Dass seine Freundin einen Undercover-Einsatz hatte, konnte eigentlich niemand außer ihm und seinem Kumpel Cem wissen.

»Das ist richtig.«

»Verraten Sie uns freundlicherweise auch, wer Sie unterstützt hat?« Die Polemik in Dierks' Frage war nicht zu überhören.

»Ein Privatdetektiv aus Hannover hat mir geholfen. Sein Name ist Cem Erik Müller.«

»*Der* Müller?«, hakte Dierks nach und sah provokant zum Inspektionsleiter.

»Ich denke, seine Vergangenheit spielt hier keine Rolle«, kam es von Günther. »Viel wichtiger ist, dass es zu einem bedauerlichen Zwischenfall gekommen ist, bei dem unser ehemaliger Kollege schwer verletzt wurde. Wie geht es Herrn Müller zurzeit, Herr Willen?«

»Cem liegt nach einer schweren Schussverletzung am Kopf im künstlichen Koma.«

Kriminalrat Dierks lehnte sich wieder nach vorne, verschränkte seine Arme auf dem Tisch und sah Willen direkt in die Augen. »Ihnen ist schon klar, dass *Sie* das letztendlich zu verantworten haben!«

Willen schluckte. Hatte er das? Cem hatte wortlos das Auto gestartet und war zum Ort des Geschehens geprescht, als der Überfall auf Freselage verübt wurde. Sie hätten auch im Wagen sitzen bleiben und die Situation nur beobachten können. Auch wenn ihm das alles sehr leidtat, aber verantwortlich für Cems Verletzung fühlte Willen sich nicht. »Da bin ich anderer Meinung«, antwortete er und erntete ein zustimmendes Kopfnicken von Ehlert, seinem FK-Leiter.

Polizeidirektor Günther schlug demonstrativ seine Schreibkladde zu, in der er sich während des Gesprächs Notizen gemacht hatte. »Hat jemand noch Fragen an Herrn Willen?« Er schaute seine beiden Kollegen an, und als von denen nichts kam, wandte er sich an den Dorfpolizisten: »Wie gesagt, Herr Willen, dies ist nur eine Befragung, ein informelles Gespräch. Ich danke Ihnen für Ihre Ehrlichkeit, nichts anderes hatte ich erwartet. Zum gegenwärtigen Zeitpunkt sehe ich keine Veranlassung für ein Disziplinarverfahren. Ich stimme da Ihrem Chef zu, der sagt, dass Sie in guter Absicht gehandelt haben. Dabei wollen wir es dann auch belassen, wenn …« Der Inspektionsleiter machte eine kurze Pause im Satz und setzte neu an: »… wenn auch für Sie der Fall jetzt endgültig abgeschlossen ist.«

Da war der entscheidende Satz! Natürlich sprach man es nicht offen aus, dass der Minister in Hannover über seinen Freund, den Polizeipräsidenten in Oldenburg, Einfluss auf die Angelegenheit genommen hatte. Stattdessen wurde Willen sein eigenmächtiges Handeln vorgehalten und die Dienstvorschrift zitiert. So oder so, Willen hatte die Füße stillzuhalten, sonst würde er sich einem Disziplinarverfahren ausgesetzt sehen. Die möglichen Folgen reichten von Versetzung in eine andere Dienststelle über Gehaltskürzung sowie Degradierung bis hin zur Entlassung als schärfste Waffe des Disziplinarrechts, bei der er auch seine Pensionsansprüche verlieren würde. Sollte er dieses Risiko auf sich nehmen? Würde er jetzt aber nicken, käme er mit einem blauen Auge davon. Doch wäre damit nicht alles für die Katz' gewesen? Die Kleinen fing man, die Großen ließ man laufen. Er erinnerte sich an den Deal, den er mit Dörte eingegangen war: Wenn er bis zum Ende seines Urlaubs in Hannover keine Beweise für eine mögliche Täterschaft Freselages finden würde, wäre endgültig Schluss. So hatten sie es vereinbart.

»Für mich ist der Drops gelutscht«, antwortete Willen dem Inspektionschef. Erleichtert war er aber nicht.

Kapitel 17

CARSTEN HÖGER EILTE spät abends über menschenleere Flure hinüber in den anderen Gebäudetrakt des Ministeriums, wo Staatssekretär Tschauner sein Büro hatte. Es nervte langsam, dieses ewige Hin-und-her-Rennen. Der Pressesprecher sehnte den Tag herbei, an dem die Umbauarbeiten endlich abgeschlossen sein würden.

Die räumliche Distanz zur Schaltzentrale des Ministers empfand Höger im Moment als Wettbewerbsnachteil im Rennen um den inoffiziell vakanten Posten des Staatssekretärs. Corinna Bach, die ihm neulich wegen Tschauners angeblich schlechten Charakters auf die Nerven ging, war – zumindest räumlich gesehen – viel näher dran als er. Umso mehr freute sich Höger, dass Tschauner ihn zu sich gerufen hatte.

Der Staatssekretär hatte ihn beim gemeinsamen Mittagessen gebeten, nach Feierabend so lange zu bleiben, bis er ihn noch kurz zu sich rufen würde. Es gäbe noch etwas Wichtiges zu besprechen, was nur für seine Ohren bestimmt wäre. Tschauner hatte lediglich eine vage Andeutung gemacht und von Spezialauftrag gesprochen. Höger war sich sicher, dass es eine neue Entwicklung in der Angelegenheit mit der verstorbenen Escortdame gab. Sollte es gar eine Verbindung zwischen dem tragischen Tod dieser Anna und dem Attentatsversuch auf den Minister geben? Als Pressesprecher kannte er natürlich sämtliche Fakten. Tönnies, der Schwager des Ministers, hatte seine Drohung wahr gemacht, und ein Dorfpolizist aus dem Heimatort von Freselage hatte das Schlimmste verhindern können. War der Dorfpolizist so etwas wie ein Verbindungsglied zwischen diesen Ereignissen? Er würde es sicher gleich erfahren.

Höger klopfte an Tschauners Bürotür und trat ein.

»Ah, Herr Höger, schön, dass Sie noch so lange geblieben sind!« Der Staatssekretär erhob sich von seinem Bürostuhl und wechselte zur Besprechungsecke. Mit der Hand forderte er Höger auf, sich zu ihm zu setzen.

»Verzeihen Sie mir, dass ich Ihnen keinen frischen Kaffee anbiete. Aber ich denke, Sie wollen sicher gleich los, Sie haben sich den Feierabend redlich verdient.« Zur vorgerückten Stunde war Tschauner immer noch in der Lage, ein charmantes Lächeln aufzusetzen.

»So spät abends trinke ich sowieso keinen Kaffee mehr«, erwiderte Höger.

»Fein, fein! Sie können es sich bestimmt schon denken, weswegen ich Sie gerufen habe, oder?«

»Gibt es Neuigkeiten im Fall Anna?«

»Genau darum geht es, Herr Höger! Brillant, wie Sie mitdenken!«

Höger lächelte verlegen.

»Nein, nein, mein Lieber, keine falsche Scheu. Ich sagte ja bereits, dass mehr in Ihnen steckt. Bevor wir aber zu der Hure kommen, möchte ich Ihnen gerne eine Frage stellen: Wie nehmen Sie Minister Freselage im Moment wahr, Herr Höger?«

Der Pressesprecher bemerkte den hellwachen Blick, mit dem

Tschauner ihn ansah. Diese Frage war alles andere als belanglos – Höger hielt sie für eine Art Prüfungsfrage. Darum ließ er sich Zeit mit seiner Antwort. Schließlich sagte er: »Der Minister erscheint mir im Moment sehr angeschlagen. Der Attentatsversuch steckt ihm noch in den Knochen. Zudem ist intern seine Befürchtung bekannt, Dr. Eberlein habe es auf seinen Posten abgesehen.«

Auch Tschauner ließ auf seine Antwort warten.

»Höger, ich bewundere Ihren klaren Verstand und Ihre scharfsinnige Auffassungsgabe! Ihre und meine Einschätzung der momentanen Situation sind vollkommen deckungsgleich.«

Der Pressesprecher war bislang mit sich zufrieden. Ob er Tschauner von seinem Gespräch mit der Bach berichten sollte, falls sich eine passende Gelegenheit dafür ergab? Noch war er unschlüssig. Auf keinen Fall wollte er zu forsch wirken und sich dadurch seine Chancen auf den ersehnten Posten zunichtemachen.

Tschauner lehnte sich in seinem Sessel nach vorne und sprach, obwohl sie so ziemlich die Letzten im Ministerium sein mussten, mit gedämpfter Stimme weiter: »Es ist alles in die Wege geleitet!« Als er sich wieder zurücklehnte, strahlte er Höger bis über beide Ohren an: »Kommen Sie, mein Lieber, schauen Sie doch nicht so verdutzt, als verstünden Sie nicht.«

Höger schluckte. In der Tat war er sich nicht sicher, was Tschauner meinte. Zumindest wäre es zu schön, um wahr zu sein, wenn er das meinte, woran er dachte. Sprach Tschauner seine Nachfolgeregelung an? Deutete er an, dass er ihm den Weg geebnet hatte? Carsten Höger entschied sich für ein verhaltenes Lächeln, was Tschauner zum Anlass nahm, beide Arme weit auszustrecken.

»Dieses Büro wird bald Ihnen gehören, Höger! Was sagen Sie dazu?«

Höger atmete tief durch und sah schnell zu Boden, um einem

aufkommenden Freudestrahlen vorzubeugen. Als er wieder hochsah, stotterte er ergriffen: »Ich … ich … weiß gar nicht, was ich sagen soll, Herr Staatssekretär!«

Tschauner strahlte ihn an. »Das ist vollkommen in Ordnung, machen Sie sich keine Sorgen. Mir ging es damals ähnlich.«

Carsten Höger nickte.

»Lachen Sie, Höger, freuen Sie sich ruhig. Es gibt keinen Grund, die Emotionen zu verbergen.«

»Ich danke Ihnen wirklich sehr, Herr Staatssekretär!«

Mit einer Handbewegung wischte Tschauner Högers Dank beiseite. Dem Pressesprecher brannte aber das Gespräch mit Corinna Bach so sehr auf der Seele, dass er seinen ganzen Mut zusammennahm und es zur Sprache brachte: »Herr Staatssekretär, wenn Sie gestatten, würde ich gerne eine Sache ansprechen.«

»Nur zu, Höger, nur zu. Schießen Sie einfach los!«

Höger räusperte sich. »Sie hatten mich ja unlängst vor den Ränkespielen hier im Ministerium gewarnt.« Er stockte, doch Tschauner forderte ihn nickend auf, weiterzusprechen. »Ich möchte Ihnen nicht vorenthalten, dass Frau Bach ein Gespräch mit mir suchte.«

»Ich kann mir schon denken, worum es bei diesem Gespräch ging«, prustete Tschauner los. Von jetzt auf gleich wechselte sein Gesichtsausdruck von freundlich zu wütend. »Die alte Nebelkrähe kann mich auf den Tod nicht leiden. Die meint wohl, ich würde das nicht merken. Was hat Sie Ihnen erzählt, Höger? Dass ich gefährlich wäre? Und dass ich Sie manipulieren würde?«

Dem Pressesprecher war Tschauners Wutausbruch unangenehm. Er rutschte in seinem Sessel hin und her und bereute es, ihn darauf angesprochen zu haben. Er hoffte inständig, dass das kein Eigentor war.

»Nur raus damit, Höger, liege ich mit meiner Vermutung richtig?«

»Manipulieren ist genau das richtige Stichwort, Herr Staatssekretär.«

»Ha, wusste ich's doch! Die abgetakelte Fregatte hätte ich der Lamberts gleich hinterherschicken sollen. Was bildet die sich ein? Kann die eigentlich irgendwas, außer an ihrem Finger zu nuckeln?«

So hatte Höger den Staatssekretär noch nie erlebt. Er beschloss, ruhig zu bleiben und abzuwarten, bis der Sturm sich gelegt hatte. Eine Weile noch grummelte Tschauner vor sich hin, dann hatte er sich wieder gefangen.

»Es ist gut«, sagte Tschauner im ruhigen Ton, »dass Sie mir von Ihrem Gespräch mit Frau Bach berichtet haben. Finden Sie denn auch, dass ich Sie manipuliere?«

Höger blickte in Tschauners kalte Augen. Die Wut lag noch in seinen Gesichtszügen. Alles andere als ein klares Nein wäre politischer Selbstmord, dachte der Pressesprecher.

»Nein!«, antwortete Höger bestimmt und zwang sich, fest daran zu glauben.

»Gut, Höger, gut! Ich will ehrlich zu Ihnen sein. Ich habe nicht vor, Sie zu manipulieren. Sie können sich auf mich verlassen. Aber ohne meine Hilfe werden Sie in diesem Ministerium nicht Staatssekretär werden. Auch das können Sie mir glauben. Um Staatssekretär oder Minister zu werden, gibt es nur zwei Wege. Der erste Weg ist etwas heikel: Sie sägen am Stuhl des momentanen Posteninhabers. Den zweiten Weg halte ich in Ihrem Fall für angebrachter: Sie lassen sich protegieren.«

Tschauner machte eine kurze Pause. »Verstehen Sie, was ich meine?«

Höger nickte wortlos.

»Das kapiert die Bach nicht. Sie meint, ich würde Sie manipulieren, dabei verwende ich an höchster Stelle meinen bescheidenen Einfluss für Ihren beruflichen Aufstieg. Weil ich weiß, dass Sie der Richtige sind, Höger!«

»Das ... das weiß ich wirklich zu schätzen, Herr Staatssekretär!«

»Wirklich?«

»Absolut! Ich danke Ihnen sehr, dass Sie sich für mich einsetzen!«

»Danken Sie es nicht mir, danken Sie es dem Minister.«

»Wie meinen Sie das?«

Tschauner merkte Höger seine Irritation an. »Ich mache das, weil ich Sie mag, Höger, und weil ich einen geeigneten Nachfolger für mein Ministerium lieber selbst aussuche, als dass den Mitarbeitern jemand Fremdes vorgesetzt wird. Und neben mir hat natürlich auch Freselage ein Wörtchen mitzureden.« Allmählich kehrte das Lächeln in Tschauners Gesicht zurück.

»Wie kann ich es denn Herrn Minister Freselage danken?«

»Freselage braucht jetzt dringend Unterstützung. Er braucht uns, Sie und mich.« Höger nickte wieder. Es beeindruckte ihn, wie Tschauner sich um Freselage sorgte.

»Freselage ist gerade dem Tod von der Schippe gesprungen und hat noch immer zwei Gegner vor sich.«

»Den Dioxinskandal hat er schadlos überstanden«, warf Höger ein, »aber da gibt es noch Dr. Eberlein und die tote Escortdame. Zwei Baustellen, die ihn sehr beschäftigen.«

»Exakt, Höger, exakt! Eberlein und ein gewisser Hendrik Willen halten ihn ganz schön auf Trapp. Dieser Willen hat Freselage praktisch das Leben gerettet, das macht die Sache etwas kompliziert.«

»Ja, da befindet sich der Minister in einer Zwickmühle.«

»Genau. Willen ist Freselage aber auf den Fersen wegen …«, Tschauner musste aufpassen, dass er nicht *Hurenmord* sagte, »… wegen dieser Anna. Herr Willen hat sich da offenbar in etwas verrannt. Dieser naive Dorfpolizist glaubt allen Ernstes, dass der Minister die Escortdame hat umbringen lassen. Freselage hat zwar schon seinen Einfluss nach Südoldenburg geltend gemacht, aber wir wollen doch auf Nummer sicher gehen, wenn Sie verstehen, was ich meine.«

In Högers Kopf rotierte es. *Auf Nummer sicher gehen* konnte man so oder so verstehen. Im Fall der Escortdame lag die Vermutung nahe, dass man auch auf *Nummer sicher* gegangen war. Beweisen ließe es sich offenbar nicht; soweit Höger wusste, wurde der Vorfall als tragischer Verkehrsunfall angesehen. Was verstand Tschauner also im Zusammenhang mit Willen unter *auf Nummer sicher gehen*?

»Sie sprechen den Spezialauftrag an, von dem Sie heute Mittag gesprochen hatten?«

»Exakt, Höger! Denken Sie daran, Sie tun es zu Freselages *und* zu Ihrem Wohle! Dem Willen muss noch einmal klargemacht werden, dass er die Füße stillzuhalten hat. Sie machen praktisch einen therapeutischen Hausbesuch.« Tschauner prustete drauflos und sah, wie sich Höger entspannte. Dann lachte der Pressesprecher aus vollem Halse mit.

»Was dachten Sie denn, Höger?« Tschauners Heiterkeit verflüchtigte sich allmählich. »Wolf wird sie begleiten und Ihnen helfen. Sie beide waren ja schon in Vechta ein gutes Team. Er müsste gleich da sein.«

Auch Höger nahm wieder ernste Gesichtszüge an. »Gleich? Darauf war ich jetzt nicht vorbereitet.«

»Sie müssen sich noch einmal beweisen, Höger! Denken Sie daran: Auch der Minister hält große Stücke auf Sie!«

Tschauners Smartphone klingelte und verhinderte Högers Antwort. »Einen Augenblick, das wird Wolf sein!« Der Staatssekretär griff zum Handy, das auf dem Besprechungstisch lag, und nahm das Gespräch an. »Ja?« Er nickte Höger zu. »Alles klar, ich schicke Ihnen Höger runter. Es läuft so, wie wir es besprochen haben.« Dann ließ er das Telefon in die Innentasche seines Sakkos gleiten.

Ohne ein Wort stand Höger auf und verließ das Arbeitszimmer. Wolf war ihm zwar höchst unsympathisch, aber er verstand, dass er sich noch einmal bewähren musste.

Tschauner lehnte sich zurück und sah Höger kalt lächelnd hinterher.

* * *

WILLEN SCHLIEF, ALS der Anruf kam.

Sein Diensthandy auf dem Nachttisch klingelte ein paar Mal und schreckte ihn schließlich hoch. Der Blick auf den Funkwecker verriet: 02.30 Uhr. Was ist passiert, dachte der Polizist, und nahm das Gespräch auf der Bettkante sitzend an.

»Willen.«

Eine ihm unbekannte Stimme antwortete: »In Hannover haben Sie vergeblich nach Hinweisen gesucht. Sind Sie an der Aufklärung des Hurenmordes noch interessiert? Oder haben Ihre Vorgesetzten Sie wieder auf Spur gebracht?«

Willen umfasste das Telefon noch fester: »Wer spricht da?«

»Ich kann Ihnen geben, wonach Sie suchen. Seien Sie in einer halben Stunde an dem unbewohnten Gehöft an der Cappelner Straße. Aber kommen Sie privat und alleine!«

Dann war es still am anderen Ende der Leitung.

»Hallo?«, fragte Willen nach. »Sind Sie noch dran?« Als er keine Antwort erhielt, legte er das Handy zurück auf den Nachttisch. »Was soll denn der Scheiß?«, sprach er mit sich selbst. Sein Bauchgefühl mahnte ihn zur Vorsicht.

Da wusste jemand von seinen privaten Ermittlungen in der Landeshauptstadt und dem damit verbundenen Anschiss in der Polizeiinspektion. Der Anrufer wusste demnach, dass er Polizist war. Schnell war sich Willen sicher, dass es jemand aus Hannover sein musste, vielleicht eine Person aus dem direkten Umfeld des Ministers. Denn dieser Jemand wusste, dass er nach *Hinweisen* gesucht hatte und dass diese Suche vergebens war. Und: Dieser Jemand hatte offenbar Informationen, die ihn weiterbringen würden, er war ihm also wohlgesonnen.

Willen schlüpfte in Jeans und T-Shirt. Er solle *privat und alleine* kommen, überlegte er weiter. Was zur Hölle war davon zu halten? *Privat* hieß, nicht in Uniform zu erscheinen. Und warum unbedingt *alleine*, wen sollte er denn mitbringen? Das klang schon weniger wohlgesonnen. Und dann Uhrzeit und Ort – drei Uhr nachts an einem unbewohnten Gehöft. Die besagte Adresse kannte Willen. Der Resthof lag an der Cappelner Straße auf halbem Wege zwischen Cappeln und Sevelten und war seit Jahren nicht mehr bewohnt. Die ursprünglichen Besitzer waren verstorben, und lang anhaltende Erbstreitigkeiten unter den Angehörigen waren der Grund dafür, dass der Hof unbewohnt blieb.

Als Willen die Schnürsenkel zuband, revidierte er sein erstes Urteil: Dieser Jemand war ihm alles andere als wohlgesonnen, das klang eher nach einer Falle.

Bevor er die Wohnung verließ, musterte er sich im Spiegel neben der Wohnungstür. Sein Gehirn funktionierte und der Verstand war wach. Den Gefallen, von der Cappelner Straße kommend auf den alten Hof vorzufahren und somit schon von Weitem gesehen zu werden, würde er dem Anrufer nicht tun. Willen kannte einen Feldweg, über den er von hinten zum Hof gelangen konnte. Wenn er Glück hatte, würde sein Erscheinen unbemerkt bleiben.

Er sah seinem Spiegelbild tief in die Augen. Auf was hast du dich da eingelassen? Wie wird das enden? Keine Ahnung. Angst? Frag besser nicht. Dienstwaffe? Am Mann, durchgeladen und gesichert.

Er atmete ein Mal tief durch, dann verließ er die Wohnung.

Wolf trieb Höger an, sich mit den Benzinkanistern zu beeilen. Auf der nächtlichen Fahrt von Hannover ins südoldenburgische Cappeln hatte Wolf ihm seinen Plan eröffnet, wie er Willen aus dem Weg räumen wollte.

»Das ist kaltblütiger Mord!«, hatte Höger Wolf entgegengebracht.

»Wir lassen es wie einen Unfall aussehen und brennen alles nieder«, war dessen lapidare Antwort gewesen.

Nachdem Wolf ihm unmissverständlich erklärt hatte, dass er mit drinhinge, war der anfängliche Widerstand des Pressesprechers schnell gebrochen. Er hatte sich in sein Schicksal gefügt. Tschauners Satz, er müsse sich jetzt beweisen, war ihm wieder in den Sinn gekommen.

Wolf riss Höger die beiden Kanister aus den Händen und entleerte den Inhalt in der länglichen, fensterlosen Scheune. Er schüttete großflächig nach rechts und links. Im hinteren Bereich der Scheune stieß er auf eine Holztreppe, die auf den Heuboden führte. Wolf ging die Stufen hinauf und kippte noch mehr aus. Das Benzin verteilte sich im Heu und tränkte das Holz der Treppe sowie des Ständerwerks. Wieder unten angelangt, bespritzte er das große, doppelflügelige Tor an der Stirnseite der Scheune. Von den Dämpfen wurde ihm schlecht. Er keuchte, machte aber weiter, bis der Kanister leer war. Die vier Seitentüren ließ er sicherheitshalber aus, um später, sollte die Scheune in Flammen stehen und die Lage sich zuspitzen, genügend Fluchtwege zur Verfügung zu haben.

»Wir müssen uns beeilen; Willen wird jeden Moment hier sein. Behalten Sie die Landstraße im Auge und passen Sie auf, dass er Sie nicht sieht, wenn er auf den Hof fährt!«, befahl Wolf.

Höger trat vor die Scheune und schaute sich um. In der Dunkelheit konnte er so schnell kein günstiges Versteck erkennen.

»Was stehen Sie denn da herum, so sieht er sie doch sofort!« Wolf warf den leeren Benzinkanister weg und zerrte Höger am Arm hinter einen dicht neben der Scheune abgestellten Anhänger.

»Hier sind wir geschützt und können gleichzeitig die Hofeinfahrt beobachten. Wenn Willen aus dem Wagen steigt und nah genug ist, knalle ich ihn ab. Dann schaffen wir ihn in die Scheune und zünden sie an. Verstanden?«

»Ja!«, murrte der Pressesprecher.

»Und, Höger, behalten Sie gleich bloß die Nerven!«

Wolf checkte die Uhrzeit – kurz nach drei Uhr. »Wo bleibt der denn?« Lichtkegel waren weit und breit nicht zu sehen. Irgendwo hinter ihnen knackte ein Ast. Wolf fuhr herum.

»Was war das?«

»Bleiben Sie ruhig!«, flüsterte Wolf und blickte in die Dunkelheit. »Ich kann nichts erkennen, wahrscheinlich ein Tier, das herumstreift.«

Da sich der Dorfpolizist offenbar Zeit ließ, versuchte Höger, Wolf umzustimmen. »Reicht es denn nicht, wenn wir diesem Willen einfach nur eine Tracht Prügel verpassen?«

»Sprechen Sie leiser!«, blaffte Wolf ihn mit gedämpfter Stimme an.

Höger flüsterte weiter: »Ich meine, der Minister hat ja dafür gesorgt, dass Willen von seinen Vorgesetzten angezählt wurde. Und vom Polizeipräsidenten kam die Rückmeldung, dass Willen die Füße stillhalten würde. Vermöbeln würde da doch reichen, er wird schon merken, dass wir es ernst meinen. Wir müssen ihn doch nicht gleich umbringen.«

»Herr Höger, ich dachte, ich hätte es Ihnen auf der Autofahrt verständlich gemacht. Staatssekretär Tschauner gab uns den Auftrag, das Problem ‚Willen' zu *lösen,* und zwar endgültig.«

»Mir nicht«, insistierte Höger.

»Doch, auch Ihnen. Sie wollen schließlich Staatssekretär werden. Oder irre ich mich?«

Höger blieb stumm. Natürlich wollte er.

»Alles hat seinen Preis. Und Macht, Höger, Macht kostet manchmal kein Geld, sondern lediglich etwas Überwindung.«

»Wie meinen Sie das?«

»Den Preis dafür, dass Sie Tschauner als Staatssekretär beerben, zahlen Sie heute Nacht, indem Sie Minister Freselage einen großen Dienst erweisen. Ich kann verstehen, dass Sie das Überwindung kostet.«

»Also ist es wahr?«

»Was?«

»Das, was dieser Dorfpolizist vermutet und weswegen er in Hannover herumgeschnüffelt hat. Dass Freselage den Auftrag erteilt hat, die Escortdame zu töten, damit sie ihn mit den gestohlenen Dokumenten, die Sie aus ihrer Wohnung in Vechta wiederbeschafft haben, nicht erpressen kann.«

»Mehr oder weniger!«

»Wie meinen Sie das denn, Wolf? *Sie* haben doch bestimmt den Dienstwagen des Ministers zur Explosion gebracht?«

»Was denken Sie, warum ich mich hier in Cappeln so gut auskenne?«

»Aber der Auftrag dazu kam nicht von Freselage selbst, sondern von Staatssekretär Tschauner. Oder wie muss ich mir das vorstellen?«

»Lösen Sie das Problem mit der Nutte, lautete Freselages Auftrag, den mir Tschauner überbracht hatte. Es ist mein Job, Herr Höger, Probleme so zu lösen, dass sie nie wieder zum Thema werden.«

»Verstehe, und heute Nacht lösen Sie also das Problem mit dem Polizisten.« Höger sprach vor Aufregung wieder lauter, was Wolf sofort durch ein kräftiges Zupfen an dessen Ärmel unterband.

»*Wir*, mein lieber Höger, *wir* lösen das Problem mit dem Polizisten. Sie hängen da mit drin!«

»Tu ich nicht!«

»Und ob Sie das tun«, presste Wolf durch seine Zähne, »spätestens seit Vechta haben Sie sich der Mittäterschaft schuldig gemacht. Ich bin in die Wohnung der Nutte eingebrochen und Sie haben im Auto gewartet. Schmiere stehen, nennt man das – und: mitgefangen, mitgehangen!«

»Ja und, ich habe aber keinen Menschen auf dem Gewissen, so wie Sie. Noch lebt der Polizist. Wenn ich jetzt einfach weggehen würde, wäre ich praktisch nie hier gewesen. Es gibt keine Zeugen, nur Sie und mich.«

Wolf packte Höger am Handgelenk und zog ihn nah zu sich heran. So nah, dass Höger trotz der Finsternis in dessen tief liegende, dunkle Augen blicken konnte. »Glauben Sie allen Ernstes, dass ich Sie in diesem Fall gehen lassen würde?«

»Was, was ... hätten Sie denn vor?«, stammelte der Pressesprecher, dem seine ausweglose Lage schlagartig bewusst wurde.

»Sie haben vollkommen recht, es gibt hier draußen keine Zeugen. Man wird Ihre verkohlte Leiche neben der von Willen finden und Sie für seinen Tod verantwortlich machen. Unglücklicherweise sind Sie selbst den Flammen zum Opfer gefallen. So oder so erweisen Sie heute dem Minister einen Bärendienst.«

Der Pressesprecher ließ den Kopf hängen und Wolf lockerte den Griff um Högers Handgelenk.

»Dann habe ich keine andere Wahl, als dieses perfide Spiel mitzuspielen. Nur zu, Wolf, lösen Sie wieder Probleme, ich werde Ihnen keinen Ärger machen.«

»Wir lassen es wie einen Unfall aussehen, der Minister ist seine Sorgen los, und Sie werden Staatssekretär, wie es Ihnen Tschauner in Aussicht gestellt hat. Damit wäre allen geholfen!«

»Sie haben immer eine Wahl, Herr Höger«, rief eine Stimme aus der Dunkelheit.

»Scheiße«, fluchte Wolf und griff zu seiner Pistole. Er fuhr herum, als er schnelle Schritte auf dem verlassenen Hof hörte. »Das muss der Bulle sein. Keinen Mucks, Höger!«

Der Pressesprecher schüttelte den Kopf und versteckte sich unter dem Anhänger. Wolf versuchte, Willens Position zu orten. Er konnte vom Wohnhaus in Richtung dahinterliegende Schweineställe gelaufen sein.

»Der Sack ist gar nicht so dumm, er muss sich von hinten genähert haben«, flüsterte Wolf Höger zu und schlich mit vorgehaltener Waffe die Holzwand entlang, um einen Blick hinter die Scheune zu werfen.

»Herr Höger, mein Name ist Hendrik Willen. Ich habe das Gespräch mitbekommen. *Ich* bin Ihr Zeuge!«

Carsten Höger erschrak. Willens Stimme klang so nah, als würde der Polizist direkt neben ihm sitzen. Er schaute sich in der Hocke sitzend nach allen Seiten um, konnte Willen aber nicht sehen.

»Wo sind Sie?«, flüsterte Höger.

»Ich habe alles mitbekommen«, flüsterte Willen zurück, »und weiß jetzt, wer hinter dem Hurenmord steckt. Ich versichere Ihnen, Sie kämen mit einem blauen Auge davon, wenn Sie sich kooperativ zeigen und ...«

»Er ist hier, direkt neben mir!«, stieß Höger plötzlich aus. Wolf rannte zurück, während sich vom vorderen Rad des Anhängers ein Schatten löste und in Richtung Wohnhaus verschwand.

»Oh Gott, Willen hat direkt neben mir gehockt, hinter dem Rad, und mit mir gesprochen. Ich hab' ihn erst gesehen, als er weglief.«

»Jetzt beruhigen Sie sich, Höger!«

»Er hat alles mitangehört«, flüsterte Höger Wolf aufgeregt zu.

»Mag sein, dass er unser Gespräch belauscht hat, aber er hat nichts in der Hand. Er hat lediglich seine Vermutungen bestätigt bekommen. Es gibt keinerlei Beweise, weder dafür, dass Freselage den Mordauftrag erteilt hat, noch, dass Tschauner ihn an mich weitergegeben hat und auch nicht dafür, dass ich ihn ausgeführt habe. Das ist aber auch alles egal, denn Willen wird das Ende dieser Nacht nicht mehr erleben. Ich wäre Ihnen jetzt sehr verbunden, wenn Sie mir zeigen könnten, wohin der Polizist gelaufen ist!«

Als Carsten Höger sich umdrehte und vor die Deichsel des Anhängers trat, um mit seiner Hand Willens Fluchtweg zu beschreiben, traf ihn ein Schlag am Hinterkopf und er brach bewusstlos zusammen. Wolf fing Höger auf und schleifte ihn in die Scheune. Er legte Höger ab und hastete nach hinten. Dort entzündete er ein Streichholz und warf es auf die Holztreppe. Das Feuer raste die

Stufen hinauf, entfachte den Heuboden und sprang über auf die Dachbalken. In der Zwischenzeit kam Höger wieder zu sich. »Was ist passiert?«, fragte er noch halb auf dem Boden liegend.

»Plan B ist gestartet«, antwortete Wolf, als er zum Pressesprecher zurückkehrte. »Nehmen Sie es mir nicht übel, aber ich musste Sie ausknocken, Höger. Und Sie werden auch weiterhin artig mitspielen!«

»Wobei?«, Höger raffte sich auf die Knie und rieb sich den Hinterkopf.

»Bei meiner List, Willen in die Scheune zu locken, um ihn hier zu erschießen.«

»Was muss ich tun?«

»Die Nerven behalten. Und passen Sie auf, dass Sie nicht verbrennen.«

»Und wie ist Ihr Plan?«, fragte Höger und sah hinauf zum Gebälk, durch das sich die Flammen in Windeseile fraßen. Es knisterte und knackte über ihm.

»Ich werde vorgeben, Sie als Geisel genommen zu haben. Als braver Polizist wird Willen versuchen, Sie zu retten. Wie gesagt, Sie müssen nur die Nerven behalten.«

Höger nickte.

»Sobald Willen zum Scheunentor läuft, knalle ich ihn ab. Dann tragen wir seinen Leichnam in die Scheune und verschwinden. Das ist ein todsicherer Plan, vertrauen Sie mir!«

»Ich trau' dem Dach aber nicht mehr lange«, sagte Höger.

»Machen Sie sich keine Sorgen. Rechts und links befinden sich Türen, durch die wir zur Not verschwinden können, sobald ich Willen erledigt habe.«

Der Dachstuhl stand fast komplett in Flammen. Aus den Lüftungsschlitzen unterhalb des Daches quoll dichter Rauch. Es rumpelte, als vereinzelt brennende Balken in das Innere der Scheune fielen. Sie brachten einen Glutregen mit sich, der sich über den Boden ergoss.

»Passen Sie auf, dass Sie nicht getroffen werden!«, warnte Wolf, als er zum Scheunentor ging und beide Flügel aufstieß. Der Wind fegte in die brennende Scheune und fachte die Flammen noch stärker an. Der hineinfahrende Wind trieb einen dichten Rauchschleier gegen Höger, der ihm für einen Moment die Sicht nahm. Beißender Rauch drang in seine Lungen und trieb ihm Tränen in die Augen. Er keuchte und hustete, während um ihn herum das Feuer toste. Er musste schleunigst aus der Scheune raus, denn die Flammen drohten ihn einzukreisen, und sie fanden immer mehr Nahrung.

»Höger, hier herüber!«, rief Willen, der sich unbemerkt über eine der hinteren Türen Zugang zur Scheune verschafft hatte.

»Wo kommen Sie denn her?«, setzte Höger an, doch die letzten Silben schluckte sein Husten.

Willen sah, dass ein mächtiger Dachbalken vom Feuer bereits angesengt worden war und sich durchbog. »Beeilen Sie sich, sonst kommen Sie nicht mehr lebend raus!«

Angeschlagen stolperte Höger in Richtung des Polizisten. Brennende Holzstücke fielen auf ihn herab, eines hatte sich im Stoff seines Sakkos festgesetzt. Er warf sich vor Willen zu Boden. Mit der flachen Hand schlug der Dorfpolizist gegen die aufzuckende Flamme.

Dann stürzte der Dachbalken krachend in die Tiefe und trennte Höger und ihn von Wolf.

»Nichts wie weg hier«, schrie Willen und hakte Höger unter, der völlig platt war. Gleichzeitig peitschten ihnen Schüsse um die Ohren. Wolf hatte den Polizisten entdeckt. Willen feuerte zurück und zwang Wolf, sich hinter einem Kartoffel-Vollernter zu verschanzen.

Das Trägerwerk im hinteren Bereich der Scheune stand komplett in Flammen. Willen befürchtete, dass es der Feuersbrunst nicht mehr lange standhalten würde. Es drohte jeden Moment einzustürzen und ihn und Höger zu begraben. Er hob Höger auf die Beine, warf ihn sich über die Schulter und rannte zu der Tür, durch die er hereingekommen war.

Über, hinter und neben ihm knirschte und krachte es. Die Flammen fraßen sich gierig weiter, das Gebäude wankte. Die Wand, auf die Willen zusteuerte, fiel in sich zusammen und kippte gleichzeitig nach vorne. Geistesgegenwärtig jagte Willen mit Höger auf dem Buckel zur anderen Seite der Scheune. Das Dach hatte eine Stütze verloren und brach Sekunden später in sich zusammen.

»Geben Sie auf, Willen, Sie kommen nicht mehr lebend aus der Scheune!« Keuchend wagte sich Wolf aus seiner Deckung hervor und gab zwei weitere Schüsse durch die lodernde Feuerwand hindurch ab, ohne zu wissen, ob sie ihr Ziel trafen. Dann hatte auch er mit den näherrückenden Flammen zu kämpfen. Die Luft schien zu kochen und jeder Atemzug brannte in seiner Kehle. Seine Augen tränten, obwohl er den Kopf gesenkt hielt.

Mit letzter Kraft hechtete Wolf durch das geöffnete Scheunentor, rollte sich ab und sah zu, wie die Scheune funkenstiebend in sich zusammenfiel.

Er wollte nach Höger rufen, doch als er einatmete, füllten sich seine Lungen mit heißem Rauch. Er bekam einen heftigen Hustenanfall, bei dem sich sein ganzer Körper verkrampfte. Es dauerte eine Weile, bis er wieder auf die Beine kam. Er hörte sich um. In der Dunkelheit, die ihn umgab, hustete und würgte noch jemand anderes.

»Höger?«, krächzte er, rieb sich den Qualm aus den Augen und wankte los.

Wolf schleppte sich um die zusammengefallene Scheune herum, aus der noch immer einzelne Flammenherde loderten. Irgendwann stieß er auf Höger. Der Pressesprecher hustete schwer.

»Gott sei Dank, Höger, Sie haben es geschafft!«

»Verfluchte Scheiße, der heiße Rauch ist die reinste Qual«, hustete der Pressesprecher.

»Wo ist Willen?«

»Meine Kleidung war plötzlich so heiß, dass ich das Gefühl hatte, der Stoff würde meine Haut verbrennen.«

»Ihre Kleidung ist mir gerade so was von egal, Höger. Ich will wissen, ob Sie den Polizisten gesehen haben. Hat Willen überlebt?«

»Nein«, antwortete Höger, nachdem er seinen Hustenanfall überstanden hatte.

* * *

»BIST DU WIRKLICH sicher, dass Willen tot ist?« Minister Freselage war von den Ereignissen, von denen ihm Staatssekretär Tschauner am Samstagmorgen in seiner Wohnung berichtete, geschockt. Daher fragte er mehr als ein Mal nach.

»Wie oft denn noch, Hans? Wenn Wolf sagt, er habe das Problem gelöst, dann *hat* er das Problem gelöst.«

»Hat er mit eigenen Augen gesehen, wie Willen in den Flammen umkam?«

»Er nicht, Hans, aber Höger. Also noch mal: Wolf hat mehrmals auf Willen geschossen. Danach ist über ihm und Höger das Scheunendach eingestürzt. Höger sagt, er habe Willen angeschossen auf dem Boden liegen gesehen. Ob er da schon tot war, kann er nicht sagen. Er stand zu weit weg von Willen und musste zusehen, dass er da rauskam. Aber das können dir Höger und Wolf gleich alles selbst erklären, wenn sie kommen. Du hast sie ja einbestellt.«

Freselage ließ sich in sein Ledersofa im Wohnzimmer sinken und drückte sein ganzes Gewicht in eines der mit Ziernähten versehenen Rückenkissen. Er nahm seine Brille ab und warf sie vor sich auf den Sofatisch. Sie landete um ein Haar in dem Blumengesteck vom Discounter. »Musste das denn unbedingt sein, Til?«

»Du wolltest doch nicht ins Gefängnis – erinnerst du dich an deine Worte? Ich habe dich zuvor gefragt, ob ich Wolf anrufen soll, Hans!«

»Ja, ja, ja, ist ja schon gut. Ich weiß selbst, was ich gesagt habe. Trotzdem ist das scheiße. Ich habe das Gefühl, mich völlig verrannt zu haben. Ich kann die Menschen schon gar nicht mehr zählen, die meinetwegen ihr Leben verloren haben. Til, ich pack' das alles nicht mehr!«

Tschauner sah mit ernstem Blick zu Freselage, dann setzte er sich ihm gegenüber in ein weiteres Ledersofa. Er faltete vorgebeugt die Hände zusammen. »Es wird dich beruhigen, wenn dir Wolf und Höger die Geschichte selbst erzählen.«

»Gar nichts wird mich beruhigen. Ich will sie bloß von denen hören, die sie erlebt haben.«

Wie kommt der Arsch gerade jetzt darauf, dass er mir nicht mehr vertrauen kann?

»Jetzt kuck' nicht so blöde, Til. Ich habe mir in den letzten Tagen so meine Gedanken gemacht. Und es gefällt mir gar nicht, dass du immer als mein Sprachrohr fungierst. Daher habe ich Wolf und Höger zu unserem Gespräch dazu gebeten.«

»Zweifelst du etwa an meiner Loyalität zu dir?«

»Sollte ich?«

Es klingelte an der Tür. Freselage erhob sich von seiner Couch und zuppelte sich seinen Morgenmantel zurecht. »Bin gespannt, was die zu erzählen haben.« Dann verschwand er Richtung Flur.

Nuckel doch an deinem Finger!

Der Minister kam mit Wolf und Höger zurück und bot ihnen zwei Ledersessel an, um darin Platz zu nehmen. Wolf setzte sich und legte gleich die Hände in den Schoß, während Höger seinen Sessel an der Armlehne griff und ein Stück von Wolf wegrückte.

»So, meine Herren«, begann Freselage, »jetzt sind wir ja alle hier versammelt.«

Carsten Höger räusperte sich, Tschauner und Wolf sahen sich kurz an und blickten dann zum Minister.

»Na, wie fühlt man sich denn so, unter Geiern?«, fragte Freselage in die Runde.

»Was soll die Kacke, Hans? Wir sind hier nicht bei den Karl-May-Festspielen.«

»Brave Messdiener sind wir alle vier aber auch nicht, mein lieber Til. Wir alle haben Blut an unseren Händen kleben. Die Frage ist, wie wir damit umgehen wollen.«

Wolf und Höger verfolgten das Wortgefecht zwischen dem Minister und seinem Staatssekretär, Wolf wesentlich entspannter als Höger.

»Wie sollen wir schon damit umgehen? Wenn wir alle die Nerven behalten, gelangt nichts davon an die Öffentlichkeit.«

»Meinst du?«

»Ja, meine ich, Hans! Aber wolltest du nicht die Herren nach den nächtlichen Ereignissen fragen?«

»Richtig! Ich wollte aus ihrem Mund hören, dass Willen tatsächlich tot ist. Herr Höger, nach den Ausführungen von Herrn Tschauner waren Sie zuletzt mit ihm zusammen. Wollen Sie uns davon berichten?«

Carsten Höger merkte, dass er die ganze Zeit mit schweißnassen Händen die Armlehnen seines Sessels umklammerte. Die Situation hatte etwas von einem Tribunal. Höger war erleichtert, dass er nur zur Situation in der brennenden Scheune gefragt wurde. Er hoffte, dass die Vorgeschichte nicht zur Sprache kam, bei der er Wolf davon abbringen wollte, Willen zu töten. Er hatte Bedenken, dass Tschauner ihn aufgrund seines Verhaltens nicht mehr zum Staatssekretär machen würde. Schnell legte er wie Wolf seine Hände in den Schoß, bevor er antwortete. »Das ist richtig, Herr Minister. In der brennenden Scheune stand dieser Willen auf einmal hinter mir. Ich war praktisch zwischen Wolf und Willen, als vor mir ein Dachbalken herabstürzte. Dann konnte ich Wolf nicht mehr sehen, nur noch Willen.«

»Stimmt das so weit, Wolf?«

»Ja, genau so war es.«

»Haben Sie auf den Polizisten geschossen?«

»Mehrere Male sogar. Ich denke, ich habe ihn auch getroffen.«

»Sind Sie sicher? Wie sehen Sie das, Herr Höger?«

Der Pressesprecher nickte stumm.

»Schildern Sie mir bitte, wie Willen getroffen wurde!«

»Ach, Hans«, schaltete sich Tschauner in das Gespräch ein, »du fragst, als wärst du Richter am Europäischen Gerichtshof für Menschenrechte. Beachte bitte: Die du hier befragst, sind deine eigenen Leute, die ...«

»DIE WAS, TIL?«

»Die dir den Arsch gerettet haben!«, schrie Tschauner zurück.

Während Wolf keine Miene verzog und sich auch nicht regte,

rutschte Höger in seinem Sessel hin und her. »Du vögelst eine Edelnutte, Hans, die dir danach auch noch Dokumente entwendet, um dich damit zu erpressen. Die Papiere waren hochbrisant – wenn die an die Öffentlichkeit gelangt wären, wäre das dein politisches Aus gewesen.«

»Aber das rechtfertigt keinen Mord, Til!«

»Damit habe ich dir nur helfen wollen. Anstatt mir zu danken, zweifelst du an meiner Loyalität.«

»Das ist richtig, ich zweifele vor allem ...«, Freselage lief rot an vor Wut, aber ein Hustenanfall verhinderte, dass er seinen Satz beenden konnte.

»Höger, seien Sie so gut und holen Sie dem Minister rasch ein Glas Wasser!«

Der Pressesprecher sprang auf und lief in die Küche. Wolf erhob sich ebenfalls und klopfte Freselage mit der flachen Hand auf den Rücken. Der Minister hielt sich ein Stofftaschentuch vor den Mund, um den Schleimauswurf aufzufangen. Als Höger ihm das Wasserglas reichte, nahm er hastig einen großen Schluck.

»Bitte noch einmal vollmachen, Höger. Und Wolf, schauen Sie doch mal im Arzneischrank im Bad nach, da müsste eine Flasche pflanzlicher Hustenlöser stehen.«

Tschauners und Wolfs Blicke trafen sich kurz, bevor Wolf ins Bad ging und Höger das nächste Glas Wasser brachte.

»Seit Tagen habe ich so einen verdammt festsitzenden Husten, den ich einfach nicht loswerde.«

Freselage hustete und spukte erneut in das Stofftuch. Dass sich Wolf im Flur Handschuhe überzog, bekamen weder er noch Höger mit. Nur Tschauner wusste Bescheid.

»Hans, wollen wir es nicht gut sein lassen? Wir stehen alle hinter dir. Herr Höger hat berichtet, dass Willen in den Flammen umgekommen ist. Wir sollten jetzt alle einen kühlen Kopf bewahren und uns wieder unserem Tagesgeschäft widmen.«

»Du meinst, business as usual?« Mit zusammengekniffenen Augen fixierte Freselage seinen Staatssekretär, der wieder ein Strahlen aufgesetzt hatte, das bis über beide Ohren reichte.

»Exakt, Hans, exakt!«

Der Minister wandte sich an den Pressesprecher: »Herr Höger, ich danke Ihnen sehr für Ihr Engagement. Insbesondere für Ihren Einsatz in der vergangenen Nacht. Das vergesse ich nicht! Für heute sind Sie erst mal entlassen. Ich habe noch ein paar dienstliche Dinge mit Herrn Tschauner zu besprechen, über die ich Sie dann am Montagvormittag ins Bild setzen werde.«

Würde jetzt über seine Beförderung gesprochen, fragte sich Carsten Höger. Würde er bald den Lohn für seinen Bärendienst erhalten, wie es Wolf ausgedrückt hatte?

»Ach, dasselbe gilt natürlich auch für Sie!«, sprach der Minister Wolf an, der mit der Flasche Hustenlöser in der offenen Hand aus dem Badezimmer zurückgekehrt war. »Auch Ihnen danke ich sehr! Sie und Herr Höger finden bestimmt alleine zur Tür!«

Wolf stolperte über die Kante des Wohnzimmerteppichs und verlor das Fläschchen aus der Hand. Es fiel Höger vor die Füße, der es aufhob und auf den Sofatisch stellte.

»Entschuldigung. Und natürlich: Wohl bekomm's!« Er nickte erst freundlich zum Minister, dann mit ernster Miene zu Tschauner.

Freselage wartete, bis er sicher war, dass er und Tschauner alleine waren. Als er die Wohnungstür ins Schloss fallen hörte, nahm er Blickkontakt zu seinem Staatssekretär auf. »Ich werde mich in der kommenden Woche selbst anzeigen, Til!«

»Was tust du?«

»Du hast mich schon verstanden! Und ich denke, du weißt auch, warum.«

Tschauner entglitten die Gesichtszüge. Sein Strahlen war blankem Entsetzen gewichen. Mit allem hätte er gerechnet, nur nicht damit.

»Ich hatte ja schon gesagt, dass ich in letzter Zeit viel über meine Situation nachgedacht habe.« Freselage griff zum Hustenlöser und kippte gedankenlos einige Tropfen in sein noch halb gefülltes Wasserglas, ohne auf die Dosierung zu achten. Er verzog das Gesicht, nachdem er das Glas in einem Schluck geleert hatte. »Bah, das schmeckt ja, als wär' die Medizin abgelaufen.« Er hievte sich aus dem Ledersofa hoch und suchte im Gehen das Haltbarkeitsdatum auf dem Fläschchen. »Nein, es ist noch lange nicht abgelaufen«, rief er aus der Küche und griff im Kühlschrank nach einer Flasche Milch. Sich mit dem Ärmel des Morgenmantels den Mund abwischend, kam er ins Wohnzimmer zurück und ließ sich wieder ins Sofa fallen.

»Da biste baff, was?« So sprachlos hatte er Tschauner selten erlebt.

»Warum?«, kam es vom Staatssekretär. »Dann war alles, was wir für dich getan haben, für die Katz'. Die Menschen, deren Tod du vorhin so beklagt hast, wären umsonst gestorben.«

»Genau deswegen zeige ich mich an, Til! Damit alles für die Katz' ist. Ich bedauere jeden einzelnen Toten, sehr sogar, aber die Menschen haben keineswegs für *mich* ihr Leben verloren, sondern für *dich*!«

»Ach, hör' doch auf, so eine Scheiße von dir zu geben«, blökte Tschauner sein Gegenüber an. Er griff zur Fernsehzeitung, die vor ihm auf dem Couchtisch lag, und fing an, darin herumzublättern.

»Ich habe dich durchschaut, Til. Wir beide kennen das Politikgeschäft in- und auswendig und müssen uns daher nichts vormachen. Ich weiß jetzt, dass du an meinem Stuhl sägst und mir Eberlein nur deswegen als Feind präsentiert hast, um von deinen eigenen Ambitionen abzulenken. Aus der Staatskanzlei habe ich erfahren, dass sich Eberlein um den Ministerposten eines anderen Ressorts bemüht. Aber du, du willst *meinen* Posten. Du bist ein Königsmörder, Til, wie ich einer war. Nur, du gehst über Leichen. Ich habe nie den Auftrag erteilt, die Escortdame umzubringen. Das war deine Entscheidung, du hast Wolf beauftragt, Anna zu töten, genauso wie Hendrik Willen. Du und ich sprachen immer von ‚Problem lösen', nur hatten wir unterschiedliche Vorstellungen davon, wie das geschehen sollte. Ich habe dir vertraut, mein treuer Til, und jetzt muss ich für deine Taten die politischen und moralischen Konsequenzen tragen. Und das werde ich – verdammt noch mal – tun!«

»Bist du endlich fertig? Mir kommen gleich die Tränen.« Tschauner feuerte das Programmheft zurück auf den Tisch. »Ich habe noch nie in meinem Leben einen Menschen so viel Scheiße reden hören wie dich!«

»Dann pass auf, es geht nämlich weiter: Ich stehe vor einem beruflichen wie privaten Scherbenhaufen. Meine Ehe ist ruiniert, mein Amt werde ich verlieren und dank deiner Fürsorge und Treue werde ich wegen mehrfachen Mordes angeklagt und für sehr, sehr lange Zeit einfahren. Wenn ich je wieder rauskomme, werde ich ein gebrochener Mann sein, der seine Ehre leichtfertig verspielt hat. Aber eines werde ich nicht: Ich werde niemals zulassen, dass *du* Minister wirst, Til!«

»Du hast keinerlei Beweise, Hans. Deine Anschuldigungen gegen mich sind völlig haltlos. Es wird immer so aussehen, als würde der Minister seinen Staatssekretär als Bauernopfer vorschieben.« Tschauners kalte Augen, sein schiefes Kinn und die tiefen Falten um den Mund deuteten ein Lächeln an, das zwischen Harmlosigkeit und Bösartigkeit lag.

»Das kann schon sein, Til. Du vergisst nur eines: Ich habe ja gar nicht vor, meinen Kopf aus der Schlinge zu ziehen. Ich werde nur verhindern, dass du meinen Posten übernimmst. Dafür werde ich so viel schmutzige Wäsche waschen, dass es ausreicht, unser beider Karrieren zu beenden. Bevor deine Weste wieder weiß ist, wird längst jemand anderes Minister sein. Ich werde dir so viel schlechte Publicity verschaffen, dass es ewig dauern wird, bis du wieder rehabilitiert bist. Klar, du wirst mich öffentlich als Lügner darstellen, aber darauf scheiße ich. Denn in jeder Lüge steckt ein Funken Wahrheit, sagt der Volksmund.«

»Ach, geh kacken oder mach irgendwas anderes, was du gut kannst.« Wutschnaubend stand Tschauner auf und verließ Freselages Wohnung. Er sprang die Treppen im Hausflur hinunter, riss die Haustüre auf und stürzte nach draußen. Als er in seinem Wagen saß, hatte er sich einigermaßen gefangen. Er griff zu seinem Smartphone und tippte mit dem Finger auf einen Namen, der unter den zuletzt gewählten Kontakten ganz oben stand. Beim zweiten Rufzeichen wurde abgenommen.

»Ich habe Ihren Anruf schon erwartet, Herr Tschauner. Hat Freselage die bittere Medizin geschluckt?«

»Hat er. Ich fahre jetzt ins Büro und besorge Ihnen Freselages Ersatzschlüssel aus dem Tresor. Dann können Sie loslegen. Aber denken Sie daran: Es muss wie Selbstmord aussehen!«

»Sie können sich auf mich verlassen!«

* * *

Wolf schloss sachte die Wohnungstür hinter sich und lauschte.

Stimmen, eine lebhafte Unterhaltung. Ein Streit? Frauen schrien sich gegenseitig an, Männer versuchten, sie zu beruhigen. Alles klar, dachte er, da läuft am frühen Samstagnachmittag irgendeine Polizei-Doku im Fernsehen. Und Freselage? Der wird hoffentlich vor dem Fernseher eingeschlafen sein. Die Dröhnung, die er ihm heute Vormittag in seinen Hustenlöser gemischt hatte, sollte für einen langen und tiefen Schlaf gesorgt haben.

Sicherheitshalber sah er sich um. Dass sämtliche Zimmertüren offen standen, kam ihm dabei sehr gelegen. Nahezu geräuschlos schlich er durch den Flur und lugte in jedes Zimmer. In Bad, Gästeklo und Schlafzimmer war Freselage schon mal nicht. Auf der anderen Seite des Flures lagen Arbeitszimmer sowie Küche und Wohnzimmer.

Sein erster Impuls führte ihn zum Wohnzimmer, wo sie am Vormittag zusammengesessen hatten – er, Höger, Tschauner sowie Freselage.

Als er in der Wohnzimmertür stand, fiel sein Blick zunächst auf die großzügige Sofagarnitur, die den Raum beherrschte. Von hier aus konnte er hinter der hohen Rückenlehne des Dreiersofas einen Teil des Sofatischs sehen. Er drehte den Kopf und schaute in die Küche, die so geschnitten war, dass man sie vom Wohnzimmer sowie vom Flur aus betreten konnte. Dort verharrte für einen Moment sein Blick, als rechnete er damit, dass Freselage plötzlich um die Ecke kam. Da das aber nicht geschah, ging er weiter zur Couch.

Der Minister lag mit angewinkelten Beinen seitlich auf dem Dreiersofa. Er trug noch immer seinen Morgenmantel und schlief, während der Fernseher lief. Auf dem Sofatisch fand er beinah noch alles so vor, wie er es in Erinnerung hatte: das billige Blumengesteck in der Mitte und drum herum Wasserglas, Hustenlöser, Fernsehzeitung sowie Freselages Brille. Einzig die Flasche Hustenlöser lag jetzt umgekippt, aber verschlossen auf dem Programmheft.

Perfekt, er konnte loslegen.

Wolf ging hinüber zum Esstisch und nahm seinen Rucksack von der Schulter. Er öffnete den Reißverschluss und kramte einen hellen Einweg-Overall mit Kapuze sowie Schuhüberzieher und Handschuhe hervor. Nachdem er seine Schutzkleidung angelegt hatte, entnahm er dem Rucksack noch eine Packung Schlaftabletten, eine DVD sowie einen Revolver, den er extra für diesen Auftrag beschafft hatte. Dann begann er seine Arbeit und inszenierte den klassischen Selbstmord.

Dafür brauchte er Freselages privaten Laptop. Den holte er aus dem Arbeitszimmer und positionierte ihn so auf dem Sofatisch, als hätte der Minister gerade noch davorgesessen und geschrieben. Von Tschauner wusste er, dass Freselage keine Zugangsdaten verwendete. Während der Rechner hochfuhr, presste Wolf dem Minister die mitgebrachte Schachtel Schlaftabletten kurz in die Hand und legte sie dann auf den Sofatisch, damit später dessen Fingerabdruck darauf zu finden wäre. Zuvor entnahm er der Schachtel einen einzelnen Blister und drückte ein paar Tabletten heraus, die er unter dem Overall in seiner Hosentasche verschwinden ließ. Die Tabletten beinhalteten denselben Wirkstoff wie das flüssige Schlafmittel, das er am Vormittag verwendet hatte. So konnte er die Sedierung Freselages vertuschen. Es sollte so aussehen, als hätte der Minister Schlafmittel genommen, bevor er sich erschoss.

In der Zwischenzeit war der Rechner hochgefahren. Wolf startete das E-Mail-Programm und klickte auf *Neue Nachricht.* Es öffnete sich eine E-Mail-Maske. Bei *Empfänger* tippte er ein *J* für Jutta ein. Automatisch vervollständigte sich die E-Mail-Adresse von Freselages Frau. In die Betreffzeile schrieb er: »Verzeih mir«. Dann verfasste er Freselages Abschiedsbrief.

Liebe Jutta,

bitte verzeih mir, aber ich sehe keinen anderen Ausweg mehr. Ich habe so unendlich viel Schuld auf mich geladen, mit dieser Last kann ich nicht mehr leben. Ich habe dich betrogen und unsere Ehe zerstört. Verzeih mir, ich liebe dich noch immer.

Auch als Minister habe ich auf ganzer Linie versagt. Als ich schon zu tief im Dioxinskandal steckte, wusste ich mir nicht anders zu helfen, als einen Mord in Auftrag zu geben. Die Escortdame war zu einem unkalkulierbaren Risiko für mich geworden. Sie hatte mir brisante Dokumente entwendet und hätte mich damit erpressen können. Dass bei der Explosion auch mein langjähriger Fahrer ums Leben kam, bedauere ich zutiefst.

Dann war mir Hendrik Willen auf die Schliche gekommen. Ich fürchtete, dass er mich des Mordes an der Escortdame überführen könnte. Auch ihn habe ich umbringen lassen.

Für mein Verhalten gibt es keine Rechtfertigung, und kein Strafmaß würde dem gerecht werden. Daher wähle ich den Freitod. Möge der Herr mein Richter sein!

Gott segne dich und die Kinder.

In Liebe, Hans

Wolf betrachtete den Text. Etwas viel *verzeihen* vielleicht, aber egal, bei seinem letzten Brief hat Freselage halt nicht mehr so darauf geachtet. Oder es genau so gemeint. Er schickte die E-Mail ab und setzte dabei voraus, dass Freselage sie schließlich von seiner Frau gelesen wissen wollte. Selbst wenn Jutta Freselage sie umgehend lesen würde, konnte sie von Cappeln aus kaum Hilfe organisieren.

Bevor er weitermachte, checkte er den präparierten Tatort. Freselage schlief noch immer, so sollte es sein. Hatte er darüber hinaus an alles gedacht, damit es nach einem Suizid aussah? Der Abschiedsbrief war geschrieben, die Tabletten lagen auf dem Tisch. Daneben das Wasserglas, an dem sowohl Freselages als auch Högers Fingerabdruck hafteten. Darüber hinaus würde man Högers Fingerabdruck auch auf der Flasche mit dem Hustenlöser finden, die Wolf heute Morgen natürlich absichtlich heruntergefallen war und die Höger aufgehoben hatte. Falls irgendwelche Zweifel am Selbstmord Freselages aufkommen sollten, wovon er nicht ausging, würde zunächst der Pressesprecher in den Fokus der Ermittlungen rücken, aber gewiss nicht Tschauner. Bei dem Staatssekretär konnte man davon ausgehen, dass er Freselage hin und wieder dienstlich in dessen Wohnung aufgesucht und auf die Weise seine Fingerabdrücke hinterlassen hatte.

Wolf blickte sich noch einmal um. Er wollte ganz sicher gehen, keine Hinweise für ein Fremdverschulden zu hinterlassen. Den Zweitschlüssel würde er nachher zurück an Tschauner geben, der ihn wieder in den Tresor im Ministerium legen würde. Denn eines war sicher: Bei der Tatortbesichtigung würde die Polizei den Verschlusszustand der Wohnungstür überprüfen. Sie würden dann eine unversehrte Tür vorfinden, was für einen Suizid des Ministers spräche.

Dann war es so weit. Freselages Selbstmord war perfekt in Szene gesetzt, jetzt musste er nur noch durchgeführt werden.

Wolf legte den Revolver auf den Couchtisch und nahm die DVD zur Hand. Er startete den DVD-Player neben dem Flachbildfernseher und legte das Speichermedium ein, auf dem sich ein Western befand. Er ließ den Film im Schnelldurchgang bis zu einer bestimmten Stelle vorlaufen und drückte die Pausentaste auf der Fernbedienung. Dann richtete er den schlafenden Minister in dem Ledersofa auf. Freselage schnarchte ein Mal kurz und ließ den Kopf hängen, blieb aber sitzen. Wolf drückte die Pausentaste auf der Fernbedienung des DVD-Players erneut. Der Western lief an der beabsichtigten Stelle – einer in die Länge gezogenen wilden Schießerei – weiter. Er regelte die Lautstärke hoch, und die Surround-Anlage sorgte für eine eindrucksvolle Heimkino-Atmosphäre. Den Pulverdampf umherfliegender Pistolenkugeln konnte er fast riechen.

Anschließend legte er dem Minister den Revolver in die rechte Hand.

Er achtete darauf, dass Freselages Hand den Griff der Waffe vollständig umfasste und der Zeigefinger den Abzugshebel berührte. Dann kniete er sich neben dem Schlafenden auf das Sofa und nahm den Revolver in seine eigene rechte Hand, um ihn unter Freselages Kinn zu führen. Er zog den Hahn zurück und drückte die Waffe fest an dessen Kehle. Mit seiner Linken richtete er Freselages Kopf auf und passte einen Moment im Film ab, im dem besonders heftig geschossen wurde.

Dann drückte er ab.

Freselages Kopf flog nach hinten und prallte von der höhenverstellbaren Rückenlehne wieder nach vorne ab. Die Kugel verursachte eine fürchterliche Sauerei. Blut und Gewebestücke waren bis weit hinter das Sofa gespritzt. Aus der Halswunde quoll ebenfalls Blut und tränkte den Morgenmantel. Auch Wolfs Overall hatte Blutspritzer abbekommen.

Er legte den Revolver zurück in Freselages Hand und führte mit dessen Arm die Waffe erneut unters Kinn. Dann ließ er los. Der

Arm glitt über Freselages Bauch seitlich weg, der Revolver fiel auf den Boden, genau zwischen die Füße. Das war's.

Um ihn herum knallten Pistolenschüsse, Pferde wieherten und galoppierten los. Höchste Zeit, abzuhauen, bevor die Nachbarn genervt schellten oder wegen langanhaltender Ruhestörung die Polizei riefen.

Vorsichtig stieg er über Freselages Füße und entledigte sich neben dem Sofa seiner Schutzkleidung. Dabei achtete er darauf, dass kein Blut von dem Overall auf den Boden tropfte. Er griff nach seinem Rucksack, zog eine Sonnenbrille sowie ein Baseball-Cap heraus und stopfte den eilig zusammengerollten Plastikanzug hinein. Ein letzter Blick auf die Szenerie, dann ab zur Wohnungstür.

Durch den Türspion vergewisserte er sich, dass die Nachbarn noch nicht vor der Wohnung standen. Schnell setzte er Brille und Schirmmütze auf, verließ die Wohnung und lief auf leisen Sohlen die Treppe hinunter.

Auf der Straße angekommen stieg er in seinen Geländewagen. Er lenkte ihn aus der Parkbucht, beschleunigte und verschwand um die nächste Häuserecke. Dann fuhr er einige Kilometer, um sich nicht mehr in der Funkzelle aufzuhalten, in der Freselages Wohnung lag. So würde auch eine Funkzellenauswertung keinen Nachweis erbringen, dass er zu der fraglichen Zeit in der Nähe des Tatorts war.

Auf dem Parkplatz eines Supermarktes hielt er schließlich an, um zu telefonieren. Sein Smartphone zeigte einen verpassten Anruf an. Tschauner. Er drückte auf Rückruf. Es tutete zwei Mal, dann nahm der Staatssekretär ab.

»Und, wie ist es gelaufen?«

»Der König ist tot, es lebe der König!«

* * *

Die Stille in der Cloppenburger Polizeiinspektion war für einen späten Samstagvormittag nicht unüblich. Das änderte sich schlagartig, als Kriminalhauptkommissar Hans-Joachim Stöckmann mit seinem Team und der Tatortgruppe von einem nächtlichen Einsatz zurückkehrte. Sofort herrschte wieder Leben auf dem Flur und in den Büros des 1. Fachkommissariats, das für Todesermittlungen zuständig war.

Als Stöckmann sein Büro betrat, saß ein unerwarteter Gast auf dem Besucherstuhl vor seinem Schreibtisch und schlürfte Kaffee. *Seinen* Kaffee. So etwas konnte der Kommissar ja leiden! Die ganze Nacht hatte er sich um die Ohren gehauen. Über Funk hatte er auf dem Rückweg frischen Kaffee bestellt. Die barsche Begrüßung des Kommissars war daher nur zum Teil der Übermüdung geschuldet: »Wie schön, dass du meinen Kaffee säufst. Ist für mich noch einer da?«

»Jou.«

Stöckmann warf die dicke Lederkladde auf den Schreibtisch und griff zu seiner Kaffeetasse. Er rümpfte die Nase, als er den letzten Schluck von gestern darin entdeckte. Oder war der noch von vorgestern? Austrinken mochte er die Tasse jedenfalls nicht. Den Schluck in die Blumen zu schütten war mangels Blumen nicht möglich, es blieb nur übrig, neuen Kaffee draufzukippen. Er machte die Tasse fast randvoll. »Wenigstens dampft es jetzt wieder!«, lachte Stöckmann und versenkte vier Stücke Zucker in die milde Sorte, bevor er die Tasse im Stehen und in zwei großen Schlucken leerte. Mit Kaffee im Bauch war er wieder besser drauf. Er setzte sich an seinen Schreibtisch. »Wartest du schon lange, mien Fründ?«

»Geht.«

»Geht? Wie, was geht? Alter, du ahnst nicht, wo ich gerade herkomme.« Stöckmann erwartete ein *Woher?* oder *Jetzt red' schon*, stattdessen bekam er nur ein lapidares »Hm« von seinem Gegenüber. Der Kommissar berichtete einfach weiter: »Komme gerade aus Höltinghausen, von einem wunderschönen, alten Bauernhof. Da gab's einen unglaublichen Fund: Bei Renovierungsarbeiten entdeckte der Hofbesitzer ein menschliches Skelett auf dem Dachboden seiner alten Scheune.«

»Gibt's ja nicht«, kommentierte Stöckmanns Gast.

»So etwas habe ich bislang auch noch nicht gehabt! Unter einem Haufen von Stroh und Blättern fanden wir eine völlig skelettierte, aber zum Teil noch bekleidete Leiche. Die Kleidung lässt auf eine weibliche Person schließen. Ich hab' auch schon eine Vermutung: Das könnten die sterblichen Überreste einer seit Jahrzehnten vermissten Frau aus dem Ort sein! Wir obduzieren jetzt erst mal und machen eine Gebissanalyse. Vielleicht geben wir auch ein Abstammungsgutachten in Auftrag, denn von der vermissten Frau gibt es ja noch leibliche Kinder. Damit wüssten wir es dann zweifelsfrei.«

»Jou.«

»Tja, in alten Scheunen kannst du was erleben. Und du? Was ist mit dir? Du siehst auch so aus, als hättest du letzte Nacht wenig Schlaf gekriegt!« Hans-Joachim Stöckmann stand auf, um frischen Kaffee aufzusetzen. »Trinkst auch noch eine Tasse, oder?«

»Auf mich wurde letzte Nacht geschossen. In einer alten Scheune.«

»Sag' das noch mal, Pommes!«

»Das war geplant, Stöcki! Jemand wollte mich beseitigen. Und um es mit deinen Worten zu sagen: Ich hab' auch eine Vermutung.«

Stöckmann setzte sich wieder. Den Kaffeefilter, den er schon in der Hand hielt, warf er in Richtung Kaffeemaschine.

»Erzähl' mal ganz von vorn!« Der Kommissar verschränkte die Arme vor sich auf der Tischplatte und sah Willen in die Augen.

»Vergangene Nacht bekam ich einen dubiosen Anruf. Ich sollte zu der verlassenen Hofanlage zwischen Cappeln und Sevelten kommen. Weißt du, wo ich meine?«

Stöckmann nickte. »Ja, da war heute Morgen was im Funk, ich erinnere mich. Wahrscheinlich liegt der Vorgang schon bei mir auf dem Tisch, schaue ich später nach. Die Scheune soll abgebrannt sein?«

»Jou.«

»Mensch, Pommes, warum sagst du denn nichts? Lässt mich stattdessen die Geschichte vom alten Skelett erzählen!«

Willen zuckte mit den Schultern. »Du warst ja im Einsatz, auf deinem Handy ist sofort die Mailbox angesprungen.«

»Seit wann sitzt du hier?«, fragte Stöckmann ernst.

»Seit ... gut einem halben Pfund Kaffee«, antwortete der Dorfpolizist mit einem verschmitzten Lächeln. »Ich bringe dir das nächste Mal eine neue Packung mit!«

»Geschenkt«, sagte Stöckmann und wischte mit einer Handbewegung das Angebot seines Kumpels beiseite. »Erzähl weiter, Pommes!«

»Wo war ich stehen geblieben?«

»An der alten Scheune«, gab der Kommissar das Stichwort.

Willen kicherte. »Nettes Wortspiel.«

Dann wurde er wieder ernst. »Also, der nächtliche Anrufer, der mich zu dem Hof mit der alten Scheune bestellt hatte, redete davon, dass er Informationen für mich hätte. Informationen, mit denen ich Freselage den Hurenmord nachweisen könne. Ich also los. Aber schön durch den Hintereingang, wenn du verstehst, was ich meine.«

»Du bist über den Feldweg gekommen, nicht von vorn über die Landstraße. Wie heißt die, Cappelner Straße?«

»Genau! Und ja, richtig, ich habe mich von hinten angeschlichen. So konnte ich dann zwei Männer beobachten und die Stimme des Anrufers wiedererkennen.«

»Was genau hast du beobachtet?«

»Nun, die hatten ihre Vorbereitungen für den Hinterhalt offenbar beendet. Ich konnte sehen, wie der Typ, von dem ich meine, dass er der Anrufer war, einen Benzinkanister wegwarf und dann seinen Kompagnon am Arm hinter einen Anhänger zog. Ich habe mich näher herangepirscht, um ihre Unterhaltung mitzubekommen.«

»Und, hast du?«

»Klar! Es war Nacht, keine Umgebungsgeräusche – da kommt dir ein leises Gespräch vor wie lautes Geschrei. Also fast. Jedenfalls habe ich mitbekommen, wie die mich umlegen wollten. Ganz klassisch, aus dem Hinterhalt. Sie erwarteten, dass ich von der Landstraße aus käme. Dann wollte mich der Typ, der von seinem Kompagnon Wolf genannt wurde, wegpusten, sobald ich aus dem Wagen gestiegen wäre. Und in der Scheune wollten sie mich danach verbrennen. Nett, oder? Hätte Mutter sich die Kohle für die Einäscherung gespart.«

»Pommes! Das finde ich jetzt nicht witzig!«

»Was, Kohle für die Einäscherung?«, wieder kicherte der Dorfpolizist.

»Du und dein Galgenhumor. Erzähl weiter. Hatte dieser Kompagnon auch einen Namen?«

»Jeder Mensch hat einen Namen, Stöcki.« Willen schüttelte verständnislos seinen Kopf. »Dieser welcher hieß Höger. Und er war mir offenbar wohlgesonnen. Er hat nämlich versucht, diesen Wolf davon abzubringen, mich zu erschießen.«

Der Kommissar zog eine Augenbraue hoch, während Willen weitersprach. »Höger meinte zu Wolf, mich zu verkloppen würde doch reichen. Meine Vorgesetzten hätten schließlich schon dafür gesorgt, dass ich Ruhe gebe, was Freselage anging. So, und was dann kam, Stöcki, das hat mich fast umgehauen. Es hat sich nämlich herausgestellt, dass Freselage gar nicht die Absicht gehabt hatte, die Escortdame töten zu lassen. Er wollte lediglich die Dokumente zurückhaben, die ihm Anna entwendet hatte. Er befürchtete, dass sie ihn damit erpressen wollte.«

»Das waren die Dokumente, die man aus Annas Wohnung in Vechta entwendet hatte und für die unsere Dausen-Dörte ihr Kinn hingehalten hat«, ergänzte der Kommissar.

»Und beide Augen. Und die Nase! Genau, Stöcki. Und den Zettel, der bei der Rauferei aus der Mappe fiel, den habe ich dir überbracht!«

»Ich weiß, Pommes. Ist scheiße gelaufen. Wurde unter Verschluss gehalten, kam von ganz oben. Aber wenigstens kannst du Dörte den Namen nennen, an den sie ihre Krankenhausrechnung schicken kann.«

»Ja, ich verstehe deinen Witz. Du meinst Wolf. Das kann ein Vorname, ein Nachname oder auch ein Spitzname sein. Immerhin wissen wir jetzt, mit wem Dörte sich in Vechta geprügelt hat. Ich vermute, dieser Wolf ist der Mann fürs Grobe.«

»Davon ist auszugehen.«

Ein Kollege Stöckmanns von der Tatortgruppe erschien in der Bürotür. »Stöcki, kommst du? Du hast doch eine Besprechung einberufen.«

»Ach ja, richtig«, erwiderte der Kommissar. »Die verschiebt sich um circa eine Stunde. Bitte richte das den Kollegen aus. Ich bin gerade an einem anderen Fall dran – das Skelett kann ruhig noch etwas warten.«

Als der Kollege wieder verschwunden war, fuhr Willen fort: »In Bezug auf die Autoexplosion haben wir jetzt auch Gewissheit, Stöcki! Das war kein tragischer Verkehrsunfall, das war dieser böse Wolf, wie sich herausgestellt hat. Der hat Freselages Dienstwagen in die Luft gejagt. Aber jetzt kommt's: Den Auftrag dazu hatte er von einem gewissen Tschauner erhalten, nicht von Minister Freselage, was Dörte und ich ja bislang vermutet hatten. Weißt du, wer Til Tschauner ist?«

Stöckmann schüttelte den Kopf.

»Mit meinem Kumpel Cem habe ich in Hannover anfangs viel Hintergrundrecherche betrieben. Til Tschauner ist der Staatssekretär im Landwirtschaftsministerium, also Freselages Vertreter.«

Der Kommissar ließ sich in seinem Stuhl zurückfallen. »Denkst du dasselbe wie ich, Pommes?«

»Glaub' schon: Tschauner ist der eigentliche Drahtzieher in diesem Fall. Der führt etwas gegen Freselage im Schilde. Offenbar muss Freselage zu Tschauner so etwas wie ‚Lösen Sie das Problem mit der Escortdame' gesagt haben. Daraufhin beauftragte Tschauner diesen Wolf, einen Auftragskiller. Kann mir nicht vorstellen, dass Freselage davon wusste. Ich frage dich: Warum tut Tschauner dem Minister das an?«

»Mein erster Gedanke wäre: um ihm eins auszuwischen«, sagte Stöckmann, »aber die Art und Weise, wie Tschauner vorgeht, ist ein bisschen heftig. Wir dürfen dabei auch nicht vergessen, dass Freselage mit dem Dioxinskandal zu kämpfen hatte. Es scheint, als hätte er den politisch überlebt. Vielleicht ist das Tschauners Motiv? Er will den Minister zu Fall bringen. Wenn es über den Dioxinskandal nicht von alleine geht, dann halt über den Hurenmord, den er ihm in die Schuhe schiebt.«

»Ich bin ganz bei dir, Stöcki!«

»Weißt du, was das bedeuten könnte?«

Der Dorfpolizist nickte. »So weit kenne ich mich im schmutzigen Politikgeschäft aus: Da plant jemand einen Königsmord!«

»Das denke ich auch, Pommes! Tschauner will Freselage auf das politische Abstellgleis schieben, um selber Minister zu werden. Dabei schreckt er vor nichts zurück, nicht einmal vor Mord!« Als er das Wort *Mord* ausgesprochen hatte, zuckte der Kommissar innerlich zusammen. Ein Gedankenfetzen, den er noch nicht einsortieren konnte, war plötzlich da. Wer ein Mal mordet, der mordet vielleicht auch mehrmals, um sein Ziel zu erreichen.

»Was soll ich jetzt machen, Stöcki?«

»Äh, was?«

»Was ich jetzt machen soll, habe ich dich gefragt. Ich jage eigentlich den Falschen. Freselage ist höchstens mittelbar für Annas Tod verantwortlich, unmittelbar wäre es Tschauner. Für den ist ihr Tod Mittel zum Zweck, wie wir herausgefunden haben.«

»Vollkommen richtig«, sagte Stöckmann und behielt seinen düsteren Gedanken zunächst für sich. Er wollte den erst einmal für sich selbst umreißen und ihn danach mit Willen teilen.

»Das Dumme ist nur: Ich habe mal wieder nichts Greifbares in der Hand. Ich weiß zwar, wer es war, kann das aber nicht beweisen, und somit kann ich den Mörder nicht überführen.«

»Nicht so schnell, Pommes. Du hast diesen Höger vergessen. Ist der auch aus dem Ministerium?«

»Ja, Carsten Höger ist der Pressesprecher.«

»Okay, den hast du in deinen Überlegungen etwas außer Acht gelassen, mein Freund. Ich erinnere mich, dass du sagtest, der Höger sei dir wohlgesonnen gewesen. Er habe versucht, diesen Wolf von seinem Vorhaben abzubringen, dich zu erschießen. Richtig?«

»Ja. Aber nicht nur das. Die Geschichte an der Scheune geht ja noch weiter: Der Höger wollte sogar abhauen, nachdem Wolf ihm gesagt hat, dass er den Auftrag, mich zu töten, den er übrigens auch wieder von Tschauner bekommen hat, auf jeden Fall ausführen werde. Ich habe dann beobachtet, dass Wolf den Höger in die Scheune gezogen hat. Wahrscheinlich hat er dem eins mit seiner Pistole übergebraten. Jedenfalls stand kurz danach die Scheune in Flammen. Den Wolf hab' ich hinter dem Scheunentor vorbeihuschen gesehen, Höger habe ich nicht mehr gesehen. Ich bin dann von der Seite rein und hab' ihn da rausgeholt.«

»Den Höger?«

»Ja, den Höger. Der hatte schon ganz schön zu kämpfen mit dem ganzen Rauch. Wolf hat das mitbekommen und auf mich geschossen. Hat mich aber nicht getroffen. Den Höger habe ich mir auf die Schulter geworfen und bin raus mit dem. Das war verdammt knapp. Kaum war ich draußen, brach die Scheune auch schon in sich zusammen.«

»Heilige Scheiße! Was war mit Wolf?«

»Der hat es auch noch rechtzeitig raus geschafft. Bevor ich verduftet bin, habe ich dem Höger noch schnell gesagt, er solle mal in sich gehen und überlegen, ob er weiter auf der dunklen Seite der Macht stehen wolle.«

»Und, was hat er geantwortet?«

»Gekotzt hat der, zu viel Rauch eingeatmet. Ich bin dann weg, erst mal hinter einen Misthaufen. Von dort aus habe ich noch mitgekriegt, dass Wolf ankam und fragte, wo ich sei. Als Höger antwortete, ich wäre in den Flammen umgekommen, war mir klar: Der Junge überlegt tatsächlich. Dann habe ich mich verzogen. Aus sicherer Entfernung habe ich beobachtet, wie die beiden abgezischt sind.«

»Vortrefflich!«, kommentierte Stöckmann. »Da hast du deinen Ansatz. Genau genommen hast du sogar zwei Ansätze, Pommes!«

»Welche Ansätze und wieso ich?«

»Klemm dich an Höger, der Typ wackelt. Der ist nicht mehr unvoreingenommen auf der Seite von Wolf und Tschauner. Biete ihm an, wenn er als Zeuge gegen Tschauner aussagt, dann wird sich das strafmildernd für ihn auswirken. Bei so einer dicken Geschichte, Pommes, kann man immer einen Deal mit der Staatsanwaltschaft machen!«

»Und Ansatz Nummer zwei?«

»Ansatz Nummer zwei wäre der Minister. Vermutlich ahnt der noch nichts von Tschauners Intrige gegen ihn. Sprich mit Freselage, berichte ihm, was du mir berichtet hast. Und verweise auf Höger als möglichen Zeugen. Freselage kann damit dann zum LKA gehen, und die nehmen die Ermittlungen auf. Allerdings wird die Staatsanwaltschaft seine Beteiligung an dem Tod der Edelprostituierten überprüfen und möglicherweise zu dem Ergebnis kommen, dass er Anstifter zu einem Mord war. Denn er hat Tschauner aufgefordert, das Problem zu lösen, aber offengelassen, wie sein Staatssekretär es machen soll. Freselage wird sich also strafrechtlich zu verantworten haben. Das wäre dann mit Sicherheit sein Aus als Minister.«

»Hab' ich verstanden, aber wieso ich? Ich bin raus, Stöcki, weißt du das etwa nicht? Wurde doch einbestellt und musste mir was anhören von meinem FK-Leiter, dem Leiter ZKD sowie dem Inspektionschef.«

»Klar weiß ich das. Wenn die Heilige Dreifaltigkeit einem Kollegen eine Föhnfrisur verpasst, dann spricht sich das schnell rum in der Inspektion. Aber ganz so schlimm war es ja nicht, wie man hörte, oder?«

»Ging, hab's mir schlimmer vorgestellt.«

»Eben. Das Disziplinarverfahren überstehst du mit einem blauen Auge. Deine eigenmächtigen Ermittlungen haben schließlich dazu geführt, dass ein hinterhältiger Mord aufgeklärt und ein geplanter Königsmord verhindert werden konnte. Im Kollegenkreis wärst du damit der Held!«

»Ich verstehe nicht ganz: Von welchem Disziplinarverfahren sprichst du, Stöcki?«

»Von deinem. Das wird kommen, das ist so sicher wie das Amen in der Kirche. Schließlich bist du der Einzige, der jetzt noch gegen das Imperium in Hannover kämpfen kann. Möge die Macht mit dir sein, tapferer Jedi!«

»Wer hat denn hier Galgenhumor – du oder ich, Meister Stöcki?«

Der Kommissar lachte. »Außerdem soll Cem ja nicht umsonst schwer verletzt worden sein!« Er wusste, dass er damit Willen bei dessen Ehre packte.

»Recht hast du!«

»Chewbacca, flieg den *Millennium Falken* vor!«

Jetzt lachten beide.

»Hör zu, Pommes, ich meine das ernst. Nur du kannst hier noch etwas ausrichten. Meiner Chefin und mir sind die Hände gebunden, das LKA hat uns den Fall weggenommen. Schnapp dir zuerst den Höger, wegen Kronzeuge, und dann den Minister wegen drohendem Königsmord!«

»Okay, wat mutt, dat mutt«, sagte Willen und sprang auf, »und danke für den Kaffee, Meister Stöcki, der war ekelig. Du solltest die Marke wechseln.«

»Du, wenn die Sache vorbei ist, dann machen wir eine lange Star-Wars-Nacht, was hältst du davon, Pommes?«

»Gute Idee«, antwortete der Dorfpolizist und verschwand zur Tür hinaus.

Als der Kommissar ein »Munter!« von Willen vom Flur aus vernahm, kam ihm sein Gedanke von vorhin wieder in den Sinn. Egal, sagte sich Stöckmann, ich rufe ihn auf seinem Handy an, wenn er unterwegs nach Hannover ist.

Dass er das wegen seines Skelettfalls vollkommen vergessen würde, ahnte er noch nicht.

* * *

NACHDEM WILLEN AM frühen Samstagabend in Hannover angekommen war, führte ihn sein erster Weg zu seinem Kumpel Cem ins Krankenhaus. Von dessen Mutter hatte er erfahren, dass ihn die Ärzte aus dem künstlichen Koma geholt hatten – ein Lichtstreif am sonst eher dunklen Horizont.

»Ein Blick durch die Glasscheibe, Herr Willen, mehr ist nicht drin.«

Die Krankenschwester, eine kleine, etwas füllige Frau Anfang sechzig, blieb neben ihm stehen. Willen wusste selbst, dass sie sich bereits über jegliche Dienstvorschriften hinweggesetzt hatte, als sie ihm Zutritt zur Intensivstation ermöglichte. Er war ja schließlich kein Angehöriger. Wahrscheinlich hatte der Fünfziger, den Willen in die Kaffeekasse der Station gegeben hatte, die anfangs resolute Pflegerin zum Einlenken gebracht. Trotzdem war er ihr für ihre freundliche Geste sehr dankbar.

Cems Wange, durch die die Kugel eingedrungen war, zierte ein dicker, weißer Druckverband. Seine Augen waren geschlossen.

»Ihr Kumpel schläft viel, das ist normal.«

»Wird er wieder völlig gesund?« Eine Frage, die Willen die ganze Zeit über beschäftigte.

»Herr Müller hat in den vergangenen Tagen der Schwere seiner Verletzung entsprechende Fortschritte gemacht, aber es liegt sicher noch ein langer Weg vor ihm. Da die Kugel nicht ins Gehirn gedrungen ist, sind die Aussichten eigentlich ganz positiv.«

»Bitte sehen Sie es mir nach, aber Sie drücken sich aus wie unsere Politiker. Die lamentieren auch nur herum – die Wahrheit sagen sie einem nie.«

»Und die Ärzte wollen keine falschen Versprechungen machen. Die fürchten, dass sie von den Angehörigen verklagt werden, wenn der prognostizierte Heilungsverlauf des Patienten nicht eintritt.«

»Sie sind aber keine Ärztin und ich bin kein Angehöriger.« Willen sah zur Pflegerin, die mit ihrem üppigen Busen die Glasscheibe berührte und Cem fixierte.

»Schauen Sie, Herr Müller hat gerade die Augen geöffnet!«

In dem Moment drehte Cem den Kopf zur Glasscheibe und erkannte seinen Kumpel. Er hob die Hand etwas an, war aber noch zu schwach, um zu winken.

»Winken Sie ihm zurück, Herr Willen, das gibt ihm Mut!«

Willen winkte und strahlte dabei bis über beide Ohren. Dann fielen Cem die Augen wieder zu.

Als die Krankenschwester Willen an der Tür der Intensivstation verabschiedete, sagte sie: »Gehen Sie mal davon aus, dass Ihr Kumpel wieder ganz der Alte wird!«

Nichts anderes hatte er hören wollen.

* * *

Willen hatte auch die zweite Nacht in Folge fast gar nicht geschlafen. Ihm war erst jetzt so richtig bewusst, was vorletzte Nacht passiert war. Ein Mordanschlag. Auf ihn, einen gewöhnlichen Dorfpolizisten, der zugegebenermaßen seine Nase in Dinge gesteckt hatte, die ihn nichts angingen.

Vom Bäcker im Ihme-Zentrum hatte er sich frische Sonntagsbrötchen geholt. Er war in Cems Bude abgestiegen, den Schlüssel hatte er noch. Sein Kumpel hätte sicher nichts dagegen gehabt.

Jetzt gab er einen Schuss Milch in den Kaffee und stellte fest, dass sie schlecht war. Er kippte den Inhalt der Tasse weg und goss sich neuen Kaffee ein. Schwarz und mit viel Zucker schmeckte ihm Kaffee auch.

Sein Handy gab Laut. Dörte. Sie wollte sich bestimmt nach Cem erkundigen. Er hatte ihr gestern gesagt, dass er nach Hannover fährt. Den Anschlag auf ihn hatte er aber verschwiegen.

»Wir haben uns zugewunken, Dörte, ist das nicht eine tolle Nachricht?«, begann er das Gespräch völlig euphorisiert.

»Das ist es, Hendrik, und ich freue mich für euch beide!«

Hendrik, nicht Hase? Es musste etwas passiert sein.

»Was ist los, Dörte?«

»Hörst du in Hannover kein Radio?«

»Wieso?«

»Sie haben es vorhin in den Nachrichten gebracht. Ich hatte schon mit deinem Anruf gerechnet.«

»Was gebracht?« Willen sah auf die Uhr. Viertel nach neun. Die nächsten Nachrichten kamen frühestens um halb zehn, er wusste es nicht so genau.

»Freselage ist tot!«

»Was bitte?«

»Tja, was soll ich sagen? In Trauer bin ich nicht deswegen.«

Willen klemmte sich sein Handy zwischen Ohr und Schulter und griff zu seinem Tablet. »Ich schaue im Internet nach, warte einen Moment.« Er gab *NDR* in die Browserleiste ein und gelangte mit dem nächsten Klick auf die Seite des Norddeutschen Rundfunks. »Tatsache, der NDR bringt es als Eilmeldung!«

»Lies mal vor!«

»Hier steht, dass Minister Freselage am Samstagabend tot in seiner Wohnung in Hannover aufgefunden wurde. Zu der Frage, ob es sich um Suizid handelt oder ob ein Fremdverschulden vorliegt, wollte die Polizei noch keine Stellung nehmen. Weitere Infos folgen.«

»Hammer, was?«

»Das ist ja ... also, ich bin geschockt!«

»Wieso? Du trauerst ihm doch wohl nicht nach?«

Willens Gedanken überschlugen sich.

Dörte hatte noch keine Ahnung, weshalb er eigentlich nach Hannover gefahren war.

Jetzt blieb ihm nur noch Höger, um Tschauner dranzukriegen. Das war ja sowieso der Ursprungsplan. Aber war das jetzt schlecht mit Freselage? Oder war das nicht schlecht? Und überhaupt, Suizid? Warum sollte sich Freselage umbringen? Er hatte gerade erst einen Anschlag überlebt. Das hatten sie übrigens gemeinsam, fiel ihm dazu ein.

»Pommes? Bist du noch dran?«

»Ja, ich bin noch dran. Aber ich muss Schluss machen. Ich melde mich wieder, versprochen!«

»Alles in Ordnung, Hendrik? Du klingst so komisch.«

»Mach dir keine Sorgen!«

»Du weißt, wenn du das sagst, dann mache ich mir erst recht Sorgen! Soll ich nach Hannover kommen?«

»Nein, nein, besser nicht! Ich meine, ich fahre eh bald wieder zurück!«

»Du lügst mich doch an, Hendrik. Ich höre das an deinem Tonfall! Rede besser mit mir, das wird sich strafmildernd für dich auswirken, oder wie heißt das bei euch?«

Willen schmunzelte über Dörtes Hartnäckigkeit, wollte ihr aber die Geschichte mit dem Anschlag auf ihn gerne ersparen. Zumindest im Moment. »Du hast natürlich recht, Dörte. Ich bin nicht nur wegen Cem in Hannover.«

»Hast du da jemanden kennengelernt?«

»Hä? Was?«

»Du kannst es mir ruhig sagen, wenn du dich mit einer Frau triffst!«

»Dörte, wir sind Freunde, wir sind kein Paar!«

Stille am anderen Ende.

»Dörte?«

»Funkloch!«, trällerte Dörte und zog die Nase hoch. »Kleiner Scherz am Rande«, ergänzte sie und räusperte sich.

Willen stockte. »Das will ich hoffen!«

»Also, Hase, warum bist du in Hannover?«

»Es gibt neue Erkenntnisse. Denen will ich nachgehen.«

»Was für Erkenntnisse? Freselage ist tot, unser Fall ist damit abgeschlossen. Was sollen da neue Erkenntnisse bringen?«

Dörtes Frage war nachvollziehbar. Sie hatte schließlich keine Ahnung, dass der Fall weitere, ungeahnte Dimensionen angenommen hatte. Willen wollte aber nicht ins Detail gehen. Was sie nicht wusste, konnte sie nicht beunruhigen.

»Alles gut, Dörte. Da gibt's nur eine winzige Ungereimtheit, eine möglicherweise belanglose Kleinigkeit, die Stöcki aufgefallen war. Er meinte, ich solle das kurz überprüfen.«

Wieder war es still am anderen Ende der Leitung.

»Mach, was du willst, Pommes. Ich fahre jetzt zu Annas Mama, Sekt trinken. Wir sind böse Mädchen, mach's gut!«

Damit legte sie auf.

Willen fand Högers Mobilfunknummer sauber abgeheftet in einem von Cem angelegten Ordner. Er konnte sich vorstellen, dass der Pressesprecher am Tag nach Freselages Tod jede Menge zu tun hatte. Trotzdem wollte er kurz mit Höger sprechen. Willen war überrascht, dass er bereits nach dem zweiten Klingeln abnahm.

»Carsten Höger!«

»Hendrik Willen am Apparat – Moin, Herr Höger! Die Ereignisse überschlagen sich gerade etwas, finden Sie nicht auch?«

»Willen? Was wollen Sie? Ich habe alle Hände voll zu tun. Im Ministerium ist die Hölle los, wie Sie sich vielleicht denken können.«

Der Dorfpolizist bemerkte, dass Höger sehr leise sprach, offensichtlich kam sein Anruf ungelegen.

»Sie können gerade nicht frei sprechen, habe ich recht?«

»So ist es.«

»Dann will ich mich kurzfassen: Wir müssen uns sehen, dringend! Es geht um den bösen Wolf und die übrig gebliebenen Geißlein, wie *Sie* sich vielleicht denken können. Also, wann und wo?«

Funkstille für einen Moment, dann: »Um 13 Uhr findet eine Pressekonferenz im Ministerium statt. Danach können wir uns sehen.«

Mit diesen Worten legte Höger auf.

»Worauf du dich verlassen kannst!«

Kapitel 18

Der Andrang an Journalisten war enorm.

Unzählige Pressevertreter warteten vor dem Ministerium darauf, hineingelassen zu werden. Die Tatsache, dass neben den Zeitungsvertretern auch etliche Übertragungswagen vorgefahren waren, war Beleg für das große öffentliche Interesse in der *Causa Freselage*. Ein bekanntes Online-Magazin hatte diesen Begriff gewählt, den andere Medien zitierten. Die Nachricht vom Tod des niedersächsischen Landwirtschaftsministers war zunächst nur eine Eilmeldung des Norddeutschen Rundfunks gewesen. Aufgrund ihrer Brisanz im Zusammenhang mit dem abklingenden Dioxinskandal hatte sie sich dann aber wie ein Strohfeuer in den sozialen Netzwerken ausgebreitet. Um Spekulationen über die Hintergründe möglichst wenig Raum zu bieten, hatte das Ministerium zu einer ersten Pressekonferenz eingeladen.

Hendrik Willen beobachtete von der gegenüberliegenden Straßenseite aus das Geschehen vor dem Ministerium. Sonntagmittag, die Sonne brannte heiß. Er suchte einen schattigen Platz, den er unter einer großen Kastanie fand. Willen setzte sich seine Sonnenbrille auf und lehnte sich an den dicken Stamm. Kaum zur Ruhe gekommen, rotierte es in seinem Kopf: der Anschlag auf ihn, die schwere Verletzung seines Freundes Cem. Schnell wischte er die Gedanken beiseite.

Freselage war tot. Was sollte er von dieser Geschichte halten? Im Geiste checkte er die Fakten, die der Öffentlichkeit noch nicht bekannt sein durften. Er und Stöcki waren zu dem Ergebnis gekommen, dass der Staatssekretär einen Königsmord geplant hatte. Wenn das keiner von den Beteiligten ausplaudern würde, dann käme das Thema niemals an die Öffentlichkeit. In diesem

Zusammenhang beschäftigte ihn natürlich die Frage, ob der Minister Selbstmord begangen hatte oder ob ein Fremdverschulden vorlag, also Mord. Willen überlegte: Todeszeitpunkt gestern Abend, heute um 13 Uhr die Pressekonferenz, auf der Fakten präsentiert werden. Die Todesursache wird also feststehen. Und wenn nicht? Würde Freselages Ministerium auch bei ungeklärter Todesursache eine Pressekonferenz abhalten? Oder würde man nur eine Presseerklärung abgeben? Willen wusste es nicht genau, jedoch hätte er jede Wette angenommen, dass die Polizei von Selbstmord ausgeht. Aber die Kollegen konnten nicht wissen, was er wusste. Sie ahnten nicht einmal, zu was Tschauner fähig war. Sein Bauchgefühl sagte ihm: Da wurde wieder ein Problem gelöst. Wenn Wolf seine Finger im Spiel gehabt und, wie er vermuten würde, gründlich gearbeitet hätte, würden die Kollegen keine Hinweise auf ein Fremdverschulden finden. Er traute Tschauners Mann für sensible Problemlösungen alles zu, auch, einen lupenreinen Selbstmord zu inszenieren. Den Ablauf nach der Tat stellte er sich so vor: Jemand entdeckt Freselage tot in dessen Wohnung und verständigt die Polizei. Die Antwort auf die Frage, wer dieser *Jemand* war, erhoffte Willen sich von der Pressekonferenz. Dann wird ein Streifenwagen zur Wohnung geschickt. Die Kollegen schätzen die Lage ein und fordern die Tatortgruppe an. Wenn die Kripo-Kollegen Fremdverschulden und tragischen Unfall ausschließen können, wäre die Todesursache Selbstmord. In dem Fall wären kein großes Besteck und keine Obduktion notwendig. Die Angehörigen würden benachrichtigt und, weil es sich um den Minister handelt, ginge eine weitere Benachrichtigung an das Ministerium. Und zwar sofort und unmittelbar.

Willen schaute auf seine Armbanduhr, sie zeigte zwanzig vor eins an. Als er wieder hinüber zum Ministerium sah, öffneten sich auch schon die Türen. Die Journalisten strömten eilig ins Gebäude, der Kampf um die besten Plätze war eröffnet. Willen schätzte die Zahl der Medienvertreter auf locker über 50, da würde er in der Masse untergehen. Denn er wollte es lieber vermeiden, von Tschauner gesehen zu werden. Gut möglich, dass der ein Bild von ihm im Internet gefunden hatte und wusste, wie er aussah. Zudem ging der Staatssekretär davon aus, dass er tot war.

Als die letzten Journalisten das Ministerium betraten, lief Willen über die Straße.

Im Pressesaal des Ministeriums ging es zu wie in einem Bienenstock. Ungefähr so hatte es sich Willen vorgestellt, der zum ersten Mal an einer Pressekonferenz teilnahm. Mit seinem Dienstausweis wurde ihm ohne Probleme Zugang gewährt.

Quer zur Stirnseite des Raumes war eine lange Tischreihe aufgebaut, an der die Vertreter des Ministeriums in Kürze Platz nehmen würden. Jeder Sitzplatz war mit Mikrofon und einer Auswahl kleiner Getränkeflaschen ausgestattet. Im Hintergrund war eine blaue, mobile Pressewand zu sehen, die den Schriftzug des Bundeslandes Niedersachsen sowie das Landeswappen trug. Vor der Tischreihe stellten die Vertreter von Rundfunk und Fernsehen zusätzlich noch eigene Mikrofone auf. Für die Journalisten waren mehrere Stuhlreihen vorgesehen.

Willen wählte einen der wenigen noch freien Sitzplätze in der letzten Reihe, direkt hinter einer Säule. Der versprach genügend Deckung, um nicht von Tschauner gesehen zu werden. Die Chance auf einen der vorderen Plätze hatte er sowieso nicht mehr gehabt, da er den recht kleinen Saal als einer der Letzten betreten hatte.

Er schaute sich um. Nachdem das Rennen und Schupsen um die besten Sitzplätze beendet war und die Leute von Funk und Fernsehen ihr Equipment aufgebaut hatten, kehrte im Saal allmählich Ruhe ein.

»Was halten Sie von der eilig einberufenen PK?«

Willen fuhr herum. Eine Frau, ungefähr in seinem Alter, mit brauner Kurzhaarfrisur und einem schicken Hosenanzug lächelte ihn von der Seite aus an.

»Carola Hartmann, vom *Niedersächsischen Bauernblatt*«, stellte sie sich branchenüblich vor. Offenbar hielt sie ihn für einen Kollegen.

»Hendrik Willen, von ... äh, von *Agrar-now*.«

»*Agrar-now*? Nie was von euch gehört.« Ihr penetranter Blick war für Willen kaum auszuhalten.

»Wir sind ein junges Online-Magazin. Unser Geschäftssitz liegt im Landkreis Cloppenburg, der Heimat des Verblichenen.«

Seine Sitznachbarin schien etwas irritiert: »Wofür steht *now*?«

Herrje, die will's aber genau wissen! »Die Abkürzung *now* steht für: Niedersachsen ohne Windkraft. Unsere User sind sehr naturverbundene Menschen. Sie lieben die natürliche Landwirtschaft. Windkraftanlagen haben auf niedersächsischem Boden nichts zu suchen, das sind reinste Vogelschredderanlagen.«

»Richtig! Die sind genauso scheiße wie Biogasanlagen. Oder wie finden eure User die?«

»Die bringen den grünen Tod!«, flüsterte Willen mit einem verschmitzten Lächeln.

Die vorderste Reihe sprang fast synchron auf. Kamerablitze zuckten durch den Raum, die zahlreichen Fotografen wetteiferten um die besten Schnappschüsse.

In den dahinterliegenden Stuhlreihen reckten sich Hälse, Köpfe fuhren herum zum Saaleingang.

»Wurde auch langsam Zeit«, kommentierte seine Sitznachbarin, »muss im Anschluss noch zur Tagung des Landvolkverbandes Otternhagen. Bist du da auch?«

»Nö«, antwortete Willen und richtete seine Aufmerksamkeit auf die in den Saal einziehenden Herrschaften. Vorweg lief Höger, dahinter Tschauner. Ihnen folgten zwei Damen, die er nicht zuordnen konnte. Mit der älteren der beiden wechselte Tschauner ein paar Worte, bevor sie sich zu der Jüngeren an die Wand neben der Eingangstür lehnte. Willen hielt die beiden für Mitarbeiterinnen des Ministeriums, Assistentinnen oder dergleichen.

»Der Pressesprecher guckt zwar etwas ernst, sieht aber dennoch richtig süß aus. Der erinnert mich an einen Sprecher von den *Tagesthemen*. Dieser hübsche, weißte? Verdammt, ich komm nicht auf seinen Namen ...«

»Ingo Zamperoni«, half Willen ihr auf die Sprünge.

»Genau! Aber sag mal, was hältste von seinem Nebenmann? Sieht der nicht furchtbar fies aus? Achte bei dem mal auf Mund und Kinn ... Gott, wie kann man nur so scheinheilig gucken. Findste auch, oder?«

Willen blieb die Antwort schuldig, obwohl er Carola recht geben musste. Zweifelsohne saß da ein Königsmörder und sonnte sich im Blitzlicht der Kameras. Willen hätte kotzen können.

Als Carsten Höger sich das Mikrofon zurechtrückte, schlug Carola ihre Beine übereinander und legte sich einen Schreibblock auf den Schoß. Sie notierte das heutige Datum in die rechte obere Ecke ihres Blocks. Mit der linken Hand, wie Willen bemerkte. Im selben Moment sah sie zu ihm herüber. »Schreibste gar nicht mit?«

»Nö, ich bin Memoriker.«

Carola stutzte und legte die Stirn in Falten.

»Memoriker können sich alles merken.«

Willens Mundwinkel deuteten ein spitzbübisches Lächeln an.

»Noch nie gehört. Hat das mit Memory zu tun, diesem Gedächtnisspiel?«

»Hm«, bestätigte Willen.

Carsten Höger, der Pressesprecher, verschränkte seine Arme auf dem Tisch und lehnte sich vor zum Mikrofon. »Guten Tag, meine sehr ...«

»Mikro!«, schrie ein Journalist. In den vorderen Reihen wurde getuschelt.

»Fängt ja gut an«, kommentierte Carola. »Mikrofone haben da so einen Knopf – on, off.« Sie sah zu Willen und zog die Augenbrauen hoch.

»Merk' ich mir!« Willen grinste zurück.

Als im Pressesaal wieder Ruhe einkehrte, startete Carsten Höger einen neuen Versuch. »Guten Tag, meine sehr verehrten Damen und Herren von der Presse. Ich begrüße Sie zur heutigen Pressekonferenz des Landwirtschaftsministeriums des Landes Niedersachsen. An meiner Seite sehen Sie aus gegebenem Anlass den Vertreter des Ministers, Herrn Staatssekretär Til Tschauner.« Höger drehte kurz seinen Kopf zu Tschauner, der nickte zurück.

»Herr Staatssekretär Tschauner wird eine kurze Erklärung zu den aktuellen Ereignissen in unserem Hause abgeben. Danach haben Sie Gelegenheit, Ihre Fragen zu stellen. Ich übergebe nun an Herrn Staatssekretär Tschauner.« Während der Pressesprecher sich wieder etwas aufrichtete, lehnte sich der Staatssekretär zu seinem Mikrofon vor.

»Danke, Herr Höger! Meine Damen und Herren, wie Sie bereits wissen, ist Minister Freselage gestern Abend tot in seiner Wohnung in Hannover aufgefunden worden. Die Mitarbeiterinnen und Mitarbeiter dieses Hauses, und ich selbst natürlich auch, sind über diese schreckliche Nachricht tief bestürzt. Unsere Gedanken sind in dieser schweren Stunde bei der Familie von Hans-Georg Freselage, insbesondere bei seiner Ehefrau Jutta und bei seiner kleinen Tochter Judith.« Der Staatssekretär machte eine Pause. Sofort waren Kameras auf ihn gerichtet, Blitzlichtgewitter prasselte auf ihn herab. Dann sprach er weiter: »Meine Damen und Herren, zur Todesursache kann ich Ihnen Folgendes mitteilen: Die Polizei schließt nach Abschluss ihrer Untersuchungen in der Wohnung eine Straftat aus.«

Raunen im Saal, Tschauner sah kurz in die Menge.

Willen neigte sich zu Carola rüber und fragte leise: »Was hältst du von dem?«

»Heuchler. Ist längst durchgesickert, dass *er* jetzt Minister wird. Das wirft Fragen auf, warte mal ab!«

Willen schaute Carola verwundert an.

»Sag' bloß, du bist der Einzige, der das nicht weiß.«

Tschauner hob seine Hand, prompt wurde es wieder leise im Saal.

»Es gibt weder Hinweise auf ein Verbrechen noch auf einen tragischen Unglücksfall. Der Minister war zum Zeitpunkt seines Todes stark sediert. In unmittelbarer Nähe der Leiche sind Schlaftabletten sowie ein Revolver der Marke Röhm, Modell RG59 ‚Le Petit' gefunden worden. Außerdem liegt ein elektronischer Abschiedsbrief an seine Frau vor. Die Polizei kommt zu dem Ergebnis, dass sich Minister Freselage das Leben genommen hat. So weit zu den traurigen Fakten«, sprach Tschauner und lehnte sich in seinem Stuhl zurück. Die Fragen, die ihnen unter einem wieder einsetzenden Blitzlichtgewitter laut zugerufen wurden, überließ er dem Pressesprecher.

Carsten Höger hatte Mühe, die Journalisten zu beruhigen. »Meine Damen und Herren, bitte nicht durcheinander. Ich schlage vor, Sie heben Ihre Hand und wir arbeiten Ihre Fragen der Reihe nach ab. Wollen Sie hier vorne links beginnen?« Carsten Höger deutete mit seiner Hand auf eine Pressevertreterin in der ersten Reihe.

»Können Sie uns etwas zur Auffindesituation sagen? Wer hat den Minister gefunden und wie spät war es da?«

»Die Haushälterin hat den Minister am Samstagabend gegen 19.00 Uhr leblos vorgefunden, als sie wie üblich den Wocheneinkauf vorbeigebracht hat. Daraufhin hat sie Notruf und Polizei verständigt«, lautete Högers knappe Antwort, dann nahm er den nächsten dran. »Ja, bitte, Sie!«

»Es war die Rede von einem Abschiedsbrief. Was können Sie uns zum Inhalt mitteilen? Gab der Minister einen Grund für seinen Selbstmord an?«

Staatssekretär Tschauner hatte eine emotionslose Miene aufgesetzt und schaute starr geradeaus, als nähme er die Menschen vor sich gar nicht wahr.

»Bitte haben Sie dafür Verständnis, dass wir keine intimen Details preisgeben«, antwortete Höger auf die Frage des Journalisten. »Ich verweise außerdem auf das Briefgeheimnis. Die nächste Frage bitte! Ja, Sie!«

»Steht der Tod des Ministers möglicherweise in einem Zusammenhang mit dem kürzlich auf ihn verübten Mordanschlag durch seinen Schwager?«

Willen horchte auf und war auf die Antwort des Pressesprechers gespannt.

»Ein unmittelbarer Zusammenhang besteht nach derzeitigem Erkenntnisstand nicht.«

»Kein unmittelbarer, aber vielleicht ein mittelbarer …«, wurde nachgeschoben.

»Ist das eine Frage?«, erkundigte sich Höger bei dem Journalisten.

»Ja, und sie zielt auf den Dioxinskandal ab, in den der Minister verstrickt war. Kann das der Grund für seinen Selbstmord gewesen sein?«

»Noch mal: Zu den Gründen werden wir aus Respekt vor der Person des Verstorbenen keine Angaben machen. Und zu Ihrem ersten Punkt: Der Dioxin*vorfall* ist abgeschlossen und wird zurzeit juristisch aufgearbeitet. Da es sich hier um ein laufendes Verfahren handelt, werden wir auch dazu nicht Stellung nehmen.«

»Es ist aber schon komisch, dass ein paar Tage vor dem Selbstmord des Ministers der Schwager, Alfred Tönnies, der als Verursacher des Dioxinskandals gilt, auf Freselage schießt. Äh, ich kann das auch als Frage formulieren, wenn Sie es wünschen ...« Der Journalist erntete einige Lacher von seinen Kollegen.

»Das traue ich Ihnen durchaus zu!«, antwortete Höger mit einem Grinsen. Das Lachen verstärkte sich. »Nur so viel: Wir gehen bei dem Anschlag durch Herrn Tönnies von einer persönlich motivierten Verzweiflungstat aus. Die nächste Frage bitte! Die Dame dort hinten!« Höger nickte ihr zu.

»Stimmt es, dass Sie, Herr Tschauner, als Nachfolger Freselages im Gespräch sind?«

Ein Raunen ging durch den Saal.

»Jetzt wird's spannend!«, flüsterte Carola Willen zu. »Die Frage kam von Gaby Westerhoff von der *Hannoverschen Post*. Das ist eine, die nicht lockerlässt, wirst sehen.«

»Herr Staatssekretär, die Frage ist an Sie gerichtet«, kam es von Carsten Höger.

Tschauner lehnte sich vor. »Ich verstehe ehrlich gesagt nicht, was diese Frage hier zu suchen hat. Heute ist ein Tag der Trauer, und keiner, an dem wir über Personalentscheidungen spekulieren sollten.«

Bevor sich Tschauner wieder zurücklehnen konnte, hakte die Journalistin der *Hannoverschen Post* nach: »Dann sprechen wir also über mehr als nur einen Posten, den es neu zu besetzen gilt?«

Das Raunen verstärkte sich zu lautem Stimmengewirr, vereinzelt flackerte Blitzlicht auf.

»Frau Westerhoff, ich weiß Ihre Hartnäckigkeit zu schätzen. Aber noch einmal: Heute ist wirklich nicht der Tag, um eine Personaldebatte loszutreten.«

»Dann verraten Sie uns doch wenigstens, Herr Tschauner, warum Sie und Frau Bach heute Morgen noch einen Termin mit dem Chef der Staatskanzlei hatten? Es wird ja einen Grund geben, warum diese PK erst für 13 Uhr anberaumt wurde. Die Todesursache stand spätestens heute Nacht fest, da hätte die PK auch am Vormittag stattfinden können.«

Jetzt diskutierten die Journalisten lautstark untereinander, sodass Carsten Höger energisch um Ruhe bitten musste. Es war von einem abgekarteten Spiel die Rede, jemand anderes warf sogar das Wort Intrige in den Raum.

»Na, hab' ich dir zu viel versprochen?« Carola zwinkerte Willen zu. »Sieh dir mal die beiden da vorne an: Tschauner liegt mit seiner Grinsefresse seelenruhig in seinem Stuhl, während der Pressesprecher innerlich tobt – der ist schon ganz rot im Gesicht! Macht ihm wohl nicht so viel Spaß, die Menge im Zaum halten zu müssen, die der Staatssekretär angestachelt hat.«

»Und wer war noch mal die Bach?«, wollte Willen von seiner Sitznachbarin wissen.

»Corinna Bach ist die Leiterin des Ministerbüros. Der Minister denkt, die Bach lenkt, verstehste, oder?«

Willen nickte.

»Übrigens: Die Bach lehnt da drüben an der Wand«, Carola deutete mit einer Kopfbewegung zum Eingang. »Die Jüngere neben ihr ist eine Büroangestellte.«

Willen sah hinüber. Corinna Bach flüsterte der Kollegin neben ihr etwas ins Ohr, dann verließ sie den Pressesaal.

»Die Bach ist als Nachfolger für Tschauner im Gespräch, wenn der Minister wird.«

»Nä!«

»Doch! Das hat mir Mrs Hartnäckig vorhin noch erzählt. Gaby hat exzellente Kontakte in die Staatskanzlei.«

Im Saal wurde noch immer gemurmelt. Carsten Höger ergriff das Wort: »Meine Damen und Herren, ich bitte um Ruhe!« Er wartete noch einen Augenblick, bis auch die letzte Stimme verstummte, dann fuhr er fort: »Ich kann verstehen, dass Sie wissen möchten, wer neuer Minister wird. Aber glauben Sie mir, das Ministerium ist in diesen Tagen nicht führungslos. Staatssekretär Tschauner wird die Amtsgeschäfte des Ministers so lange weiterführen, bis wir Ihnen einen Nachfolger präsentieren können. Ich denke, damit wären wir für heute durch. Ich danke Ihnen für Ihr zahlreiches Erscheinen. Auf Wiedersehen!«

Im einsetzenden Blitzlichtgewitter und wieder aufkommenden Stimmengewirr erhob sich Carsten Höger von seinem Platz und schob sich durch die Journalisten hindurch in Richtung Ausgang. Der Staatssekretär hatte es weniger eilig. Er beantwortete noch Fragen einzelner Journalisten, die sich nach vorne gedrängt hatten. Dann verließ auch er den Saal.

»Zum Schluss war richtig was los, findste auch, oder?« Carola verstaute die Schreibunterlagen in ihrer Umhängetasche. »Der Pressesprecher war ja ganz schön angepisst von dem Staatssekretär, diesem Fiesling. Aber Gaby Westerhoff hat ihm auch so richtig Feuer unterm Arsch gemacht.«

Sah Willen genauso. Ihm war auch vollkommen klar, warum Carsten Höger angepisst war, wie Carola es ausdrückte. Der hatte praktisch gerade erfahren, dass nicht er Staatssekretär werden würde, sondern Corinna Bach. Dass Höger dieser Posten von Tschauner aber versprochen war, konnte Carola nicht wissen.

»Sehr erhellend, die PK«, entgegnete Willen »wird meine *Agrar-now*-User brennend interessieren!«

»Wie viele User habt ihr denn auf eurem Portal?«

»Hm, so zwanzig bis dreißig ...«

»...tausend?«

»Ne«, Willen kicherte, »wir stehen noch ganz am Anfang. Aber wir wachsen kontinuierlich.«

»Verstehe. So, du, ich muss los.«

»Nach Otternhagen, zum Landvolk.«

»Genau. Ich werde mal das Thema Windkraftanlagen ansprechen. Vielleicht kriegt ihr von dort neue User.«

Mit einem »Tschö mit Ö« verschwand Carola Hartmann durch die Stuhlreihe. Willen lächelte ihr spitzbübisch hinterher. Dann brummte und vibrierte sein Smartphone in der Hosentasche; er hatte es für die Pressekonferenz auf lautlos gestellt. Noch während er die Nachricht las, machte er sich auf den Weg.

Carsten Höger begegnete Tschauner auf der Toilette. Der Staatssekretär wusch sich gerade die Hände.

»Ist wohl nicht so gelaufen, wie Sie sich das vorgestellt haben, Herr Staatssekretär.«

»Ist das eine Frage?«, antwortete Tschauner mit einem angedeuteten Grinsen. Er stellte den Wasserhahn ab und griff zu den Papierhandtüchern. Während er sich die Hände abtrocknete, betrachtete er sich im Spiegel. »Das habe ich von Ihnen, Herr Höger.« Jetzt lächelte er breit. »Das haben Sie übrigens sehr gut gemacht, wirklich! Damit hatten Sie diesen Schmierfinken wieder voll im Griff. Überhaupt, Sie waren sehr souverän in der PK, Höger. Chapeau für Ihre heutige Leistung!«

»Was man von Ihnen nicht gerade behaupten kann!«

»Also, ich bin sehr zufrieden.« Tschauner warf die Tücher in den Papierkorb und schaute Höger humorlos an. »Oder meinen Sie etwa die Westerhoff von diesem, diesem unbedeutenden hannoverschen Schmierblatt?«

Carsten Höger ballte die Fäuste zusammen, während sich Tschauner erneut zum Spiegel drehte. »Die Westerhoff geht mir am Arsch vorbei«, presste er durch die geschlossenen Zähne. Mit seinem Zeigefinger fuhr er prüfend über die Zahnreihen.

»Sie hätten mich von Ihrem Gespräch in der Staatskanzlei unterrichten müssen!«

Tschauner wandte sich zu Höger um. Er blickte ihn emotionslos an. »So, hätte ich das?«

»Ja, natürlich! Als Frau Westerhoff dieses Gespräch vorhin erwähnte, war ich völlig unvorbereitet. Das war höchst unprofessionell.«

»Jetzt hören Sie mir mal gut zu, Höger!« In Tschauners ernsten Blick mischte sich eine Prise Verachtung, als er leise weitersprach: »Wenn Ihnen etwas nicht passt, dann können Sie jederzeit gehen! Ich werde Sie nicht aufhalten.«

»Ich dachte, wir hätten etwas verabredet?«

Als Tschauner an Höger vorbei in Richtung Tür ging, berührten sich fast ihre Schultern. Er drehte sich noch einmal zum Pressesprecher um. »Ach, Höger, tun Sie etwas, was Sie gut können!«

»Sie hatten mir den Posten in Aussicht gestellt!«

»Nuckel an deinem Finger, Junge!«

Tschauner knallte hinter sich die Tür zu.

Als sich Willen an der Promenade am Maschsee auf die Parkbank setzte, wackelten sofort die Tauben auf ihn zu. »Scheißviecher!« Mit den Füßen stieß er sie weg. Er musste den Vorgang energisch wiederholen, denn die Tauben flatterten auf, landeten sofort wieder und kamen prompt zurück. »Warum werden die auch immer wieder gefüttert?«

Carsten Höger hatte den Treffpunkt in seiner Textnachricht genau beschrieben. Willen blickte sich um und hielt Ausschau nach dem Pressesprecher. Das herrliche Wetter nutzten viele für einen Spaziergang aus. Pärchen flanierten Hand in Hand auf der Promenade, Familien mit Kindern wurden von Radfahrern und Inlineskatern umkurvt. Willens Blick verharrte für einen Moment auf einer Gruppe Asiaten, die sich mit dem Maschsee im Hintergrund fotografieren ließen.

»Guten Tag!«

Willen fuhr herum. »Herr Höger! Hab' Sie gar nicht kommen sehen. Bitte, nehmen Sie Platz!«

Der Pressesprecher setzte sich neben ihn auf die Parkbank. Willen blieb Högers zerknirschtes Gesicht nicht verborgen. »Anstrengender Tag, was?«

»Das können Sie laut sagen. Ich bin fix und fertig.«

»Wollen wir ein Stück gehen?«

»Ich würde lieber einen Moment sitzen bleiben, wenn es Ihnen recht ist.«

Willen nickte. Er formulierte im Geiste noch an seinem Einstiegssatz, da brach es aus Höger förmlich heraus: »Hören Sie, Herr Willen, ich möchte Ihnen gegenüber reinen Tisch machen! Ich weiß nicht, an wen ich mich sonst wenden kann. Im Ministerium vertraue ich niemandem mehr. Sie sind nach unserer Begegnung auf dem verlassenen Gehöft offenbar im Bilde, wie Sie heute Morgen am Telefon ja andeuteten.« Höger wartete auf eine Reaktion von Willen.

»Sprechen Sie weiter, Herr Höger!«

Der Pressesprecher blickte auf den Maschsee. »Sie wissen, dass mir Tschauner seinen Posten angeboten hat.«

»Jou.«

Höger verlor seinen Blick irgendwo am gegenüberliegenden Ufer. »Daraus wird nichts. Frau Bach hatte mich vor Tschauner gewarnt. Er würde mir einen Virus ins Hirn pflanzen und mich manipulieren. ‚Weichschmusen' nannte sie das und hatte mit allem recht. Und ich Trottel hab' ihm noch die Stange gehalten. Verstehen Sie, ich war wirklich in dem Glauben, Tschauner würde mich zu seinem Nachfolger machen. Was für ein Quatsch, wenn man bedenkt, welchen Beruf ich habe.«

»Wie meinen Sie das?«

Höger sah Willen an. »Na, ich bin PR-Fachmann und kein Berufspolitiker. Die Politik ist nur eine Branche für mich und Politiker sind meine Klientel.«

»Wäre ein Branchenwechsel denn so unüblich?«

»Für gewöhnlich wechseln die Politiker in die Wirtschaft, nicht andersherum.«

»Steffen Seibert moderierte die *heute*-Nachrichten, bevor er Regierungssprecher wurde.«

»Eben, Seibert wurde Regierungssprecher, nicht Politiker.«

»Da haben Sie natürlich recht. Aber kommen wir zurück zu Ihnen: Tschauner hat Sie etwas an der Macht schnuppern lassen?«

»Ja, er hat mir diesen Floh ins Ohr gesetzt. Aber zu welchem Preis, Herr Willen? Er hatte nie wirklich vor, mich zu seinem

Nachfolger zu machen. Ich war von Anfang an nur sein Werkzeug. Vielleicht hat er sogar vor, mich als sein Bauernopfer vorzuschieben, sollte man ihm noch auf die Schliche kommen. Indem er mich Wolf zur Seite stellte, hat er dafür gesorgt, dass ich mit drinhänge. ‚Mitgefangen, mitgehangen' lautet doch ein Sprichwort. Aber was klage ich? Ich trage selbst die Schuld.«

Willen spürte bei Höger Verzweiflung und echte Reue. Das Gespräch lief für ihn in die gewünschte Richtung.

»Wissen Sie, ich habe Tschauners perfides Spiel viel zu spät erkannt. Der Minister ist tot. Ob es Suizid war oder ein Verbrechen, was spielt das noch für eine Rolle? Tschauner hat sein Ziel erreicht. Er wird zum Minister ernannt, noch in dieser Woche.«

Höger stützte die Ellenbogen auf die Knie und ließ den Kopf hängen.

»Ist das sicher?«

»Ja, habe eine entsprechende Mitteilung vom Chef der Staatskanzlei erhalten. Morgen früh bereite ich die Pressemeldung dazu vor. Da wird auch drinstehen, dass Corinna Bach neue Staatssekretärin wird.«

»Was wird aus Ihnen?«

Höger sah wieder hinaus auf den See. »Ich häng' mich am nächsten Baum auf.«

»Na, na, na. Sie werden noch gebraucht, Herr Höger!«

»Von wem?«

»Von mir!«

»Ich würd's ja rückgängig machen, wenn ich könnte.«

»Das kann keiner.«

»Wie wollen Sie Tschauner seine verbrecherischen Machenschaften denn nachweisen, Herr Willen? Sie glauben doch nicht etwa, dass Sie Wolf dazu kriegen, gegen Tschauner auszusagen!«

»Um Wolf kümmern wir uns später. Zuerst ist Tschauner an der Reihe.«

»Sie haben keine Beweise gegen ihn in der Hand.«

»Das ist richtig. Ich habe aber *Sie*, Höger, und einen Plan.«

»Mich? Ich stecke doch mit drin!«

»Perfekt!«, schmunzelte Willen. »Wissen Sie, was ein Kronzeuge ist?«

»So in etwa.«

»Ein Kronzeuge ist ein Mittäter des Angeklagten, der gegen diesen als Zeuge in einem Prozess aussagt und dem dafür Straffreiheit zugesichert wird.«

Der Pressesprecher blickte wieder stumm über das Wasser. Ein vorbeiziehendes Ausflugsschiff der Maschseeflotte sorgte für leichten Wellengang. Willen beschloss, Högers Schweigen als Zustimmung zu deuten. Ihm blieb nichts anderes übrig.

* * *

»KÖNIGSMORD?« DEM FÜLLIGEN LKA-Beamten mit den kurz geschorenen, blonden Haaren, der seinen Bart nur um den Mund herum wachsen ließ, stand ein riesiges Fragezeichen auf der Stirn geschrieben.

Carsten Höger nickte.

»Bitte glauben Sie mir. Minister Freselage hat sich nicht umgebracht, der Staatssekretär steckt dahinter. Til Tschauner hat eine gewaltige Intrige gesponnen. In den nächsten Tagen wird er zum Minister ernannt. Ich muss es wissen, ich habe die Pressemeldung dazu geschrieben.«

Der Beamte strich sich ein paar Mal durch seinen ergrauten Bart. Dann sagte er: »Eine ganz schön abstruse Geschichte, die

Sie mir da auftischen wollen. Welche Beweise haben Sie für Ihre Vermutung, Herr Höger?«

»Mich! Ich habe den Staatssekretär bei seinem perfiden Werk unterstützt und mich dadurch zum Mittäter gemacht. Das würde ich auch vor Gericht aussagen.«

»Oh, ein Kronzeuge! So langsam wecken Sie mein Interesse.«

»Das ist aber noch nicht alles.«

»Was kommt denn noch?«

»Hendrik Willen, der Dorfpolizist aus Cappeln, der Name sagt Ihnen doch etwas?«

Der LKA-Beamte hob prompt die Augenbrauen. Natürlich sagte ihm der Name etwas. Wegen Willens eigenmächtiger Ermittlungen in Hannover, die jeglicher Grundlage entbehrten, war er in Cloppenburg gewesen und hatte dessen Vorgesetzten eine Föhnfrisur verpasst. So wurden im Polizeijargon Maßregelungen genannt, die die Bürowände zum Wackeln brachten.

»Reden Sie weiter, Herr Höger!«

»Willen hat herausgefunden, dass nicht der Minister, sondern der Staatssekretär hinter allem steckt. Willen ist wieder in Hannover, ich habe ihn gestern gesehen. Er saß mit in der Pressekonferenz. Jetzt hat er es auf Tschauner abgesehen. Er wird sich den Staatssekretär packen und die Wahrheit aus ihm herausprügeln. Ich befürchte, dass Willen dabei bis zum Äußersten gehen wird!«

»Was muss ich mir unter dem Äußersten vorstellen?«

»Wenn Tschauner nicht gesteht, bringt Willen ihn um!«

»Wenn er was nicht gesteht?«, hakte der LKA-Beamte nach. »Meinen Sie den angeblichen Mord an Minister Freselage?«

»Auch. Und den an der Escortdame.«

»Escortdame? Helfen Sie mir mal auf die Sprünge!«

»Dazu müsste ich etwas ausholen …«

Der LKA-Beamte nickte freundlich. Dann öffnete er den Armbandverschluss seiner Uhr, nahm die Uhr ab und legte sie vor sich auf den Schreibtisch.

»Ich nehm' mir gern die Zeit, Herr Höger!«

* * *

Als der Staatssekretär das Haus verließ, war der Wagen schon vorgefahren. Über das Ministerbüro war für ihn ein Dienstwagen mit einem LKA-Beamten als Fahrer und gleichzeitigem Personenschützer organisiert worden.

»Also, Sie sind ...« Staatssekretär Tschauner sah den sportlich wirkenden Mann freundlich an, der vor der dunklen Limousine auf ihn wartete.

»Fahri Keller ist mein Name. Ich bin Ihr Chauffeur«, antwortete der Mann. Neben schwarzen Haaren und einem schwarzen Vollbart trug er auch einen schwarzen Anzug. Er nickte dem Staatssekretär zu und öffnete ihm die hintere Autotür.

»Sagen Sie, was ist das für eine Automarke? Und verzeihen Sie mir bitte meine dumme Frage, aber ich kenne mich nicht so gut aus.«

»Das ist ein Audi A8. Eine gepanzerte Limousine.«

»Gepanzert? Das ist aber nicht sehr umweltfreundlich«, scherzte Tschauner und strich mit seiner Hand über den Autolack.

»Dafür aber sicher!«

»Da haben Sie wohl recht. Außerdem werde ich ja nicht Umweltminister, sondern Landwirtschaftsminister. Da bin ich für die Landwirte zuständig, Herr ... wie war noch mal Ihr Name?«

»Keller.«

»Herr Keller, richtig. Also, da bin ich für die Landwirte zuständig, und was die so alles auf ihre Äcker spritzen, das ist bestimmt auch nicht immer umweltfreundlich!«

Breit grinsend stieg Tschauner ein. Der Chauffeur schlug die Autotür hinter ihm zu. Der satte Klang der zufallenden Tür gefiel dem Staatssekretär auf Anhieb. Den Wagen hatte er schon mal, der dazugehörige Ministerposten würde in zwei Tagen folgen. Ganz offiziell, die Staatskanzlei hatte grünes Licht gegeben. Die Öffentlichkeit war bereits informiert, das hatte Carsten Höger übernommen.

Nachdem der Fahrer eingestiegen war, sprach Tschauner ihn über den Rückspiegel an: »Sie haben so einen ulkigen Vornamen, Herr Keller, von wo stammt der?«

»Fahri ist türkisch, Herr Staatssekretär.«

»Ach, gewöhnen Sie sich nicht an diesen Titel, der ändert sich in zwei Tagen wieder.« Tschauner strahlte bis über beide Ohren und hakte nach: »Man sieht Ihnen Ihre türkischen Wurzeln an. Doch irritiert mich etwas die Namenskonstellation. Ich hätte vermutet, dass Ihr Vater Türke sei. Aber der wird doch nicht den Nachnamen einer deutschen Frau angenommen haben? Das wäre gewiss gegen seine, wie sag' ich's am besten, gegen seine Überzeugung. Habe ich recht?«

»Meine Eltern waren nicht verheiratet. Ich trage den Nachnamen meiner Mutter.«

Aus Tschauners Blick sprach Verwunderung. »Nicht verheiratet? Das war bestimmt nicht einfach für Ihre Frau Mama. Die musste als alleinerziehende Frau die Brut eines Türken großkriegen. Ich nehme an, Sie sind in recht bescheidenen Verhältnissen aufgewachsen?«

Der Chauffeur schwieg und konzentrierte sich auf den Verkehr. Tschauner blickte erst zum Fenster hinaus, dann wieder nach vorn zum Fahrer. »Sie sind nicht nur Chauffeur, Sie sind auch Personenschützer und LKA-Beamter, stimmt's?«

»Jou.«

Tschauner lachte auf. »Und trotz Ihres mohammedanischen Vaters ein ganzer Niedersachse, wie ich höre! Wortkarg, reserviert, fast schon etwas unterkühlt, wenn Sie mir die oberflächliche Charakterisierung gestatten.«

»Ich bin in Hamburg aufgewachsen, da ist meist Schietwetter.«

Jetzt lachte Tschauner aus vollem Hals. »Sie gefallen mir! Man hört den Akzent in Ihrer Stimme. Deutsch-Türke mit Hamburger Schnack. Bitte sagen Sie doch mal: Hamburg – meine Perle. Tun Sie mir den Gefallen, Herr Keller? Ich habe auch mal eine Zeit lang in Hamburg gelebt, allerdings konnte ich mir das Hochdeutsch nicht abgewöhnen. Es ist doch irgendwie kultivierter.«

Der Fahrer antwortete nicht. Nach einem Schulterblick bog er ab. Als er wieder geradeaus fuhr, sah er kurz in den Rückspiegel zu seinem Fahrgast.

»Oh, ich bin Ihnen zu nahe getreten, das wollte ich nicht. Ich hätte nur so einen Spaß, meinen Lieblingssatz über Hamburg einmal aus Ihrem Mund zu hören. Bitte, bitte, bitte ...«

Der Fahrer sah im Rückspiegel Tschauners bettelnden Blick. Er trat das Gaspedal durch und überholte einen vor ihm fahrenden Lkw.

»Ey, du Opfa, halt de Fresse oda isch mach disch kalt!«

Tschauner hüpfte wie ein Kind in seinem Sitz auf und ab und klatschte dabei in die Hände. »Das war viel besser! Ganz ausgezeichnet. Als Landesbeamter der Besoldungsgruppe A11 oder A12 beherrschen Sie sogar die Ghettosprache.«

»Das ist Kanak Sprak«, erklärte der Fahrer.

»Absolut richtig, Herr Keller. Und das ist gar nicht diskriminierend gemeint. Kanak Sprak bezeichnet ganz offiziell einen deutschen Szenejargon, der vorwiegend von zweisprachig aufgewachsenen, meist türkischstämmigen Jugendlichen der zweiten oder dritten Einwanderergeneration gesprochen wird. Ihr Vater spricht sicherlich ein sehr gebrochenes Deutsch, oder?«

»Geht.«

»Die Generation Ihres Vaters hat die Integration völlig verpennt. Wahrscheinlich ist Ihr Vater ein glühender Erdogan-Anhänger, genießt aber die Freiheit, die unser schöner Staat ihm bietet. Trotzdem identifiziert er sich mit diesem Sultan und trägt dabei ein unreflektiertes Bild seiner Heimat in sich.« Tschauner sah wieder aus dem Fenster. Der Fahrer antwortete nicht.

»Wo fahren Sie eigentlich lang, Herr Keller? Das ist doch nicht der Weg zum Ministerium!«

Der Staatssekretär reckte seinen Kopf nach vorn, um durch die Windschutzscheibe zu sehen. In dem Moment klickte die Zentralverriegelung. Tschauners Kopf fuhr herum zu seiner Tür. Der Türpin war versenkt. Seine Hand ging reflexartig zum Türgriff. Er ruckelte, doch die Tür blieb zu. »Was soll das?« Er überprüfte die Hintertür auf der anderen Seite, aber auch dort war der Pin unten. »Haben wir eine Gefahrensituation, Herr Keller? Rechnen Sie mit einem Anschlag auf meine Person?« Tschauner sah nach hinten durch die Heckscheibe.

»So könnte man es nennen«, antwortete der Fahrer und beschleunigte.

»Werden wir verfolgt? Ich kann niemanden erkennen.«

Der Wagen rauschte mit über siebzig Sachen über die Straße.

»Die Gefahr kommt nicht von außen, Herr Staatssekretär.«

Tschauner fuhr wieder herum. »Wie meinen Sie das?«

Den Fahrer traf über den Rückspiegel Tschauners ernster Blick.

»Das Böse sitzt vor Ihnen«, sagte er in den Spiegel und zog sich die schwarze Perücke vom Kopf. Kurze blonde Haare kamen zum Vorschein. Dann riss er sich mit einem kräftigen Ruck den angeklebten Bart aus seinem Gesicht.

»Willen!« Tschauners Erstaunen war nicht gespielt. »Was ... was tun *Sie* hier? Ich dachte, Sie wären tot.«

»Ich bin aus der Hölle emporgestiegen, um Sie dorthin zu begleiten!«

Tschauners Augen weiteten sich, der Kiefer klappte nach unten und sein Gesicht wurde kalkweiß. »Das dürfen Sie nicht!«

»Was darf ich nicht?«

»Sie sind Polizist, Ihre Aufgabe ist, Leben zu schützen. Sie dürfen mich nicht töten!«

»Ich durfte auch nicht in Hannover ermitteln und tat's trotzdem. Ich bin ein böser Bulle.« Durch den Rückspiegel beobachtete Willen den Staatssekretär. Tschauner klebte Speichel in den Mundwinkeln. Er schluckte, als er in die stahlblauen Augen des Dorfpolizisten sah.

Willen lenkte den A8 über den Parkplatz an einigen Autos vorbei bis fast vor den Eingang des Hotels. Er fuhr in eine Parkbucht und stellte den Motor aus. Bevor er ausstieg, drehte er sich zu Tschauner um und hielt ihm seine Pistole unter die Nase. »Die habe ich gleich unter meiner Jacke versteckt, welche ich mir über den rechten Arm legen werde. Und glauben Sie mir, ich drücke ab, wenn Sie auch nur eine falsche Bewegung machen.«

Tschauner nickte stumm.

Der Polizist nahm seine Jacke vom Beifahrersitz und stieg aus. Er schaute sich nach allen Seiten um und vergewisserte sich, dass niemand umherlief. Tschauner wartete geduldig, bis die Tür von außen geöffnet wurde. Mit der rechten Hand forderte Willen ihn auf, auszusteigen. Der Staatssekretär konnte den Lauf der Waffe unter Willens Jacke sehen und folgte der Aufforderung.

»Wir checken jetzt ein, dabei möchte ich keinen Mucks von Ihnen hören. Ist das klar?«

Wieder nickte Tschauner nur und ging langsam in Richtung des Eingangs. Willen folgte ihm und behielt ihn dabei im Blick.

Sie betraten die dunkle Lobby des Hotels und gingen zielstrebig auf die Rezeption zu, die sich direkt neben den Aufzügen befand. Dem Hotelangestellten, der gelangweilt hinter dem Tresen saß, zeigte Willen seinen Dienstausweis. Der Mann erhob sich schwerfällig von seinem Hocker und griff zum Schlüsselbrett. Er übergab Willen einen Schlüssel, der an einer schwarzen Billardkugel befestigt war. »Zimmer acht, erste Etage, links den Flur runter.«

»Sehr freundlich«, erwiderte Willen mit einem angedeuteten Lächeln. Er war zuvor schon einmal da gewesen, um seinen Besuch anzukündigen. Er hatte dem Mann etwas von einem Polizeieinsatz erzählt und dass er besser keine Fragen stellen sollte. Der Mann hatte Willen seine Kooperationsbereitschaft zugesichert.

Willen betrat mit Tschauner den Aufzug. »Erster Stock bitte!«

Der Staatssekretär drückte auf die Eins, was Willen mit ernster Miene quittierte. Der Aufzug fuhr an und kam einen Wimpernschlag später schon wieder zum Stehen. Nach einem Klingeln öffnete sich die Fahrstuhltür. »Nach links«, kommandierte Willen. Tschauner gehorchte wortlos.

Sie gingen einen nur mäßig ausgeleuchteten Flur entlang, auf dem sich auf beiden Seiten jeweils zwei Zimmer befanden. Vor der Zimmertür mit der Nummer acht blieb Tschauner stehen. Willen gab ihm den Zimmerschlüssel.

»Aufschließen und rein!« Mit zittrigen Fingern versuchte Tschauner, den Schlüssel in das Schloss zu stecken. Er fiel ihm herunter. »Das ist so dunkel hier auf dem Flur, ich kann nichts sehen.«

»Beeilung!«, kam es vom Polizisten.

Beim nächsten Versuch klappte es. Tschauner öffnete die Tür und trat ins Zimmer, Willen folgte ihm und ließ hinter sich die Tür ins Schloss fallen. Er ließ sich von Tschauner den Schlüssel geben und steckte ihn in seine Hosentasche. »Hinsetzen!«, befahl er.

Das winzige Hotelzimmer besaß keinen Luxus. Ein knarzendes Bett mit weißen Bezügen, ein billiger Schreibtisch vor dem Fenster, ein Mini-Flachbildfernseher an der Wand sowie neben der Eingangstür, gegenüber dem Bad, ein Kleiderschrank mit Schiebetüren, an dem das dünne Holzfurnier abblätterte. Willen hatte das heruntergekommene Hotel mit Bedacht ausgewählt. Er wollte es Tschauner so unangenehm wie möglich machen.

Der Staatssekretär nahm auf einem wackeligen Holzstuhl Platz, den er unter dem Schreibtisch hervorzog. »Und jetzt?«, fragte er Willen mit weit geöffneten Augen.

Der Polizist steckte sich die Waffe in den hinteren Hosenbund und setzte sich auf das Bett. Dann sah er Tschauner mit ernster Miene an. »Öffnen Sie mal das Schubfach des Schreibtisches!«

Tschauner rückte mit seinem Stuhl etwas nach hinten, um die Schublade herauszuziehen. Er blickte hinein.

»Jetzt holen Sie das heraus, was Sie sehen, und legen es vor sich auf den Schreibtisch. Alles.«

Tschauner entnahm dem Schubfach ein größeres, flaches Lederetui, das er für ein Maniküre-Set hielt, und legte es auf den Schreibtisch. Dann zog er noch ein Seil, eine Kneifzange sowie eine Kombinationszange heraus. Er legte alles zu dem Lederetui auf den Tisch. Dann schloss er die Schublade und schaute Willen an.

»Hä? Da fehlt etwas. Sind Sie sicher, dass die Schublade leer ist?«

»Ich kann ja noch einmal nachschauen.«

»Wenn Sie das tun würden? Da müsste noch so ein zusammengerolltes Dings aus Stoff sein.«

Tschauner rückte noch etwas weiter mit dem Stuhl zurück und zog die Schublade fast ganz heraus.

»Ach!«, stieß Willen erfreut aus, als er entdeckte, was er vermisst hatte.

Tschauner griff zu einer länglichen Stoffrolle, die in der der Schublade nach hinten gerutscht war. Ein Schnürsenkel hielt die Stoffrolle zusammen, Tschauner legte sie zu den anderen Sachen. Er schob die Schublade wieder zu und sah interessiert zu Willen. Der ließ ein paar Sekunden verstreichen, ehe er erklärte: »Die beiden Zangen habe ich aus meiner Werkzeugkiste. Das Seil ist auch von mir. Das Lederetui und die Stoffrolle habe ich hier in Hannover gekauft. Erraten Sie wo, Herr Tschauner?«

Der Staatssekretär sah sich die Objekte kurz an und schüttelte stumm den Kopf.

»Na, überlegen Sie mal. Ich gebe Ihnen auch einen Tipp: Bei Woolworth habe ich die Sachen nicht gekauft!«

Tschauner zuckte mit den Schultern.

»Dann raten Sie!«

Der Staatssekretär atmete hörbar aus. »Baumarkt«, sagte er genervt, nur um eine Antwort zu geben.

Willen kicherte. »Baumarkt? Wie kommen Sie denn da drauf? Also für ein Maniküre-Etui würde ich tatsächlich bei Woolworth schauen. Oder bei Douglas, wenn es etwas teurer sein dürfte. Bei der Stoffrolle wird's schon schwieriger. Öffnen Sie die mal!«

Tschauner griff nach der Stoffrolle.

»Aber ganz vorsichtig«, warnte Willen, »Sie könnten sich am Inhalt verletzen!«

Achtsam löste Tschauner den Schnürsenkel und rollte den Stoff auseinander. Zum Vorschein kamen einige etwa 20 Zentimeter lange, schmale Bambusstöcke, die an einer Seite angespitzt waren.

»Wissen Sie, wo ich die herhabe?« Als sich Tschauner die Bambusstäbchen ansah und nichts sagte, fuhr Willen fort: »Es gibt in Hannover eine Kiezkneipe, in der bekommen Sie gegen Geld alles. Waren Sie schon mal im *Columbus*, Herr Tschauner?«

»Nein«, krächzte der Staatssekretär.

»Das denke ich mir. Für solche Einkaufstouren haben Sie ja Ihre Leute. Ich könnte mir vorstellen, dass Sie Herrn Höger losschicken würden, um dort eine Kleinigkeit zu besorgen. Stimmt's?«

»Gut möglich.« Tschauner merkte, wie ihm die Kehle austrocknete. »Kann ich ein Glas Wasser haben?«

»Tut mir leid, einen Roomservice gibt's hier leider nicht.«

»Ich ...«

»Am besten nicht viel reden«, fiel Willen Tschauner ins Wort, »lassen Sie mich Ihnen einfach die Utensilien vorstellen. Also, das, was Sie hier sehen, sind Bambusspießchen. Wie gesagt, die habe ich im *Columbus* erstanden. Sie können sich vielleicht schon denken, was man mit denen macht. Ich will es trotzdem kurz erklären. China ist ein Land, Herr Tschauner, da sind Folterungen noch an der Tagesordnung. In Gefängnissen und Zwangsarbeiterlagern werden die Häftlinge übelst malträtiert, um ihnen Geständnisse zu entlocken. Oder einfach nur, um sie zur Systemtreue zu zwingen. Das geht dann ungefähr so: Der Häftling muss sich auf einen Stuhl setzen. Dann werden ihm die Arme mit einem Seil wie diesem«, Willen deutete auf das Seil, das vor Tschauner auf dem

Schreibtisch lag, »an der Rückenlehne fixiert. Man stopft ihm ein meist schon schmutziges, weil vielfach gebrauchtes Handtuch in den Mund. Damit er darauf beißen kann, wenn man ihm die scharfen Bambusspieße zwischen seine Zehen sticht. Dann bewegt ein Gefängniswärter die Stöckchen hin und her. Manchmal tritt er auch auf den Fuß des Häftlings und drückt ihn mit seiner Ferse fest gegen den Boden. Das ist brutal, finden Sie auch, Herr Tschauner, oder?«

»Das dürfen Sie nicht!«, sagte der Staatssekretär.

»Das ist richtig. Öffnen Sie mal das Lederetui!«

Tschauner tat, wie ihm geheißen.

»Das ist ein Maniküre-Set, aber keines, das Sie bei Woolworth oder Douglas kriegen. Sie sehen darin zahlreiche verschieden große Nadeln, wie sie oft im medizinischen Bereich verwendet werden. Nadeln in die Fingerspitzen einer Person einzuführen, ist in den chinesischen Gefängnissen eine ebenso weitverbreitete Foltermethode. Sie wird hauptsächlich verwendet, um Gläubige zur Aufgabe ihres Glaubens zu zwingen.« Willen kicherte. »Hier lernen Sie noch etwas, Herr Staatssekretär!« Er fuhr fort: »Solche Nadeln werden in die Fingerkuppe unter dem Fingernagel hindurch bis zum ersten Fingergelenk gestochen. Nicht selten verlieren die Gefolterten bei diesen extremen Schmerzen das Bewusstsein.« Willen sprang von seinem Bett auf und haute mit der flachen Hand wuchtig auf die Tischplatte. »Eine weitere äußerst brutale Foltermethode ist das Quetschen oder Herausreißen von Fingernägeln mit einer Zange. Herr Tschauner, vor Ihnen liegen genau die Zangen, die ich für Quetschen und Herausreißen Ihrer Fingernägel benötige«, schrie der Polizist.

»Das wagen Sie nicht, Willen. *Sie* nicht!«

»Sind Sie sich da ganz sicher? Hatte ich vorhin im Auto nicht erwähnt, dass ich ein böser Bulle bin? Sie dürfen wählen zwischen Bambusstöckchen oder Nadeln und Quetschen oder Herausreißen!«

Willen und Tschauner sahen sich für einen Moment gegenseitig tief in die Augen.

»Sie bluffen!« Die Überlegenheit, in der er sich wähnte, kam Willen ganz gelegen.

»Gut. Dann werde ich Ihnen jetzt eine Geschichte erzählen, die ich kürzlich mit eigenen Ohren gehört habe.«

Tschauner sah ihn weiter mit kalten Augen und einem angedeuteten Grinsen an, doch Willen ließ sich davon nicht beirren. »Wollen Sie wissen, wo ich diese Geschichte gehört habe?«

Der Staatssekretär antwortete nicht auf Willens Frage.

»Ich habe die Geschichte in Cappeln gehört. Ich wurde da zu einem alten Bauernhof gerufen. Dieser unbewohnte Resthof hatte eine sehr schöne Scheune, die leider abgebrannt ist.«

»Wie bedauerlich«, entgegnete Tschauner.

»Das ist es in der Tat. Die Scheune stand nämlich unter Denkmalschutz. Wollen Sie auch wissen, wer mir die Geschichte erzählt hat? Die beiden müssten Ihnen bekannt sein: ein böser Wolf sowie ein sehr verschüchtertes Geißlein ...«

»Da hat man Ihnen wohl ein Märchen erzählt.«

»Ach, Sie kennen die Geschichte auch? Das trifft sich gut, ich wollte Sie nämlich gerade bitten, mir Ihre Version der Geschichte zu verraten. Ich höre mir gerne alle Seiten an, bevor ich zu einem Urteil komme.«

»Was meinen Sie damit?«

»Dass Carsten Höger und Rimbert Wolfsbach bei der Staatsanwaltschaft waren, um ihre Aussagen zu machen. Beide haben schwere Anschuldigungen gegen Sie erhoben.«

Tschauner horchte auf. Zutrauen würde er es dem Pressesprecher, insbesondere, nachdem dieser erfahren hatte, dass Corinna Bach und nicht er Staatssekretär würde. Dass Wolf singen würde, glaubte er nicht. »Lassen Sie es gut sein, Willen, und lassen Sie mich gehen!«

»Also, was die beiden da von sich gegeben haben, das hörte sich ganz plausibel an. Ich war ja selbst bis fast zum Schluss in dem Glauben, dass Freselage den Mord an der Escortdame in Auftrag gegeben hätte. Ich dachte, Sie wären nur sein Lakai, der die Anweisungen des Ministers entgegennimmt.«

»Lakai? Ich der Lakai des Ministers?« Tschauner lachte laut auf.

»Ja, aber dass Sie aus einem *Lösen Sie das Problem, Tschauner* ein *Töten Sie die Hure, Wolf* machen, damit hätte ich nicht gerechnet. Weshalb sind Sie denn jetzt so empört?«

»Sie nennen mich allen Ernstes einen Lakaien, Herr Willen?« Der Staatssekretär erhob sich von seinem Stuhl und ging in dem kleinen Zimmer auf und ab. »Was soll man auch anderes erwarten von einem Dorfpolizisten, der kindlich unbefangen und unkritischen Gemüts seinen Routinedienst in dem Bewusstsein versieht, er täte täglich etwas Gutes. Sie denken doch maximal von Ihrem Büro bis zur Grenze des Landkreises.«

»Und manchmal auch darüber hinaus, was mir ja zum Vorwurf gemacht wurde!«

»Richtig! Weil Sie die Tragweite Ihres Tuns nicht überblicken, Herr Willen. In Ihrer Naivität können Sie nur Schwarz oder Weiß sehen und sind intellektuell nicht in der Lage, das Große und Ganze zu erkennen, geschweige denn es einzuordnen.«

»Was meinen Sie genau?«

»Da sehen Sie's doch selbst, Sie können mir nicht einmal folgen!«

Willen schüttelte energisch den Kopf.

»Ha! Und Sie wollen sich mit Ihrem Spatzenhirn in die große Politik einmischen? Davon haben Sie doch keine Ahnung. Tun Sie lieber etwas, was Sie können. Und wenn Ihnen nichts einfällt, dann nuckeln Sie einfach an Ihrem kleinen Polizeimeisterfinger!«

»Polizeioberkommissar, Herr Staatssekretär. Ich habe sogar studiert!«

»Von mir aus, nuckeln Sie an dem, Sie Klugscheißer!«

»Sie haben recht, ich konnte Ihnen eben nicht ganz folgen. Das mag an meinem Spatzenhirn liegen. Aber wissen Sie, was ich glaube?«

»Was glauben Sie, Herr Willen?«, blökte Tschauner.

»Ich glaube, dass Sie hier etwas dick auftragen. Sie haben von Anfang an einen Königsmord geplant. Sie haben erwartet, dass Minister Freselage den Dioxinskandal politisch nicht überleben würde. Und zunächst sah es auch nicht gut für ihn aus, was gut war für Sie. Nachdem sich das Blatt jedoch gewendet hatte, haben Sie die Joker-Karte gezogen: Wolf, der in Ihrem Auftrag den Dienstwagen des Ministers mit der Edelprostituierten und Herrn Pöschel, dem Fahrer, in *meinem* Dorf in die Luft gejagt hat.« Jetzt erhob Willen seine Stimme, doch Tschauner konterte direkt. »Ja, genau, *unser* Dorf soll sauber bleiben. Ach, Mann, nuckeln Sie endlich an Ihrem Finger!«

»Herr Staatssekretär, kann es sein, dass Sie mich verhöhnen und verachten?«

Tschauner lachte. »Sie einfältiger Narr! Ich verachte alle Menschen, die sich als schwach und ungeeignet erweisen.«

»Hat sich Minister Freselage in Ihren Augen auch als ungeeignet erwiesen? Der hatte die Sache doch ganz gut im Griff.«

»Dass ich nicht lache! Ohne mich hätte sich sein Blatt niemals gewendet, um Ihren Ausdruck zu verwenden. Ich habe ihm im Dioxinskandal Rückendeckung gegeben, als von allen Seiten auf ihn geschossen wurde. Da kann ich den Job auch gleich selbst machen.«

»Ja, ja, ich sage immer: Schau dir genau an, wer hinter dir steht und dir Rückendeckung verspricht. Kann nämlich sein, dass ausgerechnet der dir eine Kugel in den Rücken jagt!«

»Wann beenden wir das Ganze endlich, Herr Willen? Sie haben ja doch nichts gegen mich in der Hand?« Tschauner stand in der Mitte des Raumes und sah auf Willen herab, der wie ein kleiner Junge auf der Bettkante saß.

»Ich glaube nicht, dass Wolf auspacken wird. Ich glaube nicht einmal, dass er bei der Staatsanwaltschaft war.«

»Da haben Sie recht, Herr Staatssekretär. Deswegen muss ich Sie ja gleich noch mit dem Bambus piksen! Wollen Sie vielleicht schon einmal das Stoffetui para legen?«

»Ach, Willen, das tun Sie ja doch nicht.«

»Stimmt.«

»Dass Carsten Höger eine Aussage machen würde, halte ich schon eher für möglich.« Tschauner verschränkte seine Arme vor der Brust und legte einen Finger auf seine Wange.

»Echt? Warum?«

»Sagen Sie mal, wo ist denn Ihre Bauernschläue geblieben?«

Willen zuckte mit den Schultern und lächelte irritiert. »Wieso?«

»Höger würde alles gegen mich aussagen, weil er stinksauer ist, dass nicht er Staatssekretär wird, sondern die Bach. Ein halbwegs versierter Anwalt würde ihn vor Gericht auseinandernehmen und ihn als unglaubwürdig darstellen. Mit seinem Hass gegen mich würde er nicht gerade überzeugend wirken, auch wenn er recht hätte.«

»Also stimmt es, was Höger sagt, dass Wolf Freselage ermordet und es wie einen Selbstmord inszeniert hat?«

»Das hat Höger ausgesagt?«

Willen nickte.

»Kann er gar nicht, denn er war nicht dabei. Das hat Wolf alleine gemacht. Dennoch hat Höger am Tatort überall seine Fingerabdrücke hinterlassen. Der ist genauso naiv wie Sie, Herr Willen.«

Der Polizist sah stumm zum Staatssekretär auf, als die Zimmertüre von außen aufgeschlossen wurde. Ein untersetzter LKA-Beamter mit kurz geschorenen Haaren und Bart ließ einer zierlichen Frau mit dunklen Haaren den Vortritt. In einem hellen Business-Kostüm und mit einer über die Schulter gehängten Handtasche marschierte sie in das Hotelzimmer.

»Guten Tag, Herr Staatssekretär Tschauner. Mein Name ist Belma Böcek, ich bin die zuständige Staatsanwältin.«

»Hab' ich's denn heute nur mit Halbkanaken zu tun?«

»Na, na, na, Herr Staatssekretär«, mischte sich der LKA-Beamte ein, »wir wollen doch nicht rassistisch werden!«

Nach ihm betrat Carsten Höger das Zimmer.

»Herr Höger«, sagte der Beamte, »zeigen Sie dem Herrn Staatssekretär doch mal, was Sie und der Herr Willen da an technischem Gerät mit sich führen!«

Der Pressesprecher hielt ein kleines Gerät in die Luft, das wie ein uraltes Babyphon aussah. »Das ist eine Empfangseinheit«, sagte er und deutete auf Willen, der in diesem Moment sein T-Shirt anhob. »Und was mit dem Pflaster auf meiner Brust klebt, ist die dazugehörige Sendereinheit.«

»Es handelt sich hierbei praktisch um ein nostalgisches Museumsstück«, ergänzte der LKA-Beamte mit einem süffisanten Lächeln.

»Genau«, bestätigte Willen. »Das Mini-Diktiergerät nebst Empfänger, den Herr Höger in Händen hält, ist eine Spionectra-2000-Sender-und-Empfänger-Einheit aus der ehemaligen DDR. Ich habe sie mir von einem Bekannten ausgeliehen.«

»Herr Kollege, bitte verraten Sie dem Herrn Staatssekretär den Namen Ihres Bekannten. Ich habe mich köstlich amüsiert, als ich den von Herrn Höger erfuhr.«

»Eigentlich ist es der Bekannte von Cem Erik Müller, dem deutsch-türkischen Privatdetektiv. Und dessen Geschäftsfreund, Zoni, hat den ganzen Keller voll mit Abhörtechnik aus der ehemaligen DDR. Damit wollten wir Minister Freselage abhören, bevor sein Schwager auf ihn geschossen und Cem Erik Müller schwer verletzt hat.«

Tschauner trat einige Schritte zurück, er stieß an den Schreibtisch. »Der Höger war in Freselages Wohnung! Da muss es DNA-Spuren geben, schauen Sie genau nach! Sein Motiv ist Rache, weil er erfahren hatte, dass er kein Staatssekretär werden würde. Das hatte Freselage ihm versprochen, deswegen hat Höger den Minister getötet. Tun Sie Ihre Arbeit, quetschen Sie es aus diesem Scheißkerl heraus!«

»Jetzt war Herr Höger auf einmal doch in Freselages Wohnung?«, entgegnete Staatsanwältin Böcek. »Vorhin sagten Sie, Wolf, also Herr Wolfsbach, wäre alleine dort gewesen. Was stimmt denn nun?«

»Der Höger war's und will es mir in die Schuhe schieben! Sie müssen sich ihn vorknöpfen!«

»Warum sollten wir Ihnen glauben?«, fragte die Staatsanwältin. »Es gab keine Hinweise auf ein gewaltsames Eindringen in Freselages Wohnung, ebenso gab es keine Hinweise für Fremdeinwirkung. Wir haben also keinerlei Veranlassung, am Selbstmord Freselages zu zweifeln, selbst dann nicht, wenn wir Fingerabdrücke von Herrn Höger fänden. Was auch gar nicht ungewöhnlich wäre, denn als enger Mitarbeiter des Ministers war er tatortberechtigt. Er wird sich aus dienstlichen Zwecken wohl des Öfteren in der Wohnung des Ministers aufgehalten haben. Ich bin sicher, Ihre Fingerabdrücke würden wir auch finden.«

Der LKA-Beamte meldete sich zu Wort: »Herr Staatssekretär, sehen Sie diesen Knopf in meinem Ohr?« Er drehte seinen Kopf so, dass Tschauner sein Ohr sehen konnte, und deutete mit dem Finger auf das kleine Gerät. »Darüber flüstert meine Kollegin mit mir. Sie und einige andere Kollegen haben gerade Herrn Rimbert Wolfsbach verhaftet, wegen des dringenden Tatverdachts, die Morde an der Escortdame und dem Fahrer sowie einen Mordversuch an dem Kollegen Willen verübt zu haben. Wolfsbach habe sich widerstandslos abführen lassen, teilt mir meine Kollegin soeben über das Ding in meinem Ohr mit.«

Die Staatsanwältin ergänzte: »Das Gespräch zwischen Ihnen, Herr Staatssekretär, und dem Kollegen Willen werte ich als Geständnis. Selbst, wenn ich den Mord an Freselage nicht weiterverfolge, weil die Polizei ja von Suizid ausgeht, dann kriege ich Sie für die anderen beiden Auftragsmorde dran, die Wolf für Sie ausgeführt hat. Noch Fragen, Herr Tschauner?«

»Heult doch! Mimimi!«

»Herr Kollege, nehmen Sie den Herrn Staatssekretär bitte vorläufig fest«, trug die Staatsanwältin dem LKA-Beamten auf.

»Brauchen wir Handschellen oder werden Sie lieb sein, Herr Staatssekretär?«

Tschauner nickte und sagte: »Nur die Starken überleben. Das ist das Gesetz des Dschungels und der Politik.«

Kopfschüttelnd wandte sich Böcek Willen zu. »Gratulation für diesen grandiosen Ermittlungserfolg, der geht zu 100 Prozent auf Ihre Kappe!«

»Die eigene Kappe wurde mir vor ein paar Tagen noch negativ ausgelegt«, entgegnete Willen augenzwinkernd.

»Das kann ich aus damaliger Sicht sogar nachvollziehen!«, lachte die Staatsanwältin. »Gut, dass Sie nicht so schnell aufgegeben haben. Ich muss schon sagen, Herr Willen, das war eine Meisterleistung, wie Sie den Staatssekretär mit Worten aus der Reserve gelockt haben. Sie haben es fertiggebracht, dass Tschauner seinem eigenen Narzissmus zum Opfer fiel. Als wir Ihr Gespräch im Auto mitgehört haben, hätte ich wegen Tschauners Art kotzen können. Und hier im Hotelzimmer haben Sie ihm den unbedarften Dorfpolizisten wunderbar vorgespielt. Sie mögen es, wenn Sie unterschätzt werden, das ist Ihre Taktik. Habe ich recht?«

Willen schmunzelte.

»Und das verschmitzte Lächeln ist Ihr Markenzeichen! Im Übrigen ein sehr sympathisches, wenn Sie mir die Bemerkung gestatten. Aber verraten Sie mir noch eines, Herr Willen: Wenn wir nicht nebenan im Zimmer das Gespräch mitverfolgt und Tschauner sich nicht verraten hätte, wenn Sie sich ihn also alleine geschnappt hätten, wären Sie dann so weit gegangen, mit den Bambusspießen oder den Nadeln ein Geständnis aus ihm herauszuholen?«

Willen zuckte mit den Schultern und verzog schelmisch die Mundwinkel.

»Sie Schlitzohr!« Mit diesen Worten ließ Belma Böcek Willen und Höger allein im Zimmer zurück.

»Ach, Frau Staatsanwältin?« Willen lief ihr auf den Flur hinterher. »Ich hätte da noch eine Kleinigkeit mit Ihnen unter vier Augen zu besprechen.«

»Gerne«, entgegnete Belma Böcek und blieb stehen.

Den Pressesprecher, der ebenfalls das Hotelzimmer verlassen hatte, bat Willen, unten auf ihn zu warten. Höger nickte und verschwand in Richtung Treppe, die sich neben dem Aufzug befand. Als seine Schritte nicht mehr zu hören waren, rückte Willen mit der Sprache heraus: »Frau Böcek, ich wollte Sie um einen Gefallen bitten.«

»Schießen Sie los, was kann ich für Sie tun?«

»Nicht für mich, eher für Herrn Höger.«

»Inwiefern?« Die Staatsanwältin setzte einen Fuß zur Seite, schob sich die Trageriemen ihrer Handtasche zurück auf die Schulter und schenkte Willen ihre volle Aufmerksamkeit.

»Sehen Sie, Herr Höger hat mir gegenüber Reue gezeigt, was seine Mittäterschaft angeht. Ich denke, er ist geläutert. Außerdem hat er an der Überführung Tschauners großen Anteil. Er ist bereit, vor Gericht gegen ihn auszusagen.« Willen sah die Staatsanwältin abwartend an.

»Worauf wollen Sie hinaus, Herr Willen?«

»Darauf, dass Sie in seinem Fall Gnade vor Recht ergehen lassen, Frau Staatsanwältin!«

Willen merkte, dass Belma Böcek zögerte. Daher schob er schnell nach: »Bei den Morden an der Escortdame und dem Fahrer des Ministers war Höger gar nicht aktiv beteiligt. In Vechta, als Wolf in die Wohnung dieser Anna eingebrochen war, um die Dokumente zurückzuholen, saß er nur im Auto.«

»Er hat Schmiere gestanden, das macht ihn grundsätzlich zum Mittäter«, warf die Staatsanwältin ein.

»Gewiss«, entgegnete Willen, »aber er war selbst überrumpelt von dieser Aktion. Tschauner hatte ihn Wolf einfach zur Seite gestellt.«

»Und beim Mordanschlag auf Sie, in Cappeln – was hat Höger da getan?«

»Er hat versucht, Wolf davon abzubringen, mich zu töten! Und später hat er ihn angelogen, als er sagte, ich sei in den Flammen ums Leben gekommen.«

»Und vorher reichte er Wolf die Benzinkanister an, mit denen dieser die Scheune in Brand gesetzt hat, war es nicht so?«

»Ja«, murmelte Willen und schürzte die Lippen.

»Demgegenüber steht natürlich Högers aktive Unterstützung zur Überführung der beiden Täter. Ich denke, das rechtfertigt einen Deal. Machen Sie's gut, Herr Willen, und richten Sie Herrn Höger aus, dass ich ihn morgen früh in meinem Büro erwarte.«

* * *

»DEIN CARAVAN IST der Kracher!« Hans-Joachim Stöckmanns Augen glänzten, als er Dörtes Frivolmobil betrat.

»Danke!« Dörte lächelte. Sie stand in der kleinen Teeküche des Wohnmobils und war gerade dabei, die Pinnekes randvoll mit *Molberger Dausenschluck* zu füllen.

Der Kommissar war schon ganz aufgeregt. Ein rollendes Etablissement hatte er noch nie zuvor betreten, jedenfalls nicht aus privaten Gründen. Er warf sich auf das riesige, runde Bett und stopfte sich sofort zwei rosafarbene Plüschkissen in den Nacken. »Das Bett ist ja Ton in Ton mit deinem sexy Fummel. Zeig' dich mal vor!«

»Ich weiß«, Dörte stützte sich lasziv an der Küchenzeile ab und wackelte mit ihrem Po, der sich in der pinken Jogginghose knackig-rund abzeichnete. »Heute Nacht machen wir es uns so richtig gemütlich, Hans-Joachim!«

»Ja!«, rief der Kommissar. »Und das Beste ist, meine Frau weiß sogar Bescheid, wo ich mich heute herumtreibe!«

»Stöcki, bist du sicher, dass du alle Star-Wars-Episoden hintereinander gucken willst?« Hendrik Willen schleppte einen Wäschekorb voll mit DVDs in das Wohnmobil, das Dörte vor seinem Haus abgestellt hatte.

»Der grüne Wäschekorb passt aber nicht zum Interieur, Pommes!«, frotzelte Stöckmann.

»Stimmt«, pflichtete Dörte ihm bei, »das Grün beißt sich mit dem Zartrosa von meinem Hoody, schaut mal her, Jungs!« Die Sexarbeiterin präsentierte ihre üppige Oberweite, die sich unter dem Kapuzenpulli nur bedingt verstecken ließ. Beide Männer lachten.

»So, Jungs, vom Rumstehen wird der Schluck auch nicht besser.« Dörte reichte den beiden die Pinnekes an und hob ihr Glas in die Luft. »Auf dich, Hase!« Sie lächelte Willen an. »Ich bin stolz auf dich!«

Sie prosteten sich zu, dann flogen drei Köpfe gleichzeitig nach hinten.

»Ja, unser Willen wieder!«, lobte der Kommissar seinen Kollegen.

Willen ulkte: »Nur widerwillig von Prinzessin Dörte er den Auftrag angenommen hat.«

Stöckmann lachte und sah im Augenwinkel, wie Dörte Willen einen Briefumschlag reichte. »Der ist von Annas Mutter«, sagte sie leise und mit ernster Miene, »damit möchte sie sich bei dir bedanken. Lies den Brief morgen, ganz in Ruhe, Hase.«

Als Willen den Brief an sich nahm und mit beiden Händen festhielt, wischte Dörte sich eine Träne aus dem Auge. Er nickte stumm.

»So«, sagte Dörte, um schnell das Thema zu wechseln, »ich

will sehen, wie es die Jedis mit dem Imperium aufnehmen! Aber vorher möchte ich von dir, lieber Stöcki, wissen, warum Pommes noch ein Disziplinarverfahren aufgebrummt bekommt.«

»Das liegt an unseren verflixten Dienstvorschriften, Dörte«, antwortete der Kommissar und richtete sich auf dem Bett etwas auf. »Aber mach' dir keine Sorgen, das übersteht dein Hase ohne ernsthafte Konsequenzen. Immerhin hat er einen Königsmord auf höchster Ebene aufgelöst, das wird man ihm im Verfahren zugutehalten.«

»Jeder ordentliche Bulle muss mindestens ein Diszi haben!«, scherzte Willen und füllte noch einmal die Schnapsgläser.

»Da hat Pommes recht«, bestätigte Stöckmann. »Und dieses Diszi ist fast schon eine Auszeichnung für ihn. Er wird damit zu einer kleinen Berühmtheit, auch über die Inspektion hinaus!«

»Was für eine überraschende Wendung, dass nicht Freselage, sondern Tschauner eigentlich für die Morde verantwortlich war, findet ihr nicht auch? Also ich hatte von Anfang an ja den Minister selbst in Verdacht. Du doch auch, Pommes.«

»Du kannst von Freselage halten, was du willst«, antwortete Willen, als er die vollen Gläschen verteilte. »Aber eines sollten wir ihm fairerweise attestieren: Er hatte Eier in der Hose!«

»Wieso?«, fragte Dörte. »Der zählt am Ende genauso zu den Bösen wie Tschauner und dieser Wolf.«

»Das ist richtig. Nur, dass Freselage der Einzige war, der Schuldgefühle zeigte. Darum wollte er sich selbst anzeigen, als ihm klar wurde, dass Tschauner dahintersteckt. Ihm war bewusst, dass er die strafrechtliche wie auch die politische Verantwortung zu tragen hätte. Mit der Selbstanzeige wollte er das ganze Ausmaß von Tschauners Intrige öffentlich machen.«

»Und das wiederum wollte Tschauner mit dem Mord an Freselage vertuschen. Weil er befürchtete, dass er andernfalls schlechte Karten für das Ministeramt haben würde.«

»Genau, Dörte!«

»Glaubt ihr an das Schicksal, Leute?« Dörte und Willen sahen Stöcki fragend an. »Das Schicksal hatte in diesem Fall zwei Mal zugeschlagen. Erst hat es Freselage gerichtet und dann Tschauner Pommes Willen auf den Hals geschickt.«

»Allerdings macht das Anna auch nicht mehr lebendig«, kam es von Dörte.

»Stimmt. Also, noch mal auf dich, Kollege, und darauf, dass du den Wolf im Schafspelz noch rechtzeitig erkannt hast.« »Prost!« Köpfe flogen ein zweites Mal in den Nacken.

»Wer wird denn jetzt neuer Minister? Tschauner scheidet ja nun auch aus ...«, hüstelte Dörte, die den *Dausenschluck* eigentlich nicht so gerne mochte.

Willen zuckte mit den Schultern. »Keine Ahnung. Vielleicht die Bach, die ja als neue Staatssekretärin die Amtsgeschäfte des Ministers kommissarisch übernommen hat. Vielleicht aber auch jemand anderes. Die Staatskanzlei will sich mit ihrer Entscheidung Zeit lassen.«

»Und wie geht es mit Tschauner weiter?«

»Der bekommt seinen Prozess, danach fährt er ein«, erklärte Willen. »Der dicke LKA-Beamte hat ihn noch mal offiziell vernommen und dabei ein Geständnis aus ihm herausgeholt. Ganz ohne Bambusstäbchen, übrigens!«

Die drei lachten.

»Was für ein Scheißkerl Tschauner doch ist! Aus reiner Machtgier hat er drei Menschen umbringen lassen«, sinnierte Willen kopfschüttelnd. »Ich hätte ihn mit den Nadeln ruhig etwas kitzeln sollen ...«

Zustimmendes Nicken.

»Wie tickt so ein Mensch?«, fragte Dörte in die nachdenkliche Runde.

»Eines ist mir klar geworden«, sagte Willen, »Tschauner ist ein hochintelligenter Mensch, der andere, wie Carsten Höger, für seine Zwecke einsetzt. Und wenn sie ihre Pflicht und Schuldigkeit für ihn erfüllt haben, lässt er sie fallen wie eine heiße Kartoffel. Tschauner hat Höger praktisch so lange ausgeweidet, bis er sein Ziel erreicht hatte und nichts Brauchbares mehr aus Höger herauszuholen war.«

»Das Schlimme ist, man sieht es diesem Tschauner vermutlich nicht an, dass er so ein Scheißkerl ist, oder?«

»Absolut nicht«, bestätigte Willen ihr. »Das ist ja das perfide!«

»Ich habe mit unserer Kriminalpsychologin gesprochen«, schaltete sich Hauptkommissar Stöckmann wieder ein, »und die erklärte mir, dass bei Tschauner Charakterzüge eines sogenannten ‚erfolgreichen Psychopathen' festzustellen wären.«

»Was ist denn ein erfolgreicher Psychopath?«, hakte Dörte nach.

»Bekannt ist der Psychopath, der als Einzeltäter grausame Morde begeht. Der typische ‚Axtmörder', der nette Nachbar von nebenan, der einen nach dem anderen umbringt.«

»Ein Serienkiller, wie man ihn aus Psychothrillern kennt«, kommentierte Willen Stöckmanns Erklärung.

»Ganz genau, Pommes. Das sind die kriminellen Psychopathen. Aber nicht jeder Psychopath wird zwangsläufig zum Mörder. Weniger bekannt, dafür aber besonders gefährlich sind Psychopathen, die mit politischer Macht ausgestattet sind. So wie Tschauner. Die Politik ist für sie ein ideales Spielfeld, in dem ihnen alle Mittel zur Verfügung stehen, ihre Machtgier auszuleben. Denn unser politisches System ist wie geschaffen für sie: Charismatisch sein und viele oberflächliche Kontakte pflegen, andere für sich einnehmen können, manipulieren, lügen – darin sind Psychopathen verdammt gut. Und bei weitreichenden Entscheidungen belastet sie kein Gewissen, denn ihnen fehlt jegliches Verantwortungsgefühl. Solche Fähigkeiten, verbunden mit hoher Intelligenz, kennzeichnen den erfolgreichen Psychopathen.«

»Überlegt mal«, sagte Willen: »Ein hochintelligenter Mensch ohne Angst und Gewissen, der hinter den Kulissen die Strippen zieht und der keine Scham, Schuld oder Reue empfindet – wie weit könnte es so jemand in Wirtschaft oder Politik bringen?«

Stöcki und Dörte nickten stumm.

»Gruselig, oder?« Willen schüttelte den Kopf.

»Intelligente Psychopathen machen oft Karriere«, fügte Stöckmann hinzu. »Die seien drei- bis viermal häufiger in Führungspositionen zu finden, sagt unsere Kriminalpsychologin!«

»Unfassbar!«, stieß Dörte aus. »Gibt es Beispiele für Psychopathen in der Politik?«

»Die Kollegin meinte, bei Silvio Berlusconi und George Bush junior könne man ebenso von psychopathischen Zügen ausgehen wie bei Bill Clinton und John F. Kennedy.«

»So, Leute, jetzt lasst uns aufhören, von diesem Thema zu reden«, sagte der Dorfpolizist schließlich. »Höger wird gegen Tschauner aussagen und sich damit vollständig rehabilitieren. Er hat beim Ministerium gekündigt, wie er mir gestern geschrieben hat!«

»Richtige Entscheidung«, kommentierte der Hauptkommissar. »Übrigens hast du Höger zwei Mal den Arsch gerettet!«

»Wieso zwei Mal?«

»Na, zuerst hast du ihn aus der brennenden Scheune gerettet

und dann hast du ein gutes Wort für ihn bei der Staatsanwältin eingelegt.«

»Stimmt. Beim ersten Mal habe ich als Polizist gehandelt. Auch, wenn er da noch mein Gegner war, konnte ich ihn nicht sterben lassen. Der hatte so mit dem Rauch zu kämpfen gehabt, der wäre alleine nicht aus der Scheune herausgekommen.«

»Und beim zweiten Mal? Was hat dich da angetrieben?«, fragte Dörte.

Willen überlegte einen Moment. »Vielleicht die Tatsache, dass man sich ab und zu im Leben entscheiden muss. Manchmal zwischen Freundschaft und Dienstvorschrift«, er zwinkerte Dörte zu. »Und ein anderes Mal eben zwischen Gnade und Recht. Weißt du, Dörte, der Gesetzgeber will es der Justiz möglichst einfach machen. Daher regelt er in Gesetzbüchern, was richtig und was falsch ist. Doch das Leben ist eben kein Schwarz-Weiß-Film, es ist bunt. Unser Leben folgt tagtäglich einem viel umfangreicheren Regel-, Normen- und Wertesystem, das in unserer Gesellschaft ebenso als Verhaltensmaßstab angesehen wird wie die Gesetze.«

Dörte nickte zustimmend.

»Klug gesprochen du hast, junger Dorfsheriff!«

»So, Leute, jetzt will ich endlich Star-Wars gucken«, erwiderte Dörte und kramte die DVDs aus dem Wäschekorb.

Unterdessen schlug Stöcki die Plüschkissen neu auf und lehnte sich an die bogenförmige Rückwand des Bettgestells. Willen wählte seinen Platz auf der kreisrunden Spielwiese so, dass Dörte noch zwischen sie beide passte. Er reichte seinem Kumpel eine Flasche Bier. Stöcki bedankte sich und fragte: »Mien Fründ, hast du mal darüber nachgedacht, zu uns in den Kriminaldienst zu wechseln? Wir brauchen fähige Leute!«

»Du kennst mich doch«, antwortete Willen und öffnete mit einem unüberhörbaren *plop* den Bügelverschluss seiner Bierflasche. »Ich mache alles außer Mord!«

»Bist du dir da sicher?«

Willen legte den Kopf leicht schräg, seine Augen funkelten. Das Lächeln, das seine Mundwinkel umspielte, war kaum wahrnehmbar. »Todsicher!«

Die Akteure des Krimis

Hendrik »Pommes« Willen – Dorfpolizist in Cappeln
Anna – Escortdame
Hannelore Meyer – Annas Mutter
Artur Kosminski – Bürger aus Cappeln
Aloys Bögemann – Bürger aus Cappeln
Manfred Zawicka – Polizist
Pfarrer Blümel – Notfallseelsorger
Renate Richter – Notfallseelsorgerin
Hans-Joachim Stöckmann – Kriminalbeamter
Dausen-Dörte – Prostituierte
Amanda Fröhlich – Kosmetikverkäuferin
Rita Rippenstiehl – Bordellbetreiberin
Alfred Tönnies – Firmeninhaber
Cem Erik Müller – Privatdetektiv
Aydin Kaya – Discjockey
Vincenzo Fabiano – Restaurantbesitzer
Antonio – dessen Sohn
Bernward Ehlert – Leiter Fachkommissariat 2
Joseph Dierks – Leiter Zentraler Kriminaldienst
Helmut Günther – Leiter Polizeiinspektion
Carola Hartmann – Journalistin
Gaby Westerhoff – Journalistin
Belma Böcek – Staatsanwältin
Ein namenloser LKA-Beamter
Hans-Georg Freselage – Minister
Jutta Freselage – Ehefrau des Ministers
Til Tschauner – Staatssekretär
Corinna Bach – Leiterin des Ministerbüros

Carsten Höger – Pressesprecher

Ella Heldt – Mitarbeiterin im Ministerbüro

Janette Büttekoven – Mitarbeiterin in der Pressestelle

Dr. Eberlein – Präsident eines Landesamtes

Rimbert Wolfsbach – Vertrauter des Staatssekretärs

Danksagung

SCHREIBEN SEI EIN einsamer Job, habe ich einmal bei einem bekannten Autor gelesen. Das mag stimmen, aber Autoren müssen nicht zwangsweise auch einsame Menschen sein. An dieser Stelle möchte ich mich bei einigen Menschen für ihre Unterstützung bedanken.

Rudolf Arkenau und Manfred Lawicka für ihre Hinweise zu Willens Routineaufgaben,

Herrmann-Josef Böckmann für seinen Blick auf die authentische Polizeiarbeit und den schönen Begriff »Föhnfrisur«,

Diana Schneider für herrliche Anekdoten und für die Idee zur Figur der Amanda Fröhlich,

meinen Testlesern, die sich das Rohmanuskript vorgenommen und erste Anregungen gegeben haben,

Dr. Brigitte Lamberts für ihre kritische Begleitung – mit deinen Fragen und Anmerkungen zu Plot und Figuren, liebe Brigitte, hast du mich immer wieder auf die richtige Spur gebracht, danke! –,

meinem Lektor Klaus Söhnel, der mit viel Gespür für den Feinschliff gesorgt hat,

meinem Verleger Detlef Knut, der sich mit Engagement und Zuversicht meines Krimidebüts angenommen hat.

Dank an die LeserInnen

Liebe LeserInnen,

diese Geschichte ist hier zu Ende. Wir hoffen, es hat Ihnen gefallen und Sie sind ein paar Stunden in die Welt dieser Geschichte eingetaucht, haben geschmunzelt, gelacht, mitgefühlt und mitgelitten. Das freut uns. Wenn Sie weiterhin Bücher dieser Autorin, dieses Autors oder unseres Verlages lesen möchten, dann reden Sie über dieses Buch. Oder twittern Sie, schreiben Sie einen kurzen Blogbeitrag oder eine Leserbewertung in Ihrem bevorzugten E-Book- oder Online-Shop.

Mund-zu-Mund-Werbung ist für AutorInnen und Verlage wie Sauerstoff für jedes Lebewesen – sie ist lebenswichtig. Lesermeinungen sind Motivation und Ansporn, so dass Sie schon bald ein weiteres Buch Ihrer Lieblingsautorin oder Ihres Lieblingsautors lesen können.

Herzliche Grüße

Ihre
edition oberkassel

Spannendes Terrain

bei

EDITION OBERKASSEL

macht abhängig!

Pure spannende Unterhaltung.

ISBN: 9783958131040

ISBN: 9783958130869

ISBN: 9783958130999

ISBN: 9783958130883

EDITION OBERKASSEL